シュガーアップル・フェアリーテイル

Collector's Edition

〈3〉

三川みり

illustration
あき

KADOKAWA

シュガーアップル・フェアリーテイル

3

Collector's Edition

Contents

sugar apple
fairy tale

シュガーアップル・フェアリーテイル
Collector's Edition 3
CHARACTERS

ミスリル
妖精

シャル
戦士妖精

アン
銀砂糖師

ノア
妖精

ジョナス
砂糖菓子職人

キャット
銀砂糖師

物語のキーワード

砂糖菓子
妖精の寿命を延ばし、人に幸福を与える聖なる食べ物。

銀砂糖師
王家から勲章を授与された、特別な砂糖菓子職人のこと。

銀砂糖子爵
全ての砂糖菓子職人の頂点。

砂糖菓子職人の3大派閥

3大派閥……砂糖菓子職人たちが、
原料や販路を効率的に確保するため属する、
3つの工房の派閥のこと。

ヒュー

銀砂糖子爵

マーカス・ラドクリフ
ラドクリフ工房派
工房長

グレン・ペイジ
ペイジ工房派
工房長

ヒュー・マーキュリー
マーキュリー工房派
工房長（兼任）

キース

砂糖菓子職人

ブリジット

工房長の娘

グラディス

ブリジットが連れてきた妖精

エリオット

工房長代理 銀砂糖師

オーランド

前・職人頭

キング

砂糖菓子職人

ナディール

砂糖菓子職人

ヴァレンタイン

砂糖菓子職人

五幕　銀砂糖師と紫の約束

銀砂糖師の娘《むすめ》が来る。

これでようやく、わたしの願いは叶《かな》えられるだろう。

一章　紋章なき城

目の前に建つ城館を見あげ、アンは顔を引きつらせていた。

「これが、ホリーリーフ城？」

今しがた、苦労しながらあがってきた坂道の終点には、アンの箱形馬車がとめられていた。

職人たちが操《あやつ》るペイジ工房《こうぼう》所有の荷馬車も、次々と坂道をあがってくる。いち早く荷馬車の御者《ぎょしゃ》台を降りたエリオットは、アンと並んで城館を眺《なが》めた。そして困ったように、愛嬌《あいきょう》のある垂れ目でへにゃっと笑う。

「ブルック教父からは、おもむきある城とは聞いてたけどねぇ」

王都ルイストンからほど近い、小高い丘《おか》の上だった。丘やその周囲は人の手が入っていない、すさんだ雰《ふん》囲気《いき》の森に囲まれている。

蔦《つた》が絡《から》まる木や、棘《とげ》の多い下草などが縦横に絡み合い、丘の麓《ふもと》から頂上へと続く道を半ばふさいでいる。ここに到着《とうちゃく》するのも一苦労だった。

枯《か》れ枝《えだ》ばかりになった細い木々が丘全体を覆《おお》っているが、頂上の一角だけそれらが途切《とぎ》れていた。そこはかつて広い庭だったのだろう。中心には石造りの城館がたたずんでいる。

「おもむきって、これ。なんて言うか……なんとも言えない、おもむきが……」

城館は南向きの三階建て。コの字型で、ゆったりと庭を抱《だ》くような構造だ。

磨《みが》かれた石の外壁《がいへき》。正面の出入り口には、草模様を浮《う》き彫《ぼ》りした三連アーチの庇《ひさし》。張り出した東側の左翼《さよく》と、西側の右翼《うよく》。左翼と右翼の端《はし》には、東西向かい合わせに塔《とう》が建つ。ゆるい円錐《えんすい》形の屋根をのせた低い塔で、ゆったりした構造に馴染《なじ》み威圧《いあつ》感がない。

城壁《じょうへき》も城門もなく、内郭《ないかく》や外郭《がいかく》といった城特有の構造もない。城と名はついていたが、城というよりは大きなお屋敷《やしき》といったたたずまい。城館と呼んだほうがしっくりくる。

かつては優雅《ゆうが》な城館だったのだろう。

しかし今は外壁に蔦が絡まり、城館を足もとから侵《しん》食《しょく》していた。涙《なみだ》のあとのような茶色の染《し》みが、それぞれの窓の端から垂れている。三連アーチの庇は中央部分が破壊《はかい》され、ごつごつした石の凹凸《おうとつ》をさらす。正面に見える窓のガラスは割れ、ほとんどが、ぽかりと暗い空洞《くうどう》だ。

「幽霊《ゆうれい》城だ」

アンのとなりに立ったシャル・フェン・シャルが、嫌なことをずばりと言った。彼は自分が乗ってきた葦《あし》毛《げ》馬を手近な木に繋《つな》ぐと、労をねぎらうように馬の鼻《はな》面《づら》を撫《な》でた。馬は嬉《うれ》しそうに鼻を鳴らす。

「ゆ、幽霊って。変なこと言わないでよ、シャル」

黒曜石の妖精《ようせい》は、冷ややかな瞳《ひとみ》で問う。

「ほかにたとえようがあるか？」

「…………ないわよね……」

今は正午をすこし過ぎた時間だ。晩秋の風は冷たいが晴れていた。雑草が生《お》い茂《しげ》る庭も、陽の光に照らされている。なのに、どことなく不気味なのだ。

アンの肩《かた》の上に座《すわ》り、湖水のような青い目で城館を見つめていたミスリル・リッド・ポッドが、恐《おそ》る恐《おそ》る訊《き》いてきた。

「おい、アン。ほんとうにこの城、借りるつもりか？」

「ほんとうもなにも。もう、お金は払《はら》っちゃったし」

今日は、ペイジ工房が新たな第一歩を踏《ふ》み出《だ》す日。

アンたちペイジ工房の職人は、今日からおよそ二ヶ月間、このホリーリーフ城で新聖祭用の砂糖菓子《がし》を作ることになっていた。

新聖祭用の砂糖菓子は繊細《せんさい》だ。一つ作るだけでもかなりの時間を費《つい》やす。さらにミルズフィールドで作ったものをルイストンまで運ぶのも、壊《こわ》れる危険が大きい。そのために砂糖菓子制作の場所をルイストンに移すべきだと決まり、一時的に、ここに引《ひ》っ越《こ》してきたのだ。

荷馬車を適当な場所にとめたオーランドとキング、ナディールとヴァレンタインの四人の職人たちも、アンの後ろで城館を見あげる。

「ああ……嫌な予感はしてましたけど……やっぱりですか……」

ヴァレンタインが呟《つぶや》いた。それがあまりにも絶望的な響《ひび》きだったので、アンは思わずふり返った。

「なに、そのやっぱりって？」

秀才《しゅうさい》の砂糖菓子職人は丸い眼鏡を指先で押《お》しあげながら、青い顔をしている。

「ルイストンの学生の間で、有名な怪談《かいだん》があるんです。聖ルイストンベル教会の七不思議がそれで、その一つに『呪《のろ》いの城』というのがあって。チェンバー内乱で一族が根絶やしになった、チェンバー家の城がルイストンの近くにあって、内乱のあとにミルズランド王家が接収したというんです。けれどその城にはチェンバー家の怨念《おんねん》がこもっていて、奇怪《きかい》な現象が次々と起こる。あまりにも不吉《ふきつ》だというのでミルズランド王家は所有を嫌がり、国教会に無理矢理寄進した。けれど国教会も扱《あつか》いに困って、結局放置され続けている城があると。この城、まさにその呪いの城じゃないかと」

一気に、アンは血の気がひく。

「不吉すぎて無理矢理寄進した呪いの城!?」

「噂《うわさ》では、コの字型の城館で、東西に円錐屋根の塔があると。まず間違《まちが》いないです」

「じゃなにか。俺たちは呪いの城で作業するわけか!?　二ケ月も!?　洒落《しゃれ》にならないぜ！　教父どもは、いったいなに考えてやがるんだ」

　キングが顔を真っ赤にして怒《おこ》り出す。オーランドは無言だが、すこし顔色が悪いかもしれない。

　ルイストンで砂糖菓子を作る場所を探すために、最初にアンとエリオットは、聖ルイストンベル教会の教父に相談を持ちかけたのだ。すると教父は、聖ルイストンベル教会が所有する城を借りてはどうかと提案してきた。二人は、この話に飛びついた。

　賃料は、一年単位で千クレス。かなりの額だ。だが人口の多いルイストンで、工房の機能を移すだけの充分《じゅうぶん》な広さを確保するならば、覚悟《かくご》しなくてはならない金額だった。

　それよりも仮にも城と名のつく建物を、千クレス支《し》払《はら》えば借りられるということのほうが驚《おどろ》きだった。

　千クレスを支払い城を借りる契約《けいやく》をすると、ペイジ工房は大急ぎで引っ越しの準備をした。一時的とはいえ工房を丸ごと引っ越すのだ。その大変な準備をたった三日で完了《かんりょう》させた。

　そして今日。希望に胸をふくらませ、ペイジ工房の面々はこのホリーリーフ城にやってきた。

　――が。

　目の前の城は、晴れの門出《かどで》にけちをつけまくる雰囲気をかもし出している。

「かなり今更《いまさら》だが……。エリオット。なんで城の様子を確認《かくにん》して契約しなかったんだ」

　オーランドが青い顔で責めると、エリオットは頭を掻《か》く。

「いやー。選品を仕切ってたブルック教父の紹介《しょうかい》だから、安心しちゃってたし」

「それにしてもだぜ！　確認もせずに借りるか!?　普《ふ》通《つう》!?」

　キングも噛《か》みつく。

「確認するとなればもう半日つぶれちゃうから、時間が惜《お》しかったんだよねぇ。これからの作業量を考えてたら、悠長《ゆうちょう》にしてられないし。それに怖《こわ》いのをのぞけば、好条件じゃない？」

「その怖いのが一番問題ですけど」

　ヴァレンタインがげんなりした顔で呟く。

　エリオットは「まーね」と言いながら、悪びれることなく、ははと笑う。

「騒《さわ》ぐな！　この際、仕方ないじゃないか！」

　アンの肩の上でなにやら真剣《しんけん》に考えこんでいたミスリルだったが、突然《とつぜん》、意を決したように立ちあがった。

「借りたものは、借りたんだからな！　ここで仕事するしかないんだぞ」

　ミスリルはアンの肩から飛び降りると、みんなの中心にずんずんと歩み出た。腰《こし》に手を当てると、偉《えら》そうにふんぞり返る。

「おまえらもいっぱしの職人なら、幽霊の一匹《ぴき》や二匹《ひき》、悪霊《あくりょう》の三匹《びき》や四匹、怖がるな！　俺様が幽霊や悪霊から守ってやる！　まかせておけ！」

　胸を叩《たた》き勇ましく宣言した。

「かっこいいな、ミスリル・リッド・ポッド！　大《だい》丈夫《じょうぶ》、俺ぜんぜん怖くないし」

　ナディールは、けろりとしている。しかし他の三人の職人は沈黙《ちんもく》した。エリオットが肩をすくめる。

「十分の一の頼《たの》もしい言葉を頼《たよ》りにしたいような、そうでもないような感じだけど」

「おまえ、また言ったな⁉　十分の一って！」

　ミスリルが癇癪《かんしゃく》を起こすが、エリオットは無視して続けた。

「真面目な話、本当にあれこれ条件を言ってる時間はない。それに考えてみな。本物の呪いの城なら、いくらなんでも新聖祭の大切な砂糖菓子を作る場所に貸したりしないでしょう。結局、噂だよ噂。噂があって誰《だれ》も利用したがらないから、国教会は困ってるんじゃない？　実際はなにもないよ」

　エリオットの説も一理ある。しかも他に選択肢《せんたくし》はないのだ。不気味だろうが怖かろうが、ここを使うしかない。

　エリオットの説を信じてアンも覚悟を決め、全力のから元気をふり絞《しぼ》る。

「うん、大丈夫！　独りで住むわけじゃないし」

「面白《おもしろ》そうじゃん。俺、行こうっと！」

ナディールが元気に駆《か》け出した。それに勇気づけられるように、他の職人たちもめいめい荷馬車のところに戻《もど》り、荷物を運びこみはじめる。

アンも自分の荷物を運びこもうと箱形馬車に戻る。そのとなりにとめてある荷馬車から、エリオットも荷物を下ろしていた。

「コリンズさん。ブリジットさんは、どうしたんですか？」

荷物を抱《かか》えておろしながら、アンはずっと気になっていることを訊いた。

選品が終わってミルズフィールドの本工房に帰宅すると、母屋《おもや》からブリジットの姿が消えていたのだ。

ダナの話によると、アンたちが帰宅する直前に「ミルズフィールドの市街に行ってくる」と言って、出ていったそうなのだ。工房のみんなは、友だちの家にでも泊《と》まりに行っているのだろうと、特に気にしていないようだった。

しかし急遽《きゅうきょ》、工房の引っ越しが決まった。ブリジットとグレンも一緒《いっしょ》に、ホリーリーフ城に来てもらわねばならない。そこで昨日、エリオットがミルズフィールドの市街地に出向き、彼女が逗留《とうりゅう》していそうな場所を捜したらしいのまでは知っていた。

「居所はわかったんですか？」

「知りあいがやってる宿屋にいたよ。俺がブリジットを捜してるって話を耳にして、うちに泊まってるぞって教えてくれてさ。行ってみたけど、部屋にも入れてくれなくてね。あとから追いかけるから、先に行ってろって追い返されちゃった」

「大丈夫なんですか？　一人で来るなんて」

「お金渡《わた》して、馬車を雇《やと》ってくるように言ってあるから平気でしょ」

「心配じゃないんですか？」

「別に。ブリジットも子どもじゃないし。彼女にばっかりかかずらっていられないしねぇ」

ペイジ工房の職人たちは、骨の髄《ずい》まで職人だ。砂糖菓子以外のことは、煩《わずら》わしいと感じてしまうらしい。

ブリジットを婚約者《こんやくしゃ》として多少なりとも気にかけているエリオットですら、根本的にブリジットのことは、雑事の部類に入れてしまう。

（なにしてるのかな？　ブリジットさん）

　シャルの羽を手放してから、ブリジットはずっと部屋に閉じこもっていた。どこか意固地になって、工房のみんなや父親に背を向けているようだった。

　一度気持ちが曲がってしまったら、簡単にはまっすぐになれない。こんなことは良くないとわかっていても、ぐいぐいと気持ちが押しつぶされる。自分ではどうしようもない。

　昔、母親のエマと喧嘩《けんか》をした時、アンだって何日もエマと口をきかなかった。そうしていると、綺麗《きれい》な花を見ても、可愛《かわい》い小鳥を見てもつまらない。「あの花、綺麗ね」「あそこに、可愛い小鳥がいるよ」。そんな楽しい気持ちを、無理に自分の中に呑《の》みこまなくてはならない。それは息苦しかった。

　ブリジットも今、息苦しいに違《ちが》いない。だから帰ってこないのかもしれない。

　そんなことを考えながら、アンは荷物を抱えて城館に向かった。

　枯《か》れ草《くさ》がはびこり、落ち葉が降り積もった庭は歩きづらかった。なにかを燃やした炭のあとが草に埋《う》もれていたり、変なところに大きな石が転がっていたりして、けつまずきそうになる。

　三連アーチ奥《おく》の大扉《とびら》を開くと吹《ふ》き抜《ぬ》けのホールになっており、職人たちの話し声が響いていた。彼らは荷物の整理に走り回っている。

　ホールの中央から城館を縦に貫《つらぬ》くように、ゆるく一階から三階へのびる幅広《はばひろ》の階段がある。在りし日は、そこから城の主人が降りてきて、ホールに集《つど》う人々の注目を浴びたことだろう。

　城館正面の窓のガラスは、ほとんどが打《う》ち壊《こわ》されて風が吹《ふ》きこんでいる。そのぶん室内の傷《いた》みも激しかった。しかし左翼と右翼の窓にはガラスが残っていた。室内を掃除《そうじ》して最低限の家具類を運びこめば、すぐにでも使えるほどだった。

そこで左翼の一階を、砂糖菓子の制作作業場。右翼を、生活するために使うと決めた。

体調の悪いグレンは、一番日当たりのいい右翼三階の部屋で過ごすことになった。アンの部屋は、右翼の二階。ミスリルとシャルの部屋は、それぞれアンの部屋の右どなりと左どなりだ。

「一人部屋……」

部屋に入ったアンは、荷物をベッドの下に押しこみ、室内を見回す。

部屋の壁《かべ》は、一部の漆喰《しっくい》がはげて内部の石組みが見える。アーチ型の大型窓には、日に焼けてくすみ、裾《すそ》がほつれたカーテンがぶら下がっていた。それでも、はたきをかけてごみを掃《は》き出《だ》すと、室内はそれなりに整った。運びこんだ簡素な木のベッドと、サイドテーブルが一つ。

窓から射《さ》しこむ光に、ふわふわと埃《ほこり》が舞《ま》っている。

滅亡《めつぼう》したチェンバー家が所有していた城館だと聞いてしまったせいか、がらんとした空気は、見えない何かが息をひそめている静けさのように感じてしまう。

我知らず、両腕《りょううで》を抱くようにしてさする。

昼間はまだいい。けれどこれが夜になったら、一人で寝《ね》ることができるかどうか。

「自信ない……」

想像するだけで震《ふる》えがくる。夜は誰かに、同じベッドに寝てもらったほうがいいかもしれない。

一番いいのは女同士のダナだろうが、彼女は食事すら一緒にとらない。一緒に寝ようと誘《さそ》っても、遠慮《えんりょ》するだろう。

シャルならお願いすれば、からかい半分で一緒に寝てくれそうだ。けれどアンのほうがどきどきして、一《いっ》睡《すい》もできないはずだ。

「そうだ！　ミスリル・リッド・ポッド」

適任者を思い出して、アンは急いでとなりの部屋へ駆けていった。ノックもそこそこに扉を開き、顔だけを部屋の中に突《つ》っこむ。しかし室内は空っぽだった。

誰もいない。

今、左翼の一階を砂糖菓子の作業場にするために、キングたちが道具類を運びいれている最中だ。ミスリルは、その手伝いに行ったのかもしれない。

　その時だった。

『銀砂糖師の娘《むすめ》よ』

　耳元で男の声が囁《ささや》いた。はっとふり返るが、誰もいない。気配もない。

　あれっと思った直後、もう一度耳元で声がした。

『よくきた』

「出た――――っ!!」

　悲鳴をあげて、両耳を押さえてその場にしゃがみ込んだ。その声を聞いて、シャルが自分の部屋から飛び出してきた。その場に座りこむアンの前に、跪《ひざまず》く。

「どうした!?」

「シャル！」

　飛びつくようにして、シャルの首にしがみついた。恐怖《きょうふ》のあまり、ろれつが回らない。

「で……出、出た……」

「なにが？」

　幽霊城で出たと言えば、一つしかない。なのに不審《ふしん》げに問い返すシャルは、そんなものが出るとは微塵《みじん》も思っていないらしい。

「声、声がした。男の人の声が耳元で、『よくきた』って言ったの！」

　思い出してさらにぞっとして、強くしがみつく。

「空耳だ、間抜《まぬ》け」

　いつもの通り馬鹿にされた。けれどシャルの手は、安心させるように背中を抱いてくれる。

「扉の軋《きし》みか、誰かの声が反響《はんきょう》して聞こえただけだ」

「違う！　二回も聞こえたんだもの！　どうしよう。ほんとうにいるんだ、幽霊！」

「幽霊はいない。落ち着け」

「いるってば！」

　強く首をふって言い張る。と、シャルは呆《あき》れたように軽くため息をついたあと、突然アンの耳に唇《くちびる》を寄せて甘《あま》く囁いた。

「キスしてやろうか？」

「はっ!?」

　唐突《とうとつ》な言葉に、アンはぱっと身を離《はな》した。顔が真っ赤になったのが自分でもわかった。

「なに、なに言ったの!?　今!」

「キスしてやろうかと訊いた。落ち着いたのか?」

平然と問われ、気が抜《ぬ》ける。

「あ、そうか。ショック療法《りょうほう》……?　みたいな……?」

シャル独特の荒療治《あらりょうじ》らしい。確かに、怖いのは吹《ふ》き飛《と》んだ。

思わず本気にして、真っ赤になっている自分が恥《は》ずかしい。しかもさっきまで自分が、シャルに抱きついていたことに気がついた。子猿《ざる》みたいにシャルにしがみつき、わぁわぁ騒いでいた姿は、どれほどみっともなかったことか。

「ごめんシャル。……なんか騒いじゃって。……でもこのお城。ものすごく荒《あ》れた雰囲気があるっていうか、なんていうか」

へどもどしながら、アンは膝《ひざ》で、なめらかな石床《ゆか》の上を後ずさりした。ドレスで床の埃を拭《ふ》き取《と》っていそうだったが、そんなことにも気がつかないほど動揺《どうよう》していた。

「怖いと思っているから、怖いだけだ。この城には人の手で、意図的に破壊された部分がある。そのせいで、城が必要以上に荒廃《こうはい》して見える」

シャルは廊下《ろうか》に並ぶアーチ型の大きな窓を、目顔で指して立ちあがる。そしてアンの手を引いて立ちあがらせて、窓辺に導いてくれた。颯爽《さっそう》として無駄《むだ》のない彼の身ごなしは、なにげなくアンの手を引くだけでうっとりさせられる。

(大騒《おおさわ》ぎしてるわたしとは、おおちがい)

「ここから見えるだけでも、アーチのレリーフ。正面の窓。外壁の装飾《そうしょく》。ここからは見えないが、玄関《げんかん》から部屋に来る間に目についただけでも、ホール正面の壁。壁や天井《てんじょう》の一部。肖像画《しょうぞうが》。それら全部が、意図的に壊されている」

天井ぎりぎりまで大きく取られた、立派な窓だ。その窓の外に目を向けると、埃と雨風で汚《よご》れた窓ガラス越《ご》しに、庭と出入り口のアーチを見下ろせる。

シャルが指摘《してき》した箇所《かしょ》は、確かに壊れていた。周囲は傷もなく残っているのにそこだけが壊れているのは、言われてみれば意図的な破壊だとわかる。

「ほんとうだ。どうして」

「おそらく、ミルズランド王家がこの城を接収した際に、壊されたんだろう」

「どういうこと?」

「アーチの中心に彫《ほ》られるのは、城の所有者の紋章《もんしょう》だ。窓も、紋章をステンドグラスにしてはめこむのはよく目にした。ホールの正面の壁には、通常紋章を描《えが》く。その他の壊された場所も、紋章をモチーフにしたなにかが施《ほどこ》されていたはずだ。この城のかつての所有者であるチェンバー家の紋章だ。それをミルズランド家は、根こそぎ壊し、はぎ取った」

　自然にまかせた荒廃以上に不気味な印象があった理由は、説明されればなんてことはない。わざと壊されているのだ。破壊の傷跡《きずあと》が、不気味な印象につながっているに過ぎない。

　ただ、根絶やしにした一族の紋章さえも破壊しつくしたミルズランド王家の非情さ。それは恐《おそ》ろしい。徹《てっ》底的《ていてき》で容赦《ようしゃ》がない。権力者というのはそんなふうだからこそ、権力者になれるのかもしれない。

「ひどいね……。まるでこの世界から、その人たちがいた事実まで消そうとしてるみたい」

「そのつもりだろう。チェンバー家の紋章は、禁忌《きんき》の紋章だ」

　ふと、まだ自分がシャルと手をつないでいたことに気がつき、あわてて手を離す。

「わたしミスリル・リッド・ポッドを捜してたんだっけ。左翼の方へ行ってみる。作業場を、早く仕事ができる状態にしなくちゃいけないし」

　このまま一緒にいたら、頬《ほお》の熱さは引きそうにない。急いでその場を離れた。早足で歩きながら、今までシャルの手を握《にぎ》っていた自分の右手を、左手でぎゅっと握った。妖精の冷たい手に触《ふ》れていたのに、右手は痺《しび》れたように熱い。

　廊下を進み、二階の小ホールに出た。

　小ホールにはもともとこの城館にあったらしい、朽《く》ちた長椅子《ながいす》やローテーブルが残っていた。燭台《しょくだい》や花瓶《かびん》など、売れば金になるものは没収《ぼっしゅう》されたのか、あるいは、その後に略奪《りゃくだつ》にあったのか。ローテーブルの上にあるのは、埃を被《かぶ》った白黒のマス目がある正方形の石の板だけ。

それはフィッツフと呼ばれる、駒《こま》を使ったゲームのボードだ。王や王妃《おうひ》、主祭教父や騎士《きし》、城や妖精といった凝《こ》った形の石造りの駒をボードの上に並べ、向かい合った二人で駒を取り合う。貴族が好んでするゲームだ。庶民《しょみん》はもっぱら、ゲームといえばカードだ。

しかし肝心《かんじん》の駒は見あたらない。駒は石や水晶《すいしょう》で作られ、時には宝石で装飾されるというから、真っ先に持ち去られたのだろう。

小ホールの壁には、等身大の肖像画が数枚並んでいる。どの肖像画も顔の部分が引《ひ》き裂《さ》かれ、紋章をあしらったと思われる首飾《くびかざ》りや、衣装《いしょう》の布模様の部分もズタズタだ。

足を止めて、それらを見あげた。

気味悪さしか感じなかった絵だ。だがシャルの説明を聞いた今は、気味悪いよりも切ない。

どれも埃にまみれていたが、一枚だけ、不思議なほど埃を被っていない肖像画がある。黒髪《くろかみ》の男だ。儀式《ぎしき》にのぞむ騎士のような、かっちりとしているのに華《はな》やかな、細身の衣装を身にまとっていた。この肖像画も顔の部分は引き裂かれている。

（どうしてこの絵だけ、汚れてないのかな？）

不思議に思いながらもその前を離れた。首筋に冷たい風を感じたが、気のせいだと自分に言い聞かせ、ふり返らなかった。

そのおかげで、誰もいない小ホールの中を、人の影《かげ》がすうっと横切ったのは見なかった。

幽霊が出たと騒ぐアンが、面白くて仕方がなかった。しかし本人は本気で怖がっている様子なので、とりあえず背を抱いた。それでもあまりに騒ぐので、キスしてやろうかと訊いた。こういうからかいかたをすると、彼女は過剰《かじょう》に反応する。幽霊どころではなくなるはず。

案の定。アンはびっくりして、怖いのは吹き飛んだらしい。

　キス云々《うんぬん》は、もちろん、からかうつもりでした質問だ。しかし職人たちのところへ向かうアンを見送りながら、ぼんやりと考える。もしアンがシャルの問いに「はい」と答えたら、自分はどうしたのか――。

　アンは人間だ。人間は人間の中で生きるのが幸せなのだから、彼女を自分のものにしてはならない。そんな冷静な判断はできずに、口づけしてしまったはずだ。

　自分を制御《せいぎょ》できない。これがリズへの気持ちと、アンへの気持ちの違いの、大きな一つだ。

　アンの後ろ姿を見つめる。

　彼女は、自分で気がついているのだろうか？

　チビで、細くて、ひょろひょろした手足ばかりが目立っていた一年前に比べて、自分がすこし大人になっていることを。すこしだけ背が伸《の》びて、胸や腰あたりにまるみができて、手足のバランスが良くなった。小《こ》柄《がら》だが、すらりとした立ち姿だ。髪《かみ》の色も、わずかに薄《うす》くなった。廊下の窓から射しこむ光に照らされる髪は、艶《つや》も増している。

　たった一年で、少女から娘へと変化しようとしている。ただし中身は、外見ほど変化していないらしい。甘い言葉に応えられるようになるのは、まだまだ先かもしれない。

　アンの姿が廊下の向こうへ消えると、シャルはふっと笑った。

　生まれもった姿が時間とともに変化するのは、妖精から見ると不思議なことだった。人間という生き物の不可解さの一つだ。しかし、それが愛らしい。リズが子どもから大人に変化していくのを見守っていた時にも、それを感じた。

　しかしアンに対しては愛《いと》しさだけでなく、甘い切迫《せっぱく》感が同居している。

　その時、背を向けていた廊下の端から視線を感じた。ふり返ると、何者かの影が廊下の角を曲がったのが見えた。ふわりとした紫色《むらさきいろ》のなにかだ。

　弾《はじ》かれたようにシャルは駆け出した。なめらかな石の床には、埃がうっすら積もっている。走ると軸足《じくあし》が滑《すべ》るが、姿勢を低くしてバランスを取り、一気に廊下を抜け角を曲がる。

と、その先。正面は行き止まりだった。廊下は袋《ふくろ》小路《こうじ》になっていた。立ち止まる。

眉《まゆ》をひそめながら、漆喰で化粧《けしょう》された壁の前に行き、触れる。

（確かに視線を感じた）

一階部分であれば、その同じ場所に扉がある。西の塔へのぼるための出入り口だ。

しかしここは二階部分で、塔への出入り口はない。ただ漆喰の壁だ。ざらりとした手触《てざわ》りに違和感《いわかん》はない。

自分が駆けてきた背後をふり返った。廊下の窓から射しこむ光に、床につもる埃が白っぽく光り、シャルの足跡《あしあと》がくっきりと浮《う》いている。

そしてそれとは別にもう一つ。シャルの足跡よりもかなり薄く、小ぶりな足跡がある。その足跡は廊下を幾度《いくど》か歩き回ったように乱れていたが、最後には今シャルが立っている場所に戻っている。そして壁の前で途切れていた。

「足跡を残す幽霊か」

呟くと、今一度漆喰の壁を見あげた。

玄関ホールの左右の端には、それぞれ左翼と右翼の一階廊下へ通じる扉がある。

左翼側の扉を開くとまっすぐな廊下だ。アーチ型の大きな窓が並ぶ廊下には、等間隔《とうかんかく》に四つの扉がある。二階三階も同様の造りで、四部屋ずつ。

城の左翼と右翼は、鏡に映したように同じ造りになっていた。

ペイジ工房の職人たちは、左翼の一階の四部屋を作業場として整えた。

最後の仕上げは清めの儀式だ。清めには、国教の十二守護聖人の一人、聖エリスの名を与《あた》えられた木の実の粉を使う。

茶色く固い聖エリスの木の実を、乾燥《かんそう》させてひいた粉だ。辛いような爽《さわ》やかな香りがする粉を、工房の長《おさ》や代理人が、聖句を唱えながら作業場の四隅《よすみ》にまく。

そうすることでその場所は清められ、聖なる空間になると信じられている。

　鍛冶《かじ》職人の作業場や国教会の教会、聖堂などでも、同様の清めの儀式をする。

　清めの儀式が終わると、陽はすっかり傾《かたむ》いていた。

　やろうと思えば、夜に明かりを灯《とも》して作業を開始することもできた。しかし選品のあと休む間もなく引っ越し準備をし、移動したのだ。さすがに職人たちにも疲労《ひろう》の色が濃《こ》かった。それを察したエリオットの提案で、今夜は、作業を休むことになった。

　明日の早朝から、また昼夜問わずの作業が始まる。職人たちもそのことは心得ていて、夕食を食べたあと、すぐにそれぞれの部屋に引っこんだ。

　アンも部屋に帰らなくてはならないので、ミスリルにすがりついて、一緒に寝てくれと懇願《こんがん》した。哀《あわ》れに思ったのか、ミスリルはアンの部屋に来てくれた。

「アンと寝るのは、俺、別にかまわないんだ。わりと嬉しいし。けどな」

　ベッドに腰かけて、ミスリルは難しい顔をして腕組《うでぐ》みしていた。

　アンの予想通り。夜の部屋はとてつもなく薄気味悪《うすきみわる》かった。広いせいで、サイドテーブルの上にある蠟燭《ろうそく》の明かりでは頼りない。部屋の四隅に黒々と、闇《やみ》がうずくまっている。

　窓に残っていたカーテンを閉めているのだが、そのカーテンがまたおどろおどろしい。その埃っぽくて不気味なカーテンの陰《かげ》で、アンは寝間着《ねまき》に着替《きか》え終えた。埃を吸いこんで二、三度くしゃみが出た。むずむずする鼻を押さえながら、ベッドに近寄る。

「けど、なに？」

「こういうことは、シャル・フェン・シャルにお願いするべきだと思うんだ。うん」

「お願いすれば、シャルのことだから面白がって寝てくれそうだけど。添《そ》い寝《ね》なんて……やりすぎというか。恥ずかしすぎるというか」

「馬鹿だなアン！　そんなこと言ってたら、一生恋《こい》は実らないぞ。あのおたんこなすだって、気分や雰囲気がもりあがれば、その気になる。前にも言ったことあるよな。既《き》成《せい》事実から生まれる恋もある！　だからここはひとつ、シャル・フェン・シャルが添い寝するべきだ。よっし！」

　ミスリルはベッドの上に、すくっと立ちあがった。

「俺が今から頼んでやる！」

「ちょ、ちょ、ミスリル・リッド・ポッド！　待って！お願い！」

　今しもベッドから飛び降りようとするミスリルを、あわてて両手で摑《つか》んだ。ミスリルはじたばたと暴れた。

「放せアン。俺様の恩返しを邪《じゃ》魔《ま》する気か」

「それって恩返し!?　微妙《びみょう》に嫌《いや》がらせな感じなんだけど」

「なにが嫌がらせだ。これこそが恩返しの第一歩……」

　アンの手からもがき出たミスリルが、ベッドから飛び降りようとして、急にぴたりと動きを止めた。

「アン？」

「なに？」

「窓、開けたか？」

「開けてないよ」

「でもこれ……風？　だよな」

　ミスリルが蠟燭の炎《ほのお》を見つめていた。確かに蠟燭の炎が、風に煽《あお》られているかのように横に流れている。けれど風は感じられない。

　誰かが長い息を吹きかけているかのように、蠟燭の炎は横になびいていたと思ったら、ふっとまた垂直に立ちあがり、再び横になびく。そしてまた、垂直に立ちあがる。その繰《く》り返《かえ》しをしている。

「これ、なに？」

　見たこともない現象に目を丸くした。と、ふいに横になびいていた蠟燭の炎が消えた。突然、暗闇《くらやみ》になる。

「真っ暗だ！　動けないぞ」

「待って、今、明かりを」

　アンはサイドテーブルを見つけようと、手《て》探《さぐ》りした。ベッドの上に四つんばいになったアンの肩越しに、ふう、ふうと何者かの息づかいを感じた。気配はない。なのに肩のあたりで、誰かの呼吸音がする。

　アンは悲鳴をあげ、ぎゅっと目を閉じ、頭を抱えこんでベッドの上に丸まった。

「アン!?　どうした」

ミスリルが呼ぶ声が、なぜか遠い。耳の後ろで聞こえる呼吸音が、いっそうはっきりする。

「ミスリル・リッド・ポッド！」

助けを求めて声をあげた瞬間《しゅんかん》。ぱっと火花が散ったように、閉じた瞼《まぶた》の裏に一つの光景が見えた。

黒髪に黒い髭《ひげ》の男が馬に乗っている。太陽を背に、男は鞭《むち》をふりあげる。

『愚図《ぐず》め！』

悲鳴が聞こえた。男の子の声だ。姿は見えないが、紫色のなにかが視界の端をかすめた。

『すみません！　ご主人様！　許してください！』

悲鳴混じりの男の子の哀願《あいがん》が、耳に突《つ》き刺《さ》さる。

「アン!?」

ミスリルの声が大きく聞こえた。はっと顔をあげると、明るかった。ミスリルが蠟燭の火をつけたところだった。彼はすぐにアンの方へ跳《と》んできてくれる。

「どうしたんだよ、アン」

「あ……ミスリル・リッド・ポッド……」

ほっとして上体を起こしたが、指がわずかに震えていた。しかし真っ暗闇と違って、頼りない蠟燭の明かりでもあると格段に安心感がある。

「今、なにか……。わからない。けど、怖かった……」

頭がすこし、くらくらした。すぐ近くで聞こえた呼吸音を思い出すとぞっとしたが、それ以上に、閃《ひらめ》くように瞼の裏に現れた光景が怖かった。

鞭をふりあげる男の凶暴《きようぼう》さと無慈悲《むじひ》さが、怖くてたまらなかった。

「どうした？」

膝に飛び乗り、アンの手をなでてくれるミスリルを、思わず抱きしめた。ミスリルの小さいけれど元気いっぱいの体を抱きしめると、ほっとする。

「わかんない」

蠟燭の炎も、耳の近くで聞こえた吐息《といき》も、隙間風《すきまかぜ》とか空気の温度差とか、理由があるのかもしれない。一瞬《いっしゅん》目の前に見えた光景も、怯《おび》えた気持ちが見せた夢みたいなものかもしれない。

そう思えなくもない。だが、恐ろしかった。

「わかんないけど。……お願い、ミスリル・リッド・ポッド。今日はこうやって寝てくれる？」

　ミスリルを抱きしめながらであれば、すこしは恐怖がやわらぐ気がした。

「お、おお。いいけどな」

　ミスリルは赤くなる。そうしていると、扉がノックされた。返事をする前に扉が開く。

「なにごとだ？」

　顔を見せたのはシャルだった。アンの悲鳴を聞いて、来てくれたらしい。

　体の震えが、やっとひいてくる。シャルの姿を見ると安心するのは、条件反射みたいなものだ。彼がいるから大丈夫というような思いが、自分の中にすりこまれているのだろう。

「なにかあったのか？」

　訊かれると、どう言えばいいものか戸惑《とまど》った。実際起こったことは、蠟燭の炎が揺《ゆ》らいで消えただけだ。アンの耳に呼吸音が聞こえたのも、瞼の裏に見えた光景も、はっきりと「起こった」と言えるものではないかもしれない。

「ちょうど良かった！　シャル・フェン・シャル！　ここへ来て添い寝……」

　ミスリルがとんでもないことを言いかけるので、あわてて彼の口をふさいだ。

「大丈夫。ほんとうに、なんでもないから。おやすみ」

　不審そうにしながらも、シャルは扉を閉めた。

　しばらくして気持ちが落ち着くと、アンは蠟燭を吹《ふ》き消《け》し、ミスリルを抱いたまま毛布の中にもぐりこんだ。彼はアンに抱かれながらもブツブツ言う。

「なんだよ、こうやってシャル・フェン・シャルと寝ればいいじゃないか」

「ごめん。考えただけで、恥ずかしい……」

「でも、アン」

　ミスリルが、突然不安そうな声で訊いた。

「やっぱりここ、なにかいるのか？」

　暖かい毛布の中に二人でいれば、守られているようですこし落ち着く。

「よく、わかんない」

答えるとさらにしっかり、ミスリルを抱きしめた。

（お父様やみんなに、なんて言われるだろう。彼のこと）


あかあかと火が燃える暖炉《だんろ》の前に座りこんで、ブリジットは荷造りをしていた。

ペイジ工房の母屋には誰もいない。父親のグレンも、エリオットもオーランドも、アンも、シャルもミスリルも。ハルもダナも。

迎《むか》えに来たエリオットに、先に行けと言ったのは自分なのに、どうしようもない寂《さび》しさがこみあげる。

その時。背後から肩を抱かれた。

「どうしたんだ？　ブリジット。寒いか？」

彼の優《やさ》しい言葉と仕草に、ブリジットは頬を染めて、はにかんでふり返った。

「大丈夫。ありがとう」

一瞬よろこびが芽生えたのに、答え終わると、なぜかまた急にむなしくなる。

（わたしはたぶん、誰でもいいんだ……）

自分のしていることが、愚《おろ》かだと知っている。だがどうしようもないという、投げやりな気持ちになる。

暖炉の火は勢いよく燃えていた。さほど寒いはずはないのに、なぜか体が冷える。

「上衣《うわぎ》を持ってこようかな？」

「いいの。平気よ」

彼の手に触れると、耳元で囁かれた。

「君は、可愛いな」

寄《よ》り添《そ》う彼の言葉は、花の香りのように甘い。

彼は美しい。ミルズフィールドの町中を、彼を連れて歩いた時には、道行く人々が思わずのように足を止めふり返っていた。その彼を独占《どくせん》しているのは自分だ。これ以上ないほど誇《ほこ》らしいはずだ。

そう思うのに、どうして笑顔《えがお》になれないのだろうか。

「明日、ホリーリーフ城に行くために馬車を手配したわ。けど……どうして行かなくちゃいけないのかしら。わたしは、あなたとここで二人きりで待っててもいい」

彼は、だだをこねる子どもを諭《さと》すように優しく言う。

「ここに二人きりは、不用心だ。それに君はペイジ工房の娘だろう？　家族と離れているのはよくない」

ブリジットにもそれはわかっているので、ため息混じりに頷《うなず》く。

「そう……そうよね」

二章　愛玩妖精

昨夜あれから、アンはなかなか寝《ね》つけなかった。怯《おび》えた気持ちが去らずに、すこしの物音にもビクビクしていたためだろう。

そのうえ一晩中、一階からやたらと物音がしていたのも原因だった。一階にはオーランドとキング、ヴァレンタインとナディールの部屋があるのだが、明け方まで扉《とびら》を開け閉めする音が続いていた。

明け方にうとうとした程度なので、とても眠《ねむ》かった。

城館の正面階段を二階までのぼったところは小ホールになっている。その小ホールに、職人たちが集まる食卓《しょくたく》は置かれていた。朝陽《あさひ》が昇《のぼ》ると、職人たちは一人、二人とその食卓に集まってくる。

ダナとハルが台所から料理を運んでくる直前には、全員が顔をそろえていた。

ただし体調の悪いグレンだけは、部屋で食事をとるので食堂にはいない。

小ホール西側の壁《かべ》には大きな暖炉《だんろ》があり、東側の壁には傷つけられた肖像画《しょうぞうが》が並んでいる。

南側は壁がなく、吹《ふ》き抜《ぬ》けになっていた。蔦《つた》のデザインを施《ほどこ》した真鍮《しんちゅう》の手摺《てす》りから身を乗り出せば、一階ホールを見おろすことができた。逆に見あげれば、天井から吊《つ》り下《さ》げられた三つものシャンデリアが目に入る。埃《ほこり》にすすけているが、涙《なみだ》の形のガラスをつなぎ合わせたシャンデリアが、かつてどれほど素晴《すば》らしい輝《かがや》きを放っていたか想像できる。

ふらふら食卓に着いたアンが大きなあくびをすると、つられたようにオーランドもあくびをした。

それをエリオットが目ざとく見つける。

「おやぁ、アンもオーランドも寝不足《ねぶそく》？　困るよねぇ、今日から作業なのに。二人とも夜中になにやってたの？　いいこと？　俺もまぜて」

「なにもしてません！　なんだか変なことがあって、寝つけなかっただけです」

アンが答えると、オーランドもぶすっとした顔をする。そして、

「俺の部屋の、出入り口の扉の鍵《かぎ》はおかしい。何回鍵をしっかり閉めたと思っても、うとうとしていると扉が開いてる」

と、苦情を申し立てるように言った。するとキングとナディール、ヴァレンタインが驚《おどろ》いたように視線をあげた。

「隙間風《すきまかぜ》で目が覚めて、もう一度閉めるけどまた開く。昨夜はそれの繰《く》り返《かえ》しだ」

オーランドが言うと、キングが厳しい顔で口を開く。

「俺の部屋も同じだったぜ」

さらに。

「俺もそうだったよ」

「僕もです」

ナディールとヴァレンタインも、驚いたように言う。

エリオットはへぇと、首を傾《かし》げた。

「城の土台が傾《かたむ》いてたりするのかな？　一階の部屋は、そんなに扉の建てつけが悪いんだね。今日、ハルに見てもらう？」

するとヴァレンタインが、ぽつりと言う。

「いえ、水平です。傾きはありません。僕が言うんですから間違《まちが》いないです。部屋の鍵も、僕の部屋は僕が見る限りじゃ確実に閉まります」

「じゃ、なんで開くんだろうね？」

当然のエリオットの質問に、その場が静まる。誰《だれ》もが答えを考えたくないとでもいうように、もくもくとフォークを動かしていた。

カップに手をかざしてゆっくりとお茶を飲んでいたシャルが、顔をあげる。

「鍵は内側からかけていたんだな？　四人とも」

確かめるように訊《き》くと、四人が一斉《いっせい》に頷《うなず》いた。さらにシャルは問う。

「四人の中で、紫色《むらさきいろ》の影《かげ》を見た奴《やつ》はいるか？」

「あ、なんかふわっとした紫色のものを、扉の前で見た気がするけど。よくわかんないよ。一瞬《いっしゅん》だったから」

ナディールが答えると、シャルは「そうか」と言ってまたカップに視線を戻《もど》す。

「なんだ？　シャル。なにかあるのかよ」

キングが問うと、シャルは、揺《ゆ》れてかさを減らしていく茶の液面を見つめながら淡々《たんたん》と告げた。

「なにかがいる。間違いない」

職人たちがぎょっとした顔になる。

昨日の昼間、幽霊《ゆうれい》などいないと言い切っていたシャルが、一晩寝たら、なにかがいると言い出した。そのことにアンは驚いた。

シャルもなにかを見たか、聞いたかしたのかもしれない。だとしたら、昨夜アンが聞いた音や見たものも、錯覚《さっかく》じゃないかもしれなかった。

「いるんだな！　やっぱり！　そうか。こうなったら俺様が、みんなを守るしかないんだな。俺様の知恵《ちえ》と勇気の見せ所だ。頑張《がんば》れ、俺様……」

ミスリルは両手を握《にぎ》り拳《こぶし》にし、うつむきながら呟《つぶや》いた。そしてすぐに、決意をこめて顔をあげた。

「俺様は、悪霊《あくりょう》退治をする。約束したんだから、みんなを守ってやる！」

ミスリルは食卓に立ちあがると、拳《こぶし》をつきあげた。

みんなの不安そうな視線が集まるが、ナディールだけはぱちぱちと拍手《はくしゅ》した。エリオットも、目尻《めじり》をさげる。

「お願いするかなぁ。別に幽霊が住んでようが穴熊が住んでようが、かまわないんだけど。疲《つか》れてる職人がおちおち眠れないんじゃ、作業に差《さ》し障《さわ》るから」

「おう！　俺様に、任せておけ！」

工房《こうぼう》の長《おさ》代理に仕事を任されたとあって、ミスリルは嬉《うれ》しそうに頬《ほお》を紅潮させた。羽がぴんと伸《の》びる。そして勢いをつけると、シャルの肩《かた》に飛び移った。

「聞いたか!?　シャル・フェン・シャル。俺様はエリオットに、悪霊退治を任された」

「そうだな」

「落ち着いてる場合かシャル・フェン・シャル！　おまえも俺様の手足となって活躍《かつやく》しろ！　俺様の任務は、おまえの任務でもあるだろう!?」

勝手な主張に、シャルの表情は冷ややかになった。

「いつからそうなった？」

「今からだ！」

ミスリルはシャルの肩の上で、胸を叩《たた》く。

「俺様が悪霊を退治する！　みんな安心しろ」

「頼《たよ》りにしてるから。頑張ってねぇ」

どこまで本気なのか、エリオットはそんなことを言う。そして、

「俺も今回は作業に入るし。疲れたらきちんと寝たいし」

と、軽くのびをした。その言葉に、アンも職人たちも一斉にエリオットに注目した。

「おまえ作業に参加するのか？」

意外そうに訊いたオーランドに、エリオットは笑ってみせる。

「なに、その嫌そうな顔。だって当然でしょう。この二ヶ月間は総出で作業しなきゃ、間に合わない。二ヶ月間だけは、工房の長の機能は停止する。そのつもりの対外的な根回しはしたからね。嫌でも参加しちゃうよ。嬉しい？　オーランド」

「どちらかというと、助かるが。同じくらい迷惑《めいわく》だ」

「またうるさくなるぜ」

キングが呟くと、ナディールが唇《くちびる》を尖《とが》らせる。

「俺が作業してる時は、あんましゃべんないでよね」

「へいへい」

首を縮めたエリオットを見て、ヴァレンタインが微笑《ほほえ》んだ。

「でもエリオットの手が入るのは、正直な話、心強いです」

（コリンズさんは考えること、やることが、早い）

職人たちにはいろいろ思うところがあるらしいが、アンは素直《すなお》にエリオットの対応の早さに感心した。これから、大変な作業量をこなさなくてはならない。そのためには一人でも多くの職人が必要なのは確かだ。

「ま、俺も作業に参加するけど、結局長代理なんて、なにかのトラブルがあれば引っ張り出される。だから仕事の舵取《かじと》りは、職人頭に任せる。アン、そのつもりで考えてるでしょう？　今日からどういう手順で作業をするつもりなのかな？」

なにげない口調のその問いに、四人の職人たちの顔つきが急に引きしまった。

いよいよ、仕事だ。

仕事に取りかかる前の期待とよろこびと緊張《きんちょう》感が、職人たちから伝わってくる。

アンもフォークを置くと、居住まいを正す。

「練りは、オーランドとキングに担当してもらいます。色味を作るのは、キングが兼任《けんにん》。で、その他の三人が形作りと、組みあげをします」

「どれくらい作る？」

「選品に出したのと同じサイズのものを、最低でも七、八個。あと、その半分くらいのものを十個くらいと、三分の一くらいのものを十個くらい。聖堂を飾《かざ》るには充分《じゅうぶん》だと思うんです」

「ま、そんなもんだろうねぇ。作業の日程は……」

エリオットがさらに話をすすめようとしたその時、ホールの大扉が軋《きし》む。

全員が、手摺り越《こ》しにホールを見おろした。大扉がゆっくりと開いていくところだった。

ホール一階部分はほとんどの窓が壊《こわ》されていたので、板でふさいだ。そのために薄暗《うすぐら》い。その薄暗いホールに、朝の光が一筋射《さ》す。光はじわじわと、ひび割れた石の床《ゆか》に広がっていく。

「これはこれは、立派な作業場じゃないか。国教会も面白《おもしろ》い場所を貸すもんだ」

愉快《ゆかい》そうな声がした。

エリオットとアンはその声に驚き、椅子《いす》から立ちあがった。知っている声だ。

シャルも眉根《まゆね》を寄せ、ミスリルも目をしばたたいた。

「おはよう。ペイジ工房の諸君。先触《さきぶ》れも出さずに悪かったが、邪魔《じゃま》するぞ」

ホールに入ってきたのは、おさまりの悪そうな茶の髪《かみ》をぞんざいになでつけた、野性味のある精悍《せいかん》な顔立ちの男。地味な上衣《うわぎ》を身につけていたが、仕立ては一流だ。彼の背後には、ナディールに似た髪と肌《はだ》の色をした青年が静かに従っている。

「銀砂糖子爵《ししゃく》」

アンとエリオットは、同時に呟いていた。

銀砂糖子爵ヒュー・マーキュリーと、その護衛サリムだった。

銀砂糖子爵と聞いて、キングとオーランド、ヴァレンタインは顔を見合わせている。ナディールだけが、サリムの姿を見て嬉しそうに声をあげた。

「あの人、イズァランだ！」

サリムが無表情な顔を、階上の小ホールに向けた。

ナディールは手を振《ふ》ったが、サリムは視線をそらした。

「なんだ。愛想《あいそ》がない奴。恥《は》ずかしがり屋なのかな？」

アンとエリオットは、急いで階段を駆《か》けおりた。

「銀砂糖子爵。どうしたんですか？」

エリオットは困惑《こんわく》ぎみだ。ヒューはにやりと笑う。

「元気そうだな。コリンズ」

「おかげさまで。でも俺の健康状態を確認《かくにん》しにきたわけじゃないでしょう？」

「おまえはついでだ。どちらかというと、そっちの新米銀砂糖師の健康状態を確認したいがな。いろいろやってるらしいな、アン。噂《うわさ》は聞いてる。しかも取《と》り戻《もど》したみたいだな、あいつを」

アンは笑顔《えがお》で頷いた。シャルに自由を取り戻せたことは、素直に嬉しくて誇《ほこ》らしかった。

「うん。取り戻した」

ヒューが親しげに声をかけたので、エリオットは驚いたようにアンを見やる。

「アン？　子爵と知りあいなわけ？」

「ちょっとした縁《えん》があって、いろいろ助けてもらったんです。でも、ヒュー。どうしてここに？　本当にわたしの健康状態を確認しにきたわけじゃないだろうし」

「呼び捨て？　銀砂糖子爵を」

かくんと、エリオットは口を開ける。

「呼びたきゃ、おまえも呼び捨てにしてもいいぞコリンズ」

　はっと口を閉じて、エリオットは苦笑《くしょう》した。

「遠慮《えんりょ》しておきますよ。そんなことしたら、サリムに殺されそうだしねぇ」

　軽口にも、サリムは無言無表情だ。

「で、とにかく、なんの御用《ごよう》でいらっしゃったんですか？　子爵」

「仕事だ。それ以外で来ると思うか？　今日来たのは、国教会からの依頼《いらい》だ。毎年、選品で選ばれた工房には、銀砂糖子爵の監視《かんし》がつく。俺は時々、ペイジ工房の作業の進捗《しんちょく》を確認する必要がある。おまえたちが作業場をここに移したと聞いたから、作業場の様子を確認するために来たんだ」

「監視って、どうして？」

　アンはきょとんとしたが、エリオットはそうかと小さく呟いて、眉間《みけん》に皺《しわ》を寄せた。

「もし新聖祭に作品が間に合わないなんてことになったら、大変だ。ハイランド王国に、一年の幸福がもたらされない。だから選品で選ばれた工房が、新聖祭までに作品をそろえられるか否《いな》か。それを銀砂糖子爵は、監視するわけですよね」

「その通りだ。新聖祭に砂糖菓子《がし》がない。あるいは、みっともない作品が並んでいてもいけない。そこで俺は、砂糖菓子を任された工房が、きちんと新聖祭の砂糖菓子を作るかどうかを監視する」

　いったん言葉を切り、ヒューは鋭《するど》い目をエリオットに向けた。

「国教会は保険として、選品で二番目に評判が良かったマーキュリー工房に、予備の砂糖菓子を準備するように依頼している。これは毎年おこなわれる措置《そち》だ。もし見こみ通りの砂糖菓子ができないと俺が判断した時は、俺は国教会に報告する。そうなれば、マーキュリー工房の作品が新聖祭に使われる。ペイジ工房の砂糖菓子は使われず、報酬《ほうしゅう》も支払《しはら》われない。そのうえペナルティとして、報酬の一万クレスと同額の罰金《ばっきん》を支払う義務が発生する」

「一万クレスの罰金!?」

　とんでもない額に、アンは思わず声をあげた。エリオットをふり仰《あお》ぐ。

「知ってました？　コリンズさん」

「知ってたよ。それだけ重要なお役目ってことだけど、銀砂糖子爵の監視の件は知らなかったな。なにしろペイジ工房は、今まで選品に参加したことなかったからね」

　新聖祭は、ハイランド王国の新たな一年に、幸福を呼ぶための祝祭だ。その時に幸福を招く砂糖菓子がない、あるいはみすぼらしいものであれば、王国に新たな幸福を呼べない。

　新聖祭には、素晴らしい砂糖菓子が不可欠だ。だからこそ選品が始まった。

　選品で選ばれた工房が、なんらかの事情で砂糖菓子を準備できなかった場合、「今年は砂糖菓子がありません」ではすまされない。国教会が、銀砂糖子爵に監視を依頼するのは当然だ。そして予備を準備するのも、当然。

　自分たちの失敗を考慮《こうりよ》にいれた準備があるということに、重圧を感じ、不安が頭をもたげる。

「ペイジ工房の義務と責任について、了解《りようかい》か？　コリンズ。ペイジ工房派長代理」

　ヒューが静かに問う。

　エリオットは彼らしからぬ強《こわ》ばった表情だったが、すぐにいつものふざけ笑顔になった。

「わかりましたよ、子爵。そんなに脅《おど》かさなくても、きちんと作りますよ。うちには立派な職人頭もいるしねぇ。ね、アン」

「はい」

　緊張しながらも答えた。ヒューは目を光らせ、ふっと笑う。

「お手並み拝見といこうかな、ペイジ工房」

「ま、お手柔《やわ》らかに。ところでグレンさんには会われますか？　今朝は容態が落ち着いているから、会えるとは思いますけど」

「気は進まないが、会えるものなら会う。顔も見ずに帰ったら、パウエルに比べてどうだこうだ、銀砂糖子爵の礼儀《れいぎ》だの品格だの文句を言いそうだからな、あの人は」

「ご案内しましょう」

　エリオットがヒューを導いて、階段をのぼっていった。アンはそれを見送り、食卓に戻った。

　職人たちは興味津々《きょうみしんしん》で、エリオットとヒューを目で追っている。

「アンって銀砂糖子爵と知りあいなんだ！　びっくりだよ。俺、銀砂糖子爵の顔はじめて見た。あ、それとハイランドに来てはじめて、俺以外のイズァランに会った。あの人なに？」

　ナディールは目を輝かせていた。

「銀砂糖子爵とは縁があって、お世話になったんだけど。あの人って、サリムさんのこと？　ヒュー……じゃなかった、銀砂糖子爵の護衛だけど。イズァランって？」

「イズァランってのは、ん～と、俺たちのこと」

　あまりにも適当な説明に、親切なヴァレンタインが付け加えてくれた。

「大陸の東にあったイズァラールという王国の人々をイズァランと呼ぶんですよ。イズァラールは隣国《りんごく》から侵略《しんりゃく》をうけ、二十年ほど前に滅《ほろ》びました。イズァランは、大陸に散り散りになっています。ほとんどのイズァランは、いくつかのグループを作って放浪《ほうろう》しているはずです」

「イズァラールは俺が生まれる前に滅びたから、知らないよ。そんな話されても、自分の国って実感ないな。逆に一つの場所にずっと住むとか、ここに来るまで考えたことなかったし」

　ナディールがけろりとしているのは救いだが、国が滅びた人々は、いったいどんなつらい思いをするのだろうか。

　物心つく前から旅暮らしを続けていたアンには、故郷がない。いつもはなんともないが、「故郷に帰る」と言って笑顔で手をふる人を見ると、すこし羨《うらや》ましかった。ナディールも、アンと似た生活を送っていたのかもしれない。

「それはそうと、銀砂糖子爵の監視がつくんですか？」

　丸い眼鏡の奥《おく》で、ヴァレンタインの目は心配そうな色をしていた。

「うん。そうみたい」

「当然だな」

　オーランドが頷く。

「ほったらかしってのは、ありえないぜ」

　キングも、肩をすくめる。

「わかってるかなぁ？　みんな。とんでもない作業量だよ」

　エリオットの声がした。見ると彼は、三階から階段を降りてくるところだった。ヒューをグレンのもとに案内して、戻ってきたらしい。

「新聖祭に砂糖菓子が間に合わなければ、マーキュリー工房の作品が使われる。数を減らしてお茶を濁《にご》して乗り切るって方法もありかと思ってたけど、銀砂糖子爵の監視がつく。あの人が許すはずがない。しかも、支払われるはずの報酬と同額の罰金が科せられる。一万クレスだ。ペイジ工房には逆立ちしても出せない。そうなると俺でも、もうお手上げ。ペイジ工房は終わる」

　食卓の前に立つと、エリオットは彼には珍《めずら》しく淡々と告げた。

　少ない時間でたくさんのものを、しかも質を落とさず作る必要があるのだ。

　試行錯誤《しこうさくご》しながら作った選品の砂糖菓子には、およそ一ヶ月もかかっている。今回は試行錯誤する必要もないし、同じ作業を繰り返すので慣れもある。今の彼らの技量で同様のものを作るのに、四日で充分だろう。

　単純計算で、選品と同じものを八個作るのに三十二日。そしてその半分のものを十個作るのは、作業量を半分と計算すれば約二十日。三分の一のものを十個作るには、約十日。

新聖祭まで、二ヶ月を切っている。計算上だけでも数日、作業時間が不足している。だが作業を続けるうちに慣れてくれれば、さらに作業速度があがる。それを期待して考えた数字だ。

ぎりぎり、間に合うかどうかといったところだ。

（失敗したら工房の立てなおしどころか、一気につぶれる。なにがなんでも作らなくちゃ）

気負って、職人たちの顔を見た。

しかし驚いたことに、キングとナディールは、どことなくエリオットを挑発《ちょうはつ》するように、にやにや笑っている。ヴァレンタインは微笑んでいるし、オーランドは平然としている。

「誰にものを言ってるつもりだ、エリオット」

キングがにっと笑う。

「作らなきゃならないものなら、作るぜ」

「ただ、作ればいいんでしょ？」

ナディールがけろりとして言うと、ヴァレンタインが頷く。

「大丈夫《だいじょうぶ》です。作りますから」

「作る。間に合わせる。あたりまえのことだ」

オーランドも、素っ気なく言う。

その答えを聞いて、エリオットが目尻をさげた。

「なんか頭が高いよね、おまえら。俺はいちおう、グレンさんの代理なんだけどねぇ」

ぼやく言葉が、嬉しそうだった。

職人だから仕事を「できない」と言いたくない。アンの中にあるのと同じ思いが、彼らの中にも息づいている。そして虚勢《きょせい》かもしれないが、彼らは自信を持って言い切っている。「できる」と。

アンはいつも、不安や焦《あせ》りはそのままうけとめていた。虚勢を張る余裕《よゆう》すらなかった。

しかし困難な仕事を前に、自分に対しても虚勢を張る必要があるのかもしれない。それは大切なことに思えた。

（見習おう）

アンもエリオットに微笑みかけた。自分が笑ったというだけで、不思議と気負いがなくなり、楽になった。

「やります」

なにか言いたそうに、うずうずしている様子だったミスリルが、ハイハイッと手をあげながら食卓の上に飛び出した。

「俺様も、協力してやるぞ！　感謝しろ！」

小さないばり屋の後ろ頭を、シャルが軽く指で小突《こづ》いた。

「おまえが一番、頭が高い」

ヒューはグレンの見舞《みま》いをすませ、その後作業場を確認して帰っていった。それと同時に、新聖祭の砂糖菓子を作る作業も始まった。

左翼《さよく》の二階に保管してある銀砂糖を二樽《たる》だけ、作業場におろした。練りの作業をする部屋にアンとミスリル、ペイジ工房の四人の職人が顔をそろえた。

エリオットも加わった。

作業場には、ほとんど火の気がない。熱を嫌《きら》う銀砂糖のために、極力暖はとらない。あるのは小さな鉄のバケツに、おきになった炭を入れたものだけだ。手が冷えすぎてつらい時には、それで指を温める。

銀砂糖の樽を開けると、エリオットは銀砂糖に手を触《ふ》れた。さらさらと指の隙間《すきま》から銀砂糖がこぼれる。彼は目を細めた。

「いいね。銀砂糖だ」

エリオットは一瞬、うっとりしたような、幸せそうな顔をした。そんな彼の表情を見たのは、はじめてだった。

（なんだかんだ言っても、やっぱりこの人も銀砂糖師だ）

職人たちがめいめい、自分の持ち場に移動をはじめた時だった。せっせと道具類をそろえていたミスリルが、窓の外を見て声をあげた。

「おい、みんな。あれ見ろ。馬車が来たぞ」

ミスリルは庭の端《はし》を指さしていた。丘《おか》をくだる坂道の降り口に、一頭立ての馬車がとまっていた。街でよく見かける雇《やと》われ馬車だ。

「あ、ほんとだね。誰かな？」

アンが窓の外を覗《のぞ》くと、エリオットと職人たちも彼女と並んで外を見る。

馬車の扉が開き、そこから一人、背の高い青年が優《ゆう》雅《が》な仕草で降り立つ。背に、膝《ひざ》裏まで届く羽が一枚さらりと流れている。妖精《ようせい》だ。

「なに？　……すごく……綺麗《きれい》」

思わず、アンは口に出した。

妖精は長身だ。シャルとほぼ同じくらいだろうか。

白地にレースやビーズをあしらった、見栄《みば》えのする衣装《いしょう》を身につけている。動きにあわせて、ビーズの飾りが光を受けて輝く。

ミルクに緑と青の染料《せんりょう》を溶《と》かしたような、曖昧《あいまい》な色合いの髪はゆるくうねり、肩の下あたりまで垂れていた。瞳《ひとみ》も髪の色と似た、緑とも青ともつかない色だ。白い顔には、妖《あや》しげともいえる、したたるような艶《つや》がある。妖精の姿に、アンを含《ふく》めた全員がなかば見とれていた。

続いて馬車から、よく知っている人物が降りてきた。

「ブリジットぉ!?」

エリオットが、大きな声をあげた。

現れたのはブリジットだった。妖精はうやうやしく彼女に手を貸し、馬車から降ろした。

ブリジットは御者《ぎょしゃ》に代金を渡《わた》すと、馬車の天井《てんじょう》にくくりつけてある荷物を下ろすように指示しているらしかった。それが終わると、妖精と寄《よ》り添《そ》って、城館へ向かって歩き出す。

「なんだなんだ、ありゃなんだ!?　わけわかんないぜ！」

キングが目を白黒させて声をあげる。オーランドが苦々しく顔を歪《ゆが》め、呻《うめ》く。ヴァレンタインは目を丸くして、ナディールもきょとんとしていた。

エリオットが額に手を当て、情けない声を出す。

「ちょっともう、勘弁《かんべん》してよ……」

ミスリルがアンの肩に飛び乗り、ぽかんと口を開けたままのアンの髪《かみ》の毛《け》を引っぱった。

「おい、こっちに来るぞ。入ってくるぞ！」

はっとして、アンはエリオットのシャツの袖《そで》を摑《つか》む。

「コリンズさん！　あれ誰なんですか⁉」

「も～、俺だって知らないよ～」

力なく言うと、職人たちに向きなおった。

「とりあえず、長代理の俺と職人頭のアンで、ブリジットが連れてきたあいつがなんなのか問いただすから。おまえら、作業の続きをしてろよ。おまえらまで来ると、収拾《しゅうしゅう》つかなくなる。あ、と。ミスリル・リッド・ポッドは一緒《いっしょ》に来てよね。同じ妖精だから、なにか役に立つかもしれない」

アンとミスリル、エリオットは急いで作業場を出ると、玄関《げんかん》ホールに走った。ホールに入った途端《とたん》に、

「血相を変えてなんだ？　また幽霊が出たか？」

吹き抜けになった二階から声がした。

見あげると二階小ホールの手摺りに、シャルがもたれかかっている。

「ちょうどよかった。シャルも、こっちに降りてきてくれないかな？」

エリオットが手招きすると、彼はいぶかしげにしながらも階段を降りてきた。

「なにごとだ？」

「面倒《めんどう》ごと」

エリオットが肩をすくめるのと同時に、大扉のとってが動く。ふり返った彼は苦笑する。

「ほら、来たよ。面倒ごとがね」

玄関から吹《ふ》きこんだ冷たい風が、足もとをすうっと通《とお》り抜《ぬ》けていった。

自然と全員の視線が大扉に集った。

探《さぐ》るようにゆっくりと踏《ふ》みこんできたのは、ブリジットだった。彼女はそこにアンとエリオット、シャルが待ちかまえていたことにびっくりしたように足を止めた。

「な、なに？　こんなところに集まって？」

すぐに後ろから妖精が入ってきた。それを目にし、シャルがつと眉《まゆ》をひそめる。

シャルは艶《あで》やかに輝き、硬質《こうしつ》で鋭い品がある。触れてみたいのに、触れるのがためらわれるような美しさだ。そして容易に触れさせてもらえないだろうと人に思わせる。

対してその妖精は、けぶるような曖昧な色合いと雰《ふん》囲《い》気《き》が、まるで陽炎《かげろう》の向こうにたたずんでいるようで、どこか幻想《げんそう》的だった。触れて、その幻想の手触《てざわ》りを確かめたくなる。そしてシャルとは逆に、近づいて触れることを許してくれそうな気がする。

　ブリジットのかたわらに立ち止まった妖精は、そこに人が待ちかまえていたことに、すこし驚いた表情をした。しかしすぐに艶やかに微笑む。

「はじめまして、ペイジ工房の方々。グラディスと申します」

　やわらかく優《やさ》しい声だった。優雅に一礼すると、慣れた仕草でブリジットの肩を抱《だ》いた。

　ブリジットは硬《かた》い表情で口を開く。

「来いと言われたから、来たわよエリオット。これでいいんでしょう？　それと紹介《しょうかい》しとくわ。彼、愛玩《あいがん》妖精よ。わたしが買ったの」

「来たことは、ご苦労様。けどなんでまた、いきなり妖精なの。しかも買った？　金はどうやって作ったの？　こんな綺麗な愛玩妖精なら、ちょっとやそっとじゃ買えないでしょ」

　さすがのエリオットも、いつものふざけた調子が消えていた。

「買いたいから、買ったの。悪い？　お金も、わたしが近所の子の家庭教師をして、ちょっとずつ貯《た》めてたお小遣《こづか》いを使ったんだもの。エリオットにとやかく言われるすじあいないわ」

「お小遣いで買えるような妖精には、見えないんだけどねぇ」

「嘘《うそ》じゃないわ。妖精商人にこれだけしかお金がないって頼《たの》んだら、買えたの」

　負けまいとするかのように、ブリジットはエリオットから視線をそらさない。

　シャルは壁にもたれ、冷めた目で彼らの様子を見ていた。ミスリルは妖精グラディスを見て、なぜかしきりに首をひねっている。

　驚きのあまり、アンは言葉が出なかった。

「グレンさんがなんて言うと思う？」

　エリオットが問うと、ブリジットは彼を睨《にら》みつけた。

「また、お父様、お父様ね。でも、お父様は、結婚《けっこん》するまでは好きにしていいって言ったじゃない。シャルのことも、許してくれた。お父様はシャルの羽を取りあげた理由を、わたしがシャルを閉じこめて彼とばかり過ごしたからって言ったんだから、今度はそんなことしないわ。グラディスは自由に出歩けばいいし、わたしも彼とばかり一緒にいるなんてことしない。エリオットだって、シャルのことは認めてた。シャルがよくて、グラディスはだめって理由はないはずよ。わたしは、買いたいから彼を買ったの。欲《ほ》しいから、買ったの！　それだけよ。いつもわたしには無関心のくせに、こんなことだけあれこれ言わないで！」

（欲しかった？　でも、そんなふうに見えない）

　ブリジットには、すこしも嬉しそうな様子がない。ただ父親やエリオットに反抗《はんこう》するためだけに、妖精を買ったとしか思えなかった。

　ブリジットは、自分の気持ちを自分でどうすることもできないのかもしれない。やみくもに両手をのばして、もがいて突《つ》き進《すす》み、何かを求めているような気がした。

「ブリジットさん……」

　すこし気持ちを落ち着けて、立ち止まって欲しい。

　そう言いたかったが、ブリジットは強く首をふり、ぴしゃりとアンの言葉をさえぎる。

「あなたまで、とやかく言わないで。アン」

「ブリジット？　わたしのことで問題があるのか？」

　ブリジットの背後に立つグラディスが、困惑したように訊く。

「問題なんかないわ」

　ブリジットはエリオットとアンを黙《だま》らせるように、順繰《じゅんぐ》りに視線を向けた。だがシャルの方だけは、見ようとしない。

「グラディスのことは、わたしが自分でお父様に言うわ」

「それは待って」

　エリオットは軽く手をあげた。

「急にそんな話をしたら、グレンさんの心臓がもたないよ。俺が一緒に行って、先に部屋に入って報告する。

それからブリジットが、自分の口で話せばいい。いいかい？」

「……わかったわ」

「じゃ、行こうね。三階だから」

　エリオットがきびすを返し、階段をのぼりはじめた。ブリジットはグラディスに目配せすると、エリオットに従って階段に足をかける。

　さらさらと片羽が揺れるグラディスの後ろ姿を見ながら、ミスリルが訊く。

「あいつも、おまえと同じ貴石だよな？　シャル・フェン・シャル」

　その途端《とたん》だった。グラディスが、びっくりしたように立ち止まり、ふり返った。

「シャル・フェン・シャル……？」

　思いがけないものを見つけたように、グラディスはその名前を繰り返し、シャルを見つめる。

「黒曜石？　……まさか……」

「俺に用か？」

　壁にもたれたままシャルは微笑《びしょう》した。目には挑《いど》むような光があった。

　グラディスはそれで、我に返ったらしい。

「いや……、いや。なんでもない」

　なにかを抑《おさ》えこむように途切《とぎ》れがちに答えると、ブリジットを追って再び歩き出した。

　アンはシャルをふり返る。

「知りあい？」

「会ったことはない」

　シャルの視線は、階段をのぼっていくグラディスの姿を用心深く追っていた。

「貴石なのはわかるけど、種類がよくわかんないんだ。シャル・フェン・シャルと違《ちが》って、わかりづらい。俺、仲間の種類を当てるのは得意なんだけど」

　ミスリルが顎《あご》に手を当てて首をひねる。するとシャルが答えた。

「おそらくオパールだろう。生まれた石ごとに、色味が違う。しかも光の反射で、いくつもの色を持つ。特《とく》徴《ちょう》は曖昧さだ」

　エリオットに連れられ、ブリジットとグラディスの姿が三階へ消える。

　するとにわかに、焦りのようなものがアンの中にこみあげる。ここで誰かがブリジットと向き合わなければ、彼女はもっと素直になれなくなる。そんな気がした。

　ブリジットの部屋は、右翼《うよく》三階の部屋に決まったらしい。そしてグラディスと名乗ったあの妖精も、三階の部屋を与《あた》えられたと聞いた。

（エリオットも、ご苦労なことだ）

　夕暮れ時。空は薄《うす》いピンクに染まり、遠い山並みの向こうに巻きこまれるように雲が消えていく。シャルは西の塔《とう》の最上階にいた。風が髪を吹《ふ》き散《ち》らす。それが気持ちいい。

　塔の中は中心を石の螺旋《らせん》階段がつらぬいていて、ところどころに窓がある。最上階だけ小さな部屋になっていた。空っぽの部屋だ。窓を開けてそこから景色を眺《なが》めると、王城と聖ルイストンベル教会、そしてルイストンの街並みが見渡《みわた》せる。

　愛玩妖精を買ったことを、グレンは当然よろこばなかった。ブリジットの顔を見るなり、すぐに妖精商人に返せと命じたらしい。しかし彼女は強硬《きょうこう》だった。「もう、お父様の言いなりになるのは嫌」と言って、譲《ゆず》らなかったのだという。

　結局グラディスは、ホリーリーフ城に滞在《たいざい》することになったと、エリオットがぼやいていた。

　螺旋階段をあがってくる足音がした。そちらに目をやると、グラディスが顔を出した。彼はシャルの姿を認めると、

「シャル・フェン・シャル……だったな」

　確認するように名前を口にし、こちらにやってきた。

　上衣にあしらわれたビーズが、彼が歩くたびに澄《す》んだ音を立てた。袖口《そでぐち》や襟《えり》、裾《すそ》に使われているレースがふわりと動き、彼の微妙《びみょう》な髪の色とあいまって魅惑《みわく》的だった。彼の容姿を引き立たせるために、計算して作られた服のようだ。

シャルは再び景色に目を戻したが、グラディスはかまわずとなりに立つ。

「城館の中を見て歩いているんだが。この塔は、いいな。気持ちがいい」

言うと、シャルに微笑みかけた。

「君は人間の名前はつけられていないのか？　珍しいな。主人は誰だ？」

同じ貴石の妖精だ。その体から発する気配は、他の種類の妖精とは違い、どこかぴんと冷えている。それが同族同種の香りというものだろう。その香りが、どこか懐《なつ》かしいような気もする。しかしだからといって、グラディスに親しみを感じるわけではなかった。

「俺に主人はいない。俺の羽は俺の手にある。人間と一緒にいて、求められれば仕事もする。それは自分の意志だ」

グラディスは目を見開く。

「だから人間の名前をつけられずにいるのか？　でも自分の手に羽があって、なぜ人間と一緒にいるんだ？　なにか目的があるのか？」

「俺の事情はいい。俺よりも、おまえにこそ妙《みょう》な事情がありそうだ」

「妙な事情？」

グラディスの髪は色を変えていた。緑と思えば、青みがかった白へ。そして夕陽《ゆうひ》を受けているところだけは、黄みがかった金色になる。水面に流した香油《こうゆ》のように、てらてらと艶をもち、めまぐるしく変わる。

シャルは横目で、注意深くグラディスの表情を観察しながら言う。

「小娘《こむすめ》の小遣いで買えるほど、おまえは安値で売られるようには見えない」

妖精商人に売り買いされ続けていたシャルには、妖精の値段の相場というものがわかっていた。これほど整った容姿の妖精が、ブリジットの小遣い程度で買えるわけはない。

しかしブリジットは嘘をついているようには見えなかった。ほんとうに彼女がグラディスを小遣いで買ったとするならば、不可解だった。

「まあ。彼女の熱意と言っておこうか？　とても熱心に、わたしを欲しいと交渉《こうしょう》してくれたよ。その熱意に、妖精商人がおれただけだ」

「妖精商人は、熱意におれる種類の人間じゃない。奴らは金にしかおれない」

見すえると、グラディスははぐらかすように微笑む。

「わたしには特に、優《すぐ》れた能力がない。それに、間抜《まぬ》けを装《よそお》っていたしな。ブリジットと出会ったのも、使いに出された場所を間違えたふりをして、偶然《ぐうぜん》あの家に行ったからだ。でも幸運だった。わたしを見て、彼女は気に入ってくれた。彼女にならば、買われてもいいと思えた。それほど悪い人間には見えなかったからな。わたしにはなかなか買い手がつかずに、妖精商人ももてあましていたみたいだし、ブリジットは名士の娘《むすめ》だ。彼女が熱心に買いたいと言ってくれたから、妖精商人もその気になったらしいな」

「おまえは貴石だ。鋭いものを作る能力があるはずだ。戦う力はないのか？」

「残念なことに、わたしは戦えない。見るか？」

グラディスは右の掌《てのひら》を上に向け、胸の前に広げた。

そこに薄い青と緑を混ぜたような光が、きらきらと集まる。それは彼の掌で細く寄りあつまり、中指ほどの長さの、ふにゃふにゃとした青緑色の針になった。

「ほら。こんなものだ」

力を抑えている雰囲気はなかった。ほんとうに、これっぽっちのものしか作れないらしい。グラディスは右掌を軽く振って、青緑の針を消し去った。

「これでは戦えないだろう？」

「人間は冷酷《れいこく》だ。間抜けでも、戦う力がなくても、見栄えがよければ愛玩妖精として使い道がある。逆に好戦的でなく、見栄えがよければ都合がいいとさえ言われる。大金を出して買いたがる奴は多い」

シャルは戦士妖精としては、破格の値段でたたき売られていた。それはおもに口の悪さが原因で、買い手を不愉快《ふゆかい》にさせていたからだ。

使役《しえき》するのにも、戦士妖精は油断できない。戦わせる目的以外で使役しようとすれば、隙《すき》をつかれて人間は痛い目にあう。貴重で役に立つ反面、危険な妖精とみなされている。

戦士妖精として以外は使役できないので、口が悪いことが値を落とす原因になった。護身用に買った戦士妖精に、四六時中悪態をつかれたい主人はいないだろう。

だがもし戦闘《せんとう》能力がなければ、口が悪くとも値は吊りあがっていたはずだ。扱《あつか》いやすければ、利用範囲《はんい》が広がる。

美しければなおさら、愛玩妖精として重宝される。妖精商人に、よく言われた。その見てくれで戦闘能力がなければ、すぐに高値で売れただろうに、と。

「なのにおまえには、買い手がつかなかったと？　信じられない」

「君は、どんなやからに売り買いされてきたんだ？　シャル。よほどひどい目にあったのか？　わたしに買い手はつかなかった。事実だ」

「おまえは、どんな間抜けに売り買いされていた？　人間はそれほど甘《あま》くない」

グラディスは顔を伏《ふ》せると、くすくすと笑った。

「自分の意志で人間と一緒にいるわりには、人間不信だ。やはり君は、ひどい目にあったんだな。その目が、いけないのかもしれない」

再び顔をあげると、彼は目を細めた。曖昧でやわらかな色の瞳は、霧《きり》で覆《おお》われる景色のように、なにかを隠《かく》していそうだった。

「君はまっすぐ、きつく、見つめすぎる。そんな綺麗な黒い目をしてこちらを見るのに、それを思い通りにできない。だから人は腹を立てるんだ。わたしのように、どこを見るともなくぼんやりと見つめていればよかったのに。でもそんな君が、なぜ人間と一緒にいる？　君が一緒にいたい人間は、誰なんだ？　興味がある」

「おまえの好奇心《こうき》を満たしてやる気はない」

拒絶《きょぜつ》の言葉に、グラディスは冗談《じょうだん》っぽく眉尻《まゆじり》をさげた。

「同じ貴石だ。せっかくだから仲良くしようと思ってるんだが、君は嫌みたいだな」

「おまえがなにも隠していないし、嘘もついていないなら、友だちにでも、飲み仲間にでも、なってやる」

「隠していない。嘘もついてない。誓《ちか》う」

「口先だけの誓いなら、いくらでもできる」

「用心深いな。シャル・フェン・シャル。いいことだ。そうでなくては生きのびられない」

グラディスは笑顔を残し、背を向けた。

風が吹いて、シャルの髪や上衣の裾が強くなびく。風が耳元で鳴る。頬にあたる髪を手で押《お》さえた。

(どこまでも曖昧。それが性質)

用心するべきか、そうでもないのか。はっきりとわからない。ただ、くせ者なのは確かだろう。

(オパールか)

三章　幽霊なんかこわくない

ブリジットがやってきたことで、多少の時間はとられたが、午後にはアンとエリオットも、砂糖菓子《がし》を作る作業に加わった。

とりあえず最初は、銀砂糖を練る。職人総出で銀砂糖を練り、ある程度の量が練りあがる。

すると今度は、エリオットとアン、ヴァレンタインとナディールが、雪の結晶《けっしょう》の形を作りにかかった。

エリオットの作業は、とてつもなく速かった。手の動きがよどみなく、滑《すべ》るようにひょいひょいと銀砂糖に手をのばし、それを薄《うす》く広げていたかと思うと、いつのまにか今度は切り出し用のナイフを手にとって形の見当をつけている。そしてためらいなく切り出す。

最初のうちこそ、一つの結晶を作るのにアンと同じだけの時間がかかっていた。だが夜には、アンが一つ作る間に二つ作ってしまうようになった。

彼が加わったことで、ぐんと作業の速度があがった。

正直、舌を巻いた。これが銀砂糖師エリオットの実力だろう。

しかしエリオットは、よく喋《しゃべ》った。嬉《うれ》しそうに作っているのはいいことだが、ヴァレンタインやナディール、アンを茶化しまくるので、ついにはナディールに「黙《だま》っていてよ！」と怒鳴《どな》られていた。

昼食の時間をのぞいて、作業は休みなく続けられた。夕食後もアンと職人たちは、作業場に戻《もど》った。時間を確保するためには、夜も休んではいられない。

ただミスリルだけは、作業場に戻らなかった。例の悪霊《あくりょう》退治に乗り出すらしい。

職人たちに続いて作業場に入ろうとした時に、アンはふと、廊下《ろうか》の窓から外に目を向けた。

細い三日月が頼《たよ》りなく、雑木林の枯《か》れ枝《えだ》に引っかかるように輝《かがや》いていた。荒《あ》れた庭は、貧弱《ひんじゃく》な月の光にうっすらとものの影《かげ》が見える程度だった。

その暗い庭の真ん中に、ほの白い人影《ひとかげ》が見えた。

息を呑《の》む。


（幽霊《ゆうれい》!?）

ぎくっとして立ち止まる。白い影は金髪《きんぱつ》の女性だった。幽霊にしてはあまりにもはっきり見えるので、おやっと思い目を凝《こ》らす。するとそれが、白い寝間着《ねまき》を着たブリジットだとわかった。

しかしそれとわかると、焦《あせ》った。晩秋の夜。寒空に、ブリジットは薄い寝間着一枚だ。ショールさえ羽織っていない。見ているだけで震《ふる》えが来る。

あんな格好をして外に出て、誰《だれ》も風邪《かぜ》をひくと注意しないのだろうか。

（注意しないんだ。誰も……。誰もブリジットさんのこと、見てない）

寒々しいその姿が、彼女の立場そのもの。誰かが彼女と向き合わなければ、彼女はずっと背中を向けたままにちがいない。エリオットかオーランド、もしくはグレンが彼女と向き合うのが、最も良《い》いのだろう。

けれど新聖祭を目の前にした彼らが、果たして辛抱《しんぼう》強《づよ》く彼女と向き合うだろうか。

（それに「あなたが向き合うべきだ」なんて、卑怯《ひきょう》

な言いかただ）

　気がついたのなら、気がついたアン自身が向き合うべきだ。拒否《きょひ》されるかもしれないとか、自分よりもっと適任者がいるとか、まごついて誰かに押《お》しつけるのは怠慢《たいまん》なのかもしれない。

「ごめん、みんな。先、はじめてて。すぐ行くから」

　アンは職人たちに言うと、きびすを返して、自分の部屋に駆《か》けあがった。衣装《いしょう》箱の中からショールを探《さぐ》り出《だ》すと、それを持って庭に出た。

「ブリジットさん」

　声をかけながら早足に近寄ると、ブリジットはしかめ面《つら》でふり返った。寒いのだろう、両手で自分の腕《うで》をさすっている。

「なに？」

　迷惑《めいわく》げな声音《こわね》にひるみかけるが、このまま帰っては意味がない。

「なにしてるんですか？」

「月を見てるのよ？　悪い？　わたしだけは月を見るのもだめって、誰かが言った？」

「だめでもないし悪くもないです、ぜんぜん。でも、グラディスさんは？　一緒《いっしょ》にいないの？」

　するとブリジットはつんと顎《あご》をあげ、月を見あげた。

「お父様が文句を言わないように、彼は自由にしてるから。食事のあと、どこかへ行ったわ。寝《ね》る前には、一緒にお茶を飲む約束はしてるわよ。グラディスに用でもあるの？　用があるなら自分で探して」

「用はないです。ただ、一緒に月を見ないのかと思って訊《き》いただけで」

「一緒に月を見たいなんて、思わないわ」

　さらりとした口調は、強がっているようには聞こえなかった。

「一人で月を見たかったの。だからあなたも消えてくれない？」

「すぐに行きます。これ、渡《わた》しにきただけだから」

　持っていたショールを差し出すと、ブリジットは再びこちらに視線を戻した。怪訝《けげん》そうに眉《まゆ》をひそめる。

「なに、これ？」

「その格好だと、風邪ひくから」

「いらないわよ。寒くない」

顔を背《そむ》けて言った言葉は、あきらかな強がりだ。むき出しの足首がとても寒そうで、裾《すそ》レースが膝《ひざ》の動きにあわせて小刻みに震えている。

「でもわたしも、部屋に持って帰るの面倒《めんどう》だから。はいっ！」

無理矢理ブリジットの手に押しつけた。

「ちょっと！」

呼ばれたが、一目散に逃《に》げた。

「いらないって言ってるのよっ！　聞こえないの⁉」

背中にブリジットの声があたるが、城館に駆けこみ左翼《さよく》に向かった。左翼の廊下から見ると、ブリジットは庭の中央にまだ立っていた。押しつけられたショールを手に持っていたが、肩《かた》にかける気配はない。でも、それでよかった。

これはただのお節介《せっかい》だ。だから庭に捨てられ、踏《ふ》みつけられてもいいのだ。

窓の外を見ていると、作業場から、練りあがった銀砂糖を手にしたオーランドが廊下に出てきた。

「あんたまた、ブリジットにちょっかい出してるのか」

出てくるなり窓の外のブリジットとアンを見比べ、アンのお節介に気がついたらしい。呆《あき》れたように言われた。

「うん、まあ」

「物好きだな。あんたが気にする必要はない。気にする必要があるのは、強《し》いて言えばエリオットだろう。婚約者《こんやくしゃ》なんだからな」

「オーランドは、気にならないの？」

「俺が気にする必要はない」

「そうじゃなくて。必要がないとかあるとか関係なく、ブリジットさんが寒そうにしてたら気になる？　ならない？　ブリジットさんが妖精《ようせい》を買ってきちゃって、どうしてそんな気持ちになったのか、気になる？　ならない？」

問うとオーランドは黙った。答えたくないことなのだろう。

（すこしは気になるんだ。たぶん）

オーランドは気にならなければ、すっぱり「気にならない」と答えるはずだ。自分の婚約者でもないし、気にする必要はないと思うのに、おそらく気になるのだ。

（オーランドは気にしてくれてる）

それが嬉しかった。

オーランドは軽く頭をふる。

「今は、新聖祭の砂糖菓子のことが一番だ。それ以外は、考えたくない。あんたもよけいなこと考えてないで、作業するべきだ」

それだけ言うと、オーランドは作業場に戻った。

アンは長いため息をつく。

思いのままに「気になる」とか「寂《さび》しい」とか、そう言えればなにかが変わる気がする。なのに誰もかれもが、立場を気にしたり、強がっていたりして、思いを口にできない。

ミスリルはシャルに、夕食後は小ホールに残れと言ってきた。やる気だけは人一倍ある湖水の水滴《すいてき》の妖精が、おかしなことを始めるつもりなのはわかりきっていた。だが、拒否するとうるさいので従った。

ミスリルは早々に食事を終わらせると、どこかへ行ってしまっている。

シャルは一人で小ホールにいた。食卓《しょくたく》に座《すわ》り頬杖《ほおづえ》をつき、西側にある暖炉《だんろ》の火を見つめていた。炎《ほのお》は勢いよく躍《おど》り、周囲の影がちらちらと揺《ゆ》れる。

しばらくすると、グラディスが階段を降りて食卓の方へやってきた。

「やあ、シャル」

面倒だったので、視線すら向けなかった。グラディスは苦笑《くしょう》しながらシャルのとなりに座る。

「なにか用か？」

「君の姿が見えたから、話をしたくなった。用がなければ話しかけてはいけないのか？　同じ仲間なのに」

「ミスリル・リッド・ポッドも、ダナもハルも仲間だ。無駄話《むだばなし》がしたいなら、あいつらにしろ」

「彼らはすこし違《ちが》う。わたしと君ほど近くない」

「俺は、おまえと近いとは思わない」

「知らないだけだ」

その言葉に含《ふく》むところを感じ、グラディスに視線を向けた。曖昧《あいまい》な色の瞳《ひとみ》が、シャルを見つめていた。

「なにを知らないと？」

「教えて欲《ほ》しいか？　どうしようか？　そうだな。でも、……まだかな」

「教えるのか、教えないのか、はっきりしろ」

苛々《いらいら》させられる相手だった。シャルの苛立《いらだ》ちを楽しむように、グラディスは笑っている。

いっそ刃《やいば》を突《つ》きつけて脅《おど》そうかと思った時、階下からハルとダナがあがってきた。二人は、今日突然《とつぜん》やってきたグラディスに戸惑《とまど》っているらしい。彼の姿を見ると、どうするべきか迷うように足を止めた。

するとグラディスの方から、愛想《あいそ》よく声をかける。

「ハルとダナだったね。なにか用か？」

「ええ、ちょっと」

それですこし、ハルは安心したようだ。ダナとともに食卓に近づいてきた。

「あの、ミスリル・リッド・ポッドさんは？」

ハルはミスリルの姿を求めて周囲を見回す。ハルの背に隠《かく》れるように、ダナは小さくなっていた。できるだけグラディスの視線から、逃《のが》れようとしているようだ。

「食事のあとどこかへ行って、それきりだ」

シャルが答えると、ハルは困ったような顔をした。

「僕たち、食事のあとここに来るように、ミスリル・リッド・ポッドさんに言われたんですけど」

（ハルとダナも呼びつけて、あの馬鹿は、なにをする気だ）

嫌《いや》な予感がした。すると。

「来てくれたか、ダナとハル！」

元気な声がしたと思うと、二階の右翼《うよく》へ続く廊下の方から、小さな影がずんずんと歩いてきた。ミスリルは「えいやっ」と、かけ声とともに跳躍《ちょうやく》し、一気に食卓に飛び乗った。

食卓の上に立ったミスリルの姿に、シャルはため息をつく。

　おそらくアンの荷物の中からあさってきたのだろう。頭には針仕事で使う指ぬきを被《かぶ》り、胸から腹にかけてリボンをぐるぐる巻きにして、針山を背中に固定している。腰《こし》にもリボンを結び、そこには剣《けん》よろしくまち針を差していた。

「二人に来てもらったのは他でもない。今このホリーリーフ城には、極悪《ごくあく》非道な悪霊が住み着いて、職人たちを呪《のろ》い殺そうとしている」

　真剣《しんけん》な声音に、ハルが「ええっ⁉」と、驚《おどろ》いたような声を出す。

　ダナは恐《おそ》ろしそうに、ハルの手を握《にぎ》りしめた。

「へえ、そうなのか？」

　グラディスは感心しているのか呆れているのか、よくわからない態度で頷《うなず》く。

　確かに、なにかがいるとシャルは断言した。職人たちは不思議な現象に遭遇《そうぐう》している。

　けれど、いつどこでそれが「極悪非道な悪霊が職人を呪い殺そうとしている」という話になったのか。

「そこでだ。我々は、その極悪非道な悪霊を退治して、この城に平和をもたらすために、団結しなくてはならないのだ。今夜、俺様をリーダーに自警団を組織し、悪霊退治に乗り出すぞ！」

　宣言したミスリルを見おろしていたハルとダナは、顔を見合わせる。

「極悪非道な悪霊だって、ダナ。放っておけないね」

「そうねハル。でも、わたしたち役に立つのかしら」

「心配無用だ！　俺様がついている。二人もきっと役に立つ」

　まったく根拠《こんきょ》のない保証をして、ミスリルは胸を反らす。シャルは頭痛がしそうだった。

　ハルは生真面目《きまじめ》に頷く。

「わかりました。悪霊なんか放っておけませんから、僕たちもやります」

「いいな、自警団とやら。面白《おもしろ》い。わたしも、ぜひ参加させてもらう」

　とても本気とは思えなかったが、グラディスが優雅《ゆうが》な仕草で軽く手をあげる。

　ミスリルは目を輝かせた。

「おまえは、グラディスだったっけ?」

「以後お見知りおきを、ミスリル・リッド・ポッド団長」

　団長と呼ばれ、ミスリルはますます嬉しそうに笑《え》み崩《くず》れた。

「おうっ。参加を許可するぞ」

「早速《さっそく》これから見回りか?　ミスリル・リッド・ポッド団長」

　グラディスに訊かれ、ミスリルは鼻息も荒《あら》く答える。

「そうだ。では行くぞ。来い、みんな。それにシャル・フェン・シャルも!」

「勝手に行け」

　シャルは立ちあがった。

「へ?　なんだって?」

「俺は部屋に帰る」

「まま、待てっ!　シャル・フェン・シャル!　おまえが抜《ぬ》けたら、誰が悪霊と戦うんだ!?」

　背を向けたシャルの上衣《うわぎ》の裾を、ミスリルが必死に摑《つか》んでひきとめる。

「おまえが戦うんだな。頑張《がんば》れ。団長」

　ミスリルの手から上衣を引ったくり、背を向けた。

　不安げなハルとダナの視線に、ミスリルは額に冷《ひ》や汗《あせ》をかき始める。

「大丈夫《だいじょうぶ》なのかな?　団長」

　グラディスに問われると、

「ま、任せておけ!　俺様はミスリル・リッド・ポッド様だからな!　みんな、見回りに行くぞ!　俺様に続け!」

　ミスリルは、はははっとうわずった笑い声をあげた。

　それを背に聞きながら、シャルは右翼の二階へ戻っていった。あんな馬鹿馬鹿しい団体に参加する気はなかったが、ミスリルの言うところの、悪霊を退治するつもりはあった。

　シャルは自分の部屋の前を素通《すどお》りした。そして今は誰もいない、アンの部屋の扉《とびら》を開けて中に入った。

夜半過ぎまで作業は続いた。

一区切りついて今夜の作業はここまでとなった時には、へとへとだった。今日の半日で、雪の結晶が百五十個とすこしできあがった。まあまあ順調なペースだと言える。

心地《ここち》よい疲《つか》れとともに部屋の前まで帰り、扉に手をかけようとして、ためらった。

今夜はミスリルがいない。一緒に寝てくれと頼《たの》んだが、断られた。彼は妖精の自警団を組織し、悪霊退治に燃えているらしい。

「俺様が悪霊を退治するから安心して寝ろ」

と言われたが、安心できるものではなかった。一人で寝るのが怖《こわ》くとも、とにかく疲れていた。早くベッドにもぐりこみたい。

意を決して部屋の扉を開けた。

手にした蠟燭《ろうそく》をかざしながらベッドに向かっていると、そこに誰かが寝ころんでいるのが見え、ぎょっとして足が止まる。

蠟燭を高くあげて見ると、横になっているのはシャルだった。

「え……シャル？　どうしたの？」

近寄ってみるが、シャルは動かない。両手を頭の後ろに組み、片足は軽く膝を立てていた。目を閉じている。毛布もかけずに眠《ねむ》っている。人間なら風邪をひきそうだが、妖精は寒さを感じないから大丈夫なのだろう。

「シャル」

呼ぶが、反応はない。シャルはどんなに眠りこんでいても、わずかな気配で目を覚ます。

けれどアンとミスリルの気配には、慣れているらしい。二人が物音を立てても、近寄っても、それほど敏《びん》感《かん》に起きたりしない。

（なんでシャルが、わたしのベッドで寝てるの？）

彼に限って、部屋を間違《まちが》えることはないだろう。サイドテーブルに蠟燭を置き、不思議に思いながらシャルの寝姿《ねすがた》を見おろす。

　蠟燭の明かりにほの白く見える頬《ほお》に、睫《まつげ》の影が落ちている。長い睫だ。羽はベッドの上に流れて、穏《おだ》やかな薄青い色をしていた。ベッドの脇《わき》にしゃがみこみ、シャルの羽を見つめる。一度触《ふ》れたことがあるその手《て》触《ざわ》りを思い出すと、また触れたくなる。

　ほんのりと温かい、さらさらしたそれに口づけた時の幸福感は、いい知れなかった。

　綺麗《きれい》な寝顔《ねがお》を見ると、じわりと胸《むね》の奥《おく》から息苦しさに似たものがこみあげる。彼の羽に触れたい。思わず手を伸《の》ばしかける。

　しかし途中《とちゅう》で手をとめた。羽は、妖精の命と等しいものだ。そんな大切なものに、許しもなく触れてはならない。手を引っこめようとした時だった。

「触《さわ》りたいのか？」

　突然シャルの声がしたので、びっくりして飛びあがりそうになった。

「シャル！　起きてたの？」

「今、目が覚めた」

　ゆっくりと体を起こすと、シャルは乱れた髪《かみ》を軽く手ですきながら、アンを見た。

「触れ」

「え？」

「おまえなら、いつでも触れていい」

　そう言って、アンを見つめた。

　蠟燭の炎をうつし、艶《つや》めき光る黒い瞳に見つめられると、心臓そのものが走り出したようにどきどきと脈打った。

　嬉しかった。命と等しいものに、いつでも触れていいと言ってくれているのだ。シャルが自分を、安心できる相手として心から信頼《しんらい》してくれているのだ。

「いいの？」

「かまわない」

　アンは手を伸ばした。ベッドの上に流れている羽の先を、そっとなでた。

　絹のようになめらかで、ほの温かい感触《かんしょく》にぞくりとする。

　シャルは目を伏《ふ》せ、なにかに耐《た》えるような吐息《といき》を漏《も》らした。と、アンが触れた箇所《かしょ》から、やわらかな金色が、羽の表面を駆けあがるようにさっと広がった。

驚いて、手を引っこめた。手を放すと、羽の色はまた落ち着いた薄青《うすあお》に戻っていく。

「シャルの羽、とっても綺麗……」

（好きで、どうしようもないくらい）

その言葉は呑みこんだ。以前一度、触れさせてもらった時は、その美しさにただ魅了《みりょう》された。けれど今は変わらない美しさに心が震える以上に、愛《いと》しさがこみあげる。

シャルは目を開くとベッドから降り、アンの手を引いて彼女を立ちあがらせた。

「ねぇ、シャル。なんでわたしのベッドで寝てたの？」

「おまえを待ってた」

「なんで？」

それには答えず、シャルはベッドの上掛《うわが》けと毛布をはぐると、そこを指さした。

「とりあえず、寝ろ」

「へ？　まあ、当然これから寝るんだけど。まだ着替《きか》えてないし」

「つべこべ言うな」

シャルは握っていたアンの手を、軽くひねった。するとアンは、ころりとベッドの上に転がっていた。さらに、おおいかぶさるようにシャルの綺麗な顔が近づく。

「動くな。声も出すな」

「え、ええ、えっと……」

狼狽《ろうばい》していると、くすっと笑われる。

「心配するな。怖くない。言う通りにしろ」

シャルは体を起こして立ちあがり、アンに毛布と上掛けをかけた。

（なに？　これ？）

毛布に顔半分が埋《う》もれたまま、目をぱちくりさせた。

一瞬《いっしゅん》頭の中を駆けめぐったあれこれとは、まったく違う展開だ。シャルは蠟燭を吹《ふ》き消《け》すと、窓辺に向かった気配がした。カーテンの陰《かげ》に身を隠したらしい。

わけがわからず、しばらくアンは暗闇《くらやみ》を見つめていた。しかし疲れもあり、すぐに眠気《ねむけ》が襲《おそ》ってくる。自然と瞼《まぶた》がおりてきた。

うつらうつらしていると、衣《きぬ》擦《ず》れの音がした。ベッドのすぐ近くだ。シャルだろうかと思ったが、確認《かくにん》できない。引きずりこまれるような睡《すい》魔《ま》で目が開かない。

突然だった。

布を引《ひ》き裂《さ》くような甲高《かんだか》い悲鳴が、ベッドのすぐ近くであがった。さすがに眠気が吹《ふ》っ飛《と》んで、飛び起きた。

「な、なに!?」

「明かりをつけろ!」

シャルの命令の声に、アンはサイドテーブルを手《て》探《さぐ》りして蠟燭に火をつけ、その明かりを、シャルの声と悲鳴が聞こえたあたりに向けた。

シャルが、うつぶせになった小柄《こがら》な誰かを押さえこんでいる。背後に回された両腕《りょううで》をシャルが両手で摑み、さらに背中に片膝《かたひざ》を押しつけて、完全に動きを封《ふう》じている。

シャルの膝が押さえる背には、短めの一枚の羽があった。妖精だ。


「これ誰!?」

「悪霊だ」

「悪霊!?」

妖精は逃げようともがくが、シャルの力に押さえこまれる。すると急に、くたりと動かなくなった。

「シャル!　大変!　あんまり押さえつけたから、死んじゃったかも!?」

「死ぬわけない。気を失ったかもしれないが」

シャルは手を放すと、立ちあがった。アンは蠟燭をサイドテーブルに戻すと、あわてて駆《か》け寄《よ》る。

床《ゆか》にうつぶせた妖精の、顔のあたりを覗《のぞ》きこむ。妖精の髪は薄い紫色《むらさきいろ》だった。

「どうしよう。死んじゃったの?」

手を伸ばして、妖精の髪に触れようとした時だった。

「かかった!!」

ぴくりともしなかった妖精が、跳《は》ね起《お》きた。

「ばーか、ばーか、ばーか。油断して手を放すからだ!　ばーか」

あっかんべして挑発《ちょうはつ》的な台詞《せりふ》を吐《は》いた本人は、なんとも愛らしかった。

外見は、十一、二歳《さい》の少年。ふわりとした色の紫《むらさき》の髪は、肩あたりで切りそろえられ、また前髪《まえがみ》もぱっちりと直線。怒《いか》りに燃える大きな瞳も紫だ。背はアンの胸くらいまでしかない。羽もシャルやミスリルよりも短めで、腰の上まで。彼がよりいっそう可愛《かわい》らしく見えるのは、青と白の、古風な小姓《こしょう》のお仕着せ姿だからだ。

「あなた、誰？」

「盗人《ぬすっと》に教える名前なんかない！」

「ぬ、盗人？　って、わたしのこと？」

「そうだ。この盗人！　みてろよ、やっつけてやるから！」

叫《さけ》ぶやいなや、妖精は駆け出そうとした。が、突然なにもないところでつまずいて、ひっくり返った。

「大丈夫!?」

駆け寄り、抱《だ》き起《お》こす。妖精の体はへにゃへにゃしていて、まったく力が入っていない。

「僕は……盗人の手にかかり、死ぬのか……。ごめんなさい、ご主人様……力およばず」

ブツブツと呟《つぶや》く。

「え……と。とりあえず、殺す気はないんだけど……」

妖精は目を閉じて、がくりと首からも力がなくなる。死んだのではなく、気を失ったようだ。

シャルは呆れたような顔で遠目に見ている。困惑《こんわく》して、アンはシャルをふり返った。

「この子……ほんとうに誰？」

「悪霊の正体だ。何者かは、本人に訊くのが手っ取り早いだろうな」

そうしていると、遠くからどたばたと幾《いく》つもの足音と声が聞こえてきた。この騒《さわ》ぎに気がついて、駆けつけてきたらしい。ほどなく妖精自警団の面々と、一階にいた職人たちとエリオットが、アンの部屋に勢ぞろいしていた。

「廊下に足跡《あしあと》があった。幽霊の類なら、足跡は残らないだろう。生きているなにかがいるのは確かだった」

シャルは腕組《うでぐ》みして、気を失っている妖精を見おろしながら言った。

「あ、だからねぇ。なにかがいるって、そういう意味」

頷くと、シャルは続けた。

「昨日の昼間、廊下に現れた時、西の塔《とう》につながっている壁《かべ》の前で足跡は消えていた。まるで壁の向こうへ消えたみたいにな。昨日の夜も、鍵《かぎ》をかけた部屋に誰かが入って、鍵と扉を開けて回った。扉をすり抜《ぬ》けでもしない限り部屋に入れない。ということは、そういうすり抜けの能力を持つ生き物、妖精だろう。昨日の夜は一階の職人たちにいたずらをしかけたから、今夜あたり二階の部屋に来ると思って待《ま》ち伏《ぶ》せした」

妖精はそれぞれ特殊《とくしゅ》な能力を持っている。ジョナスの使役《しえき》していた妖精キャシーは、姿を消す能力があった。シャルは光から剣を作る。ミスリルは水滴を作る。

妖精の能力は千差万別《せんさばんべつ》なので、壁や扉をすり抜ける能力がある妖精がいても不思議ではない。

「で……のこのこ出てきたのが、この子……」

アンはベッドの端《はし》に腰かけて、まじまじと妖精を見おろした。

妖精が横たえられているのは、アンのベッドだった。目を回してしまった妖精をどうすればいいかわからず、とりあえずそこに寝かせたのだ。

結局、最初にエリオットやシャルが言ったように、幽霊などいないのだ。この妖精がホリーリーフ城に住み着いて、怪《かい》現象を引き起こしていただけなのだろう。

となると、アンが耳にした男の声や、呼吸音。蠟燭の炎が消えることや、妙《みよう》な光景を見たこと。それら全部、アンの臆病《おくびよう》な心がなんでもないことを怖いと感じ、怖さのあまり、ありもしないものを作り出した結果なのだろうか。

（わたし、そんなに怖《こわ》がりだったかな？）

我ながら、がっかりする。

四人の職人たちは、明日の仕事を考えてそれぞれ部屋にひきあげた。悪霊の正体がわかり、これで安心して眠れると嬉しそうだった。

ダナとハル、グラディスの妖精自警団のメンバーも

「よかった、よかった」と、部屋に帰っていった。

ただ団長のミスリルだけは残った。というよりは、動けないらしい。部屋の隅《すみ》で膝を抱《かか》えて背を見せている。その背中が、やたらと暗い。妖精自警団は、ものの数時間で解散。そして自分ではなくシャルが悪霊を捕《つか》まえてしまったことで、自尊心が傷ついたらしい。

サイドテーブルには、妖精の持ち物が置かれていた。

妖精の持ち物は一つだけだった。腰のベルトに大事そうに挟《はさ》みこんであった、刺繍《ししゅう》入りの小袋《こぶくろ》だ。

「誰なんだろうね、この子」

アンが首を傾《かし》げた時、横たわっていた妖精が呻《うめ》いた。ゆっくりと目を開くと、覗きこむアンとエリオット、シャルの顔を見てぎょっと身をすくめる。

「ぬ、盗人！」

「怖がらないで。ね、名前はなんていうの？」

落ち着かせようとアンが声をかけるが、妖精はきっとアンを睨《にら》む。

「盗人に教える名前はない！」

「あのねぇ、いきなり盗人呼ばわりはないんじゃないの？　俺たちはちゃんと金を払《はら》って、ここを借りてんだから。君こそ、勝手に入りこんでなにしてるのよ」

エリオットの言葉に、妖精はかっとしたように上掛けをはねのけ、上体を起こした。

「借りたとか貸したとか、勝手に決めるな！　ここはチェンバー家当主スチュワート様の実弟《じってい》、ハーバート様の城！　ホリーリーフ城だ！」

「でも、君の城じゃないでしょう？」

「確かに僕の城じゃない。けど僕は、ハーバート様付き小姓ノアだ！　ハーバート様から直々に、この城を守れといわれてるんだぞ！」

「名前、ノアっていうんだねぇ」

「そうだ！」

うっかり名乗っていることにも気がつかないほど、妖精ノアは怒《おこ》っているようだ。紫の瞳に怒りをたぎらせる。

「おい！　盗人とは、アンに失礼だろう」

ミスリルが、アンの膝の上に飛び乗ってきた。

ノアが目を覚ましたことに興味をひかれ、落ちこんでいられなくなったらしい。いつものように偉《えら》そうな態度で、人差し指をノアに突きつける。

「しかもおまえ、なにいってんだ!?　チェンバー家は十五年前に根絶やしになったんだ。そのハーバートとかいう奴《やつ》も、完璧《かんぺき》に死んでるぞ」

「死んだって言うな！」

　ノアの右手がうなりをあげ、ミスリルの側面を直《ちょく》撃《げき》した。

「どあっ!!」

「ミスリル・リッド・ポッド！」

　アンは悲鳴をあげた。

　ミスリルが横っ飛びに吹っ飛んだのを、シャルが受け止めた。が、衝撃《しょうげき》に目を回していた。

「ハーバート様はお帰りになる！　何年かかっても、絶対にお帰りになる！　だから僕は、ずっとここで城を守る義務があるんだ！」

　アンは困惑した。

　ノアは、十五年前このホリーリーフ城の城主であった、ハーバート・チェンバーなる人物の小姓だったらしい。けれど主人の死を知らないようだ。この城がミルズランド王家に接収されて後、聖ルイストンベル教会に寄進され、その後ペイジ工房《こうぼう》が借り受けたなんていういきさつも知らない。

　この鼻息だ。説明しても、はたして信じるかどうか。

「城主が城を出てからしばらくして、ミルズランド王家の兵士が、この城に踏みこんでこなかったか？　ノア」

　のびているミスリルをアンの膝の上にそっと置きながら、シャルが訊く。

「なんだ？　おまえは、盗人に使役されてるのか？」

　不機嫌《ふきげん》なノアの口調にもシャルは怒らず、無表情で胸元《むなもと》から小さな袋《ふくろ》を取り出す。自分の羽が入っている袋だ。そこから羽を取り出すと、ノアの前にさらりと広げて見せた。

　ノアは目を丸くした。

「それは……自分の羽？」

「そこにのびている奴も、よく見ろ。自分の羽を持っている。おまえの目の前にいる娘《むすめ》が、俺とこいつに羽を返した」

　ノアはアンの膝の上に目を移し、ミスリルの首に巻かれている羽を見る。そして今度はアンを見る。攻撃《こうげき》的な雰囲気《ふんいき》が消え、なにかを懐《なつ》かしむように瞳が揺れた。

　シャルは羽を袋に戻し、再び胸のポケットにしまった。

「使役されているわけじゃない。俺たちは自分の意志で、こいつらと一緒にいる。あいつは、ミスリル・リッド・ポッド。俺はシャル・フェン・シャルだ。もう一度訊く。ノア。ミルズランド王家の兵士が城に来たか？」

「……来た」

　ノアは痛みをこらえるような顔をした。

「汚《きたな》い鎧《よろい》姿の騎士《きし》が、いっぱい勝手に踏みこんできた。そして城を壊《こわ》したんだ。チェンバー家の紋章《もんしょう》をはぎ取り、肖像《しょうぞう》画《が》を引き裂いて。紋章を彫《ほ》りこんだ家具は庭で焼いて」

「その時、チェンバー家とミルズランド王家の戦《いくさ》の結果は、どうなったと思った？」

　ノアは顔を伏せた。

「チェンバー家が……負けたって……」

「そうだ。チェンバー家は負けた。それでこの城はミルズランド王家に接収された後、聖ルイストンベル教会に寄進された。こいつらはその聖ルイストンベル教会から、この城を借りている。盗人じゃない」

　淡々《たんたん》とシャルが告げると、ノアは何度か唇《くちびる》を噛《か》んで反論したそうにした。しかし結局、押《お》し黙《だま》る。

　アンの膝の上でミスリルが、頭を押さえながら起きあがった。目をぱちぱちさせたかと思うと、はっと座りなおし、ノアに向かって怒鳴った。

「おまえ！　なんてことするんだ！　死ぬかと思ったぞ！」

「確かに、チェンバー家は負けたかもしれない。ホリーリーフ城もミルズランド王家に取られて、おまえたちが借りることになったのかもしれない。けれど、ここはハーバート様の城だ。ハーバート様がお帰りになるまで、僕はここを守らなくちゃいけないんだ」

　上掛けを握りしめ、絞《しぼ》り出《だ》すようにノアが言った。

ミスリルが、苛立ったように立ちあがる。

「だから。そのハーバートとかいう奴は、帰らないぞ！　絶対完璧に死んでるって！」

「死んだって言うな！」

ノアは枕《まくら》を握るとふり回《まわ》した。

「どはっ!!」

枕の直撃で、アンの膝からミスリルは再び吹っ飛び、床の上をころころっと三回転した。そして仰向《あおむ》けにのびてしまう。

「ミスリル・リッド・ポッド！」

頰に両手を当てて、アンはまたもや悲鳴をあげた。

シャルがまたかというように、うんざりした様子でミスリルを拾いあげる。

「ハーバート様が死んだ証拠《しょうこ》もないのに、死んだ死んだと言う奴らなんか、信用できない！　やっぱりおまえたちは追い出す！」

ばっと上掛けを跳《は》ねあげて、ノアはベッドから飛び出した。が、すぐに足がもつれて、ぺしゃりと床に倒《たお》れた。

「ちょっと！　大丈夫!?」

アンはノアのそばに駆け寄り、顔を覗きこむ。

「どうしたの？　ノア？」

ノアは目を閉じ、ぐったりしている。

「威勢《いせい》がいいわりには、体力ないみたいだねぇ。この悪霊」

エリオットが呆れたような顔をしている。

シャルはミスリルをベッドの端に寝かせると、こちらにやってきた。アンとともにノアの顔の近くに跪《ひざまず》くと、柔《やわ》らかそうなその頰に手を触れた。

「弱ってる。ほとんど、食べてないのかもしれない」

「え？」

「城だから、どこかに食糧《しょくりょう》の備蓄《びちく》はあったはずだ。妖精は、人間ほど食べなくてもいい。それに一人なら、長い期間もつはずだ。だが十五年は長すぎる。食糧は底をつく。衰弱《すいじゃく》の様子からすると、半月以上ろくに食べていないかもしれないな。かなり弱ってる。このままだと、長くもたない」

「もたないって、死んじゃうってこと!?　早くなにか食べさせないと！」

アンは飛びあがった。

エリオットが、ノアを再びベッドに寝かせた。アンは急いで部屋から出ると、城館裏手にある台所に向かった。そこでミルクと、ほんの少しの砂糖、乾燥《かんそう》した果物をいれた甘《あま》いスープを作った。

スープを持って部屋に帰ると、ミスリルがいなくなっていた。彼は意識を取《と》り戻《もど》して、自分の部屋に帰ったらしい。さすがに二回も吹《ふ》き飛《と》ばされれば、嫌気がさしたのだろう。

エリオットとシャルは、ベッドを見おろしている。

ノアは仰向けに寝たまま、目だけを開けていた。

「ねぇ、ノア。お城のことはおいといて、ひとまず食べようよ」

サイドテーブルにスープを置くと、ノアは枕の上で首を動かしてスープから顔を背けた。

「食べない」

ぎゅっと目をつぶり、上掛けと毛布の中にもぐりこむ。体力が落ちた彼ができる、それが精一杯《せいいっぱい》の逃げらしい。

昨日の夜、彼は闖入《ちんにゅう》者を追い出すべく、体力をふりしぼって職人たちの部屋の扉を根気よく開けてまわったのだろう。そして体力を使い果たし、このていたらく。

エリオットが肩をすくめる。

「ま、仕方ないね。もう寝ようね、アン。明日の作業に差《さ》し障《さわ》る」

「コリンズさんは寝てください。わたし、ここで寝ます」

ろくに動けないほど弱っている妖精を、放っておけなかった。

「でもこいつがスープ食って元気になって、暴れ回ったらどうするの？」

エリオットがすこし心配そうに問うと、

「俺も見張る」

シャルが、ベッドの脇にある壁にもたれて答えた。

「そもそも、俺が捕まえたからには責任がある」

「それじゃ、任せた。アンもほどほどにして、すこしでも寝るんだよ」

エリオットが出ていくと、アンはベッドの脇に座って、毛布の上からノアの頭をなでた。

シャルは壁にもたれたまま、じっとしている。

(すこしでも、食べてくれないかな？)

悪霊を捕まえたから安心と思いきや、今度は妙な心配をしなくてはならない。

まずアンたちが警戒《けいかい》するべき相手ではないとわかってもらえなければ、食べてはくれないだろう。それをわかってもらうために、アンは辛抱強く毛布の上からノアの頭をなでていた。

しばらくすると眠気が襲ってきた。シャルも軽く目を閉じている。

アンも座ったまま、うつらうつらとしていた。

耳の後ろで誰かの呼吸音がする。まただ、と思う。

(でも幽霊はいない。幽霊の正体はノアだったんだもの。これも気のせい……)

しかし。瞼の裏に火花が散った。

『すみません！　ご主人様！　許してください！』

悲鳴混じりの男の子の哀願《あいがん》が、耳に突《つ》き刺《さ》さる。昨夜見たのと、まったく同じ光景だ。そして悲鳴をあげている男の子の顔が、はっきりとわかる。ノアだ。紫色の髪が、涙《なみだ》で濡《ぬ》れた頬にはりついている。

ノアが見あげる黒髪《くろかみ》と黒い髭《ひげ》の男は、とても大きく見える。

怖い。ノアの恐怖《きょうふ》が、自分の感情のようだ。

男の持つ鞭《むち》がふりあげられた。

『ご主人様！』

ノアの悲鳴で、アンははっと目を覚ました。

嫌な汗《あせ》を背中にかいている。ノアは毛布にもぐりこんで、すやすや眠っていた。

(あれは、ノアだった)

自分がどうしてあんな光景を見るのか、理解できなかった。

アンはシャルの部屋から毛布を借りて、それにくるまってベッドの脇で仮眠《かみん》した。そして翌朝、ダナに頼んで、三人分の朝食を盆《ぼん》に載《の》せてもらい、それを持って部屋に戻った。

シャルは窓枠《まどわく》に腰かけ、霜《しも》が降りて白く薄化粧《うすげしょう》された雑木林を眺《なが》めていた。

「温かい朝食、持ってきたから食べよう、ノア。一人じゃつまんないだろうから、シャルとわたしの分もここに運んできたの。一緒に食べよう」

冷めたスープを端にどけて、盆をサイドテーブルに置く。ノアは頭から毛布を被って動かない。

「ねぇ、ノア」

毛布をはぐろうとして手をかけると、ノアの手が軽く抵抗《ていこう》する。が、力が驚くほど弱く、すぐに毛布から手が離《はな》れる。毛布をはぐると、白い横顔が頑《かたく》なに目を閉じている。もともと妖精は肌《はだ》が白いが、異様なほど白い頬をしていた。

妖精は死ぬ時、光の粒《つぶ》になって霧散《むさん》するという。ノアの横顔を見ていると、ほんとうにその白すぎる顔の輪郭《りんかく》や色が薄れ、消えていきそうな気がした。

「ノア、お願い。食べて」

しかしノアは、さらにぎゅっと目をつぶる。

「僕は、ハーバート様からもらったものしか食べない」

「ねぇ、じゃあ、ハーバート様からもらったものって、どこかに残ってないの？　あれば取ってくるから。どこかにあるの？」

「食糧の備蓄は、僕が食べつくした。もう食糧はない。ハーバート様がお帰りになるまで、待つしかないんだ」

「そんなこと言ってたら、死んじゃう」

「待つんだ」

「どうしてハーバート様からもらう食べ物じゃないといけないの!?」

「ここにいるためには、ハーバート様からもらった食べ物以外は食べられないんだ！　ハーバート様のご命令だ！」

（自分が与《あた》えたもの以外、食べるな？）

その言葉に、眉をひそめた。

（なんてひどい命令）

そして一昨日の夜から二度、閃《ひらめ》くように見えた光景を思い出す。あの光景をなぜアンが見てしまうのか、そしてそれが現実と符合《ふごう》しているかどうかも、わからない。しかし、もしあの光景がノアの過去なのだとしたら？

あの黒髪黒髭《くろひげ》の男が、ハーバートかもしれない。もしそうなら、ひどい主人だ。そしてひどい主人のひどい命令を、忠実に守ろうとしているノアが可哀想《かわいそう》だった。

周りで食事をはじめればその気になるかと、シャルを誘《さそ》ってノアの枕元《まくらもと》で朝食を食べてみたりした。しかしノアは動く気配すらない。

「見張る必要はないわね。食べて暴れてくれたら、逆にいいかも」

自分とシャルが食べ終わった朝食の皿を重ねて盆に載せながら、ため息がもれる。

冷めた甘いスープと一人分の朝食を、サイドテーブルに残す。

「これ、置いておくね。誰も見てなかったら、食べる気になるかも」

枕の上で頭を動かして、ノアはアンを睨む。

「誰も見てなかったら食べるなんて、つまみ食いみたいに下品なことは僕はしない！　とにかく食べないったら、食べない」

「でも気が向いたら、食べて」

「食べない！　それよりも盗人は、城から出て行け！」

ノアの意志は固そうだ。しかもアンたちは、かなり嫌《きら》われている。

衰弱した状態なので、誰かが見ていなければ不安だが、シャルをずっとノアにはりつかせておくのも気の毒だ。考えた末、シャルは自分の部屋で休んでもらうことにした。その代わりにアンが仕事の合間に、ちょくちょく食べ物を持って、様子を見に来るつもりで部屋を出た。

さすがのシャルも眠いらしい。すぐに自分の部屋に帰った。

ノアがなにも食べてくれないのが心配で、不安だった。もし次に自分が部屋を覗《のぞ》いた時、ノアが消えてしまっていたらと考えると、胸がざわつく。妖精でも人でも、友だちでも、名前も知らない相手でも、自分の手の届く範囲《はんい》で命が消えるのが怖い。どうしても母親のエマの死《し》に際《ぎわ》を思い出す。

盆を手に小ホールに帰ると、職人たちは一足違いで、先に作業場に行ってしまっていた。

すぐに自分も作業に入ろうと、アンは盆を、城館裏手の台所に持っていった。そこで洗い物をしているダナとハルに食器を渡すと、急いでひきかえした。

「アン。おはよう」

一階のホールを横切って左翼に向かおうとしていると、二階の吹《ふ》き抜《ぬ》けから呼ばれた。

見あげるとグラディスがいた。優雅に手をふるので、足を止めた。

直接グラディスから声をかけられたのは、これがはじめてだった。

グラディスは階段を降りてきた。彼の髪が、白と暖かみのある黄を溶《と》かしたような色に見えた。基本的に彼の髪は、白に青と緑を溶かしたような色だが、光の加減と、彼自身の気分のためだろうか。時々、色味が変わる。

「おはよう」

「昨日捕まえた妖精はどうだ？　彼をどうするか決まったか？」

「どうするかなんて決まってないの。そんな状態じゃないみたい」

グラディスが小首を傾げる。

「どうした？　アン。元気がないな。心配事があるなら、話してくれてもいいが」

グラディスの右手が、アンの右頰に触れた。

「えっ⁉」

驚いて、アンは飛び退《すさ》った。いつの間に、触れられるほど近くに立っていたのだろう。近づいたのを意識させないほど、グラディスの動きはなめらかで自然だった。

「そんなに逃げなくても」

グラディスは面白そうに笑い出す。

「ご、ごめんなさい。ちょっと、びっくりした」

「今度は、逃げないでくれ。なにもしない。触らない」

両手を軽く広げて、今一度グラディスはアンの前に立った。そしてゆっくりと、アンの頭の上に顔を近づける。

「いい香りだ。銀砂糖の香りがする。銀砂糖師の香りだ。可愛いね、アン」

口説き文句を聞かされているみたいで、赤面した。落ち着かなくなる。

「たぶん、オーランドもキングもヴァレンタインも、ナディールも、コリンズさんでも、同じだと思うけど……」

「そうだな、たぶん。けれど君が一番いい香りだ。そんな気がする」

えっと見あげると、青とも緑ともつかない曖昧な色の瞳が、間近にあった。あまりの近さにあわてて、体をかわした。

「わたし、仕事に行くね！」

駆け出した背中に視線を感じる。なんのつもりでグラディスがあんなことを言うのか、困惑した。彼の視線から逃れたい思いがわきあがり、急いで作業場に向かった。

霜が降りた朝は、陽に照らされた世界がきらきらして見える。それを知っているから、シャルは一眠《ひとねむ》りする前に庭に出てみたくなった。体の奥《おく》にしみ通るような、爽《さわ》やかな空気を吸うのは好きだった。

一度自分の部屋には帰ったが、すぐに小ホールに向かう。そこで手摺《てす》り越《ご》しに、なにげなく階下に視線を向けた。

グラディスとアンの姿が目に入り、思わず足を止めた。

グラディスが、アンの頬に触れた。驚いたように彼女が逃げると、彼はまた数歩踏み出し、彼女の髪の香りをかぐ仕草をした。それを見て、かっとした。

アンはさらにあわてたように体をかわし、走り去った。その後ろ姿を見送りながら、グラディスは唇の端で笑っていた。

アンの姿が完全に見えなくなると、グラディスがこちらを見あげた。

「シャル。彼女はいいな。いい香りがする。可愛い」

ぬけぬけと言った。シャルがそこにいることを知っていたのだろう。

「可愛い？　あのかかしが？　変わった趣味《しゅみ》だ」

シャルは本心をさらさないように、平然と答えた。

グラディスは階段をのぼってくると、シャルの顔を覗きこむ。

「君は可愛いと思わないのか？」

「別に」

「そうか？　君は彼女のために、ここにいるんだろう？　可愛くて可愛くて、放っておけないから一緒にいるんじゃないのか？」

形のない触手《しょくしゅ》が、シャルの心の中を探ろうとして体にまとわりついてくるようだ。嫌な相手だ。そう思わずにはおれない。

守るべきものに触れられないように、心を固くした。冷ややかな表情で相手を見返す。

「可愛いから放っておけない？　おめでたい思考回路だな。グラディス」

グラディスは眉をひそめ、しばし悩《なや》むように沈黙《ちんもく》した。そして呟く。

「なかなか本心をさらさないな。それともそれが、本心か？　君は、わたしと同類だ。なら、わたしと似た思考だと思えばいいのか？　君の行動が、全てわたしと同様の思考から出ていると？」

「おまえの思考に興味はない」

「興味があろうがなかろうが、我々はとても近い存在だ、それは事実だ。そしてわたしと君は、ともにあるべき存在だ。シャル・フェン・シャル」

「それは、なんのたわごとだ？　聞く気はない」

グラディスの横をすり抜けて、階段を降りかけた、その時。

「暗い礼拝堂だ」

ふいにグラディスが言う。

「崖《がけ》に横穴を掘《ほ》り、奥に祭壇《さいだん》をしつらえた礼拝堂だ。窓がない。入り口は石で礼拝堂らしく飾《かざ》り立《た》ててあった。けれど礼拝堂の中は、天井《てんじょう》も壁も、掘削《くっさく》の跡《あと》が筋になって残っていた」

　グラディスの言葉に驚き、足が止まった。

（まさか）

　ゆっくりとふり返る。

「知っているか？　シャル。そんな場所」

　礼拝堂の暗闇の、動かない空気。出入り口の外で逆巻く風の音は、甲高い口笛のように激しかったが、最《さい》奥《おう》の祭壇まで風は流れてこなかった。空気は常に冷えて動かない。暗闇の沈黙が、礼拝堂の奥に眠るものを封じこめているようだった。

　外は、いつも強い風が吹《ふ》いていた。いつもいつも、風の音が聞こえていた気がする。

　その暗闇に、いつの頃《ころ》からか一つ蠟燭の炎が灯《とも》るようになった。毎日毎日、不器用な小さな手が蠟燭を灯していた。

「おまえがなぜ、知っている」

「やはり知っているな。思った通りだ。君が君の本心をすこしでも見せてくれたら、教えてあげてもいい」

　今、グラディスがシャルの目の前にまいたのは餌《えさ》だ。なぜ彼がその餌となる場所を知っているのかわからないが、食いつけば、主導権を握られる。後々面倒になる予感がする。用心しろ、隙《すき》を見せるなと、戦いを好む妖精の本能が囁《ささや》く。

「あれは、もう、ない場所だ」

　静かに言った。

「おまえがなぜその場所を知っているかなど、どうでもいい」

　グラディスに背を向けて階段を降りた。冷静なシャルの態度に、グラディスの目にわずかな困惑が見えた。

（なぜ、あいつが知ってる？　あの場所を。あいつは何者だ）

四章　雨と願い

「そういうわけで、悪霊《あくりょう》……ていうか、その妖精《ようせい》。なにも食べてくれないんです」

　昼食前に、アンはグレンの部屋に食事を運ぶ役目を買って出た。ホリーリーフ城に到着《とうちゃく》してから、忙《いそが》しさにかまけてグレンの顔を見ていないことに気がついたからだ。

　昼食の盆《ぼん》を食べやすいようにサイドテーブルに並べながら、アンはため息混じりにグレンに話をしていた。

「さっきヒュー……じゃないや。銀砂糖子爵《ししゃく》が来たんですけど」

「来たのか？」

「はい。視察に来て。悪霊を捕《つか》まえたって誰《だれ》かから聞いたらしくて、見せろ見せろって面白《おもしろ》がって。食べないって相談しても、ダイエット中だろうなんて、ふざけて帰っちゃうし」

　ヒューは昨日に引き続き、今日も顔を見せた。これから二、三日ウェストルへ行くようで、そのついでに寄ったらしい。彼は作業を確認《かくにん》するよりも、捕まえた悪霊を面白がって帰っていった。

　ノアは、突然《とつぜん》現れて珍《めずら》しそうに自分を眺《なが》めて帰った無礼な男に、むっとしていた。

「どうして十五年もこんなところにいたのか不思議で。主人の命令なんか無視して、逃《に》げればいいのに」

「主人が羽を持って、城を出てしまったのじゃないかな？」

　ゆっくりとスプーンを使い、スープを飲んでいたグレンが痛ましげに言う。

「あ……そうか……」

　自分がシャルやミスリルと対等に接しているから、ダナやハル、グラディスも同じだと思いがちだった。けれど実際、ダナとハルの羽はグレンが、グラディスの羽はブリジットが握《にぎ》っている。彼らは縛《しば》られている。それを忘れかけていた。

「じゃあ、あの子。ノアも」

「自分の羽が無事に返ってくるまで、妖精はいやでも離《はな》れられないだろう。ひどいことだね。もしわたしが主人で、自分が帰る見こみが薄《うす》いようなら、連れて行くか、羽を返してやるか、誰かに譲《ゆず》るか。いずれかの方法をとる。縛りつけたまま置いていくのは可哀想《かわいそう》すぎる」

　自分の片羽を待ちわびて、十五年。羽が無事かどうかもわからないまま過ごすのは、不安で仕方ないだろう。いつ命が消えるともしれないのだ。

「ノアは主人の命令で、ここにいるためには、主人からもらった食べ物以外は食べられないって言ったんです。あの子は自分の羽を待ち続けるためには、命令通り、主人からもらった食べ物以外口にできないと思いこんでいるのかも」

　不安なまま、一人で置き去りにして。そして自分の与《あた》えたもの以外は食べるなと命令したとするならば、ハーバートという人間はとてつもなく冷酷《れいこく》だ。

「そうかもしれないよ。その思いこみをなくしてやれば、食べるかもしれないな。妖精は砂糖菓子《がし》が好きだから、砂糖菓子を作ってみてはどうだいアン？」

「そうか、そうですね！」

　グレンの提案に、アンは笑顔《えがお》でふり返った。

「砂糖菓子なら食べてくれるかも。作ってみます、今夜作業が終わったあとに」

「試《ため》してみなさい。ところで、妖精といえば……ブリジットが連れてきた妖精は、どうだ？」

　グレンはさりげなく訊《き》く。

「特に問題はないです。ブリジットさんも、ちゃんと距離《きょり》を置いて生活してます」

「そうか」

　無関心を装《よそお》ってスプーンを動かしていたが、グレンの表情に安堵《あんど》の色が浮《う》かぶ。ふと、その手が止まった。骨張った手首を、疲《つか》れたように毛布の上に置く。

「今のブリジットの考えていることは、わたしにはわからない。昔は、あの子の考えていることや好きなものが、よくわかっていたのにな。あの子が好きなものは、なんでも知ってた」

「ブリジットさん、どんなものが好きだったんですか？」

「砂糖菓子は、もちろん好きだった。あと古参の職人でジム爺《じい》さんというのがいてね、彼は銀砂糖の精製しかしない職人だったが。無口で無骨な人だったのに、ブリジットはジム爺さんが好きだったな。それに、猫《ねこ》だ。猫を飼いたいと何度もせがまれたが、作業場の周囲を猫がうろついて銀砂糖に毛でもまぎれこんだら大変だと思って、飼ってやれなかった。その他には『四枚の金貨と一つの花』の話が、大好きだった。寝《ね》る前によく、聞かせてくれとせがまれた」

グレンは苦笑《くしょう》する。

「今あの子が好きなものは、一つも言えんな」

親の顔は、どれも似ているのかもしれない。

エマもよく、アンにこんな苦笑を見せていた。恥《は》じいるような、仕方ないというような、なんともいえない顔だ。

エマと喧嘩《けんか》したアンは、「ママが悪い」と思って素《す》直《なお》になれなかった。エマはそのアンに、いたわりをくれた。親としてのいたわりだ。けれどグレンには、そんな器用さはなさそうだった。不器用な大人もいる。あたりまえのことを、アンは今まで気がつかなかった。

「愚痴《ぐち》を言った。すまないね、アン。君にはいろいろと迷惑《めいわく》もかけているのにな」

「迷惑？」

「エリオットから聞いているよ。この城の賃料千クレス、立《た》て替《か》えてくれているんだろう？」

ホリーリーフ城は、一年単位で貸し出す決まりになっていた。その賃料は千クレスで前払《まえばら》い。

職人たちの給金さえ払《はら》えないペイジ工房《こうぼう》が、用意できる金額ではなかった。

しかし幸運なことに、アンの手もとには前フィラックス公から拝領した千クレスが、ほとんど手つかずで残っていた。賃料を聞いた時、すぐに自分の千クレスが役に立つと思った。

自分は今、ペイジ工房の職人頭だ。職人頭にとっては、新聖祭の砂糖菓子を無事に期限までに完成させることが一番重要だ。そのための千クレスなら支払《しはら》うべきだった。

エリオットはすまないと頭をさげ、借用書まで書いてくれた。そして新聖祭の報酬《ほうしゅう》が手に入り次第《しだい》、全額返すと約束もしてくれた。

「いいんです。ただ貸しただけだし。わたしが持っていても、今は使わないお金ですから。それよりも、手もとが暗いですね。カーテンを開けましょう」

言いながら窓をふり返ると、カーテンは開いていた。窓の外が夕暮れのように暗い。まだ正午近くだというのに、あたりに薄闇《うすやみ》が降りてきたようだった。

「なんだろう、雪かな。にしても、変な空」

窓辺に寄って、ガラス越《ご》しに空を見あげた。真っ黒い雲が低く空を覆《おお》っている。

「すこし、暑いな」

グレンが襟元《えりもと》を広げた。

暖炉《だんろ》には火が入っていない。晩秋のこの時季、朝夕は冷えこみが厳しいので火が必要だ。けれど昼間は、暖かい服を着ていれば火は必要ない。冷えるが、我慢《がまん》できるといった程度だ。

けして暑いと感じることはない。だがグレンは、額にうっすら汗《あせ》をかいていた。

そう言われれば、なんとなく暑い。

空が遠くで、不機嫌《ふきげん》に喉《のど》を鳴らす獣《けもの》のように鳴った。と、すぐに窓ガラスにぽつりぽつりと雨粒《あまつぶ》が落ちる。それはみるみる勢いを増し、激しい雨になった。

「雨？　この時季に？」

アンは目を丸くした。


ハイランド王国は雨が少ない。春から秋にかけての雨は教父が唱える聖句のように静かで、遠慮《えんりょ》がちだ。そして半日以上は、けして続かない。

そのかわり冬には、うんざりするほど雪が降る。冬の寒さが大気の水分を全て雪や氷に変えるので、空気は夏以上に乾《かわ》く。乾いた土地に降る雪はさらさらとしていて、粉のようだ。

大量に降る雪が溶《と》け、雪解け水のおかげで地下水脈が潤《うるお》い、井戸や湖がみたされる。

雨量が少ない春から秋は、雪解け水でハイランド王国は命をつなぐ。

　冬まぢかなこの時季に雨が降るのは珍しい。そのうえ気温が高い。まるで初夏のような空気の暖かさだった。

　午後の作業をしながら、職人たちはみな、時ならぬ雨と暖かさに驚《おどろ》いていた。しかも経験がないほどの豪《ごう》雨《う》だった。

　銀砂糖を結晶《けっしょう》の形に切り出しながら、ヴァレンタインが顔をあげる。

「どうしたんでしょうか、この雨」

　彼と一緒《いっしょ》に結晶の形を切り出していたエリオットが、肩《かた》をすくめた。

「さあねぇ、人間にはわかんないよねぇ、こればっかりは」

「すごいよ。外壁《がいへき》を滝《たき》みたいに雨が流れてる。庭も、河みたいになってるよ」

　窓から外を覗《のぞ》いていたナディールは、作業台に帰ってくると、椅子《いす》に腰《こし》かけ針を手にしながら面白そうに報告した。ヴァレンタインが切り出した結晶を手前に引き寄せると、それに顔をくっつけるようにして結晶の先に細かな模様を彫《ほ》り始める。

　この部屋は、結晶の形を作るための部屋だ。作業台が四つあり、それぞれに四人がばらけて作業をしている。

　となりの部屋は、練りのための部屋だ。そこでオーランドとキングが銀砂糖を練り、練りあがるとこちらの部屋にそれらを持ってくるという流れになっていた。

　できあがった結晶は、部屋の隅《すみ》の棚《たな》に並べられていた。大小とりどり、白を基調に、ほんのり色づいたものもある。数は三百個近く。おそらく今夜中に、あと百五十個はできあがる。

「このペースで作業が進めば、明後日《あさって》かしあさってには、組みあげ作業にも入れるね」

　アンは結晶の数を数え終わると、職人たちに告げた。

　エリオットが眉根《まゆね》を寄せる。

「ぎりぎりのペースだねぇ」

「でもすこしずつ、作業の速度はあがってます。昨日よりも今日のほうが、できあがる数が多いですから。

最初の一個の組みあげまでには、四日かかるかもしれませんけど。次には、三日くらいでできそうなペースです」

「おや、そう？」

それを聞き、エリオットはにっと笑う。

「よかったよ。職人頭がそれを確認していて」

その笑《え》みに、内心冷や冷やした。エリオットはアンに仕事の采配《さいはい》を任せているが、同時に目を光らせてもいるのだろう。彼女がきちんと、作業の見通しを考えて仕事を進めているのかどうか。今のは、かまをかけられたのかもしれない。

明後日もしくはしあさってから、結晶を組みあげる作業にもとりかかれる。それでようやく、雪の塔《とう》が一個完成する。

とてつもない作業量だとエリオットが言ったのは、事実なのだ。

（でも、やるしかない。この速さで作業が進めば、必ず間に合う）

アンも作業台に戻《もど》ると、彫りこみ用の道具を手にして結晶に模様を彫りながら、ちらりと窓の外を見る。

新聖祭に間に合う目算はある。大変な作業だが、自信はあるはずだ。なのに、すこし嫌《いや》な予感がする。それがなぜなのか自分でもよくわからない。

慣れない豪雨と暗さに、気分がのらないだけかもしれない。

激しい雨と暖かさは、夜になっても続いていた。

作業は夜半前に終わり、職人たちは部屋に帰った。

アンは一人、作業場に残った。

バタバタと雨が窓を叩《たた》く音を聞きながら、アンは銀砂糖を練っていた。

ノアのための砂糖菓子を作るつもりだった。ノアが砂糖菓子を食べてくれるかは、わからない。けれど作るしかない。砂糖菓子を作ることしかできないアンにとって、それが唯一《ゆいいつ》、自分ができることだ。

明日も早朝から作業があるので、早く眠《ねむ》らなくてはいけない。時間的に、凝《こ》ったものは作れない。

（なにがいいかな？　ノアともっと話ができればいいのに）

好きなものならば、きっと食べてみたくなるはずだ。

「あの様子じゃ、話なんかしてくれないか。わたしたちは盗人《ぬすっと》だもんね」

結局無難なところで、彼の髪《かみ》の色に似た、薄紫《うすむらさき》の可憐《かれん》な花を一輪作った。

それを右手に、左手に燭台《しょくだい》を持って作業場を出る。

窓を叩く雨の音は、変わらずうるさかった。蠟燭《ろうそく》の明かりをかざして窓ガラスを見る。まるで窓の上から、じょうろで水を流したようだ。雨漏《あまも》りがしているらしく、玄関《げんかん》ホールのあちこちに水たまりができていた。

今年は砂糖林檎《りんご》も大凶作《だいきょうさく》だった。自然界の歯車が、どこか歪《ゆが》んでいるのかもしれない。

そう思いながら階段をあがり、小ホールに出た。すると東側の壁際《かべぎわ》の床《ゆか》に、ちょこんと誰かが座《すわ》っている。

蠟燭の明かりをかざして、近づく。

「ノア？」

膝《ひざ》を抱《かか》えて壁《かべ》に向かって座っているのは、薄紫の髪をした妖精だった。眠っているらしく抱えた膝に頰《ほお》をつけて丸まり、目を閉じていた。

「どうしてこんなところに？　よりによって壁に向かって」

不思議に思って、壁を見あげる。そこには肖像画《しょうぞうが》があった。顔の部分が引《ひ》き裂《さ》かれた、歴代城主の肖像画らしい一枚。

アンが昨日一昨日と見た光景の男と、似た体つきと黒髪《くろかみ》。ここにやってきた初日、この肖像画だけが埃《ほこり》を被《かぶ》っていなかったのが気になっていたそれだ。

歴代の肖像画の中で最も新しい。これが最後の城主、ハーバートなのだろう。

（これが、あのひどい命令をだした人）

肖像画を睨《にら》んでから、蠟燭と砂糖菓子を床に置き、ノアの肩を揺《ゆ》すった。

「ノア。ノア。起きて。ベッドに帰ろう」

ノアはとろりと目を開けて、顔をあげた。しばしぼんやりしていたが、アンの顔を見ると眉《まゆ》をひそめた。

「なんだ、盗人か」

「いちおう、アンって名前があるんだけど……。ま、いいや。とりあえずベッドに帰ろう」

「盗人の指図は受けないよ。ここは僕が守ってる城だもの」

頑《かたく》なな態度に、ため息がもれた。ノアはアンを無視して、目の前の肖像画を見あげる。そのままじっと、動かない。アンもそれを見あげる。

ノアはなんで、こんなものを見つめているのだろう。無惨《むざん》な肖像画だ。見れば見るほど、痛々しい。さらにそこに描《えが》かれているのは、ノアに冷酷な命令を下した主人だ。

「この方が、ハーバート様よね？」

訊いたが、ノアは答えなかった。かまわず、重ねて訊く。

「ねえ、ノア。あなたの羽は、ハーバート様が持っていってしまったの？」

途端《とたん》に、ノアはきっとアンを睨みつけた。

「ハーバート様は、そんなひどい方じゃない！　羽は僕に返してくださった！」

「え……？　返してくれた？」

「そうだ。返してくださった」

意外な言葉に、しばらくきょとんとしてしまった。

「じゃなんで、ここに十五年も？　羽を返してもらったなら、ここにいる必要ないじゃない」

「なんでって、何度も言ってるじゃないか！　僕はハーバート様付きの小姓《こしょう》だから、城を守ってお待ちするんだって」

「でも、それ命令されたの？　ハーバート様に」

「それはっ……！」

ノアは、言葉に詰《つ》まった。うつむく。

「ハーバート様は、あなたにこの城を守れ、出ていくな、自分の与えたもの以外は食べるなって言ったの？　ほんとうに？　ほんとうにそんなこと言ったの？」

妖精に羽を返したという主人が、そんなむごい命令をするとは思えなかった。そもそもそんな人間なら、羽を返したりしない。

「ハーバート様は……言ったんだ」

再び口を開いたノアの声は弱々しい。

「僕を戦場には連れて行かずに、城に置いていくって。だからハーバート様が出ていったら、城を大切に守ってくれって。それが僕の役目だって。でも、ハーバート様が置いていった三粒《つぶ》の砂糖菓子を食べたら、城から出ろって。ハーバート様が与えてくださった食べ物以外を口にして、ここに残ることはだめだ……って」

「残ることはだめ？」

　その告白に、アンは今一度、傷ついて顔がわからなくなった肖像画をふり仰《あお》いだ。

（この人は、……ノアに逃げて欲《ほ》しかった？）

　ハーバート・チェンバーは城を出る時、もう二度と戻れないことを覚悟《かくご》していたのだろう。

　戦場に連れて行けば、妖精も死ぬ。だから城に残した。けれど忠義心あつい妖精が、一緒に行くと言い出しかねない。そのために彼は、妖精に役目を与えた。

「城を守れ」と。

　そして、城がいずれミルズランド王家に接収される前に逃がそうとした。三粒の砂糖菓子を食べ終わったら、いやでも城から出るように、この城で自分が与えたもの以外は口にするなと命じて。食べたければ城を出ろと。要するに、必ず出て行けと。

　アンが昨日一昨日と見た光景の中にいた、黒髪黒髭《くろひげ》の男。ノアにご主人様と呼ばれていたその男を、てっきりハーバートだと思っていた。

　けれど、あの黒髪黒髭の男はハーバートではない。それを確信した。

　肖像画の人物と黒髪黒髭の男は別人だ。同じ黒髪、似た体つきをしているが、違《ちが》う人間だ。

「その砂糖菓子は、食べたの？」

　ノアは焦《あせ》ったように首をふった。

「た、食べてない！　一粒だけ残してある！　だから僕はまだ城を出なくていいはずだ！　ハーバート様のご命令を守ってる。だって、砂糖菓子は残ってるんだから！」

「でもハーバート様は、自分が与えた食べ物以外は食べるなって言ったんでしょう？　あなた城の備蓄食《びちくしょく》糧《りょう》を食べてたのよね？　それって、命令を無視してないの？」

「城の備蓄食糧は、ハーバート様のものだ。ハーバート様が残してくださったものだから、ハーバート様が与えてくれたものだ。命令は守ってる！」

主人の命令に背《そむ》かないように必死に言い訳を探して、ノアは待ち続けていたのだろう。

今は言い訳の種もつきて、食べるものがなくなってしまった。けれど城から離れる気はないので、ノアは食べることができないのだ。

「そっか、守ってるよね。確かに」

誤魔化《ごまか》しだとわかりつつも肯定《こうてい》した。すると、ほっとしたようにノアは自分の膝頭《ひざがしら》を見つめた。紫水《むらさきずい》晶《しょう》のような瞳《ひとみ》が、すこし潤《うる》んでいる。自分に言い聞かせるように、繰《く》り返《かえ》す。

「そうだ。僕は、ハーバート様の命令を守ってる」

「ハーバート様は好き？」

訊くと、こくんと頷《うなず》く。それだけで充分《じゅうぶん》わかった。

彼の主人がいかに良《い》い主人だったか。

「ねぇ、ノア。食べよう。元気な姿で待ってたほうが、帰ってきた時ハーバート様もよろこぶよ」

今しがた作ってきた砂糖菓子を両掌《てのひら》に載《の》せて、差し出した。ノアは目を見開いた。

「これ……」

「甘《あま》くて、おいしいよ」

膝を抱えていた右手が、ゆっくりとアンの方へ伸《の》びる。が、すぐに思いなおしたように手を引っこめて顔を背けた。

「だめ！　ハーバート様の命令に背いたら、城を出なくちゃならない」

「でも、ノア。ハーバート様がほんとうに望んだことは」

「命令を守るんだ！」

アンの言葉を、ノアはさえぎった。

「守るんだ。僕はハーバート様の小姓だから……お役に立つように」

疲れたように、ノアは再び膝に顔を伏《ふ》せる。

「だから、……食べない……」

ぐらりとノアの体が傾《かし》ぐ。アンはあわてて、倒《たお》れてきた体を支えた。

「ノア!?」

気を失い、もたれかかってきた体の重みは、ほとんどなかった。まるで体の内側が空洞《くうどう》になっているようだ。その軽さに恐怖《きょうふ》を感じた。ほんとうにこの妖精は、消えてしまいそうだ。

(あいつは、何者だ?)

窓ガラスの表面を流れる雨を見つめながら、シャルは窓辺に腰かけていた。

グラディスが知っていた場所は、シャルとリズしか知らないはずの場所だ。そして数十年前に崩《くず》れ落《お》ちて、瓦礫《がれき》に埋《う》もれたと聞いている。彼はその場所を知っていたのみならず、そこがシャルにとって特別な場所であることも知っている。

そう考えると、一つの可能性に思い当たった。

(まさか)

そうであるとするならば、確かめる方法は一つ。

しかし彼が何者かを知ったところで、なにを考えているのかはわからないだろう。

グラディスはアンの頬に手を触《ふ》れていた。それを思い出すと、むかむかする。なにを考えているにせよ、アンに手出しをすることだけは許せなかった。それが悪意ならもちろん、好意にせよ我慢ならない。

そうしていると廊下《ろうか》の方から、パタパタという音が聞こえた。軽い足音はアンに違いない。足音はシャルの部屋の前を通り過ぎると、アンの部屋の前へ行き、引き返す。そして次には、ハアハアという息づかいが聞こえてきた。

そろそろ作業を終えて帰ってくる頃《ころ》だろうとは思っていたが、様子が妙《みょう》だ。立ちあがり、扉《とびら》を開けると廊下を覗いた。

アンの部屋の扉の前に、手燭《てしょく》が置かれていた。頼《たよ》りない明かりが、ゆらゆらと廊下を照らしている。

ちょうどシャルの部屋の前を、アンが通り過ぎようとしているところだった。その背中にノアを背負って、よろよろ歩いている。

「あ……シャル……」

息を弾《はず》ませて言った拍子《ひょうし》に、よろめく。

「なにをしている⁉　この馬鹿⁉」

よろめいたアンを抱《だ》きとめる。

「ご……、ごめん。ありがとう、シャル」

「すこし、我慢しろ」

アンを踏《ふ》ん張《ば》らせて立たせ、ずり落ちそうなノアの体をアンの背中からおろして、横抱きにして抱えあげた。軽い。その軽さに眉をひそめる。

（これは。もう、長くない）

そのまま抱えていき、アンの部屋のベッドに寝かせた。息を弾ませながらもついてきたアンは、ノアに毛布と上掛《うわが》けをかけてやる。

「ありがとう、シャル。ノアがベッドを抜《ぬ》け出《だ》して、小ホールにいたの。でも気を失っちゃって。軽いから運べると思ったんだけど」

そこで言葉を切ると、うなだれた。

「砂糖菓子でも、食べてくれないの。この子、羽は返してもらってるんだって」

蠟燭の明かりで、唇《くちびる》を噛《か》むアンの横顔に影《かげ》が揺れる。

「羽を返した？」

「うん。羽を返してくれた主人のハーバート様を待つために、この城に残ってたらしいの。でもご主人様からもらったもの以外を食べたら、城を出なくちゃいけないって。そう約束してるから、食べられないって。ハーバート様はたぶん城を出て欲しくてそう約束したのに。この子は、待つって」

ノアの体からは、妖精の形を保ち続けるための力が感じられない。それが薄れていけば、妖精の体は霧散《むさん》して消える。こんな状態になっているのを、本人がわかっていないわけはない。

けれど約束を守って、待ちたいのだろう。

改めてノアを見おろす。

（当然かもしれない）

ノアは主人から、羽を返してもらったという。その主人との絆《きずな》は、特別なものに違いない。

たとえ帰らない相手でも、待ちたいのならば、気が済むまで待たせてやりたい。シャルも相手がアンであるなら、きっと待つだろう。十年でも、百年でも。

「おまえは、銀砂糖師だろう」

今にも泣きそうなアンに、シャルは告げた。アンは顔をあげた。

「納得《なっとく》して、食べる気になるものを、作ってやれ。銀砂糖師なら」

アンははっとしたような顔になる。

「銀砂糖師？」

「違うのか？」

「ううん……違わない……」

そして微笑《びしょう》した。

「うん。……そうか」

その笑顔に、強い衝動《しょうどう》を感じた。目の前にいる、頼りないおひとよしの、やせっぽちの娘《むすめ》は、誰にも渡《わた》せない。自分が百年でも二百年でも、待てる相手だ。

アンの肩に両手をかけ、自分の前に引き寄せる。

「シャル？」

驚いたようにアンが目を見開く。

「グラディスになにか言われたか？」

「え？　どうしたの、突然？」

「どうでもいい、答えろ」

「えっと。別に。銀砂糖の香りがするとか、なんとか」

「おまえは不用心だ。誰にでも気を許すな」

「グラディスって、危険なの？」

すこし怯《おび》えたように、アンは訊く。確かにグラディスはえたいがしれないが、危険だとは言い切れない。ただ用心はするべきだ。

「わからん。だから、気を許すな」

「うん」

頷くので、ほっとした。その子どもっぽい素直さが愛《いと》しい。彼女には自分が必要だと思えた。

「いい子だ」

囁《ささや》くと、右の頬に口づける。両手で摑《つか》んでいるアンの肩が、ぴくりと動いて強《こわ》ばった。

頬に触れた唇を上から下に軽く滑《すべ》らせる。グラディスが触れた場所だ。アンは真っ赤になったが、かまわない。グラディスがそこに触れたことが、許せなかった。だから触れた痕跡《こんせき》を消すように、口づけするのは当然だと思えた。

「昨日もろくに寝てない。眠らないと、そろそろ作業に差《さ》し障《さわ》りが出るはずだ。今日は俺の部屋で寝ろ。ノアは俺が見ておく。安心しろ。行け」

どこか呆然《ぼうぜん》としているアンの背を押《お》して、シャルの部屋へ行かせた。

いつもなら「シャルが寝ろ」だの、「交代する」だのと言ってぐずぐずする彼女が、ふわふわした足取りで、おとなしく行ってしまった。

（まずかったか？）

苦笑した。けれど間違《まちが》ったことはしてない。


シャルの唇が触れた右の頬に手を当て、アンはベッドの中で呆然としていた。

エマも同じように、アンの頬にキスをしていた。「いい子ね」「おやすみ」と。シャルも似たようなことを言って、キスをした。エマと同じ意味のキスだろう。

けれど指が震《ふる》えるほど、いまだに心臓の鼓動《こどう》が速い。

シャルが子どもみたいに自分を扱《あつか》っているのはわかるが、それでもどぎまぎしてしまう。

ただ、すくなくともシャルはアンを嫌《きら》っていない。心配してくれている。

（嬉《うれ》しい）

雨音は、激しく続いている。

瞼《まぶた》を閉じると急激に眠気《ねむけ》が襲《おそ》ってきた。

そしてまた、すぐ近くで呼吸音がした。三度目だ。

目の前に光景が見える。

『ご主人様！』

ノアが悲鳴をあげる。アンも息を呑《の》んだ、その時。

『お待ちください。兄上』

落ち着いた男の声がした。

怯えるノアを庇《かば》うように、細身で黒髪の男が立ちふさがった。鞭《むち》をふりあげる黒髪黒髭の男と似た体格で、同じく、整えられた黒髪。

『そんなに叱責《しっせき》しては、できるものもできなくなります』

アンは、おやっと思った。この男の声に、聞き覚えがある。

馬上の黒髭は、ふんと鼻を鳴らす。

『そんなやわな小姓は必要ない。売《う》り払《はら》ってくれる』

『では、わたしにおゆずりください』

『こんな役立たずでいいなら、くれてやる。ハーバート』

（ハーバート？　この方が、ノアの主人の）

ビクビクしながら、ノアはハーバートを見あげた。すると彼は困ったような笑みを浮かべる。

『そんなに怖《こわ》がらないでおくれ』

ハーバートは、ノアの手を引いて歩き出した。それでもノアは怯えた顔をしていた。不安でたまらないと、目がそう言っていた。

その光景がかすむように消え、新しい光景が見える。

見覚えのある場所だ。ホリーリーフ城内の、アンと職人たちが食堂に使っている小ホールだ。

漆喰《しっくい》の壁の色は鮮《あざ》やかな水色で、歴代城主たちの肖像画は、威厳《いげん》に満ちている。そこにはハーバートの肖像画もあった。ノアが見つめていた、あの肖像画だ。まだ傷つけられていない。

暖炉には、暖かな炎《ほのお》が燃えていた。猫脚《ねこあし》の優雅《ゆうが》な長《なが》椅《い》子《す》が並べられ、その一つにハーバートが座っていた。ローテーブルをはさんで、向かい側の椅子に腰かけているのはノアだ。

二人とも真剣《しんけん》な表情だ。ローテーブルにはフィッフのボードがある。

白と黒の鮮やかなマス目に、乳白色と青緑色、それぞれ十六個の駒《こま》が並んでいた。どの駒も石作りらしく光沢《こうたく》がある。一つ一つの駒が、小さな彫刻《ちょうこく》のように生き生きと作られていた。

王の駒の王冠《おうかん》は、花模様をあしらったもので、中央に赤い宝石の粒が光る。王の襟元の襞《ひだ》も、手にする錫《しゃく》も、立体的に作りあげられている。

王妃《おうひ》の駒は、円錐《えんすい》型で特徴《とくちょう》的だ。裾《すそ》が広がるドレスをまとっている。

馬は前脚を高くあげ、目には緑の宝石。騎士《きし》が掲《かか》げる槍《やり》の先に、青の宝石の粒。

一番美しいのは妖精の駒だ。透《す》ける両羽と、なびく赤い髪。羽の先や髪の先に、とりどりの宝石の粒がちりばめられている。

フィッフの駒は、敵から奪《うば》っても使えないルールだ。だが妖精の駒だけは例外で、相手から奪えば自分の駒として使える。ゲームが進むにつれて盤上《ばんじょう》の駒が少なくなっても、最後まで必ず、王のそばに妖精の駒があるのだ。

『難しいね』

ハーバートが眉間《みけん》に皺《しわ》を寄せると、ノアは余裕《よゆう》たっぷりに笑った。さっき見た、怯えきった小動物のような彼とは、まったく違う。

ローテーブルには菓子《かし》器が置かれ、そこには砂糖菓子がどっさり入れられていた。あめ玉くらいの大きさで、チェンバー家の紋章《もんしょう》をかたどった砂糖菓子だ。木型に銀砂糖を押しこんで固め作ったもので、貴族の日常用のお菓子《かし》だ。

ハーバートはお菓子をつまんで口に放りこむと、また、うーむと唸《うな》る。そして、

『おまえも一つ食べなさい。ノア』

とすすめる。ノアは小さな粒を手に取って、掌に載せてまじまじと見つめる。

『この紋章、素敵《すてき》ですね』

『我《わ》が一族の誇《ほこ》りの形だからね。剣《けん》と盾《たて》と獅子《しし》は、強さ。青い旗は慈悲《じひ》。強さを持って民《たみ》に慈悲を施《ほどこ》すものだから、我に続けと言うのだよ。けれどわたしは、剣の扱いはさっぱりだが』

『でも、ハーバート様は心が強くて慈悲深《じひぶか》い』

『おや、賞《ほ》めてくれるな、ノア。ではおまえのさっきの一手、なかったことにしてくれるか？』

『それとこれとは、話が別です。よく考えてくださって結構です』

ノアは、ローテーブルの端《はし》にあった茶器に手を伸ばし、ハーバートの前に置かれている、空になったカップに茶を注ごうとした。が、ティーポットを傾《かたむ》けた途端にポットの蓋《ふた》が外れて落ちた。蓋が直撃《ちょくげき》したカッ

プが割れ、茶がローテーブルと床の上に飛び散った。

『す、すみません！』

ノアはあたふたと、手ふきで茶を拭《ふ》こうとする。しかしこぼれた茶がさらに広がり、悲惨《ひさん》な状態になる。

目を丸くしていたハーバートは、軽く手をふった。

『いいよ、そのままにしておいで。あとで片づけてもらおう。向こうのテーブルに移ろう』

しゅんと、ノアはしおれるようにうなだれた。

『すみません』

『いいよ、いつものことだから』

笑って言われると、よけいにノアは肩をすぼめる。

『なんでハーバート様は、こんな役立たずの僕を使役《しえき》してくださるんですか？』

『役立たず？　そんなことないよ。役に立っているよ』

『嘘《うそ》です。僕は役に立ってない』

『役に立ってるよ。だってね、わたしのゲームに対等につきあってくれるのは、ノアだけだ。たいがいの人はわたしの弱さ加減に辟易《へきえき》して、すぐに相手してくれなくなる。ノアはわたしと同じくらい下手だから、楽しいよ』

ちらりと、ノアは恨《うら》みがましい視線を主人に向ける。

『ハーバート様。それは、褒《ほ》め言葉じゃないです』

『褒め言葉だよ』

言いながらハーバートは笑った。

するとまた、景色が歪む。

同じ、小ホールだ。ハーバートは同じように長椅子に腰かけていたが、軍装を身にまとっている。けれど彼には、あまり似合っていない。剣を抜《ぬ》き、人を斬《き》れる人間にはとても見えない。

ノアは紫の瞳にいっぱい涙《なみだ》をためて、怒《おこ》っていた。

『どうして僕はおいていかれるんですか!?　ハーバート様！』

ローテーブルをはさんで、ノアはハーバートの前に立っていた。対するハーバートの表情は穏《おだ》やかで、ローテーブルの上に載る菓子器をノアの方へ押しやる。

『これ、お食べ。ノア』

『ハーバート様！　答えてください。どうして僕を、連れて行ってくださらないのですか』

『言っただろう？　わたしがここを留守にする間、ここを守ってもらう者が必要なんだよ』

『そんなの誰にだってできます。もしかして僕が役に立たないから、おいていくんですか？』

　情けなく声が震えるのを、ハーバートは微笑《ほほえ》みでなだめた。

『違うよ。守って欲しいんだ、この城を。ほら、お食べ。おまえに食べて欲しい』

　菓子器に載っているのは、残り四粒の砂糖菓子だ。あまりにしつこくすすめられるので、ノアは根負けしたように一粒、それをつまんで掌に載せた。ほろほろと溶け崩《くず》れるその様を、ハーバートは嬉しそうに見ている。

『これも、見つかれば砕《くだ》かれるだろう。それよりはおまえに食べてもらいたい』

　静かにハーバートは立ちあがった。

『ノア。城を守ってくれ。けれど、いいかい。この城でわたしが与えたもの以外を食べてはいけない』

『え？』

　目を丸くするノアの頭に、ハーバートはそっと手を置く。

『食べるものがなくなったら、ここを出るんだ。いいね。絶対に、ここでわたしがあげたもの以外は食べないこと。食べたいなら、ここから出ていくんだ』

『どういう意味ですか!?』

『言葉通りの意味だよ。おまえには城を守って欲しいから、ここにおいていく。おまえにしかできない大切な役目だから。けれど、もう一つ命令する。わたしが与えたもの以外、この城で食べてはいけない。食べたければ城から出る。いいね』

　剣を手に、ハーバートは階段を降りていく。

『ハーバート様!?』

　ハーバートはふり返らない。

　ノアは菓子器に残った三粒の砂糖菓子を、じっと見おろした。その三粒を手に取ると、急いで腰につけた小袋《こぶくろ》の中にしまいこむ。

『これは、食べないんだ』

　きゅっと唇を噛んで呟《つぶや》き、砂糖菓子を入れた小袋をやわらかく握る。

アンには、なぜかそこに、ノアの羽も一緒に入っているのがわかった。ハーバートが返した羽だろう。

胸が痛い。ノアの痛みが、胸を締《し》めつける。

暖かな暖炉や長椅子や肖像画、それらの光景が急激に遠くなった。視界が真っ暗になる。

（どうして、こんな光景を見せるの？）

これは真実だと直感した。過去に起こったことを、誰かに見せられていたのだ。

すると、耳のすぐ近くから声がした。

『妖精を愛する、銀砂糖師の娘。助けて欲しい、あの子を』

その声にはっとして目を開くと、飛び起きた。

明け方らしく、カーテンを引いた窓の外がうっすら明るくなっているが、部屋の隅にはまだ暗闇《くらやみ》がわだかまっている。その暗闇に溶けこむように、人の影が動いたが――。

怖いとは思わなかった。

なぜならそれが誰なのか、そしてその意図もはっきりわかったからだ。

「待って！」

思わずアンは、影に向かって叫《さけ》んだ。しかし影はすうっと消えた。

ホリーリーフ城に来た日に、『よくきた』と囁いた声。時々聞こえた呼吸の音。夢の中の声。そして今、目の前で闇《やみ》に溶けた人影《ひとかげ》。どれも同じ人だ。

「ハーバート様」

確かめるように口にした。

（求められている）

それを確信する。

（銀砂糖師として）

銀砂糖師は、砂糖菓子を美しく作ることができる職人であるという称号《しょうごう》だ。美しい砂糖菓子は妖精に力を与え、寿命《じゅみょう》をのばす。ノアを助けることを、アンは求められているのだ。

銀砂糖師として。

雨は降り続いていた。勢いは衰《おとろ》えず、空は昼間でも常に暗く、ごろごろと唸るように雷《かみなり》が鳴る。

城館前に広がる枯《か》れた庭は水浸《みずびた》しだ。水の勢いであちこちが深く削《けず》れて、亀裂《きれつ》のような溝《みぞ》が走っていた。

ハーバートの影を目撃《もくげき》した日の夜も、アンは作業の終わりに一つ砂糖菓子を作った。

翌日の夜にも作った。

それを毎朝ノアに見せたが、二日ともそっぽを向かれた。もちろん、他の食事も取らない。

ノアの枕元《まくらもと》にいる間は、できるだけ手を握っていた。そうしていなければ、ノアは消えそうな気がした。夜中に一人にしておくことが心配だったが、アンも寝なくてはならない。作業に支障が出ることだけは、してはいけない。

困っていると、意外にもシャルが、夜中にノアの枕元にいてくれると申し出てくれた。

シャルはなにも言わないが、ノアに対してどことなく優《やさ》しい。ミスリルにたいするぞんざいな態度と、あきらかに違う。

その日の朝も、アンは砂糖菓子を差し出した。ノアのために作った、四つ目の砂糖菓子だ。

今日の砂糖菓子は水色の蝶《ちょう》だ。しかしやはりノアは、顔を背けた。今日もだめかとうつむきかけると、シャルが、肩に触れた。見あげると、黒い綺麗《きれい》な瞳が無言で諭《さと》してくれていた――焦るなと。

アンは砂糖菓子をサイドテーブルに置くと、わざと元気よく言う。

「さ、朝ご飯持ってくるね。三人で食べようね」

部屋を出て向かった小ホールの食卓《しょくたく》には、早起きのオーランドとヴァレンタインがいた。エリオット、キング、ナディールも、ほどなく起きてくるはずだった。

今日から砂糖菓子の作業は、新しい段階に入る。結晶の数がそろったので、それを塔の形に組みあげる予定だ。職人たちも気がはやるらしく、いつもより早めに作業を開始することになっていた。

けれどいかんせん、朝早すぎる。朝食の準備ができていない。

自分とシャル、ノアの三人分の朝食を、今日もアンの部屋に運ぶことを知らせるために、台所に向かう。

台所に続く扉は半分開いており、中から暖かい湯気と、竈《かまど》の炭の香りが漂《ただよ》い出ている。

「あら、やだっ！」

ダナの声がした。

「お砂糖が塊《かたまり》になって、すごい量が入っちゃった！　どうしよう。ものすごく甘いはずよ。食べられる代物《しろもの》かしら。ハル、どう思う？」

「僕たちは味見してもわからないから、誰かに味見してもらうしかないね」

台所を覗きこむと、アンは手をあげた。

「わたしでよければ、味見しようか？　おはよう、ダナ。ハル」

「アン！」

ダナは嬉しそうに顔を輝《かがや》かせたと思うと、ぽっと頰を染めた。もじもじと、フリルのついたエプロンをいじる。

「そんな、わたしの失敗を味見なんて……。恥ずかしい……」

「わたしも料理の失敗なんて、いっぱいするよ？」

言いながら、竈にかかった鍋《なべ》の前に立った。鍋で煮《に》こまれているのは、クルミと干した果物だった。そこに大量の砂糖が入ったらしい。柄杓《ひしゃく》で汁《しる》をすくって小皿に入れて、味見した。確かに甘い。けれど嫌な甘さではなかった。

「大丈夫《だいじょうぶ》、おいしい。みんな疲れてるから、甘い方がいいよ」

笑顔で保証すると、ダナはさらにもじもじする。

「……嬉しい……」

「え、いや。そんな。……よかったね」

あまりの恥じらいぶりに、アンも照れる。それを見て、ハルが苦笑した。

「ありがとうございます。アン。それはそうと、なにか用があったんじゃないですか？」

「あ、うん。三人分の朝食、今日もわたしが自分の部屋に持っていくから。それを伝えようと思って」

「あの彼ですよね。まだ、食べないんですか？」

ハルはやれやれと言いたげにため息をつく。彼は小ぶりな壺《つぼ》を作業台の上に置いて、口からすりこぎを突《つ》っこんで、ガツガツと中身を砕きはじめる。

「ハル？　それ、なにしてるの？」

気になって訊くと、ハルは唇をへの字にした。

「砂糖です。ダナの失敗の原因です。なんだか知らないけど、塊になってて。気がつかずに壺を傾けて砂糖を入れようとして、塊をどぼんと入れちゃったんです。砂糖が固まるなんて、はじめてです。昨日まで気がつきませんでした。底のほうからすこしずつ固まってきて、上が固まるまで気がつかなかったんですね、たぶん」

「固まってるの？」

壺を覗きこむと確かに、砂糖黍《さとうきび》から精製された黄みがかった砂糖の塊が、ごろごろと壺の中にある。

「本当だ。こんなのはじめて見た。どうして砂糖が」

そこまで口に出して、自分でぎょっとした。

「まさか!?」

「アン？」

アンは台所を飛び出していた。

急いで階段を駆《か》けあがると、小ホールにはエリオットをはじめ、職人たちがそろっていた。ミスリルもしっかり起き出し、テーブルの上に座っていた。

「みんな、来て！」

説明するのももどかしく、アンはそれだけ言うと左《さ》翼《よく》の二階部分に向けて走る。彼女の顔色を見て、ただごとではないと判断したらしい。職人たちも、すぐに追ってきた。

左翼の二階には、銀砂糖を保管してあった。部屋の扉を開けて飛びこむと、手近な銀砂糖の樽《たる》の蓋を開けた。

銀砂糖の表面が、いつもよりきらきらと光って見えた。表面をすくおうと、銀砂糖に触れた。すると指先が滑った。表面が固まっている。

血の気が引く。言葉が出なかった。もう一度震える指を伸ばすと、やはり固い。

職人たちも銀砂糖の樽を覗きこみ、息を呑んだ。と、すぐさまエリオットが怒鳴《どな》った。

「確認しろ！　他の樽も、全部だ！」

その声に、職人たちがさっと部屋に散った。次々と蓋を開ける。

「だめだ。固まってる」

オーランドが呆然と言うと、キングが応じるように低く呻《うめ》く。ナディールはただ目を丸くしている。ヴァレンタインが、呟いた。

「そうか。湿気《しっけ》と……気温……。でも、まさか。こんなこと……」

銀砂糖は湿気と高温を嫌う。人の体温よりも温度が高くなると、銀砂糖は粘《ねば》り溶け固まる。さらに水気を含《ふく》むと、固まる。銀砂糖がさらさらした状態を保つには、常に乾燥《かんそう》した空気と、気温が体温以上にならない環境《かんきょう》が必要だ。

ハイランド王国の気候は、それにぴったりだった。四季を通じて空気が乾燥し、夏場の暑さもさほどではない。ハイランド王国で銀砂糖の精製が盛《さか》んにおこなわれ、砂糖菓子が作られるのは、この気候があってこそなのだ。

大陸の他国では、こうはいかない。精製した銀砂糖は、すぐに駄目《だめ》になると聞く。

しかしこの四日間、おかしな雨が降り続いていた。そのために一時的にだろうが、急激に湿度《しつど》があがったのだろう。気温が高かったのも良くなかったのかもしれない。湿気を吸った樽の底から徐々《じょじょ》に固まり、とうとう表面まで固まったのだ。

「なんで、こんなになるまで気がつかなかったの!?」

アンは悔《くや》しさに、唇を噛む。自分が腹立たしい。

ハイランドの気候では、銀砂糖がだめになることは普通《ふつう》ありえない。銀砂糖の樽が雨に濡《ぬ》れて多少の湿気を吸っても、乾燥した土地柄《がら》のおかげで、すぐに乾いてさらさらになる。

だが大気そのものの湿度が、これほど急激にあがると話は別だ。

誰も予想できなかったことだ。けれど雨が降り続いた間、樽の底まで確認をしていれば、これほど固まる前に手を打てただろう。

ミスリルが神妙《しんみょう》な顔をして、アンとエリオットが覗きこむ樽の縁《ふち》に飛び乗ってきた。

「アン。銀砂糖が」

「これじゃ……使えない」

　砂糖菓子は、まだまだ作り始めたばかりなのだ。今日やっと、作りためた雪の結晶を塔に組みあげる段階に入るところだ。しかもまだ一つ目の砂糖菓子だ。

　これからどうやって、あのたくさんの砂糖菓子を作ればいいのか。銀砂糖がこの状態では、砂糖菓子は作れない。いろいろなことが頭の中に一気にあふれ出し、混乱する。ただ情けない。

　新聖祭に間に合わない。そう考えると、泣き出したくなる。じわりと涙がにじみかける。

　その時。

「泣くなよ。職人頭」

　アンにだけ聞こえるような小さな声で、エリオットが囁く。はっとして彼を見る。彼は強ばった表情で銀砂糖を見つめながらも、口調だけはいつもの通り、ひょうひょうとしていた。

「ま、なんとかしなきゃね。どうしよっかなぁ」

　顔をあげて職人たちを見回すが、その顔には、いつものおどけた表情があった。

（そうだ）

　先頭に立つ者が、弱気になって泣いてはいけない。従う者たちが不安になり、動揺《どうよう》する。泣く前に、平気なふりをして、そしてどうするべきか考える必要がある。それが工房の長《おさ》代理や、職人頭の仕事だ。

（どうするの？　どうすればいいの？）

　アンは今一度固い銀砂糖を触《さわ》り、指で引《ひ》っ掻《か》いてごろりとした塊を掌に載せた。強く握ってみると、ばらりと砕けた。手に負えない固さではない。なんとかなる。

　顔をあげた。

「みんな、ありったけの薪《まき》を左翼の二階に持ってきて、この部屋をどんどん暖めて乾燥させよう！　銀砂糖の湿気を飛ばす。それからミルズフィールドから、臼《うす》を運んできて、湿気が飛んだ銀砂糖をもう一度ひきなおそう！」

　エリオットが頷く。

「それしかないかもね。んじゃ、みんな。急ごう！」

職人たちは駆け出した。

五章　猫の手も借りたい

キングとオーランド、ヴァレンタインとナディールが、ミルズフィールドまで石臼《いしうす》を取りに帰った。シャルが護衛を買って出てくれたので、安心して任せられたが、往復で丸一日はかかる。

その間にエリオットとアン、ミスリルが、あるだけの薪《まき》を左翼《さよく》の二階に運んだ。

ダナとハルも、家事の合間に手伝ってくれた。

銀砂糖を保管している部屋の暖炉《だんろ》に、できるだけの薪をくべて燃やした。鉄のバケツをかき集め、それぞれに炭を入れて部屋のあちこちに置いた。

部屋はむっとするほど暑くなり、空気が乾《かわ》いた。城館左翼の屋根にある煙突《えんとつ》から、激しい雨の中、もうもうと煙《けむり》が立ちのぼる。

昼過ぎに、ヒューがやってきた。ルイストンに戻《もど》っていた彼のもとに、今朝から次々と悲鳴のような報告が入っていたらしい。

ルイストンを含《ふく》むハリントン州、隣接《りんせつ》のシャーメイ州、セント州、ロックウェル州の北部。それら地域のすべての工房《こうぼう》で、同様の銀砂糖が固まる事態になっている。

ペイジ工房の対応を聞き、実際に作業を見てから、ヒューは一つだけ訊《き》いた。

「間に合うか？」

と。エリオットは、

「間に合いますよ」

と、うけあった。

夜遅《よるおそ》く、石臼を積んだ馬車が帰ってきた。

石臼は二階の一室に設置した。運びこんだ石臼は、五つ。さすがにミルズフィールドとルイストンを往復したあげく、石臼を五つ、二階まで運びあげた職人たちは、へとへとになったらしい。エリオットはそれを察して、四人を先に休ませた。

エリオットとアンは、暖炉に薪をくべ、炭を足し、銀砂糖の変化を確認《かくにん》し続けた。

熱気が籠《こ》もる部屋全体に厚手の布を敷《し》き、その上に固まった銀砂糖を広げていた。人の頭ほどの大きさの塊《かたまり》になった銀砂糖が、ごつごつと積み重なっている小山。それが樽《たる》の個数分だけあり、部屋を埋《う》めている。まる半日以上暑い部屋の中にいると、くらくらした。

夜半を過ぎると、アンはほっと息をついて、一旦《いったん》部屋を出て廊下《ろうか》の端《はし》に座《すわ》りこんだ。

どうにか銀砂糖は順調に乾燥《かんそう》している。ミスリルがアンの肩《かた》の上で、心配そうに訊く。

「アン。水、いるか？　持ってきてやろうか？」

「うん。ありがとう。お願い」

一日中薪を運び、銀砂糖の位置を変え、火を絶やすまいと走り回っていたのだ。食事は取る暇《ひま》がなかったし、そもそも疲《つか》れて食べたくもなかった。

ただ部屋があまりにも暑いので、水だけはやたらと欲《ほ》しい。

ミスリルはすぐに、水をとりに台所へ行ってくれた。

それと入れかわるようにして、銀砂糖を乾燥させている部屋からエリオットが出てきた。

額の汗《あせ》を拭《ふ》き、長く息を吐《は》き出《だ》しながら、アンの横に腰《こし》を下ろし、壁《かべ》に背をもたせかける。

ふと、エリオットが言った。

「あ……。雨。止《や》んだね」

雨音がしない。腰を浮《う》かして窓から空を覗《のぞ》くと、流れる黒い雲の隙間《すきま》から、細い月がちらちらと顔を見せていた。

「ほんとうだ」

アンはほっとし、また腰を下ろす。

「でも、銀砂糖は固まってしまったから、もとに戻らない」

「それでも雨が降り続いていたら、乾燥させてひきなおしたぶんから、まただめになる。雨が止んでくれれば、二、三日で湿度《しつど》は低くなるから、もう一度だめになることはない。固まった銀砂糖は今夜一晩乾燥させれば、一部分は明日から石臼でひけるくらいには乾燥するよ」

「そうですね。とりあえず、よかった」

座りこんだ石の廊下はかなり冷えていたが、それが今は心地《ここち》よかった。

「火を絶やすわけにはいかないから、俺が番をする。アンは寝《ね》てよ。朝まであんまり時間ないけど」

「そうはいきません」

「でも女の子に無理させるのはちょっとねぇ」

「わたし職人頭なんですけど」

答えると、エリオットは陽気な声で笑う。

「頑固《がんこ》だねぇ。いいよ、じゃ、交代でね」

「はい」

答えてから、アンはずっと心の底で気にしていることを訊きたくなった。今なら二人きりだ。エリオットも本当のことを言ってくれるかもしれない。

「コリンズさん」

「なーに？　やけに真面目な顔しちゃって。愛の告白かなんか？」

「ちがいますっ！　そうじゃなくて、新聖祭……。間に合いますか？」

するとエリオットは、天井《てんじょう》を見あげて嘆息《たんそく》した。

「銀砂糖を乾燥させてひきなおすのに、七日はかかると見ていい。銀砂糖子爵《ししやく》にはああ言ったけど、正直、自信はないねぇ。なにせ職人が少なすぎる。ぎりぎりの日数で、ぎりぎりの職人の数でやってるんだ。七日のロスは大きい。日数は増えないにしても、あと二、三人腕《うで》の立つ職人がいればね。間に合うかもしれないけど」

「ペイジ工房派の配下から、職人を呼んでこられないですか？」

「うちの配下は王国全土に散らばっているから、近場にいなくて。呼んでくるだけで二ヶ月以上かかる。近場に二件、いることはいるけど。これがまた二件が仲悪くって、さらにそれぞれが本工房にもよく嚙《か》みついてくる。使えないんだよね。しかも考えてみてよ、あの細工をするんだからねぇ。下手な職人呼んできても、練りの作業を手伝えるのがせいぜいで戦力としてはこころもとない」

もしペイジ工房派がもっと大きな派閥《はばつ》であったら、こんな苦労もなかったかもしれない。

自分の配下の工房で、湿気《しつけ》の被害《ひがい》を受けていない地域の工房が所有する銀砂糖をかき集めればいいのだ。しかし配下が極端《きよくたん》に少なく、しかも遠くに点在しているとなると、銀砂糖をかき集めるだけで軽く二ヶ月はかかってしまうだろう。

新聖祭の予備の砂糖菓子《がし》を作っているマーキュリー工房は、大派閥だ。配下の工房から銀砂糖を集めているらしい。

ヒューは銀砂糖子爵の権限で、ラドクリフ工房派かマーキュリー工房派のいずれかに命じて、ペイジ工房派へ銀砂糖を融通《ゆうずう》させるのも可能だと言っていた。

しかしそれを承知したら、来年からの選品で不利になるのは確かだ。

銀砂糖の確保も工房の実力。銀砂糖を充分《じゆうぶん》に確保できない工房を、国教会が好んで選ぶことはない。もし作品が優劣《ゆうれつ》つけがたいとなれば、一度でも銀砂糖の確保ができなかった過去がある工房は、真っ先に落とされる。

「キースとか、頼《たの》んだら来てくれるかも。腕もいいし」

「無理でしょ。彼が来たくても、ラドクリフ殿《どの》が承知しない。派閥ってのはそういうものさ」

「じゃ、派閥に入ってない人で、誰《だれ》か腕のいい……」

エリオットが突然《とつぜん》、なにか思いついたように目を輝《かがや》かせた。

「そうだ！　あいつ！」

身を乗り出し、アンの肩に両手を置いて揺《ゆ》すぶった。

「あいつを連れてくればいい。派閥とは関係ないし、あいつの店はいつも開店休業だから良心も痛まないし、なにしろ腕がいい！　キャットだ、アン！」

「キャット？」

確かに彼ならば、これ以上ないほど頼もしい助《すけ》っ人《と》になるはずだ。

「キャットは今は、サウスセントに店を構えてるはずだ。ルイストンから、半日かそこらで行ける。アン。連れてきて欲しいんだけど、あいつ。あいつもアンのお願いなら、きいてくれるかもしれない」

いつになく、エリオットの目は真剣《しんけん》だった。このままでは、絶対に間に合わないと彼はわかっている。けれどもしキャットの助けがあれば、間に合う可能性が生まれる。

「わかりました。キャット、呼んできます！」

翌朝。陽が昇《のぼ》るか昇らないかのうちに、葦毛《あしげ》馬が庭に引き出されてきた。ペイジ工房で飼われている中でこの馬が一番若くて足が速く、シャルに慣れていた。職人たちは作業を続ける必要がある。そこでシャルが、アンを連れてサウスセントまで行くことになったのだ。

エリオットと四人の職人たち、ミスリル。ダナとハルも、見送りに庭に出ていた。

雨水を含んだ枯《か》れ草《くさ》が、ぱりぱりと凍《こお》っていた。雨があがるとともに急激に気温が下がったので、雨の粒《つぶ》が草葉の先や木の枝の先で氷になっている。

日射《ひざ》しが戻っていた。茨《いばら》や蔦《つた》が絡《から》まる森も、雨で洗われたせいか、どこかさっぱりして見えた。凍った雨《あま》粒《つぶ》が光を反射して、寒い庭はひどく明るい。

「安心して行け。仕事は俺たちが、きちんとこなす」

オーランドが落ち着いた態度で、そう言ってくれた。他の三人も力強く頷《うなず》く。

エリオットの肩の上にいたミスリルが、胸を張る。

「俺様がいるんだから、心配するな」

「頼んだからね、アン」

そう言ったエリオットに、アンは約束した。

「連れてきます。必ず」

四人の職人の顔を順繰《じゅんぐ》りに見て、任せて欲しいと言う代わりに無言で頷いたあと、アンは葦毛馬に近寄った。シャルがすでに鞍《くら》にまたがっており、アンの手を持って引っぱりあげて鞍に乗せてくれた。シャルの両腕《りょううで》の間に守られるように座る。それでも馬の背は高くて、すこし怖《こわ》かった。

「ノアをお願いね、ダナ、ハル」

馬の上からお願いした。ダナもハルも「はい」と、生真面目《きまじめ》に返事をした。

ノアはいまだに、アンのベッドの中にいた。そして食べ物に見向きもしない。

昨日もアンは、忙《いそが》しい合間に何度もノアの枕元《まくらもと》に行ってみた。だが、だめだった。そばを離《はな》れるのは不安だが、職人頭のアンは、自分の役目を果たさなくてはならない時だ。

「行くぞ」

シャルはぶっきらぼうに言うと、馬の脇腹《わきばら》を蹴《け》った。

馬が歩き出すと、アンは城館の右翼《うよく》に目を向けた。三階の廊下の窓にグレンの姿が見えた。こちらを見おろしている。状況《じょうきょう》は、エリオットから伝わっているはずだ。なにか言いたげなグレンに、黙礼《もくれい》する。

視線を前に戻すと、坂の降り口にブリジットの姿があった。彼女はあわてたように、木の陰《かげ》に身を隠《かく》す。気づかれていないと思っているらしい彼女のために、アンは知らないふりをした。けれどちらりと、横目で彼女の様子を窺《うかが》った。

ブリジットは不安そうに、アンたちを見送っている。

（シャルを心配してるのかな？　それとも、新聖祭に間に合うかどうかを、心配してくれてるのかな？　両方かな？）

茨や倒木《とうぼく》をよけながら丘《おか》を下りきると、シャルがアンの頭の上で告げた。

「走るぞ。いいか？」

アンの体を守るように腕を狭《せば》めて、体をわずかに前に傾《かたむ》けた。後ろから抱《だ》かれるような感じに、どきどきする。背中を向けているのが幸いだ。顔が赤いのを気づかれないですむ。

「うん。いい」

答えると、シャルはおもいきり馬の脇腹を蹴った。

晩秋には珍《めずら》しいほどの冷えこみだ。

アンは冬用の襟《えり》の高いドレスを着て、その上に何枚か上衣《うわぎ》を重ね着していた。スカートの下には毛織りの下穿《したば》きをつけ、きわめつきにキャットにもらったケープを羽織っている。

それでも寒い。ドレスの裾《すそ》から風が吹《ふ》きこみ、ひやりとする。空気が頬《ほお》を斬《き》るように冷たい。

草葉の先で固まった氷の粒を、馬の蹄《ひづめ》が跳《は》ねあげた。


ブリジットは、アンとシャルが馬に乗って丘を下っていくのを見送っていた。

（キャットが、来てくれたらいい）

そう思わずにはいられなかった。

昨日の朝から、職人たちの動きがあわただしかった。気になって仕方がなかったが、職人たちは教えてくれない。そこでエリオットがグレンの部屋に報告に来たのを盗《ぬす》み聞《ぎ》きして、銀砂糖のことを知った。

グレンも職人たちも、ブリジットをのけ者にする。のけ者にされるが——失敗して欲しいとは思わない。ペイジ工房はブリジットの誇《ほこ》りだ。それが世間の笑いものになるのは我慢《がまん》ならない。

シャルとアンの乗った馬が、視界から消えた。その時だった。

「ブリジット」

背後から肩を抱かれた。グラディスだった。驚《おどろ》いて背後をふり仰《あお》ぐ。

「グラディス。どうしてここにいるってわかったの？」

「君の姿が見えないから、三階の窓から探したんだ」

グラディスの言葉はやわらかく、心地いい。けれど不思議なことに、彼の姿が見えなければ、その心地よさはまったく心に残らない。

それよりも「もっと学べ」と、穏《おだ》やかに告げたシャルの言葉のほうが、いつまでも棘《とげ》のように心に残る。

グラディスの心地よい言葉だけが心に残り、常に気持ちが満たされれば幸せだろうと思うのに、そうならないのがもどかしい。

「君はペイジ工房のことが心配なんだな」

グラディスがブリジットの耳に囁《ささや》く。

「でも職人たちは冷たい。君のことをまったくわかっていない。君はこんなに優《やさ》しいのに」

「昔からよ。慣れてる」

「可愛《かわい》いな。ブリジット。好きだよ」

グラディスが微笑《ほほえ》む。手が優しくブリジットの腰に回されて、抱きしめられる。

「君がわたしの主人で、ほんとうによかった」

グラディスの態度が嬉《うれ》しいし、ほっとする。腰に回されている彼の手に触《ふ》れると、冷たい。

（シャルの手も冷たかった）

ふと思い出す。しかし思い出した自分に、腹がたった。

どうしてこうやって抱きしめてくれるグラディスのことだけで、頭をいっぱいにできないのだろうか。グラディスはこんなに綺麗《きれい》で、優しいのに。けれどこの優しさも、彼女が彼の羽を握《にぎ》っているからこそのものだ。それはよくわかっている。

（それでも、羽を握っていても冷たくて厳しかったシャルより、ずっといい）

そう思ったのと同時に、心の底でなにかが囁いた。

――ほんとうに？　と。

王都ルイストンを擁《よう》するハリントン州。その州内で最南端《さいなんたん》の港町が、サウスセントだ。

小さな半島の先端《せんたん》にある町で、暖流が沖合を流れている。おかげで真冬でも、ほとんど雪が積もらない。

サウスセントには、雨が降らなかったらしい。土が雨水でえぐられたような痕跡《こんせき》はないし、空気はほどよく乾いている。

町は港を中心にして、半すり鉢《ばち》状の地形だった。石造りで軒《のき》の低い家々が、すり鉢の底からゆるく広がる斜面《しゃめん》を覆《おお》っていた。

「銀砂糖師のアルフ・ヒングリーの店を、知りませんか？」

昼をすこし過ぎた頃《ころ》に、アンとシャルはサウスセントの中心地らしい、港沿いにある市場に到着《とうちゃく》した。

物知りのヴァレンタインから暖かい場所だと聞いていた通り、町は暖かかった。ケープと、上衣を一枚脱《ぬ》いでちょうどいいくらいだ。

市場の横は岸壁《がんぺき》だった。ちゃぷちゃぷと波が穏やかな音を立てており、潮の香りが強い。

獣脂《じゅうし》を塗《ぬ》ったテントの下に並ぶものも、とれたての魚や貝、海草などだ。珍しい食材を目にするだけで、わくわくする。けれどゆっくりと観光している時間はない。

シャルと一緒《いっしょ》なので、アンはかなり目立っていた。港町の率直《そっちょく》な人々は、素直《すなお》にシャルの容姿に驚き、興味を示す。そんな人たちを片《かた》っ端《ぱし》から捕《つか》まえて訊くのだが、誰も彼も「さあ」と首を傾《かし》げる。

「銀砂糖師のアルフ・ヒングリーの店を知りませんか？」

気のよさそうな女性を捕まえて、アンはさっきから何度も繰《く》り返《かえ》している質問をした。

「銀砂糖師のヒングリー？　そんな立派な人は、いないよ。聞いたことない」

その女性も他の人と同じ答えだった。そして他の人と同じで、アンの背後に静かに立っているシャルを、ちらちら見る。

「そうですか。ありがとうございます」

「悪いね、役に立てなくて」

「いいえ、いいんです」

気のよさそうな女性が歩き出すと、アンは肩を落とした。

「ほんとうに、ここに住んでるのかな？　キャット。

もしかしてまた引《ひ》っ越《こ》した？」

　去りかけた女性の足が、ぴたりと止まった。驚いたようにふり返る。

「キャット？　砂糖菓子屋の？」

「知ってるんですか!?」

　アンは女性に駆《か》け寄《よ》った。

「砂糖菓子屋のキャットなら、知ってるよ。そこの坂道をずっとまっすぐのぼったところに家がある。看板は……出てたかねぇ？　赤い屋根の家だよ。服屋と酒屋にはさまれてる」

「ありがとうございます！　助かりました。行こう、シャル」

　走り出そうとしたアンを、女性が呼びとめた。

「ちょっと、あんたっ！　銀砂糖師のアルフ・ヒングリーって、もしかしてキャットのこと!?」

「そうですけど」

「あの人、そんな立派な職人だったの!?　銀砂糖師!?」

　驚いたのか呆《あき》れたのか、目を白黒させている女性をその場に残し、アンはシャルとともに教えられた路地の坂をのぼった。

　路地は雑な石敷きで、でこぼこしている。左右にぎっしりと、間口の狭《せま》い家が軒を連ねていた。サウスセントの繁華街《はんかがい》といったところだろうが、なにしろ道幅《みちはば》が狭い。馬は路地の出入り口に預けなければならなかった。

　しばらく道をのぼると、服屋と酒屋にはさまれて立つ、赤い屋根の家を発見した。看板は出ていない。窓ガラスはすすけていて、店の中は見えない。建てつけが悪いらしく、扉《とびら》は閉まりきらずにわずかに開いている。それが商売をたたんだ店のように見えて、――わびしい。とにかく、わびしい。

「キャット……相変わらず、商売する気があるんだかないんだか……」

　呟《つぶや》いたアンの横で、シャルは家の外観を眺《なが》めていた。

「前よりは、多少ましだな」

「ま、そうね……」

　アルフ・ヒングリーといえば、砂糖菓子職人の中では知られた名だ。銀砂糖子爵と並ぶ腕を持つとまで言われて、アンも昔から、名前だけは知っていたくらいだ。

なのに、彼に砂糖菓子を作ってもらえる人は少ない。なぜなら、頼んでも作ってくれないことがあるからだ。彼は、作りたい相手にしか砂糖菓子を作らないという主義だ。そして相手の懐《ふところ》具合にあわせて、どんな手のこんだものでも安値で売ってしまう。

結果、素晴《すば》らしい腕前《うでまえ》の銀砂糖師なのにもかかわらず、貧乏《びんぼう》暮《ぐ》らしをしている。

かつてルイストンで店を構えていたキャットだが、その時の住まいは、ひどいあばら屋だった。傾いた砂糖菓子屋の看板がかかっていたが、それでも「絶対この店では砂糖菓子を買いたくない」と思わせるような風情《ふぜい》だった。

その時に比べればシャルが言うように、今の住まいの方がましだ。ただし看板がない。

「キャット？」

扉を開け、中を覗く。薄暗《うすぐら》い店内は、がらんとしている。奥《おく》にカウンターがあるが、それだけだ。カウンター以外には、なにもない。店というよりは空き倉庫のようだ。

カウンターの上には、小さな妖精《ようせい》が座っていた。こくりこくりと船を漕《こ》いでいるのは、若草色のふわふわした巻き毛の妖精ベンジャミン。店番をしているらしいが、役目は果たしていない。そもそも、この店に店番は不要だ。

「ベンジャミン。こんにちは」

店に入ると、カウンターのベンジャミンにそっと声をかけた。

とろりと、ベンジャミンが目を開ける。

「あれぇ、なんだかアンに似てるぅ」

「アンよ。ベンジャミン。ひさしぶり」

「そぅお？　あ、そうみたい。シャルもいるね。どうしたの、こんなところに。びっくりぃ」

ベンジャミンは、おっとり笑って立ちあがった。とてもびっくりしているようには見えない。桃色《ももいろ》の頬が、少女のように愛らしい。

「キャットにお願いがあって来たの。いる？」

「うん。いるよお。キャット〜。素敵《すてき》なお客様だよお」

カウンターの背後にある、店の奥へ続く扉に向かって、ベンジャミンが呼んだ。すると、がたごとと物音がして扉が開く。

「客？」

不機嫌《ふきげん》そうな顔で出てきたキャットは、いつもながらほっそりした体に、襟や袖口《そでぐち》に刺繍《ししゅう》をあしらった清潔で洒落《しゃれ》た服を身につけていた。貴族的な、すこし冷たさを感じる容貌《ようぼう》。銀灰色《ぎんかいしょく》の毛並みがつやつやして、尻尾《しっぽ》が優雅《ゆうが》に長い気品ある猫《ねこ》を連想させる。

晴れた空のような青の瞳《ひとみ》が、アンとシャルの姿を映す。

「おっ……てめぇら」

アンとシャルを見比べて、キャットの吊《つ》りぎみの猫目が、珍しく優しくなる。

「取《と》り戻《もど》したのか、シャルを」

「はい。いろいろ心配かけちゃって、キャットには感謝してます」

ぺこりと頭をさげた。

「よかったなチンチクリン。礼はいらねぇよ、俺はなんにもしてねぇ。で、なにか？ 俺にこいつの奪還《だっかん》報告にでも来たのか？」

「いいえ、お願いがあって」

キャットの細い眉《まゆ》が、ちょっと吊りあがる。

「お願いだ？」

「いろいろいきさつがあって、わたし今、ペイジ工房の職人頭をしてるんです」

「わぁ、職人頭だってぇ。すごいね、アン。おめでとう」

ベンジャミンがふわふわ笑いながら、ぱちぱちと手を叩《たた》いて祝ってくれる。

「役に立っているかどうかは、微妙《びみょう》なんだけどね。でも、このあいだ開かれた選品で、ペイジ工房は新聖祭の砂糖菓子を作ることに決まったんです。今ルイストンの近くの城を借りて、そこで砂糖菓子を作っている途中《とちゅう》なんですけど。銀砂糖が固まる事故があって、作業が遅《おく》れてます。今の職人の数じゃ間に合いそうにないんです。職人が必要なんです。だからキャットに力を貸して欲しくて。今からルイストンへ来て、手を貸して欲しいんです」

　キャットはむっとしたように、腕組《うでぐ》みした。

「悪りぃが、そんなお願いならやらねぇぞ。俺は、作りたい奴《やつ》にしか作らねぇ。国王陛下や国教会の教父どものためになんざ、砂糖菓子は作らねぇ。年明けに誕生日が来る、粉屋の婆《ばあ》さんの注文を受けてるんだ。国王陛下や国教会より、婆さん優先だ」

　キャットは、作りたい相手にしか作品を作らない人だ。言われてみれば、キャットが国王や国教会のために、ほいほい砂糖菓子を作るとは思えない。ましてペイジ工房のためにお願いしますと言ったところで、

「そんなの知るか」と言われるのがおちだ。

　彼には、彼なりの信念がある。それを曲げてくれと言っているのだ。

（どうしよう。でも、ひきさがれない）

　エリオットや職人たちの顔を思い出す。彼らは、すこしでも早く銀砂糖を使える状態にしようと、必死で作業をすすめているはずだ。

「どうしても、だめですか？」

「やらねぇ」

「キャットが、必要なんです」

「やらねぇもんは、やらねぇ」

　しばし考えるが、どうにも単純な言葉しか出てこない。

「あの、ほんとうに、だめですか」

「だめだ。やらねぇ」

　延々と繰り返される「だめ？」「やらねぇ」の問答を、シャルはしばらく黙《だま》って聞いていた。しかし突然。

「おい、キャットさん」

　シャルが呼んだ。アンは悲鳴をあげそうになった。

（キャットさんって⁉　よりによってこんな時に——⁉）

「いきなり喧嘩《けんか》売ってんのか？　俺の渾名《あだな》に『さん』をつけるんじゃねぇって、あれほど教えてやったこと、忘れたとは言わせねぇぞ」

　じろりと、キャットはシャルを睨《にら》む。シャルは平然と答えた。

「覚えてる」

「じゃ、わざとか!?」

「わざとだ」

　キャットはアンを押《お》しのけてシャルに詰《つ》め寄《よ》ると、その鼻先に指を突《つ》きつける。

「てめぇは、あの小娘《こむすめ》にいびられても、その歪《ゆが》んだ性格はなおらねぇのかよ！」

　キャットの怒鳴《どな》り声を、シャルは涼《すず》しい顔で受け流す。

「なおす必要はない」

「いけしゃあしゃあと」

「ところでアンに聞いたが、銀砂糖子爵に借りを作ったらしいな？」

　途端《とたん》にキャットが、ぎくりとした表情になる。

「借り!?　なに言ってやがる、あれは借りなんかじゃねぇ！　結局あのボケなす野郎《やろう》はなんにもしなかったんだからなっ。あれは、ちょっとした……失敗だ！　手違《てちが》いだ！」

「その失敗の結果、銀砂糖子爵になにを要求されたんだ？」

「う、そ………そりゃ……」

　訊かれたキャットは、額に冷《ひ》や汗《あせ》をかき始める。

「要求されたことは、もう終わらせたのか？」

「なんで、てめぇにそんなこと教えなきゃなんねぇんだ!?」

「教えてまずいことでもあるのか？」

「そんなことは、ねぇ！　まだ終わらせちゃいないが、やってやる！　なんだてめぇは、あのボケなす野郎の手先になったのか!?」

「いや。訊いてみただけだ」

「くそ、ふざけやがって！　やらねぇですむなら、裸踊《はだかおど》りでもなんでもしてやるが、約束しちまったからには仕方ねぇ！　やりゃいいんだろう、やりゃ!!」

　キャットは前髪《まえがみ》をくしゃくしゃかき混ぜながら、ここにいないヒューに向かって毒づいた。

　あまりのキャットの動揺《どうよう》ぶりに、ぽかんとする。

（いったい……なにを要求されてるの？）

　ヒューは、キャットが裸踊りよりも嫌《いや》がることを要求しているらしい。キャットをいじめるのが、十五年来の趣味《しゅみ》と言い切っただけのことはある。さすがというべきか、なんというべきか。

　だがシャルはなぜ、突然そんなことを訊いたのか。まさかこんな時に、面白《おもしろ》がってからかっただけではないだろう。

「……あっ……！」

　はっと気がついて、アンはシャルを見あげた。すると彼は、わかったかと言いたげな顔で頷く。

（そうか！）

「キャット！　ヒューの要求はそんなに嫌なことなんですか？」

「これが嬉しがってるように見えるのかよ!?」

「もしわたしが、ヒューの要求をやめさせることができるなら、その代わりにペイジ工房の作業を手伝ってもらえますか？」

「やめさせる？」

「はい。ヒューがキャットになんでもいうことをきいてもらう権利を持ってるなら、それをわたしがヒューからゆずり受けます。だからそのかわり、キャット。ペイジ工房の作業を手伝って欲しいんです」

　キャットは難しい顔をして、指でしきりに顎《あご》をなでた。彼の指は、細くて長い。とても器用そうなその職人の手が、ペイジ工房には必要なのだ。

「今うけている砂糖菓子の注文が年明けの分なら、ペイジ工房の仕事を手伝ってからでも、間に合うと思うんです。お願いです。新聖祭の砂糖菓子は、国王陛下や国教会のためだけじゃないんです。ハイランド王国に住む人全てに、一年の幸福が来ることを願って作る砂糖菓子でもあるんですから。いい砂糖菓子ができてハイランド王国に幸運がやってくれば、今年みたいな砂糖林檎《りんご》の凶作《きょうさく》は、来年はないかもしれない」

「……ボケなす野郎の言いなりになるよりは、ましか」

　ぼそりと、キャットは呟いた。

「来年こそは、質のいい銀砂糖を手に入れてぇしな。来年も凶作じゃ、俺も困る」

「それじゃ、キャット。手伝ってくれますか!?」

「やってやる」

アンは目を輝かせたが、キャットは渋《しぶ》い顔のままだ。

「ただ、あのボケなす野郎が、てめぇの『お願い』だけで、簡単に権利を渡《わた》すはずはねぇぞ」

「わかってます。交渉《こうしょう》します。そして必ず、キャットに来てもらえるようにします」

キャットは腕組みして、頷いた。

「わかった。そうなりゃ、手紙でもよこしな。受け取ったら行ってやる」

「ありがとうございます！　キャット。必ず、手紙を出せるようにします！」

勢いよく頭をさげ、きびすをかえす。歩き出そうとした時、ふっと思い出したようにキャットが呼びとめる。

「そうだ。おい、チンチクリン」

「はい？」

ふり返ると、キャットは眉をひそめる。

「てめぇらルイストンの近くにいるんだよな？　ジョナスの野郎の姿は、見たか？」

「え？　いいえ。どうしたんですか、ジョナスが。彼の行方《ゆくえ》、わかったんですか？」

「いや、わからねぇ。けどな、あいつに似た野郎が、ルイストンの城壁《じょうへき》近くの盛《さか》り場《ば》をうろついているのを見たって奴がいたからな。てめぇらが見てないかと思ってな」

「そうなんですか……」

ジョナスの行方は、気がかりのうちの一つだった。ルイストンにいるというならば、探し出して、彼の濡《ぬ》れ衣《ぎぬ》が晴れたことを知らせないといけない。

「おい、馬鹿なこと考えてんじゃねぇぞ」

キャットが鋭《するど》い猫目で、ぎらりとアンを睨む。

「てめぇはペイジ工房の職人頭だろうが。ジョナスの野郎が気になるからといって、無駄《むだ》な時間を使うような真似《まね》はするなよ」

一瞬《いっしゅん》考えたことを見透《みす》かされているのは、ばつが悪かった。

「考えちゃったんですけど、やりません。職人頭ですから」

アンは今一度頭をさげて、歩き出した。

キャットの店を出ると、アンとシャルは、すぐにルイストンへ向かって馬を飛ばした。

激しく上下する馬上で、背後をふり仰いでシャルを見る。前だけを見つめて馬を走らせていたシャルは視線に気がつき、ちらっとアンを見た。

「ありがとう」

馬の蹄の音と鼻息、耳元でひゅうひゅうと風を切る音がするので、声を大きくした。

「ヒューの要求のこと、思い出させてくれて！」

「似たような単純馬鹿が二人顔をつきあわせていても、話は進みそうにないからな」

相変わらず憎《にく》まれ口《ぐち》を叩く。それでもシャルが、アンやペイジ工房の仕事を助けてくれようとしていることが嬉しかった。

あたりがすっかり暗くなる頃に、ホリーリーフ城に到着した。坂道をのぼって庭に出ると、城館が見える。左翼の二階と一階には、まだランプの灯火が揺れていた。左翼の屋根にある煙突からは、煙がたなびいている。職人たちは作業を続けている。

馬を廏《うまや》につなぐと、三連の石のアーチをくぐって城館に入った。ホールは、外気よりは多少暖かかった。ほっと息をついた時だった。

「キャットがいないじゃないか」

吹《ふ》き抜《ぬ》けになった二階の小ホールから、声がした。見あげると真鍮《しんちゅう》の手摺《てす》りから身を乗り出し、ヒューがこちらを見おろしていた。となりには当然、サリムもいる。

「ヒュー？　どうしたの？」

アンは階段を駆《か》けあがる。シャルもあとから、ゆっくりと階段をのぼってきた。

「国教会から監視《かんし》を依頼《いらい》されてるんだ。こんな状態だ。作業の進み具合を確認するために来たら、職人頭が留守だ。で、コリンズに訊いたら、キャットを迎《むか》えに行ったと言うからな。待たせてもらってた。キャットには、早々にやってもらわなきゃならないことがある」

　息を整えながら、アンはヒューの正面に立つ。

「それって、例の賭《かけ》の？　キャットが、ヒューのいうことをなんでもきくっていう」

「そうだが？」

「なら、ちょうどよかった。ヒュー、お願いがあるの。キャットになんでもいうことをきいてもらう権利。それ、わたしにゆずって欲しいの」

　わずかにいぶかしげな顔をしたが、ヒューはすぐに理解したようで、唇《くちびる》の端を吊りあげる。

「なるほど。助っ人の依頼を、キャットに突っぱねられたな。あいつなら、やりそうだ。で、もし俺からその権利をぶんどれば、奴は助っ人になってくれるとでも言ったんだろう」

「その通りよ。ヒュー。お願い。権利をゆずって」

「おまえさんだって、わかるはずだ。キャットは自分が納得《なっとく》しなければ、ひとかけらだって砂糖菓子を作らない。銀砂糖子爵の俺が脅《おど》してもすかしても、納得するもの以外は作らない。そのキャットを思う存分好きに扱《あつか》える、おいしい権利だ。俺も、ゆずる気はない」

　ヒューは、キャットの腕をかっている。だからこそ、なにか彼にしてもらいたいことがあるのだろう。だがそれはアンたち、ペイジ工房にしても同じだ。引き下がれない。

「どうしても、だめ？」

「だめだな。俺はそこまで、おまえさんを甘《あま》やかす気はない。欲しければ、俺からもぎ取るしかないぞ」

　挑発《ちょうはつ》するようにヒューは笑う。ぐっと拳《こぶし》を握り、彼を睨《ね》めつける。

「へえ？」

「じゃ、取るわ」

　意地悪く、彼は目を光らせる。

「俺と勝負でもするつもりか？」

　真っ正面から問われて、ぞくりと背筋が寒くなった。

　ヒューは親切で頼《たよ》れる人だ。しかし銀砂糖子爵であり、権力と、銀砂糖師として最上の実力を持っている。その彼に挑《いど》む無謀《むぼう》さ。それが恐怖《きょうふ》に似た感覚で、アンの握った拳を冷やす。

「新米銀砂糖師が、俺と勝負するか？　キャットの権利を賭《か》けて。いいぞ俺は。受けて立つ。挑まれた勝負に背を向けるのは恥《はじ》だ。銀砂糖子爵は国王陛下のため以外に砂糖菓子を作るのは禁じられているが、勝負を挑まれた時は別だ。勝負のため、あるいは腕を磨《みが》くためならば、国王陛下のため以外でも砂糖菓子を作ることは許される」

シルバーウェストル城で見た、彼の作った砂糖菓子を思い出す。逆巻く波を蹴って、猛々《たけだけ》しく跳躍《ちょうやく》しようとする伝説の獣《けもの》の砂糖菓子。あれを見たあとでは、自分の作る砂糖菓子が、小手先で作った子どもだましに思えた。

（ヒューと勝負して、勝てるわけない！）

掌《てのひら》が汗ばむ。

その時――音が聞こえた。

石臼をひく音だ。四つの石臼が動いている。ときおりかちんと、甲高《かんだか》い音がする。それは、固まった銀砂糖を適当な大きさに砕《くだ》く音。職人たちが、休みなく作業を続けている。

新聖祭に砂糖菓子が間に合わなければ、ペイジ工房は消滅《しょうめつ》するしかない。それはみんなだってわかっている。間に合わないかもしれないことも、わかっている。けれど間に合わせると自分に言い聞かせて、作業を続けている。

不安と焦《あせ》りを抑《おさ》えつけて仕事をしている。

背後に立つシャルの手が、強《こわ》ばるアンの背を軽くなでた。その手が語りかける。怯《おび》えるなと。

（誰一人《だれひとり》、逃《に》げてない。だからわたしも、逃げはうてない）

一つ深く息を吸って吐《は》き、口を開いた。

「勝負します」

ヒューの背後に控《ひか》えていたサリムが、わずかに驚いた表情で呟く。

「向こう見ずな……」

ヒューは、にやりとする。

「受けてたとう。アン・ハルフォード」

「どうやって勝負するの？」

「砂糖菓子職人同士の勝負だ。砂糖菓子で勝負するしかないな」

　しばしヒューは考えを廻《めぐ》らせるように、顎に手をやっていた。しかしすぐに、視線を右翼へ続く廊下の方へ向けた。

「あの妖精。ホリーリーフ城に住み着いていた妖精がいたな。捕まえたが、なにも食べないで弱っていると」

「ノアのこと？」

「あいつに判断をしてもらおう。あいつなら、どちらの利害にも関係しない。妖精は、砂糖菓子に関して人間以上に目がきく。美しい砂糖菓子には、本能で惹《ひ》きつけられる。あいつのために砂糖菓子を作る。砂糖菓子を作り、あいつが食べる気になったら勝ち。どうだ？　もし二人とも食べさせられなかった場合は、引き分けだ。引き分けの場合も、権利はゆずれない」

「わかった」

　勝負の方法など、こだわったところで意味はない。自分の実力が、ヒューにおよばないことは変わらない。ただ勝負をする前に白旗をあげては、仕事をする仲間たちに顔向けができない。だから挑むしかない。


「時間が惜《お》しいだろう。悠長《ゆうちょう》にはしていられないな。期限は、明日いっぱい。明後日《あさって》の朝には、二人とも作品を作りあげて、あの妖精に見せる。どうだ？」

「それでいい」

「楽しみだ。アン」

　そう言って微笑《びしょう》したヒューは、嬉しそうだった。

六章　妖精は見ていた

「銀砂糖子爵《ししやく》と勝負!?　そんな無茶な」

話を聞いたエリオットは、あんぐりと口を開けた。

左翼《さよく》二階。銀砂糖を乾燥《かんそう》させている部屋は、熱気で蒸《む》し風呂《ぶろ》状態だ。その中で作業していたエリオットは腕《うで》まくりして、全身汗《あせ》だく。

「でもそうしなくちゃ、キャットは来てくれないんです」

「そうだったよねぇ。あいつもたいがい、変な奴《やつ》だから。けどアンのこと可愛《かわい》がってるみたいだったから、来るかと思ったけど。キャットはやっぱり、キャットだよねぇ」

肩《かた》を落として、エリオットは嘆息《たんそく》する。

「で、銀砂糖子爵はどうしてるの？」

「コリンズさんを呼んでこいって。明後日《あさって》の朝までここに滞在《たいざい》して、作品を作るつもりらしくて。そのためにコリンズさんに話をつけさせろって」

「話をつけるもなにも、銀砂糖子爵に逆らえるわけないじゃんねぇ。ま、行くよ。小ホールだよね。アンは、他の連中にキャットのことを伝えてね。当面、キャットは来ないって。期待してたから、あいつらも。あ、これその辺に置いといて。すぐ帰ってくるから」

エリオットは、自分が持っていた火かき棒と、火傷《やけど》防止の革手袋《かわてぶくろ》をアンに渡《わた》す。

「勝算は？　なんて、訊《き》かないからね」

やんちゃが過ぎる子どもを見るような目で、エリオットはアンを見た。

「できるだけやれば、いいから」

ぽんと肩を叩《たた》き、部屋を出ていった。エリオットも、アンが無茶な勝負に挑《いど》んでいるのはよくわかっているらしい。

石臼《いしうす》をひく音は続いていた。アンは火かき棒と手袋を出入り口付近に置いて、石臼が並べられているとなりの部屋を覗《のぞ》いた。

オーランドとキング、ナディール、ヴァレンタインの四人が、それぞれの石臼を動かしていた。石臼は、大人の膝《ひざ》の高さがあり、大きさはアンの腕の長さで一《ひと》抱《かか》え。腰《こし》の高さに届く長い柄《え》がついており、立ったまそれを押《お》して石臼を動かす。

家庭用の石臼の、二倍ほどの大きさだ。もちろん、動かすための力も二倍必要。

「痛っ！」

ナディールが踏《ふ》ん張《ば》った足を滑《すべ》らせ、前のめりに倒《たお》れた。鼻を打ったらしく、いててと、顔の中心を押さえる。

「大丈夫《だいじょうぶ》ですか？」

ヴァレンタインが弱々しくいたわるが、その拍子《ひょうし》に彼《かれ》もよろけて立ち止まった。二人とも、足腰《あしこし》が震《ふる》えるほど疲労《ひろう》している。

オーランドとキングの足取りは、まだしっかりしていた。だがキングは全身汗でぐっしょり濡《ぬ》れている。歯を食いしばるようにして石臼を動かしていた。

オーランドが痛そうに顔を歪《ゆが》めて、立ち止まった。両手を見おろし、掌《てのひら》を握《にぎ》ったり開いたりを繰《く》り返《かえ》す。

「ほら、これつけろよ。まめがつぶれたんだろう？」

オーランドの様子に気がついて、ミスリルが部屋の隅《すみ》からぴょんと跳《と》ぶ。薬草を揉《も》んだ痛み止めを、オーランドに手渡《てわた》す。

朝からずっと、彼らは作業を続けているのだ。気力も限界だろう。余裕《よゆう》がないらしく、誰《だれ》もアンに気がつかない。とにかくすこしでも早くと、みんな必死なのだ。

石臼の周囲には、ひかれた銀砂糖が山を作っていた。石臼が動くと、臼《うす》の真ん中のつなぎ目から、白くさらさらした粉が、ぽろぽろとこぼれ落ちる。

(無謀《むぼう》な勝負だもの。わかってる。実力でヒューに勝てるはずない)

扉《とびら》にかけていた手に力がこもる。

(でも、負けたくない)

強く思った。職人たちのためにも勝ちたい、と。

「みんな」

声をかけると、やっと職人たちがこちらに顔を向けた。

「アン！」

ミスリルが嬉《うれ》しそうに、いち早く駆《か》けてくるとアンの肩に飛び乗った。

「ねぇ、キャットさんは!?」

ナディールが期待をこめて声を弾《はず》ませたので、答えるのがつらかった。

「まだなの。でも、来てくれるかもしれない」

オーランドが眉《まゆ》をひそめる。

「どういうことだ？」

「キャットは、簡単に動かないみたい。でも銀砂糖子爵が、キャットにならなんでもしてもらえる権利を持ってるの。それをわたしが、銀砂糖子爵と勝負してゆずり受ける。そしたらキャットは、来てくれるから」

「銀砂糖子爵と勝負ですか？」

ヴァレンタインの不安げな声は、当然だろう。銀砂糖子爵となんの勝負をするにしろ、アンのような小《こ》娘《むすめ》が彼に勝てる要素がみあたらない。

「うん。でも。やってみる。キャットが必要だから」

しばらく、職人たちはしんと静まり動かなかった。

職人たちの落胆《らくたん》や不安や、戸惑《とまど》い、そんなものが入り乱れているようだった。

「任せる。職人頭」

しばらくして、オーランドが顔をあげた。

「俺たちは、俺たちの仕事をする。あんたは、あんたの仕事をしろ」

するとキングも、にっと笑う。

「そうだな。よっしゃ、もうひと踏《ふ》ん張《ば》りするぜ。ナディール、ヴァレンタイン。ぼさっとするなよ」

ナディールとヴァレンタインも頷《うなず》いて、石臼に手をかけた。

信頼《しんらい》の形をはっきりと感じる。任せた、と。信じたからには、結果がどうあれよいのだと。だから力一《ちからいっ》杯《ぱい》、信頼に応えて欲しいと。職人たちの声が理解できた。

「アン。俺様はアンを手伝うぞ」

ミスリルが力こぶを見せる。

「ありがとう。わたしは、わたしの仕事をする」

実力では、遠くおよばない。けれど勝機を探して作るしかない。

アンを職人頭と呼んで、信頼してくれる職人たちのために責任を果たしたい。信じてもらえることが、勇気になる。

エリオットの指示で、ダナとハルが急遽《きゅうきょ》右翼《うよく》三階のひと部屋を掃除《そうじ》した。そこにヒューは腰を落ち着けた。明日一日、そこで作業をするのだ。

夜中にもかかわらず、サリムがルイストンへ向けて走った。銀砂糖の樽《たる》と、道具類、作業台などを、急ぎ運びこませるらしい。

アンは左翼一階の作業場で作品を作る。銀砂糖は確保できていないので、ヒューが持ちこむものを使うことになった。

段取りを終わらせて、くたくたになって休む前に、一度ノアの様子を見に行った。

部屋の中にはシャルがいた。ノアは眠《ねむ》っているらしかった。アンがサウスセントとルイストンを往復している間も、彼は一口も食べていないと、ダナとハルが教えてくれた。

実際の年齢《ねんれい》はずっと上だが、ノアは外見通りの十一、二歳《さい》の子どもらしい、あどけない寝顔《ねがお》をしている。その顔を見ると、助けたいと心の底から思う。

「無駄《むだ》じゃないかもね」

ぽつりと口にする。

「ヒューが素晴《すば》らしい砂糖菓子《がし》を作って、ノアが食べてくれる気になったら。わたしが勝負に負けても、無駄じゃない。ノアの命は助かるもの」

（わたしはハーバート様の依頼《いらい》を果たせないけど、ハーバート様の願いは叶《かな》う）

部屋には、色あせてはいるが優雅《ゆうが》な猫脚《ねこあし》の長椅子《ながいす》が置かれていた。ダナとハルが、ノアの面倒《めんどう》を見るために必要だろうと、今日の昼間に運びこんだらしい。

シャルはその長椅子に、ゆったりと足を組んで腰かけていた。けだるげに肘掛《ひじか》けに頬杖《ほおづえ》をついている。

「どちらの砂糖菓子も、食べない可能性もある」

「そうね。でも、食べさせてみせるって自信があるから、ヒューはこの勝負を言い出したんじゃないかな？　妖精《ようせい》にとって、それほど砂糖菓子は魅力《みりょく》的？　シャル」

　しばらく考えてから、シャルは答えた。

「自分にとって意味のある形で、さらに美しければ美しいほど香りは甘《あま》い。愛《いと》しいものに、触《ふ》れて、口づけしたくなる気持ちに似ている。気持ちを抑《おさ》えきれるかどうかは、俺でもわからん」

　シャルは黒曜石の妖精で、冷静で強い。ミスリルも黒曜石はとびきり強いと、いつか言っていた。その彼でも欲求を抑えがたいのであれば、ノアも食べてくれるはずだ。ただしその欲求を起こさせるには、妖精にとって意味があり、美しくなければならない。

　ノアにとって意味があるもの。

　それは十五年も待ち続けている主人、ハーバート以外にはありえない。しかしハーバートのなにを形にすれば、ノアにとって最も意味があるのだろうか。

「もう寝《ね》ろ。俺のベッドに行け。明日は砂糖菓子を作るんだろう」行けというように、扉の方へ顎《あご》をしゃくる。

「でも、シャルは？」

「俺はここで、こいつを見ておく」

「寝ないと大変よ。交代でここにいればいいから、先に寝て。わたしが最初に見ておく」

　長椅子の前に立って促《うなが》すと、ふいにシャルがアンの手を握った。どきりとする。

「大切な勝負をするんだろう。寝ろ」

「でも」

「またお休みのキスが必要か？　必要なら、いくらでもしてやる」

　頬《ほお》に触れた唇《くちびる》の感触《かんしょく》を思い出し、かぁっと耳が熱くなる。シャルはくすっと笑って手をはなす。

「寝ろ」

「お、おやすみ！」

　あまりの恥《は》ずかしさに、アンはシャルの部屋へ逃《に》げ出《だ》した。

翌朝、アンはヒューの部屋に朝食を運んだ。盆《ぼん》を持って右翼の三階にあがると、扉の前にはサリムがいた。

「サリムさん。ずっとそこにいたの？」

驚《おどろ》いたアンに、サリムは無表情で応じる。

「シルバーウェストル城以外で、身分をあかして泊《と》まる時には、必ず見張りが必要です」

「銀砂糖子爵って、それほど危険をともなう仕事に思えないんだけど」

「普通《ふつう》はそうです。けれど子爵の場合は、工房《こうぼう》の長《おさ》になる時や、その前から、いろいろと問題を抱《かか》えていました。今もそうですが。ときおり、危害を加えようとする者はいます」

確かヒューは、マーキュリー工房派の長になる時に「工房の乗っ取り」と陰口《かげぐち》をたたかれたと聞いている。それらのごたごたを、いまだに引きずっているのかもしれない。

「そっか。でもサリムさんのぶんも朝食があるの。中に入って、ヒューと一緒《いっしょ》に食べたら？　ヒューは嫌《いや》だって言わないでしょう？」

サリムは苦笑《くしょう》する。

「ええ。立場を考えなくてはならない時でも一緒に食えと言って、わたしを困らせます」

そう言いながら、扉をノックしてくれた。

「子爵。アンが朝食を持ってきました」

中から入れと応《いら》えがあったので、サリムが扉を開ける。

部屋の中には作業台と、冷水の樽、銀砂糖の樽が運びこまれていた。あとは小さめのテーブルと椅子《いす》、休憩《きゅうけい》用と思われる大きめの長椅子が置かれている。長椅子の肘掛けの上にはヒューのブーツの足先が乗っかっている。行儀《ぎょうぎ》悪く寝ころんでいるらしい。長椅子の周囲には、革表紙の本が何冊か転がっていた。

アンがテーブルに盆を置いている間に、サリムが長椅子周辺に散らばっている本を、拾い集める。開いた本には、細かい文字と、歴史上の人物らしい古めかしい衣装《いしょう》を身につけた肖像《しょうぞう》が描《えが》かれている。

「子爵。本は大切に扱《あつか》ってください。これを借り出した時、教父に散々、気をつけろと釘《くぎ》を刺《さ》されているんです。返却《へんきゃく》に行くわたしの身にもなってください」

「気をつけろってのは、そういう意味じゃないさ」

ヒューは体を起こし、おさまりの悪い髪《かみ》を手でなでつける。

「誰にも見せるな。不用意に人目にさらすなという意味だ。俺に爵位《しゃくい》がなければ、閲覧《えつらん》さえできない本だ。いわゆる禁書だ。研究目的のために、かろうじて聖ルイストンベル教会に残されている代物《しろもの》だからな。よぉ、アン」

「おはよう。なに、その本？」

ヒューはつかつかとテーブルに近寄ってくると、表面をかりかりに焼いてあるパンに手を伸《の》ばし、立ったままかじりつく。

「昨日の夜中に、聖ルイストンベル教会の教父をたたき起こして、サリムに借りてこさせた」

「なにが書いてあるの？」

「敵に教えるわけにはいかないな。それはそうと、食事のあとにあの妖精、ノアという奴に、もう一度会いたい」

「わかった」

「おまえは、もうなにを作るのか決めたか？」

問われて、うっと言葉に詰《つ》まる。ハーバートに関するなにかを作ろうと決めたのだが、それがなにかは具体的に決められていない。

「まだ……」

「早く決めろよ。明日の朝までだぞ」

「わかってる」

余裕たっぷりなヒューの態度を見るにつけ、焦《あせ》る。

要求された通り、アンは朝食後にヒューをノアのいる部屋に案内した。

「ノア、ごめんね。あなたに会いたいお客様がいるの」

ヒューをともなって部屋にはいる。

長椅子にいたシャルは、ヒューとアンに視線を向けるが、なにも言わない。

ノアは起きあがれないらしく、枕《まくら》の上で頭をちょっと動かし、ヒューの顔を見て眉をひそめる。ヒューは数日前に顔を出して、ノアのことを散々珍《めずら》しがって見物したのだから、嫌な顔をされてもしかたがないかもしれない。

　しかしヒューは堂々と枕元《まくらもと》に近寄り、告げた。

「俺は銀砂糖子爵ヒュー・マーキュリーだ。前の時、名乗り忘れていた。悪かった」

　改まった口調にアンは驚いたが、それ以上にノアはびっくりしたように目を丸くする。

「え、銀砂糖子爵様？　あっ、し、失礼しました」

　焦ったように、必死に起きあがろうと腕に力を入れるので、ヒューは鷹揚《おうよう》に手をあげて押しとどめる。

「いい。そのままでかまわん」

　肩をすぼめ、ノアは小さくなった。けれどやはり起きあがれないらしく、申し訳なさそうにしながらも頭を枕につける。

「あの……先日。無礼をお許しください」

　ハーバートに仕えていたので、ノアは貴族社会の階級や序列には、主人と同様に敬意を払《はら》うらしい。ヒューは彼がハーバートの小姓《こしょう》だったと聞いて、あえて自分の身分をあかしたのだろう。

「気にするな。それよりも二、三質問がある。いいか？」

「はい。なんなりとお訊きください」

「ハーバート殿《どの》は、チェンバー家の紋章《もんしょう》に恥じぬ立派なお方だったな？」

「はい」

「ハーバート殿とは、フィッフの手合わせをしていたか？」

「はい」

　ノアは、ちょっと微笑《ほほえ》む。

「ハーバート様は、失礼ながらフィッフがあまりお上手ではなくて。この城では、僕が唯一《ゆいいつ》のお相手でした。僕以外と、この城でフィッフをしたのは見たことがありません」

「上手ではなかった？」

　意外そうに、ヒューは問い返す。

「はい」

「……そうか」

　ヒューは思案するようにしばらく黙《だま》ったが、すぐに微笑む。

「よし、もういい。邪魔《じゃま》をしたな、ノア。明日は礼に、いいものを持ってきてやる」

　ヒューは身をひるがえした。その口もとに、余裕の笑《え》みがある。どうやら、自分の考えている方向性が正しいか否《いな》か、確認《かくにん》するために質問をしたようだ。そして彼の考える方向性は、間違《まちが》っていないのだろう。

　部屋を出ると、ヒューは宣言した。

「俺はこれから作業に入る。おまえは？」

　内心の焦りを隠《かく》して、はりあうように答える。

「わたしも、作るから」

　アンはその足でミスリルとともに、左翼一階の作業場に入った。二階からは、石臼をひく音が響《ひび》いている。

　ヒューからもらった樽を開け、銀砂糖をすくいあげる。それを石が貼《は》ってある、冷たい作業台の上に広げた。銀砂糖に指で触れ、感触を確かめる。

（ハーバート様のなにを作れば、ノアは嬉しいだろう？）

　考えを廻《めぐ》らせる。

　ミスリルはアンの邪魔をしないように、静かに部屋の隅で待っている。

（ノアは、肖像画を見ていた）

　暗闇《くらやみ》の中に座《すわ》りこみ、肖像画を見あげていたノアを思い出す。傷つけられた肖像画の姿を再現して見せたら、ノアはよろこぶに違《ちが》いない。待ちわびた主人の姿をそのままに再現すれば、どんなに嬉しいか。

　しかし勝負は、ノアが砂糖菓子を食べてくれなければ勝てないのだ。

　大切な人の姿を砂糖菓子で再現しても、食べてはくれないだろう。エマの姿の砂糖菓子が目の前にあれば、アンは嬉しいかもしれない。けれど絶対に食べたくない。失ってしまった人だからよけいに、その形を残しておきたい。

（なら、他になにを作ればいいの？）

　銀砂糖に触れても、作る形が見えてこない。焦りが募《つの》る。顔を両手で強くこすった。

「ミスリル、わたし、小ホールに行ってくる」

　言い置いて、小ホールに向かった。

（ノアの見ていたものを、見よう）

そう決意し、小ホールの肖像画の前に立つ。

ハーバートの肖像画は、やはり無惨《むざん》な姿でそこにあった。妖精を逃《に》がそうとした優《やさ》しい主人の肖像が、傷つけられている。見あげると、胸が痛い。

「銀砂糖子爵と、勝負をするらしいな」

背後から突然《とつぜん》声がした。びっくりしてふり返ると、いつの間にそこにいたのか、グラディスが背後に立っていた。ミルクに緑と青の染料《せんりょう》を溶《と》かしたような色の髪が、昼の光に艶《つや》めいている。

シャルが気を許すなと言っていた相手だ。すこしだけ警戒《けいかい》し、アンはそっと距離《きょり》を取った。それに気がついたらしく、グラディスが苦笑する。

「なんだ？　アン。わたしに近寄るなと、シャルに忠告でもされたのか？」

「そういうわけじゃないけど」

誤魔化《ごまか》そうとすると、グラディスが一歩近寄る。ぎくりとして、身を引く。

「ほら、やっぱり。けれど、アン。心配しないで欲《ほ》しい。シャルに話をしていないから彼は警戒しているが、わたしは彼と、とても近い存在だ。ただわたしも彼の真意が読めないから、打ち明けられないだけだ」

グラディスは、真剣《しんけん》にアンを見つめる。

「近い？」

「そう。わたしが彼や彼の大事なものに、悪意を持つはずはない。わたしは彼を傷つけるつもりはない。わたしは彼と……」

そう言いかけた時、

「グラディス。なにをしてるの？」

グラディスの言葉をさえぎるように声がした。階段を、ブリジットが降りてくる。彼女に、グラディスは微笑みかけた。

「なんでもない。散歩に行こうと思っていたら、アンがいたからな。銀砂糖子爵との勝負のことを訊いていただけだ。君も散歩か？　ブリジット。一緒に行くか？」

ブリジットは近寄ってくると、自然にグラディスと腕を組んだ。ちらっと、アンに視線を向ける。

「銀砂糖子爵と勝負するの？　本気？」

厳しい顔で問われた。

「勝負します。それしかないから」

「……勝てないわ……」

どこか落胆したように、ブリジットは目を伏《ふ》せて歩き出す。誰が考えても、アンが勝てる見こみはまずない。けれどそのことを、ブリジットは残念がっているようだった。

(工房のために、わたしに勝って欲しいの?)

ブリジットは、ペイジ工房の娘《むすめ》であることを誇《ほこ》りにしている。だから好きでもない勉強も、頑張《がんば》ったと言っていた。

ブリジットとグラディスの後ろ姿を見送って、もう一度肖像画を仰《あお》ぎ見《み》る。

ふと、気になる。グラディスは、なにを言いかけたのだろうか。

(わたしは彼と……って、なんなんだろう)

「あ、アン！　ちょうど良かったです！」

嬉しそうに、ハルが階段をのぼってくる。彼は手に茶器一式を載《の》せた盆を持っていた。

「銀砂糖子爵の部屋に、お茶を持っていこうとしていたんですけれど。あの、なんとなく。僕はあの護衛の人が怖《こわ》くて。代わりに持っていってもらえませんか？」

「うん。いいよ。そんなことなら」

銀砂糖子爵というだけで、ハルとダナは、ヒューやサリムが怖いらしい。盆を受け取り三階の部屋の前に来ると、サリムの姿がない。おかしいと思い周囲を見回していると、扉の中からサリムの声がした。

「今からですか？　子爵」

感情のわかりにくいサリムには珍しく、驚きが声ににじんでいる。

「ああ」

ヒューが淡々《たんたん》と答えた。

「なぜですか？」

「なぜ？　そうだな、俺はやっぱり銀砂糖子爵だからだ」

サリムのため息が聞こえた。

「そうでしたね」

「またおまえには、使いを頼《たの》む。ここに書いてある場所に行って、そこに書かれている品のことを聞いてこい。説明を聞くだけでもいい。スケッチや実物があれば言うことはない。最低でも日が落ちる前には帰ってこい」

「わかりました」

扉が開いた。出てきたのは、サリムだ。

「アン」

「お茶を持ってきたの」

「ありがとうございます」

サリムは盆を受け取り、ちらっと部屋の中に視線を向けた。サリムの肩越《ご》しに、ヒューが笑いながら手をふる。

「余裕だな、アン。順調か？」

「……まあまあよ」

と答えたが、まったくなにも進んでいない。ヒューは明確な根拠《こんきよ》を持って、すでに仕事をすすめているのに比べて、自分はなんと情けない状況《じようきよう》か。

強がりと情けなさを見透《みす》かしたように、ヒューはにやりとする。

「しっかりしろ、アン。俺に勝負を挑んだからには、肩すかしは食わせるな」

「わかってる」

工房のみんなのためにも、なんとかしなくてはならないのだ。

（わたしはヒューみたいに、頭が切れるわけじゃない）

階段を降り、再び小ホールに立ったアンは、ハーバートの肖像画の前まで戻《もど》ってきた。

（だから、あれこれ考えても仕方ない。ノアのために作るのだから、ノアの気持ちになってみるしかない。ノアの見ていたものを、見てみるしかない）

無惨な肖像画が、唯一アンがすがれるものだ。ほとんど動けないノアが、この肖像画の前に座りこんでいた。どんな気持ちでこれを見あげていたか、それを想像するのだ。

アンはノアがしていたように、肖像画に向かって膝を抱えて座りこむ。

石臼の音がする。職人たちは、食事も作業の合間にかきこんでいるらしい。昼時には、ダナとハルが、作業場へサンドイッチを作って運んでいた。肖像画に向かって座りこんでいるアンを見つけて、彼らは驚いたらしいが、なにも言わずにそっとそばを通り過ぎてくれた。

大好きだったエマや、シャルやミスリルの肖像が、目の前にあると想像してみる。

想像すればするほど哀《かな》しくなる。なぜこんなに傷つけられているのか。こんなものを眺《なが》めていたら、つらさばかりが募る。

でもこの肖像画だけが、埃《ほこり》を被《かぶ》っていない。おそらくノアが綺麗《きれい》にしていたのだ。なぜこんな無惨なものを、大切にして眺めることができたのか。

いつのまにか薄暗《うすぐら》くなっていた。石臼の音は続いている。

ふと背後に、誰かの気配がした。

「よくも飽《あ》きずに眺めているな」

冷たくてはりのある声は、シャルだ。彼の声は、清流のように涼《すず》やかだ。煮詰《につ》まった気持ちに、冷えた心《ここ》地《ち》よさをもたらす。

彼はアンのとなりに跪《ひざまず》くと、同じように肖像画を見あげた。

「なにか思いついたか？」

アンは首をふった。

「わからないの。ノアはこれをずっと見ていたのに。なにを考えて見ていたか、わからない。なにを見ていたのかな？　ずっと見てるけど、わたしには見えない」

「見えないなにかが、あるのかもしれない。あいつにしか見えないものが」

「見えない？」

言葉が心に引っかかる。

「なんで見えないんだろう？　存在しないものなら、こんなに見つめない」

見ていてつらいだけのものならば、見つめているのは苦痛だ。もしなにかを想像して思い出すだけならば、ベッドの中にいればいい。ここまで来て、こんなものを見つめる必要はない。

なにかが、確実に、この肖像画にはある。ノアの心を慰《なぐさ》めるなにかだ。

あるはずなのに、見えない。それはなぜか。

「見えないのは、……隠されてるから……？」

今一度肖像画を見あげ、はっと気がつく。立ちあがり、肖像画のくすんだ額縁《がくぶち》に手をかけた。

「シャル！　この肖像画、壁《かべ》からおろしたいの。お願い、手伝って！」

不思議そうにしながらも、シャルはなにも言わずに立ちあがり、額縁に手をかけた。二人してなんとか肖像画を壁から外し、床《ゆか》におろす。

「これを、裏返して」

そのまま左右から軽く持ちあげ、立ち位置を入《い》れ替《か》えるようにして肖像画を裏返した。

薄闇《うすやみ》の中、巨大《きょだい》なキャンバスの裏地が現れる。引《ひ》き裂《さ》かれた布目が、至る所に飛び出している。しかし中央あたりは、無傷だ。そしてその無傷の布目の上に、繊細《せんさい》な筆遣《ふでづか》いで、――拳《こぶし》ほどの大きさの紋章が描かれていた。

白い盾《たて》の上に交差する剣《けん》。その中心に両の前脚をあげた、紫色《むらさきいろ》の獅子《しし》。紺《こん》のリボンが、盾の縁《ふち》を飾《かざ》ってたなびく。色はかなりくすんでいたが、華麗《かれい》であり、力強い。

「紋章……。チェンバー家の？」

「ミルズランド王家の目を逃《のが》れたらしいな」

存在を消そうとするかのように、はぎ取られ壊《こわ》され、焼かれたチェンバー家の紋章が、ここに唯一残っていた。ノアは知っていたのだろう。ここに隠され、残された紋章があることを。

紋章は貴族の家の誇りだ。ハーバートに仕えていたノアにとっては、これこそがハーバートの持っていた心の形に思えたかもしれない。だからノアは見つめていたのだ。

これこそがノアが見ていたものだ。

「わたし、これを作る」

「これは禁忌《きんき》の紋章だ」

シャルが静かに言う。

「ミルズランド王家が、この世から存在を消そうとした紋章だ。それを甦《よみがえ》らせるのか？」

どきりとした。国王やその周辺にいる人々の不興をかうかもしれない。王家に逆らう者と見なされるかもしれない。命を取られることはないかもしれないが、銀砂糖師の称号《しようごう》は、王家から賜《たまわ》っているのだ。その銀砂糖師が、王家が不愉快《ふゆかい》と思うものを作って許されるのか。

　けれど同時に、怒《いか》りに似たものがこみあげる。

「チェンバー家の人は、誰も残ってない。この紋章が人の目に触れたからって、なにかが起こるわけじゃない。それなのに、なんでこの城から紋章をはぎ取ってしまったの？　王家の人が不愉快だから？　それだけ？　でもわたしは、これを王家の人たちに見せるために作ろうと思うんじゃない。これを必要としている人のために作るの。作りたいものを、見つめたいものを、禁じるなんておかしい」

　今一度、紋章を見つめる。

「そんな勝手な言い分、納得《なつとく》できない。誰かの都合で作れない砂糖菓子があるなら、銀砂糖師の称号も意味がない。求められる最上のものを作るのが、職人だもの。誰かが求めている可能性があるなら、作る。だからわたしは、作る」

　ふっとシャルが笑う。

「怖いもの知らずだな。ミルズランド王家を向こうに回して」

「わたしは、ミルズランド王家と喧嘩《けんか》したいわけじゃない。ただこれを欲しいと思うだろう、ノアのために作りたいだけ。そう言っても通用しないかもしれないけど、でも、だからって作らないわけにはいかない」

　シャルの目を見つめて言い切る。すると、

「作れ」

　シャルは言った。

「おまえが作りたいものを作れ。それでなにが起こっても守ってやる」

　心にしみいるような響きだ。けれどなぜシャルは、そこまで言ってくれるのか。不思議でたまらなかった。

　そしてふと不安になる。ノアがハーバートの言葉に縛《しば》られているのと同様に、シャルがアンのなかに縛られているとしたら？　彼の言葉も、けしてよろこべない。

「どうして守ってくれるの？　シャルにはなんの得もない。わたしが羽を返したから、義理があるから？　それなら、気にしなくていい。わたしは返したいから返したんだから、気にする必要はない。わたしの勝手なんだもの。わたしはただ、シャルが自由でいて欲しいから……」

「義理に命を懸《か》けるほど、物好きじゃない」

「じゃあ、なんで？」

問うと、シャルはすこし戸惑うように沈黙《ちんもく》したが、その右手がゆっくりとアンの髪に触れた。その指は髪から、頬に軽く触れ、首筋と、肩に触れる。

「義理や、利益や、欲望や。理由が必要か？」

触れるか触れないかの指は、くすぐったくて、そしてぞくりとした。指は再び髪に触れ毛先を弄《もてあそ》ぶ。

「理由など訊くな。俺にも、この感情がどうして起こるのかはわからない。理由はなんでもいい。おまえを守りたい。だから守る。ミルズランド王家に追われようが、神に追われようが、俺が守ってやる。そばにいる。ずっとだ」

よろこびと戸惑いに、心にさざ波が立つように、気持ちがざわつく。

「ずっと？　でも、どうして？」

「訊くなと言った」

「あ、そっか。そうね、ごめん」

あわてて謝《あやま》ると、シャルはくすりと笑う。髪を弄んでいた指で、すっとアンの顎をなで、耳元に唇を寄せた。

「かかし頭は、なんでもすぐに忘れる」

意地悪な睦言《むつごと》のように、声が甘い。耳たぶに軽く触れるようにして、そこに口づけた。

「これだけは覚えておけ。ずっと、そばにいる。おまえを守る。誓《ちか》う」

まるで愛を囁《ささや》かれているようだ。でもこれは、まったく違う意味かもしれない。それはわからない。シャル本人にさえわからないと言っているのに、アンにわかるはずもない。

七章　新しいかたち

(シャルが、守ってくれる)

　唇《くちびる》が触《ふ》れた耳たぶが、じんとする。けれどそこに守護の魔法《まほう》をもらったように、強い気持ちになれる。

　シャルの態度や言葉に、愛に似た感情が見えた気がした。けれど期待するのは怖《こわ》かった。期待してしまえば、そうでなかった時がつらい。

　しかもシャルの愛は、雛《ひな》を守る、親鳥のような気持ちなのかもしれない。

　アンがシャルに対して、どんな気持ちを抱《いだ》いているかも知らずに、ただ優《やさ》しさだけで守ってくれようとしているのかもしれない。自分のくだらない恋心《こいごころ》など、滑稽《こっけい》かもしれない。

　シャルの優しさは心強くて嬉《うれ》しい。これ以上、のぞむべくもない幸福だ。

　すでに陽は落ちて、作業場は暗くなっていた。明日の朝までしか時間はない。

　急ぎランプに火を灯《とも》す。すると作業台の上にあぐらをかいて、うたた寝《ね》していたミスリルが目を覚ました。

「あれ、アン？　げっ！　もう暗いじゃないか!?」

　あわてたように立ちあがり、おろおろとアンに駆《か》け寄《よ》ってきた。

「なにしてんだ、アン。砂糖菓子《がし》の影《かげ》も形もないぞ」

「うん。今から作る」

　腕《うで》まくりすると、冷水の樽《たる》に両手を浸《ひた》した。するとミスリルが、別の冷水の樽から水をくみあげ、作業台に置いてくれる。彼は作業の工程をよく覚えていて、手際《てぎわ》よく助けてくれる。頼《たよ》りになる。

　樽から手を引きあげると、作業台の上に広げていた銀砂糖に冷水を加えた。

　手早く銀砂糖を混ぜ、まとまってきたところで両手を使って練りはじめる。

「ミスリル・リッド・ポッド。紫《むらさき》と、赤、青。それに、黒。緑も。その五つに色味が近い色粉の瓶《びん》、全部出してくれる？」

「おう」

てきぱきとミスリルは、それら五つの色に似た色粉の瓶を作業台の上に出す。さらに薄《うす》いものから濃《こ》いものへと、順番に並べてくれる。

「なにを作るんだ？　アン」

「紋章《もんしょう》よ」

「紋章？　へえ、なんの？」

「チェンバー家の」

「そっか、チェンバー家の……。って、えええええ!?　それって、いいのかよ!?　国王陛下が根絶やしにした一族の紋章だろう!?」

「いいの」

ミスリルはなにかを確かめるようにアンの目を見つめたが、しばらくすると頷《うなず》いた。

「うん。アンが決めたなら、いいや」

そしてアンの手もとを見て、あわてて冷水をくみに走る。冷水を加えようと手を伸《の》ばすと、ちょうどミスリルが冷水を運んでくれた。

何度も何度も、練りを繰《く》り返《かえ》す。いつもよりも丹念《たんねん》に練るのは艶《つや》を増すためだ。すでに決まった形があるものだ。それをこの上なく、威厳《いげん》があり、神々《こうごう》しく見せるために。

ノアがそれにハーバートの心を見ているのだとしたら、その彼の心が宿るように。

掌《てのひら》の大きさに、盾《たて》の土台を作る。艶のある白い盾を縁取《ふちど》る、紺色《こんいろ》のリボンを練る。

（紺は、深く落ち着いた色にしたい。剣《けん》の色は、鋭《するど》く。輝《かがや》くように）

紫の獅子《しし》は、どんな色がいいだろうか。

色粉を混ぜ、迷いながら紫を作る。盾とリボンと剣に、一番似合う紫を探す。濃い色から薄い色、くすんだ色から鮮《あざ》やかな色と、様々な紫を作り出した。

ふと、濃い紫に目がとまる。紫水晶《ずいしょう》のような艶と、深みのある紫。

（ノアの、瞳《ひとみ》の色？）

剣とリボンの色と比べてみた。この紫はよく映《は》える。紋章の持ち主は、紋章の獅子と似た色の瞳の妖精《ようせい》が、とても可愛《かわい》かったに違《ちが》いない。だから生き残って欲《ほ》しかったのだろうか。消される紋章の代わりに。

　決まった形を丹念に構成していく。間違《まちが》いなく、正確に。

　一つできあがると、さらにもう一つに取りかかる。時間のある限り作るつもりだった。一つでは足りない。いくつもいくつも作って、ノアに見せるのだ。

　それでノアも、わかるだろう。

　この紋章は消えないのだと。この紋章を記憶《きおく》している人がいる限り、消えない。だからノアは、生きる必要がある。

　部屋の中が薄青くぼんやりと明るくなると、アンは手を止めた。

　できあがった紋章は、掌の大きさのものが十五個だ。ひどく時間をくってしまった。同じものをすこしの違いもなく作るのは、かなりの注意力と根気が必要だった。

　頭の芯《しん》が痺《しび》れたような感じがする。作った十五個の紋章を、石の板の上に載《の》せ、布をかけた。長いため息をついて、アンは作業場の隅《すみ》に置いてある丸椅子《いす》に腰《こし》かけた。

　壁《かべ》に頭をもたせかけて、目を閉じる。

　ミスリルも作業台の上で、うつらうつらしている。

　しばらくすると部屋の中はすっかり明るくなり、台所のほうから、朝ご飯の準備をしているらしい、温かみのあるスープの香りが漂《ただよ》ってきた。

「できたか？　アン」

　とろとろ眠《ねむ》っていたらしい。ヒューの声で、目が覚めた。

　作業場の出入り口の枠《わく》に腕をかけ、ヒューが立っていた。上衣《うわぎ》を脱《ぬ》いで、シャツも腕まくりしている。彼も今まで作業をしていたようだ。足もとには布をかぶせた砂糖菓子が置かれている。石の板の上に載っているが、さして背が高くないものだ。大人の拳《こぶし》ほどの高さしかない。

　アンもミスリルも、急いで立ちあがる。

「あ、ヒュー。おはよう。うん。できてる」

　ヒューはちらっと作業台に目を向けてから、頷く。

「これを勝負だとノアに教えれば、変に意地を張って、食べないかもしれない。ノアには、毎朝砂糖菓子を持っていっていたらしいな？　その延長で、今日は俺とおまえの二人が、ノアのために持ってきたということにしよう。部屋に入るのは俺とアン、二人だ。中にいつもシャルがいるらしいから、あいつが立会人だ。いいな？」

　いつになくヒューの雰囲気《ふんいき》が厳しい。彼にとっては、とるに足らない勝負ではあるはずだ。だが、勝負には違いないからだろう。

「行くぞ。砂糖菓子を持ってこい」

　足もとの砂糖菓子を手に取り、ヒューが背を向ける。アンも砂糖菓子を両手で持ちあげると、ミスリルが心配そうな目をする。

「アン」

「行ってくるね」

　安心させるように微笑《ほほえ》むと、ヒューを追った。常にヒューのかたわらにいるサリムは、ホールで待っていた。ヒューとアンのあとについて階段をのぼってきたが、右翼《うよく》二階のアンの部屋の近くまで来ると、立ち止まった。そこで待てと、ヒューに言《い》い含《ふく》められているのだろう。

　扉《とびら》の前に立つと、ヒューはためらわずにノックし、返事も待たずに扉を開ける。

　部屋の中にも朝の光が射《さ》しこんでいた。冷えきった部屋の空気に、吐《は》く息が白く、光に透《す》けて見える。長椅子《ながいす》に寝《ね》そべっていたシャルが、上体を起こす。

「ノア。起きているか？」

　ヒューが声をかけると、ベッドのふくらみがもぞもぞと動く。腕で体を支えるようにして、ノアはベッドの上に起きあがった。光に溶《と》けそうなほど、頬《ほお》は白く、生気がない。

「銀砂糖子《し》爵《しやく》様？」

　ヒューは笑顔《えがお》で、ベッドに近づいた。

「おはよう、ノア。昨日の約束通り、俺とアンが忠義者にプレゼントを持ってきた。もし食べる気になれば、どちらかの持ってきたものを、食べてもかまわない」

　するとノアは、申し訳なさそうにしながらもヒューから視線をそらした。

「すみません、銀砂糖子爵様。香りで、わかります。砂糖菓子ですよね。でも僕はご主人様の命令で、ご主人様からもらったもの以外は、食べられない……」

力なく謝《あやま》るのを無視して、ヒューはサイドテーブルに自分の持ってきた砂糖菓子を置く。その布を取り去る。

ノアはちらっとそれに目を向けたが、その瞬間《しゅんかん》にはっと息を呑《の》む。ベッドの上を這《は》うようにして、サイドテーブルに近づいた。

「あ……」

思わずのように、ノアの口から驚《おどろ》きの声がこぼれる。

そこに置かれていたのは、フィッフのボードと駒《こま》だった。

（これ、見たことがある）

ハーバートがアンに見せた光景に、確かこのフィッフの駒があった。ハーバートとノアが、これを使ってゲームをしていた。それとうり二つだ。

ボード上に散らばる三十二個の駒は、細やかさと数で目を釘付《くぎづ》けにする。

王の駒の、王冠《おうかん》や錫《しゃく》に彫《ほ》りこまれた細かな花の模様や、襟《えり》やマントの襞《ひだ》。王妃《おうひ》の駒の、優雅《ゆうが》なスカートの流れ。そして騎士《きし》の槍《やり》の鋭さ。馬の躍動《やくどう》する筋肉と、瞳の艶。妖精の駒が、最も美しい。透明《とうめい》の羽に、艶のある赤の髪《かみ》に、指先に。全身の至る所に、小さな宝石に似た輝きがちりばめられている。

十六の駒は、色彩《しきさい》豊かでありながら白を基調に統一されている。もう一方の十六の駒も、色彩豊かなのに、青緑色を基調に統一されているとわかる。

駒は生き生きと、薄い光をそれぞれに纏《まと》っているかのようだ。愛らしく、きらびやか。楽しくてたわいない遊び道具なのに、駒の一つ一つの表情にすこし残酷《ざんこく》さを感じる、小さな戦《いくさ》の世界だ。

（すごい）

ただのフィッフの駒が、これほど魅力《みりょく》的に見える。それは艶や光や、そんなものを計算しつくして作られたものだからなのだろうか。

さらにこれは、ノアとハーバートの思い出の品だ。それを見事に再現している。不思議な光景を目にしていたアンには、それがわかった。けれどヒューは、あの光景を見ていないはずだ。どうしてこれを、ヒューは作ることができたのだろうか。

「小ホールに、フィッフのボードがあった。それを使わせてもらった」

　言われてみれば、ボードだけは本物だ。

　ノアの目が見開かれる。

「あれを？」

「あれの上で、ゲームをしたんだろう？」

　問われると、ノアは唇を震《ふる》わせる。そして小さく、頷いた。

「ハーバート殿《どの》のフィッフの駒は、略奪《りやくだつ》されて紛失《ふんしつ》したらしいな。けれど彼が所有していた駒を作った職人なら、まだ生きてた。手を悪くしてもう細工はできないらしいが、この駒のことは覚えていて、詳《くわ》しいスケッチも描《えが》いてくれた。どうだ？　ノア。おまえがハーバート殿と遊んだそれと、同じか？」

　ノアの目が、在りし日を懐《なつ》かしむようにぼんやりと遠くなる。

「はい。これは、僕がハーバート様とよく使った、あの駒です。まったく同じ……」

「ハーバート殿は、フィッフの名手だった」

　突然《とつぜん》、ヒューが告げた。

「え？」

　ノアはいぶかしげに彼を見あげる。

「いいえ。違います。ハーバート様はフィッフがあまり」

「彼が名手だったのは、間違いない。聖ルイストンベル教会でおこなわれる正式なフィッフの競技会で、常に優勝していたほどだ。記録にも残っている」

「でも、ハーバート様はご自分が下手だから、誰《だれ》も相手をしてくれない。僕だけだって」

「誰も相手をしたがらなかったのは、確かだろう。国一番の名手に、誰が試合を申しこむ？」

「あ……」

　なにか思い当たることがあったのか、ノアは愕然《がくぜん》と目を見開く。

「おまえは、なにも知らなかったんだな。だから最初は、おまえから誘《さそ》ったんじゃないか？」

　問われると、ノアはわずかに頷いた。

「でもなんでハーバート様は、ご自分が下手だなんて、そんな嘘《うそ》を」

「ハーバート殿は、嬉しかったんだろう。勝負のためではなく、ただ楽しみのためにフィッフに誘われたことが。だからおそらく自分の中でなにかのハンデを決めて、おまえとゲームを楽しんでいたんじゃないかと俺は思う」

　ノアの、紫色《むらさきいろ》の瞳が潤《うる》む。

「おまえとゲームをするのが、純粋《じゅんすい》に、楽しかったんだ」

「楽しかったんですか？　ほんとうに？」

「彼は楽しそうじゃなかったか？」

　問われて、ノアは首をふる。さらに重ねて、ヒューは訊《き》く。

「おまえは、楽しかったか？」

「僕は」

　並ぶ駒を、ノアは一つ一つ目で追うようにして呟《つぶや》いた。唇を噛《か》んだ直後、ノアの眦《まなじり》からつっと涙《なみだ》がこぼれた。

「僕も……楽しかったんです……楽しくて……」

　唇がわななく。

「楽しくて……」

「その駒はおまえのものだ。好きにすればいい。昔のように、手に取ってもいい」

　ヒューの言葉に、アンははっとした。

（そうか。手に取るものを選んだんだ）

　思い出の懐かしい品を目の前に出され、昔のようにその駒を手に取ったなら、それが彼の食べたい気持ちにつながるかもしれない。

　ヒューはまず、手に取らせることを考えたのだろう。妖精が砂糖菓子を手に取るということは、人間が砂糖菓子に唇を寄せるのと同じこと。そうすれば自然と、香りと甘《あま》みにひかれて食べてくれるかもしれない。

（これが銀砂糖子爵の実力）

　細工の技術は、精緻《せいち》で丹念で、これを一晩で作りあげたことにも驚く。

しかしなによりもまず、ハーバートがフィッフの名手であったこと、そしてノアがその相手を務めていたことを突《つ》き止《と》めたことが驚きだった。そしてさらに十五年前に紛失したものを、寸分の違いもなく再現して見せた。

「……楽しかったんです」

ノアはじっと駒を見つめて、もう一度呟いた。声が震えていた。押《お》し寄《よ》せてくる切なさに胸が苦しいかのように、上衣の胸元《むなもと》を握《にぎ》りしめていた。

ヒューは無表情に近い顔で、ノアを見ている。そしてしばらくすると、口を開いた。

「ノア。もう一つ、プレゼントは残っている」

ヒューに目配せされて、アンは持ってきた石の板をベッドの上に置く。

(勝とうなんて、馬鹿だった)

あまりにも違いすぎる力量に、悔《くや》しさすらも感じない。

ただこれで、キャットの助けはなくなった。そのことだけが、つらい。ペイジ工房《こうぼう》は、いったいどうやって今の状況《じょうきょう》を切《き》り抜《ぬ》ければいいのか。

ヒューの作品を見せつけられたあとでは、自分の持ってきた紋章は、ほんとうに誰にでもできる平凡《へいぼん》なもので、気恥《きは》ずかしかった。けれどノアはよろこんでくれるはずだ。

勝てないまでも、ノアがわずかでもよろこんでくれると思えば救われる。

「これも、ノアのものよ。ノアのために作ったから」

言いながら布を取り去った。

現れた紋章を目にして、なぜかヒューは目を伏《ふ》せた。

紋章を目にした途端《とたん》だった。ノアの目が輝く。

「紋章!?」

ノアは積み重ねられた紋章に這《は》い寄《よ》り、見おろした。

できあがった紋章には、アンの意図はいっさい入っていない。純粋に忠実に、チェンバー家の紋章を再現していた。ただ慈悲《じひ》の青はより深く、力を表す剣と盾の輝く銀と白は強く厳《おごそ》かに。紫の獅子は、強く、そして静かに。そんなふうに思えるように、艶をつけ、色を作った。そこにあの光景で見た、黒髪《くろかみ》の男の心が宿ることを願った。

「どうして？」

涙が残る目で、それでもわずかに微笑みながら、ノアは思わずのようにそれを手に取った。

宝物を見つけたように、見つめる。

「紋章だ。これ、ハーバート様の！　綺麗《きれい》！」

はしゃぐように声をあげると、アンの顔を見あげる。

「綺麗？」

「うん、綺麗。綺麗な紋章！」

「よかった」

ノアは再び掌に視線を戻《もど》し、紋章を見つめる。よろこびに輝くノアの顔が、生き生きとしてくる。

（すこしでも、届いてくれればいい。ハーバート様の心が、そこにあるのだって）

華奢《きゃしゃ》な両掌に包まれた砂糖菓子を見て、アンはほっとした。その手に包まれることで、ただの紋章の砂糖菓子が、とても大切できらきらしたものに思える。嬉しかった。

その時――紋章を載せたノアの両掌から、やわらかな光がこぼれた。

ノアはわずかに微笑んで、紋章を見つめている。その紋章はほろほろと光になって溶け、ノアの掌に染《し》みこんでいく。彼の白い頬に、ほんのりと赤みが差す。

「……あ……」

アンの口から小さな声が漏《も》れる。シャルも驚いたように、それを見つめていた。

ヒューが、ふっと笑う。自嘲《じちょう》するような笑《え》みだった。

ノアの手にある紋章が、――溶けて消える。ほうっと長い息を吐いてから、ノアは自分の両手をまじまじと見つめた。

「……食べちゃった」

自分が信じられないような顔をして、ノアは呆然《ぼうぜん》としていた。

「僕……食べちゃった」

自分が命令を破ってしまったことに愕然とし、その衝撃《しょうげき》のためか、からになった両掌を見おろして泣き出しそうな顔になる。

するとヒューが、つっと動いた。彼は紋章の砂糖菓子を一つ手に取ると、ノアの掌に置く。

ノアが、ヒューを見あげる。

「銀砂糖子爵様？」

「いくらでも食べていい。ハーバート殿は怒《おこ》らない。それはおまえも、ずっと前からわかっているんだろう？」

ヒューは、アンに視線を向ける。

「おまえが求める限り、この銀砂糖師はこれを作る。そうだな、アン？」

問われてアンはしっかりと頷く。

「はい」

これほどに求められるのならば、いつでも、どんなものでも作ろう。それが職人だ。禁忌《きんき》だろうがなんだろうが、それは誰かの勝手な都合だ。知ったことではない。

「求められる限り、誰がなにを言おうとも、作ります」

その答えを聞くと、ノアの顔が歪《ゆが》んだ。嬉しそうに、けれど同時に、こらえきれない哀《かな》しみが堰《せき》を切ったように、紫色の瞳から涙があふれた。

「おまえが求める限り、この紋章は消えない」

静かにヒューは告げた。

「ハーバート様」

掌の紋章を、ノアはうつむいて見つめる。

「確かに、ここにいらっしゃったんです」

ノアは絞《しぼ》り出《だ》すように言う。

「ここにいらっしゃったんです。僕とフィッフをして、砂糖菓子を食べて、笑ってた。確かにここに、いらっしゃったんです。ハーバート様が」

待ち続けた主人は帰ることもなく、彼が存在した痕《こん》跡《せき》は徹底的《てっていてき》に壊《こわ》され消された。きっと楽しい思い出すらも幻《まぼろし》のように思えるほど、十五年は長かったのだろう。

けれど、今、ノアの手には紋章がある。これは優しい主人がそこに生きていた証《あかし》だ。十五年ぶりに、主人との思い出が幻ではないと、紋章が告げてくれているはずだった。

「楽しかったんです。僕は……とても」

うつむいたノアの瞳から、涙がいくつも膝《ひざ》の上に落ち続けていた。だが、唇は笑っている。

「楽しかったんです。ハーバート様」

やっと再会できた人に、妖精は囁《ささや》いたようだった。


「おまえの勝ちだ、アン」

ノアをシャルに任せると、ヒューはアンの背を押《お》して部屋を出た。廊下《ろうか》の窓辺に寄ると後ろ手に肘《ひじ》を窓枠《まどわく》に載せ、窓にもたれかかるようにして言った。

あまりにも信じがたい結果に、呆然とする。

誰の目から見ても、ヒューの砂糖菓子のほうが素晴《すば》らしい。アンには、わかっている。

ノアにも、それはわかったはずだ。けれどノアは思わずのように、紋章の砂糖菓子を食べてしまったのだ。

「なんで……。ノアはなんで、紋章を手に取ったの？」

問わずにはいられなかった。アンには、自分が勝った理由がさっぱりわからなかった。

軽く天井《てんじょう》を仰《あお》ぎ見《み》て、ヒューは苦笑《くしょう》する。

「死んだ主人が、生きてこの世にいた証だからだ。貴族のしきたりや思考に馴染《なじ》んでいるノアには、紋章の意味がよくわかっている。あれはその家に生まれた者の精神を表す。ハーバートの心を、紋章の中に見るのは当然だ」

「でもノアは、ハーバート様が死んだと認めてない」

「あいつの言葉を、真に受ければな。でも、考えてみろ。どんなぼんくらでも、戦で負けて十五年も帰ってこない男が死んだことは理解できる。でも認めたくない。死んだと知っていながら、あいつは待ち続けている」

「そんな」

「死んだ主人を待ち続けるのは、むなしいだけだ。そのうえノアには、つらい現実がある。城が壊され、紋章は焼かれ、肖像画《しょうぞうが》は切《き》り裂《さ》かれ、ハーバートが存在した痕跡すらこの世から消されようとしている。それが一番つらいはずだ。そんな中で、主人が生きていた証の紋章が甦《よみがえ》ることは希望になる。死んだ主人が生きた証が、そこにある」

　ノアはずっと頑《かたく》なに、食べることを拒《こば》んできた。それはハーバートの命令を守るためでもあり、同時に、生きる希望をなくした結果だ。

　絶望と虚無《きよむ》と、思い出だけでは、生きる気力などわくはずがない。けれどほんの少しでも希望があれば、生きようと思えるかもしれない。

　例えば。消されようとしていた大切な人の生きた証が、甦ること。

「よく気がついたな。どうして、あれを作ろうと思った？」

「ノアが、ずっと見ていた肖像画の裏に、あの紋章が隠《かく》されていたから」

「あれは禁忌の紋章だ。あれを銀砂糖師が作ることを、まずいと思わなかったのか？」

「ちょっとだけ、思った」

　唇を噛む。

「でも、作りたいものを作れないなんて、意味ないと思うから。国王陛下やダウニング伯爵《はくしやく》に報告して、わたしを罰《ばつ》したりする？」

「まさか。俺にはそれほど、お役人根性《こんじよう》はないぞ。けれど禁忌と知っていて作ったのか。なるほどな。おまえは、怯《おび》えなかったわけか。それが勝因だな」

　ヒューは窓の外へ視線を向ける。朝陽《あさひ》が、庭を照らしている。西の空には白い朝の月がある。彼の横顔は、どこか寂《さび》しそうだった。

「ヒューはそこまで考えていて、わかっていたのに。なのに、どうして紋章を作らなかったの？　勝ちをゆずったなんて思えない。そんなことするくらいなら、はじめからキャットの権利をゆずってくれてたはずよね」

　再びヒューは、アンに視線を戻した。

「ゆずるつもりはなかった。俺も一度は、紋章を作った」

「え？」

「一度、紋章を作った。でも、壊した。その代わりに、紋章の次に、最も勝てる可能性の高そうなものを選んだ。おまえさんが紋章を作らなければ、俺の勝ちだったな」

言われて思い出した。昨日の昼間、ヒューにお茶を持っていった時に、部屋の中から聞こえたサリムとヒューの会話だ。サリムは「今からですか？」と不思議そうに訊いていた。

　あれは今から砂糖菓子を作りなおすのかと、ヒューに訊いていたのだろう。

「なんで壊したの？　わかっていて一度作ったのに」

「俺は銀砂糖子爵だ。国王陛下に仕え、国王陛下のためだけに砂糖菓子を作る。その俺が、国王陛下……ミルズランド王家が禁忌とする紋章を作るのは、やってはいけないことだ。まあ、ただの銀砂糖師でも、配慮《はいりょ》するべきだがな」

「でも、作れないなんて」

「そうだ。覚悟《かくご》があるならば、作ればいい。ただの銀砂糖師にならば、厳重注意か、悪くて謹慎《きんしん》だ。だが俺は違う。国王陛下の臣下だ。よくて投獄《とうごく》。悪くしたら処刑《しょけい》だ。銀砂糖子爵は、国王陛下を絶対に裏切れない。だから俺は作ってはいけない」

　笑みを浮《う》かべてヒューは淡々《たんたん》と語っているが、その目にわずかなやるせなさが漂う。

「おまえらは、自由だよ」

「どうして、ヒューは銀砂糖子爵なんかになったの？」

　訊かずにはおられなかった。

　今まで考えたこともなかった。銀砂糖子爵は国王のためにしか砂糖菓子を作れない、ということの意味。それは職人にとって、翼《つばさ》をもがれるのに等しい。がんじがらめにされ、縛《しば》りつけられることだ。

　銀砂糖子爵に指名されたとしても、辞退は可能なはずだ。権力にさえ興味がなければ、縛りつけられるのが嬉しい人間はいない。

「キャットにも訊かれた。『なんでてめぇが、そんなもの引き受けなきゃならねぇんだっ！』ってな。怒ってた。あいつは俺がマーキュリー姓《せい》を名乗る時も、工房の長《おさ》になる時も、そうやって怒った。でも俺はことごとく無視して、結局は銀砂糖子爵にまでなった。あいつは、職人が自由を奪《うば》われるのをとことん嫌《きら》ってる。喧嘩《けんか》仲間の俺がそんな決断をしたことが、許せなかったらしい。そんなに力が欲しいかと訊かれた」

「そんなものが、ほんとうに欲しかったの？」

アンにもわからない。作る自由さえ奪われるならば、職人としてこれ以上の苦痛はない。

「ああ。欲しかった」

ヒューは目を細める。

「力がなければ、できないこともある。だから力が欲しかった。俺はガキの頃《ころ》、なんの力もなかったせいで妹を死なせた。その時誓《ちか》った。力を手に入れるってな。砂糖菓子の祈《いの》りの力なんぞ、まどろっこしかった。もっと直接的な力だ。それが欲しかった」

ヒューは体を起こして、ぽんとアンの頭を叩《たた》く。

「今回は正真正銘《しょうしんしょうめい》、おまえさんの勝ちだ。おまえさんは怯えなかった、だから勝った。キャットの権利はゆずる。ぐすぐずしている時間はないぞ。すぐにあいつを呼べ」

さっと背中を見せると、ヒューは歩き出す。

「行くぞ、サリム」

廊下の端《はし》に控《ひか》えていたサリムが、影のように従う。

歩き去るその背中には、迷いも後悔《こうかい》もない。彼は彼の選んだ道を、まっすぐ歩く。

その強い背中を見つめて、アンは拳を握った。

（わたしは――、負けた）

もしヒューが銀砂糖子爵でさえなければ、彼は禁忌の紋章を作ったはずだ。そしてノアにとってその紋章の持つ意味を明確に理解していたヒューならば、同じ紋章でも、もっと違った見せ方をしたかもしれない。同じ紋章でも、ノアはきっとヒューの作った紋章を選ぶはずだ。

（勝ったなんて言えない）

やはりアンは、銀砂糖子爵には遠くおよばない。でも、いつかは。ヒューのような銀砂糖師になりたい。けれど彼のように、翼をもがれたくはない。

ただ、立ちつくしていた。

しばらくするとアンの部屋の扉が開き、シャルが出てきた。きつい表情で廊下の向こうを見つめるアンのかたわらに来る。

「ノアは眠った。砂糖菓子で、ずいぶん回復したようだ。死なずにすむ」

「そっか……よかった」

「勝ったな」

アンは首を強く横に振った。唇を噛んだが、自然と涙がにじんできた。

「わたしは、負けたの」

悔しかった。ほんとうの意味で勝てなかったことが、悔しいわけではない。ハイランド王国最高の砂糖菓子職人が、自由を奪われているのが悔しかった。そしてその不自由さが理由で、自分が勝ってしまったことが、悔しかった。

流れそうになる涙を、拳でぬぐう。

「アン！」

バタバタと足音がした。小ホールのほうからナディールが駆《か》けてくる。

「今、エリオットと銀砂糖子爵が話をしてるの盗《ぬす》み聞《ぎ》きしちゃったよ！　アン、勝ったの!?」

ナディールはアンの両手を握って、ぶんぶんと上下に振《ふ》る。

「勝てなかった。けど、キャットの権利はゆずってもらえることになったの」

「どういうこと？　よくわかんないけど。でも、じゃ、キャットさんは来てくれるんだ！」

「うん」

頷くと、ナディールが飛びあがった。

「やった。新聖祭に間に合う！」

「その通り」

と、廊下の端から声がした。エリオットがぶらぶらとやってくる。

「銀砂糖子爵は、帰ったよ。勝負のあらましは聞いた。アンは不満そうだけどねぇ、勝ちは、勝ちだ」

「俺、みんなに知らせてくる！」

ナディールは、ぱっと駆け出す。それを見送ったエリオットは、アンに微笑みかけた。

「不満なのは、よくわかる。だから腕を磨《みが》けばいいの。もっと、もっとね」

その言葉に、アンははっとする。

もしアンが、ヒューの技量を追《お》い越《こ》して、それで勝てたなら。負けたヒューはあっけらかんと、嬉しそうに笑ってくれそうな気がした。あんなやるせない目を、させないでもすむ。

「いつかほんとうの意味で銀砂糖子爵に勝てたら、この借りは返せるんじゃない？　でも。とりあえず君は勝った。俺たちは助かった。みんなよろこぶ。だからグレンさんに代わって、言ってあげるよ。……よくやったよ、アン」

　エリオットは子どもにするように、アンの頭をくしゃくしゃとなでた。

「はい」

　素直《すなお》に頷くことができた。

　エリオットの言葉が、嬉しかったからかもしれない。

（もっと、もっと腕を磨く）

　そしていつかは、ヒューと真っ向勝負できる銀砂糖師になりたかった。

（いつか、きっと）

　強い決意が胸の中に生まれる。

　それからアンはすぐに、キャットに手紙を書いた。ヒューからキャットの権利をゆずってもらったので、約束通り、早々にルイストンのホリーリーフ城に来てくれるようにしたためた。

　その手紙はエリオットの知りあいという、手紙屋に渡《わた》した。割増料金を払《はら》ったので、すぐにサウスセントへ届けるとうけあってくれた。そうすれば早ければ明日にも、キャットはホリーリーフ城にやってくる。

　徹夜《てつや》で一仕事終えたアンに、エリオットは今日一日は休めと命じた。寝不足《ねぶそく》のまま作業に参加して、へまをされたら大変だと厳しい顔で言われた。

　もっともだと思ったので、アンも了承《りょうしょう》した。けれど休む前に一度、ノアの様子を見ておきたかった。部屋を覗《のぞ》くと、ノアはベッドの上に座《すわ》っていた。そしてサイドテーブルに置かれた砂糖菓子の紋章を、ぼんやり見つめていた。

「ノア」

呼ぶとノアは、はっとこちらを見て、顔を真っ赤にした。そして勢いよく毛布の中に潜《もぐ》る。

「僕は別に、砂糖菓子なんか見てないから！」

しなくてもいい言い訳をするので、思わず笑顔になる。彼が元気そうになっているのが、嬉しかった。

「うん。見てなかったよね」

ベッドのかたわらにしゃがみこむと、サイドテーブルの上の異変に気がついた。そこに置かれていた砂糖菓子のフィッフの駒とボードがなくなっている。アンの作った紋章の砂糖菓子だけが、置かれている。

「あれ？　銀砂糖子爵が作ってくれた砂糖菓子は？」

「僕が起きたら、それしかなかった」

ノアがそろりと毛布から顔を出し、今にも泣きそうになる。

「銀砂糖子爵様が、持って帰っちゃったのかな？　銀砂糖子爵様にお願いできないかな……。ずっと、大切にするって約束するから。あれを……僕にくださいって」

「銀砂糖子爵が持って帰ったはずはないから、大丈《だいじょう》夫《ぶ》よ。もらえるはずよ。ノアのために作ったんだもの。けど変ね……誰かが勝手に持っていくなんてことあるのかな？」

不思議に思って考えこんでいると、ノアが恐《おそ》る恐《おそ》る口を開く。

「あの……えっと。その、盗人《ぬすっと》……じゃなくて……」

「え？　あ、そっか。アンよ」

「アン？」

「なに？」

ノアは、ぽつりと訊く。

「砂糖菓子……なくなったら、また作ってくれるって本当？」

「作るわ。ノアが欲しいって言ってくれる限り、作る」

「それと、訊きたいんだけど。アンはあの二人に、羽を返したんだよね？」

「そうよ」

「どうして返したの？　もしかして役に立たないから、返したの？」

不安そうな声だ。アンはちょっと笑った。ノアがなにを気にしているか、よくわかってしまったからだ。

彼はほんとうに主人が大好きで、役に立ちたくて、仕方がなかったのだろう。

「ハーバート様は優しいけど、嘘つきだもの。フィッフは苦手だって言ってたのに、本当はすごくうまかったって銀砂糖子爵様は言ってた。だから他にも、嘘をついてるかもしれない。僕が役に立つなんて、嘘っぱちだったかもしれない。僕を城に残したのも、ほんとうは僕が役に立たないからかもしれない」

「違うよ、ノア。わたしが羽を返したのは、対等に生きている友だちなのに、使役《しえき》するなんておかしいからなの。自分と同じだと思うから、返したの。ハーバート様も、きっとノアのことを自分と同じように大切だったから、返したんだと思う。ハーバート様にとってノアは、大切な友だちだったんじゃない？」

するとノアは、ゆっくりとこちらに顔を向けた。

「大切な友だち？」

「間違ってないと思う。役に立つとか立たないとか関係なくて、ただ好きなの」

答えるとノアはふわっと笑った。花のように素敵《すてき》な笑顔だった。

アンは毛布と上掛《うわが》けを整えてから、ノアの手を握った。

「さ、ちょっと寝て。そしたらもっと元気になる」

「うん」

素直に、ノアは目を閉じる。ほんのり色づいたノアの頬を見つめて、ほっとした。

ほっとすると、なんだか急に眠くなってきた。瞼《まぶた》が落ちると、近くで誰かの呼吸する音が聞こえる。眠りに引きずりこまれそうな意識の中で、ハーバートが来たのだと理解する。

今はもう、すこしも怖くはない。ただどうしてハーバートは、ノアに会ってあげないのだろうかと不思議に思う。

すると声が聞こえた。

『会えばこの子は、言うだろう。わたしが今いる世界に連れて行けと』

確かに。ノアならハーバートの影にしがみついて、一緒《いっしょ》に行くと泣くかもしれない。

『礼を言う。銀砂糖師の娘《むすめ》』

そして声は、静かに優しく告げた。

『これでわたしも、やっと安心して城を離《はな》れられる。今度こそ』

そして声が消えた。呼吸する音も、気配も消えた。

ハーバートは行ってしまったのだとわかった。

人の魂《たましい》は死んだその年の昇魂日《プル・ソウル・デイ》を迎《むか》えると、天国に昇《のぼ》るという。けれどハーバートの魂は十五年間、この城にとどまり続けていた。忠義者の妖精のことが心配で、彼は天国へ昇ることを拒否《きよひ》したのかもしれない。

そして彼は今やっと、城を離れられる。城を離れた魂は永遠にこの地上をさまよい、風のように、あてどなく王国を旅するのだろうか。

それとも次の昇魂日を迎える時に、再び天国へ昇ることを許されるのだろうか。

(次の昇魂日には、ハーバート様のために砂糖菓子を作ろう)

十五年前ハーバートが死んだ年には、彼のために砂糖菓子を用意する人はいなかっただろう。

それならば今年、アンが準備しよう。

砂糖菓子の祝福があれば、十五年の時を経ていても、天国への扉は開かれる気がする。

(でも、その前に新聖祭の砂糖菓子をなんとかしなくちゃ)

眠気《ねむけ》のために、散り散りになる思考の中でエリオットや、ペイジ工房の職人たちの顔、グレンの顔を思い出す。そして最後に、キャットの顔が浮かぶ。

(大丈夫。キャットが来てくれる)

雪の結晶《けつしよう》を模した砂糖菓子は、大小あわせれば選品に出したのと同じものを一つ組みあげられるほどできあがっている。けれど銀砂糖が固まってしまったために、組みあげの作業は中断したままだ。まだ一つも、砂糖菓子の雪の塔《とう》はできあがっていない。

(間に合わせる。きっと……)

アンはそのまま心地《ここち》よい波に抱かれるように、眠りに落ちた。

今朝、アンが銀砂糖子爵との勝負に勝ったことを、ナディールが大声で話していた。それを聞いてブリジットは、胸をなでおろした。キャットが作業に加わってくれれば、新聖祭までに砂糖菓子は間に合うだろう。

安心して、すこし気分が良かった。

お茶を飲みたいと思ったが、一人で飲むのは嫌《いや》だった。グラディスと一緒に飲もうと、ブリジットは彼の部屋に向かった。

けれどグラディスはいつも、城館の中をふらふらしている。ブリジットが顔を見たいと思っても、すぐに見つからないことがしばしばだ。

城館の中を探し歩くと、彼はたいがい左翼《さよく》の近くにいる。砂糖菓子に興味があるらしいということは、なんとなくわかった。

今も、また部屋にはいないかもしれない。そう思ったので、ノックもせずに扉を開け、顔だけを覗かせる。

意外なことに、グラディスはそこにいた。

窓辺に立って彼は笑っている。彼がたたずむ窓辺には幅《はば》の広い窓枠があり、そこには華麗《かれい》なフィッフのボードと駒が置かれていた。

ペイジ工房にフィッフの駒などない。あれほど綺麗な駒ならば、この廃墟《はいきょ》同然の城にもなかったはずだ。あの駒は、銀砂糖子爵が作ったというフィッフの駒の砂糖菓子に違いない。

（どうしてグラディスが？）

グラディスは王の駒を手に持ち、それを眺《なが》めていた。しばらくすると、その駒が薄い金色の輝きを纏い、ほろほろと形を崩《くず》しはじめた。あっと思う間もなく、駒は溶けて彼の掌に吸いこまれていく。

「なんてことするの!?」

思わず、ブリジットは声をあげた。

グラディスははっとしたように、こちらに顔を向けた。そしてブリジットが再び口を開く前に、驚くほどの速さで彼女の前に来て肩《かた》を摑《つか》んでいた。

「静かに。ブリジット」

甘い声で囁きながら、グラディスは強引《ごういん》に彼女を部屋に引きずりこみ、扉を閉めた。そして窓辺に引っぱっていった。

「グラディス！　砂糖菓子に手を出してはだめ！　許さないわ！」

「そうか？」

　ブリジットの両手首をまとめて握り、グラディスはあいた片手で王妃の駒をなでる。すると駒が薄く輝き溶け、彼の掌に吸いこまれる。

「なにしてるの⁉　やめて、やめなさいよ！」

　もがくが、あまりにも強い力だ。びくともしない。

「力が、満ちるな」

　抵抗《ていこう》するブリジットなど目に入っていないかのように、うっとりと、グラディスは呟いた。そうしながら次々と駒の上に掌を滑《すべ》らせて、駒を溶かし、吸収していく。

「さすがは銀砂糖子爵だ。素晴らしい。ペイジ工房の砂糖菓子がなかなか形にならないのには、苛々《いらいら》させられたが。これが手に入ったのは、幸運だ。ここに来たかいがある」

「グラディス⁉　あなた、まさか砂糖菓子が目的？」

　できすぎた話だと、思わなくもなかった。

　この美しい妖精が、偶然《ぐうぜん》ブリジットの目の前に現れたことも。そして彼を所有する妖精商人が、わずかな金で彼をゆずってくれたことも。彼がブリジットの望む通り、甘く優しく接してくれたことも。

「わたしは怪我《けが》をしていたんだ、ブリジット。力を回復するために、砂糖菓子が欲しかった。君を利用したことは、悪いことだな。けれど残念だ。わたしは罪の意識をすこしも感じない」

　突《つ》き放《はな》されて、ブリジットは床《ゆか》の上に尻餅《しりもち》をついた。

「ゆるさないわよ！　やめなさい！」

　グラディスに裏切られたことは、不思議と苦痛ではなかった。彼が自分にまったく愛情も興味もないことは、知っていた。

　ブリジットはただ、羽を握っている強みを最大限に利用し、慰《なぐさ》めを求めていた。その自分の愚《おろ》かさに、自分でもうんざりしていた。だからグラディスの裏切りは、痛みではない。

　けれど目の前にある、銀砂糖子爵が作った美しい砂糖菓子が、無造作に溶け崩れていくのは許せなかった。砂糖菓子は神聖なものだ。大切なものだ。

　この砂糖菓子を壊したり食べたりしていいのは、この砂糖菓子をささげられたあの子どものような妖精だけだ。それが砂糖菓子だ。ささげられた者の幸福のためにあるものなのだ。

　ブリジットは砂糖菓子派閥《はばつ》の長の娘だ。どんなに気持ちがねじれすさんでいても、砂糖菓子に対する畏敬《いけい》の念だけは唯一《ゆいいつ》、崩れずに残っている。

　胸元にしまった小袋《こぶくろ》を引き出すと、その中から羽を取り出した。

　グラディスが薄笑《うすわら》いを浮かべる。

「どうする？」

「決まってるでしょ！」

　おもいきり、ブリジットは羽を引《ひ》き絞《しぼ》った。しかし。グラディスは微笑んでいる。

「え……？」

　一瞬《いっしゅん》、頭が真っ白になる。なぜ彼は、苦しまないのか。

「可哀想《かわいそう》に。どこかでその羽の持ち主は、苦しんでるぞ」

　恐怖《きょうふ》がつきあがってきた。羽を放り出し、逃《に》げ出《だ》そうと尻《しり》で後ずさる。しかしその目の前に、グラディスが跪《ひざまず》いて顔を覗きこんできた。

「食事の邪魔《じゃま》だ」

　すこし、ほっとしていた。慕《した》った人間を十五年も待ち続けた、あの小さな妖精の命は助かる。

　百年でも二百年でも、たとえ相手が死んだと知っていても、待ちたいと思う気持ち。それがシャルにはよくわかる。だからあの妖精には生きて欲しかった。待ち続けたいのならば、永遠にでも待てばいいのだ。

　そして待ち続けて時を過ごすのか、それともまた歩き出すのか。

それは運命が導くのだろう。

シャルは庭に出て、晩秋の冷たい空気を感じていた。荒《あ》れた庭にも、明るい光が射していた。

左翼の作業場で、職人たちが動いている姿が遠く見えた。明日にでもキャットが仕事に加わる見こみがたち、彼らの意気もあがっている。

さやさやと風が吹《ふ》く。

雑木の枯《か》れた枝がこすれて鳴る。

背後に気配を感じた。自分に似た、ぴんと張りつめたような空気をまとうのは誰なのか、すぐにわかった。

「シャル」

グラディスだった。シャルの肩に、彼の手が触れる。

「気安く触《さわ》るな」

その手を払《はら》い、ふり返った。

「いい加減にしろ。おまえとお友だちごっこをする気はない。なんの目的で俺に近づく」

見すえると、グラディスはふっと笑う。

「綺麗な目だ」

「ふざけるな。斬《き》るぞ」

曖昧《あいまい》に微笑んでいたグラディスの雰囲気が、すっと変わる。微笑んでいるのだが、まるで獲物《えもの》を見つけた獣のような冷酷《れいこく》なものがにじむ。

「ふざけてはいない。わたしはずっと昔、何度も想像した。黒曜石の妖精の瞳はさぞ綺麗だろうとな。シャル・フェン・シャル。名前が聞けてよかった。聞かなければ、気がつかないところだった。……おまえが、わたしの探していた一人だということに」

眉《まゆ》をひそめる。

（探していた？）

「名前も、顔もわからない。けれどおまえが生まれたことは、わかっていた。だから探した。ようやくおまえがいる場所の見当もついた。けれど迎えに行こうとした途端に、戦乱でまた所在がわからなくなった。これではもう、永久に会えないと思っていた。諦《あきら》めて、百年以上経《た》って、まさか会えるとはな」

グラディスがあの暗い礼拝堂のことを語った時から、ある可能性があった。

その可能性を確かめる方法は、一つ。

「おまえの、ほんとうの名は？」

訊くと、グラディスはゆっくりと告げた。

「わたしの名はラファル・フェン・ラファル」

やはりという思いと、まさかという思い。それがよりあわされて全身に悪寒《おかん》が走る。

（ラファル・フェン・ラファル）

妖精は、生まれ出たものの持つエネルギーの響《ひび》きが名前になる。

知っている響きだ。すぐ近くに、かたわらに、ずっとあった響きだ。シャルにもわかるから、相手にもわかったのだろう。お互《たが》いの名前が、生まれる前から近くにあった存在の響きだということが。

「おまえの生まれた黒曜石は、朽《く》ちた剣の柄《つか》に嵌《は》めこまれていたはずだ。暗い礼拝堂の中に、隠されるように祀《まつ》られていた剣だ。そしてそこには、オパールと、ダイヤモンドも嵌めこまれていただろう？」

曖昧な色の大きなオパールを思い出す。シャルが生まれ出た黒曜石のすぐとなりで、輝いていた。

そのオパールには、妖精が生まれるほどエネルギーが充《み》ちていなかった。だから、そこから生まれる妖精はいないだろうと思っていた。

だが、あれは妖精が生まれ出たあとで、エネルギーが空になった状態だったのだ。

間違いない。

グラディスと名乗っていた彼、ラファル・フェン・ラファルは、シャルが生まれた礼拝堂の様子を知っていた。そしてなによりもその名こそが、ずっと昔に知っていた響きなのだ。

「わたしは、あのオパールから生まれた。我々が生まれたあの貴石は、選ばれてあそこに嵌められた。そのエネルギーがこごって、いずれそこから生まれる者を期待して選ばれた。わたしたちは生まれ出る前から、ともにあるべき者と決められていたんだ」

「誰が……」

ときおり思いを廻《めぐ》らせたことはある。あの剣の主は誰なのか。ラファルはなにかを知っているから、剣の柄にあった三つの石が選ばれたと言うのだろう。

「誰が選んだ？　あの三つの石を」

「剣の主」

「それが何者かを答えろ」

「焦《あせ》るな、シャル。知りたいことはなんでも教える。先に生まれたわたしは、おまえが生まれるのを待っていたんだ。エネルギーが充ちて時になれば、わたしはあの黒曜石を見つめて、おまえを誕生させようとさえ思っていた。生まれたおまえに、わたしが知ったあらゆることを教え、ともに歩もうと。だが不幸な偶然が重なって、それが叶《かな》わなかった。けれど我々はともにあらねばならない。こうして百年以上経って出会えたのも、その証かもしれない。わたしとともに来い。これは定められた運命だ」

　優しくいざなうように、ラファルは手を差し出す。

「なんだと？」

「人間とともに生きる必要はない。人間の支配をふりきって、わたしとともに来い」

　人間。その言葉で、明るい笑顔が脳裏《のうり》をよぎる。

（アン）

　混乱しかける思考がすっと落ち着く。

（なにを惑《まど》わされている？）

　様々なことを知りたいとは思う。だが今あるものとひきかえにしたいほど、知りたいわけではない。

リズとの過去にこだわり続けた百年が、いかにむなしい時間だったか今ならわかる。アンに教えられたのかもしれない。彼女は、常に懸命《けんめい》に生きている。大切なのは今で、そこから未来を望むことができる。彼女を見つめ、それを知った。

　リズに出会うよりも、もっと以前。シャル自身には記憶すらない自分の出生など、こだわるのは愚かだ。

　ふっと、シャルは笑った。

「運命？　馬鹿な。なぜおまえと行く必要がある？　俺には、おまえなど必要ないのに。俺の運命はおまえなど選ばない」

「人間に支配されたいのか？」

「俺の羽は俺の手にある。支配はされていない」

「だが人間から離れられないのは、結局、主人のない妖精だとわかれば、また妖精狩人《かりゅうど》に狩《か》られるからではないのか？　だからあえて、あの娘に仕えているのだろう」

「違う」

　するとグラディスは、にやりとする。

「そうか。違うか？　ならばわたしの読み通り、あの娘が可愛くて離れられないか？　それならばいい。あの娘は銀砂糖師だ。あれもわたしのものにすればいい。そうすればおまえは来るだろう」

「渡すつもりはない」

「なら奪おう。力ずくで」

「羽を小娘《こむすめ》に握られているにしては、たいそうな口をきくな。ラファル・フェン・ラファル」

　シャルは右掌を広げた。そこにきらきらと光の粒《つぶ》が集まる。

「どうかな？　できないと思うか？」

　ラファルは右掌を上に向け、腕を真横に伸ばした。そこに銀赤の光の粒が集まりはじめると、髪が頭頂部から毛先に向けて、さっと輝く赤色を帯びる。

　風圧に押されるようなエネルギーを、ラファルの全身から感じる。

　右手に細い糸のような刃《やいば》の束を握り、髪は銀赤に輝く。選品へ向かうペイジ工房の馬車を襲《おそ》い、シャルと対峙《たいじ》したあの妖精に間違いなかった。

「おまえか」

　シャルは歯噛《はが》みした。逃《に》げられた悔しさが甦る。

　オパールは曖昧さが性質だ。そこから生まれた妖精は、浴びる光や気分によって、輝きや色を変える。そして秘めた色は多彩《たさい》で、いつどんな色になるともしれない。

　銀赤は、ラファルの戦いの色か。

「おまえに斬られたあとは、さすがにこたえた。ここで初めてあった時には、ほんとうに戦うことができないほどに弱っていたが。銀砂糖子爵の砂糖菓子のおかげで、すっかり力が回復したよ。ご覧、こうやって戦えるようになった」

　シャルの手にも、白銀の刃が出現していた。それとともに、ぞくぞくとするような、よろこびに似た興奮がわきあがる。羽が緊張《きんちょう》し、硬質《こうしつ》な銀の輝きを帯びる。

「正体を現すとは。いい度胸だ」

唇の端を吊《つ》りあげる。

「今度こそ、逃げるな」

ラファルも笑う。

「さて、困った。普段《ふだん》なら逃げはしない。わたしを傷つけたおまえを、切り刻む予定だったが、状況が変わった。おまえは、わたしとともにあるべき者だ。わたしは、おまえを傷つけたくない。だから、わたしは圧倒《あっとう》的《てき》に不利だ。だからそのかわり、あの娘をもらう。そうすればおまえも、わたしのものになるだろう」

ラファルの言葉が終わるか終わらないかのうちに、シャルは身を低くして斬りかかった。ラファルは背後に大きく跳躍《ちょうやく》し、森の中に着地した。

それを追ってシャルも跳《は》ね、着地ざまに刃を真横に振るった。それをまた背後に跳《と》んでかわしたラファルは、手にした糸のような刃をしならせ、周囲の雑木をなぎ倒《たお》す。

頭上から襲ってきた木々をかわし、シャルは背後に跳んだ。すぐさま周囲に視線を走らせたが、ラファルの姿がない。

「あの娘はもらう」

声がした方に刃を振るったが、蔦《つた》が千切れて跳んだだけだった。舌打ちするシャルの耳に、くすくすと笑い声が響く。

「おまえはわたしとともに、あるべき者だ」

遠くこだまのように、声が聞こえた。そしてラファルの気配も声も、空気に溶けるようにすうっと消える。

まずいと感じた瞬間、シャルは駆け出した。

（アン！）

彼女は今、ノアのところにいるはずだった。森を抜《ぬ》け庭を突《つ》っ切《き》り、城館右翼の二階の部屋まで一気に走った。城館の中には明るい日が射しこみ、あまりに静かだった。

扉を開けた。

ベッドの脇《わき》に座りこみ、上掛けの上に伏せるようにして眠っているアンの姿があった。駆け寄り跪き、剣を持たない左手だけで思わず抱き寄せた。

「……え……シャル？」

寝ぼけたようなアンの声に安堵《あんど》し、彼女の首筋に顔を寄せる。甘い香りがする。間違いなくアンだ。

アンは、焦ったように身じろぎする。逃がすまいとその頭を片手で抱《かか》え、さらに強く抱く。

顔を寄せている彼女の首筋が、薄紅《うすべに》に色づく。

「シャル？　どうしたの？」

「おまえは、渡さない」

触れあった胸に、アンの鼓動《こどう》を感じた。

もともとラファルは、銀砂糖師を欲しがっていた。

そのうえシャルにとって、アンは特別な存在だ。それを気づかれてしまった。

周囲にラファルの気配はない。だが力を取《と》り戻《もど》した彼は、必ず近いうちにアンを手に入れようとするだろう。それは数時間後か、明日か、明後日《あさって》か。

（来てみろ。ラファル）

一瞬たりとも油断できない。戦う感覚を研《と》ぎすます。

（ずっとそばにいると、守ると誓った。誰にも、渡さない）

その時だった。空気を裂《さ》くような悲鳴が、城館の中を突《つ》き抜《ぬ》けた。窓の外で、驚いた小鳥の群が一斉《いっせい》に飛び立った。

六幕　✦　銀砂糖師と赤の王国

一章　作業再開

　ベッドの脇《わき》に座《すわ》りこみ、アンは上掛《うわが》けの上に顔を伏《ふ》せて眠《ねむ》っていた。ベッドには、十五年間主人を待ち続けた妖精《ようせい》ノアが健《すこ》やかな寝息《ねいき》をたてて眠っていた。砂糖菓《が》子《し》の力で、ノアの消えかかっていた命はつなぎとめることができた。

　部屋は冷たい空気と、静けさに包まれていた。明るい日《ひ》射《ざ》しが、窓ガラスを通して床《ゆか》に落ちている。

　新聖祭に砂糖菓子を間に合わせるために、これからアンにも大変な作業が待ち構えているはずだった。けれどペイジ工房《こうぼう》の助《すけ》っ人《と》として、キャットが来てくれる。そのことが大きな安心感となって、アンは眠ることができた。

　と、突然《とつぜん》だった。

　夢も見ずに、くたりと眠っていたアンの体が、いきなり強い力で引き寄せられた。

　誰《だれ》かの腕《うで》の中に抱《だ》かれる。頬《ほお》に当たる布地の感触《かんしょく》と、爽《さわ》やかな草木に似た髪《かみ》の香りはよく知っている。シャルだ。

　ぼんやりと目を開けると、シャルの黒いさらさらした髪が目の前にある。あまりにも突然のことだったので、これが夢か現実か、判然としなかった。

「……え……シャル？」

　すると背に回されていた腕の力がさらに強まり、首筋に温かい吐息《といき》が触《ふ》れた。それでようやく、これが夢でないことがわかった。徐々《じょじょ》に意識がはっきりすると、首筋にかかる息に耳が熱くなる。

「シャル？　どうしたの？」

「おまえは、渡《わた》さない」

切迫《せっぱく》した声だ。しかもシャルは、右手に剣《けん》を握《にぎ》っている。いつもと様子が違《ちが》う。これほど余裕《よゆう》のない彼を見るのは、はじめてだった。抱きしめる力は強く、まるでアンにすがりつくようだ。戸惑《とまど》い赤面しながらも不安になる。

「シャル？」

　その時、城館の中に悲鳴が響《ひび》き渡《わた》った。びくりとした。

（なに!?）

　アンを抱くシャルの腕の力が緩《ゆる》み、彼は顔をあげ厳しい表情ですぐさま立ちあがる。

「来い」

　短く命じると、アンの腕を摑《つか》んで立たせ駆《か》け出す。

「シャル!?　なにがあったの？」

　訊《き》くが、シャルはきつい表情のまま答えない。嫌《いや》な予感と不安が膨《ふく》れあがる。

　廊下《ろうか》に出るとエリオットの声が聞こえた。何を言っているのかまでは聞き取れないが、動揺《どうよう》した声で怒鳴《どな》っている。

　廊下を駆《か》け抜《ぬ》けて二階の小ホールに出た。手摺《てす》りから階下のホールを見下ろすと、玄関扉《げんかんとびら》が開きっぱなしになっているらしく、ホールは明るかった。ホールの様子に息をのんだ。

「オーランド!?」

　左翼《さよく》の作業場から飛び出してきたらしい職人たちが、ホールにうずくまるオーランドの周囲に集まっている。エリオットが青い顔で、オーランドを助け起こそうとしていた。

　キングもナディールもヴァレンタインも、棒立ちだ。ミスリルさえ声もなく、ナディールの肩《かた》の上にいるだけだ。

　シャルも一瞬《いっしゅん》立ち止まったが、すぐに階段を駆《か》け降《お》りる。

　オーランドに駆《か》け寄《よ》ったアンは、悲鳴をのみこむ。

　顔の左半分を片手で覆《おお》い、オーランドはうずくまっている。指の隙間《すきま》から血があふれ、顎《あご》を伝って床に落ちていた。血が、石床のひび割れを這《は》うように広がる。

「オーランド！　見せろ、傷を見せろ！」

　必死の形相で、エリオットがオーランドの肩を抱き、顔を覆う手を引きはがそうとしている。しかしオーランドは呻《うめ》き、手を動かそうとしない。

　生々しく血が滴《したた》り落《お》ちる様に、アンは呆然《ぼうぜん》とした。悪寒《おかん》が背筋を這いあがる。

　シャルは手にある剣を消すと、オーランドを挟《はさ》んでエリオットと反対側に膝《ひざ》をつく。

「エリオット。医者だ」

シャルに言われ、エリオットははっとしたようだった。すぐに職人たちにふり返る。

「医者を呼べ！」

怒鳴られて、職人たちも正気づいたらしい。ヴァレンタインが青い顔をしながらも口を開く。

「ルイストンの職人ギルドが利用する医者がいるはずです。呼んできます！」

焦《あせ》り、走り出そうとするのを、キングが呼び止める。

「待て、ヴァレンタイン。俺が馬を出してやるから乗れ」

キングとヴァレンタインが玄関から飛び出した。

エリオットはすこしばかり落ち着いたらしく、てきぱきと指示を出し始める。

「ナディール、ミスリル・リッド・ポッド、アン。ダナとハルに湯を沸《わ》かして清潔な布を準備するように伝えろ。あと消毒用の薬かなにかあれば、それを準備してもらえ。オーランドをベッドに運ぶ。シャル、手伝ってくれ」

シャルは頷《うなず》き、アンにきつい視線を向ける。

「おまえは、手伝うな」

「え？　なんで」

「説明はあとだ。俺から離《はな》れるな。一緒《いっしょ》に来い」

シャルはエリオットと一緒に、オーランドの体を抱《かか》えた。体を抱えあげると、オーランドは痛みのために声をあげた。

「すこし我慢《がまん》しろよ」

エリオットがなだめ、シャルとともに彼を部屋に運び始めた。

ナディールもミスリルも、アンと顔を見合わせる。

「いったい……なにがあったの？」

アンが訊くと、ナディールは強《こわ》ばった表情で首を振《ふ》った。

「わかんないよ。オーランドが休憩《きゅうけい》で外に出て行ったんだ。そしたら悲鳴が聞こえて、駆けつけたらあの様子だったから」

ミスリルが緊張《きんちょう》した様子で言う。

「シャル・フェン・シャルも様子がおかしい。アン。とにかく言う通りにして、あいつと一緒にいろよ。お湯や布、薬なんかは、俺とナディールでなんとかするから」

　確かに、シャルの様子は普段《ふだん》と違う。切迫感がある。

　アンは言われた通り、エリオットとシャルと一緒に、オーランドの部屋に入った。

　ベッドに寝《ね》かされたオーランドは顔の左半分を手で覆ったまま、歯を食いしばっている。エリオットは顔を覆う左手の手首を摑んで、あやすように優《やさ》しく言う。

「オーランド。傷を見せろ」

「……痛い」

　歯の隙間から絞《しぼ》り出すようにして、オーランドは言葉を発した。

「目が、痛い」

　エリオットの表情が曇《くも》る。

（目が？）

　職人にとって大切なのは、一番は指。そして次が目だ。もし目が傷ついているのだとしたら大変なことだ。

「誰にやられた」

　枕元《まくらもと》に立っていたシャルが訊く。その言葉にアンはぎくりとし、エリオットも、驚《おどろ》いたようにシャルを見る。彼はオーランドの怪我《けが》が、事故や不注意のせいだとは思っていないようだ。

「あいつだった……。街道《かいどう》で会った、赤い妖精」

「なんだって？」

　エリオットは周囲に視線を走らせる。アンも不安になり、思わず部屋の扉や窓を見る。

「安心しろ。奴《やつ》の気配は周囲にない」

　シャルは首を横に振り、眉《まゆ》をひそめる。

「おそらく、俺の背後から不意打ちを狙《ねら》ったんだろう。俺を追って城館の中に入ろうとして、オーランドと鉢合《はちあ》わせした。オーランドの声で俺に気づかれると判断して、腹いせにオーランドを傷つけてそのまま逃《に》げ出《だ》したんだ」

「どういうこと？」

　なぜ今頃《いまごろ》、あの妖精が現れたのか。予想だにしなかったことだ。

「シャルを追って……って。シャルはあの妖精を外で見つけたの？　どうして街道にいたあの妖精が、ホリーリーフ城に来たの？」

　もしあの妖精がシャルに傷つけられたことを恨《うら》んで彼を追ってきたのだとしたら、かなり執念深《しゅうねんぶか》い。そのことにぞっとするが、シャルはそれ以上に恐《おそ》ろしいことを告げた。

「あいつは、ここにいたんだ。グラディスと名乗っていた妖精が、あの赤い妖精だ」

　頭が真っ白になる。その次には全身に怖気《おじけ》が走る。今まで腕に抱えていた箱の中に、毒蛇《どくじゃ》がいたと知らされたような感じだ。

　さすがにエリオットも顔色をなくす。

「あいつが？」

沈黙《ちんもく》が落ちると、ベッドの上のオーランドが歯を食いしばりながらも言う。

「エリオット……」

　呼ばれてふり返ったエリオットの手を、オーランドはあいている方の手で摑む。

「あいつがグラディスなら……ブリジットは……」

「あっ……！」

　エリオットが立ちあがろうとするのを、シャルが片手で制した。

「俺が探しに行く。オーランドについていろ。アンは一緒に来い」

　アンの手首を握り、シャルは部屋を出た。シャルに遅《おく》れないように小走りになりながら、彼の横顔を見あげる。周囲に赤い妖精の気配はないと言っていたのに、シャルはひどく警戒《けいかい》している。

　右翼《うよく》一階の廊下を抜《ぬ》けてホールに出る。開いたままの大扉から射《さ》しこむ光に、床の血だまりがはっきり見えた。ナディールとミスリル、ダナとハルが、台所の方であわただしく布や湯の準備をしている音と声が聞こえる。

「あいつの狙いは、おまえだ。必ずまた襲《おそ》ってくる。おまえを捕《と》らえにくる」

　アンの手を引き、ホールの階段をのぼりながらシャルが言った。

「どうしてわかるの？」

「あいつはもともと、銀砂糖師を欲《ほ》しがっていた」

「ならコリンズさんやグレンさんも危ないじゃない⁉」

「おまえだ。おまえを捕らえれば、俺がおまえを助けようとするとわかっている。だからあいつが狙うのは三人の銀砂糖師のうち、間違《まちが》いなくおまえだ。おまえを餌《えさ》にして、俺をおびき寄せたがってる」

「じゃ、グラディスの狙いは銀砂糖師と、シャルなの？」

二階の小ホールを通り過ぎ三階まで一気に駆けあがりながら、シャルは頷く。

「どうしてシャルなの？　怪我をさせたから恨んでるの？」

「あいつの本当の名前は、ラファル・フェン・ラファル」

「名前。シャルと似てる」

その名の響《ひび》きに、アンは眉根《まゆね》を寄せる。

「あいつは俺と同じ場所で生まれたらしい。俺を仲間にしたいようだ」

「仲間ってなんの？」

「わからん」

右翼三階の廊下に踏《ふ》みこむと、シャルはいったん足を止めた。探《さぐ》るようにずっと先までを見通す。アンも彼に倣《なら》い、廊下の様子を確認《かくにん》する。異状はない。

しかしグラディスの部屋として割り当てられていた部屋の扉が、半開きになっていた。手を引かれるようにしながら扉に近づき、シャルとともに、半開きの扉から中を覗《のぞ》き込む。

窓の近くで、床に倒《たお》れ伏している人の姿があった。ブリジットだ。

「ブリジットさん⁉」

シャルの手の力が緩んだので、アンは彼の手を離れてブリジットに駆け寄った。上体を膝に抱えるようにして、抱《だ》き起《お》こす。

ブリジットに怪我をした様子はなく、体は温かい。生きている。ほっとした。

「ブリジットさん！」

シャルもアンの傍《かたわ》らに跪《ひざまず》く。

何度も名前を呼ぶと、ブリジットは小さく呻いて顔をゆがめ、ゆっくり目を開く。ブリジットはしばらくぼんやりと、アンの顔を見あげていた。

「ブリジットさん。大丈夫《だいじょうぶ》？」

ようやくブリジットの目の焦点《しょうてん》が合う。目をしばたたく。

「……グラディスが、銀砂糖子爵《ししやく》の砂糖菓子を盗《ぬす》んで食べた……。あの小さな妖精のための砂糖菓子を、勝手に。わたし、とめられなかった」

ブリジットは体を起こし、アンの手をふりほどくようにして床に座ると窓辺を指さした。

見ると太い窓枠《まどわく》に、フィッフのボードだけが置かれていた。

（ノアのための砂糖菓子が……）

美しい砂糖菓子には力がある。妖精の寿命《じゅみょう》を延ばし、力を与《あた》える。あれほど素晴《すば》らしい砂糖菓子が、人を騙《だま》し襲うような妖精の力になってしまったのだ。

「グラディスの狙いは、砂糖菓子だったの」

ブリジットは唇《くちびる》を噛《か》んで、シャルに視線を向ける。

「捕《つか》まえて。グラディスはわたしのこと、殺す価値もないって言った……あいつ。捕まえて」

「逃《に》げた」

シャルが答えると、ブリジットは急に力が抜けたように床に両手をついてうつむく。

アンは、そっと声をかけた。

「怪我してませんか？」

ブリジットは力なく、首を振るだけだ。

一階の方からナディールたちが騒《さわ》ぐ声が聞こえる。消毒薬がないだの、布をもっと用意しろだのと言っている。その声にブリジットが顔をあげた。

「なにかあったの？」

疲《つか》れたような表情と声に、彼女にこれ以上の衝撃《しょうげき》を与えるのは酷《こく》だと思え、言葉に詰《つ》まった。しかし。

「オーランドが襲われて、左目に怪我をした」

躊躇《ためら》いなくシャルが告げる。

「シャル！　今はまだ」

アンは焦って言葉を遮《さえぎ》ろうとしたが、シャルは冷徹《れいてつ》に言う。

「いずれ知れる。そして知る必要がある。襲ったのはグラディス。あいつの正体は、街道で砂糖菓子職人を襲っていた妖精だ」

「オーランドの目が……？」

目を見開いたブリジットに、シャルは頷く。なにか言葉を紡《つむ》ごうとして、ブリジットの口はわずかに動いたが声にならなかった。

「でも、ブリジットさんだけでも怪我がなくてよかった」

ブリジットの肩に触れたが、彼女はアンの手をふり払《はら》った。

「やめて！　わたしの……わたしのせいなのに!!」

両手を床につき、肩をふるわせた。

シャルは静かにそれを眺《なが》めている。責めているのではなく、ただ仕方ないことだと見守っているようだった。下手な慰《なぐさ》めは通用しないと、わかっているのだろう。

「……あの妖精をここに連れてきたのはブリジットさん。それは間違いないです」

アンは静かに口にした。ブリジットは顔をあげた。涙《なみだ》に濡《ぬ》れたそこには、傷ついたような表情がある。

事実は理解していても、それを他人に「そうだ」と言われるのはつらい。けれど「そうじゃないよ」という誤魔化《ごまか》しも、よけいにつらいはずだった。

「ブリジットさんは彼に騙されて、連れてきた。けどブリジットさんだけじゃない、みんな騙されてた。ブリジットさんが騙されたからって、ブリジットさんのせいじゃない。騙されたのが悪いとか、責任があるとか、そんなことはない」

事実は、認めるしかない。けれどそれで誰が悪いとか責任があるとか、そんなことは考える必要がない。そもそも立場が違えば人によって、悪い人、責任がある人は変わるはずだ。

ブリジットにしてみれば、騙された自分が悪いのかもしれない。

けれどアンにしてみれば、おなじ女の子としてブリジットの傷ついた心が理解できたのに、それをどうすることもできなかった自分が悪い。

また別の誰かにしてみれば、一度対峙《たいじ》した相手を見《み》抜《ぬ》けなかったシャルが悪いと思うかもしれない。

　グレンやエリオットの、今までのブリジットへの接し方が悪かったから、こうなってしまったと思う者もいるかもしれない。

「でも結局、わたしのせい……！」

　声を荒《あら》らげかけたブリジットの両肩《りょうかた》を、アンは強く握った。

「自分のせいだとか、思うのはやめてください！」

　強い口調に、ブリジットはびっくりしたように口をつぐんだ。

　アンはブリジットから、視線をそらさなかった。

「そんなこと思う癖《くせ》がついてたら、なにかがあった時、誰のせいなのかって思ってしまう。そしたらその人を責めたくなる。でもそんなことしても、なにかがよくなるわけじゃない」

「ひどいじゃない」

　ブリジットは顔をゆがめた。

「自分を責めるのも駄目《だめ》なら、じゃあ、どうすればいいのよ」

　問われても、アンにもどうすればいいかなんて明確な答えはない。

「よくわからないけど。考えればいいんじゃないかと思うんです。今あることで自分を責めたくなるなら、今あることをどうすれば、もっとよくなるのか」

「考える？」

「ブリジットさんは、わたしなんかよりもずっと頭がいいから。考えれば、きっと答えがわかります」

　強ばっていたブリジットの体から力が抜けて、肩が落ちた。

「ブリジットさん？」

　アンが両肩から手を離すと、ブリジットはぐらぐらしながらも立ちあがった。視線は宙にすえられて、どこかぼんやりしている。ふらりと歩き出し、部屋を出て行った。

　ブリジットの細い背中は頼《たよ》りなくて不安だった。

（でも。きっと考えてくれる）

　信じようと思った。

（だってブリジットさんは、真っ先に砂糖菓子のことを言ったもの）

目を覚ましたブリジットは、真っ先に砂糖菓子のことを告げた。

おそらくラファルが砂糖菓子を自分のものにしてしまったことが悔《くや》しかったのだろう。ブリジットは砂糖菓子への畏敬《いけい》の念を確かに持っていて、それを守りたいと思うから悔しがってくれた。

そんな心を持っている人は、崩《くず》れ落《お》ちるだけの人間ではないはずだ。

オーランドは、左目の真上から頬にかけて縦に斬《き》られていた。ヴァレンタインとキングが呼んできた医者は腕がよく、傷を手早く縫合《ほうごう》してくれたので血はすぐに止まった。

しかし眼球が傷つけられていた。左目はおそらく光を失うだろうと医者は告げた。

オーランドは傷の痛みのためにぼんやりしているらしく、その事実を聞かされても曖昧《あいまい》に頷いただけだった。そして処方された薬を飲んで、痛みがやわらいだのか、眠った。

オーランドが左目の光を失うと聞いたキングとヴァレンタイン、ナディールの三人の方が、本人よりも衝撃を受けたようだった。いつも陽気で騒がしい彼らが、ほとんど口を開かなかった。

午後をまわって、アンとミスリル、そしてキング、ヴァレンタイン、ナディールは、左翼二階の、銀砂糖をひきなおしている石臼《いしうす》が置かれた作業場に集まった。どこか呆然としている職人たちに、集まれと命じたのはエリオットだった。

五つの石臼の周囲には、さらさらの粉になった銀砂糖が山になっている。そしてそれを入れる樽《たる》も運びこまれている。職人たちがずっと続けていた作業の成果だ。それらを見回すエリオットの顔は、いつもよりわずかに沈《しず》んでいるようだった。しかし冷静に切り出す。

「オーランドの怪我が心配なのは、俺も同じだ。あの妖精が、アンを狙ってくるかもしれないってのも不安だ」

　オーランドに怪我を負わせた妖精の正体と目的を、職人たちはシャルから聞かされた。

　職人たちはそんな妖精を連れこんだブリジットに対して怒《いか》りをあらわにしたが、それも一瞬だった。彼らには、怒《おこ》っている時間ももったいない。

　もうすぐ助っ人のキャットが来る。これで新聖祭に間に合う見込みが立ったとよろこんだ矢先に、オーランドが働けない状態になったのだ。希望を見いだした直後だっただけに、落胆《らくたん》は大きい。

　それをわかっているのだろう。エリオットは、できるだけ落ち着いた口調で続ける。

「妖精のことは、シャルがアンを守ってくれると保証してくれた。だから任せよう」

　彼が視線を向けた先は、開け放した扉の向こうに見える廊下だった。廊下の窓枠にもたれるようにして、シャルがこちらを見守っている。

「もうすぐキャットが助っ人に入ってくれるが、オーランドの抜けた穴を埋《う》めるだけだからね。他に助っ人のあてがない今、これが俺たちの手持ちの職人と時間の限界だ」

　キングとヴァレンタイン、ナディールが、さすがに不安そうに顔を見合わせた。

「できるか？　みんな、続けるつもりはあるのか？　今ならまだ、銀砂糖子爵に銀砂糖を融通《ゆうずう》してくれるように頼《たの》める。来年からの選品で不利にはなるし、工房の評判も今ひとつあがらないかもしれないが、とりあえず切《き》り抜《ぬ》けられる」

　確かに、とりあえず切り抜けることはできる。けれどせっかく摑んだこの機会は生かせない。

　各派閥《はばつ》の本工房の実力は、今回の選品でよく理解できた。マーキュリー工房もラドクリフ工房も、さすがによい砂糖菓子を作る。ペイジ工房は今回、危《あや》ういところで勝てたのだ。

　それを考えれば、来年から不利な条件を持って選品にのぞんだのなら、勝てる可能性はかなり低くなる。ほとんど不可能かもしれない。

　ここを切り抜けたところで、結局ペイジ工房はじりじりと追《お》い詰《つ》められていく。

　オーランドはアンがペイジ工房に来るまで、職人頭をしていた。アンが新しい職人頭になったとはいえ、長年職人頭として頼りにしてきたオーランドの存在は彼らにとって心理的な支えだったのだろう。その彼が抜けたことは、職人たちにとって大きな衝撃に違いない。

　オーランドが左目の光を失うと聞けば、アンも冷静ではいられない。何ができるわけでもないのに、彼のことばかりがぐるぐると頭の中を廻《まわ》りそうになる。

（でも、やらなきゃ）

　ここで妥協《だきょう》をしたら選品に出た意味も、勝った意味もなくなる。

　背筋を伸《の》ばし、決意をこめて顔をあげた。

「やります」

　はっきり言い切った。アンだって不安だ。もし間に合わなかったらどうしようかと、泣き出したいような気持ちだ。

　けれどオーランドにかわって、自分は職人頭となれと命じられた。アンはそれを受けたのだ。こんな時こそ、彼の代わりができないようでは無様すぎる。

「絶対やれます。ね、みんな」

　そう言ってから、三人の職人にすこし笑ってみせた。うまく笑えたか不安だったが、それでもそれに応えるようにナディールがにこりとした。

「……うん。……そうだね。やるよ」

　それに勇気づけられたように、ヴァレンタインが微《ほほ》笑《え》む。

「ええ。ここを無難に切り抜けても、未来はない」

　キングがふっと笑う。

「職人頭がやる気なら、やるぜ」

　エリオットが安心したように、いつもの笑《え》顔《がお》を見せた。

「んじゃ、作業再開だねぇ」

　エリオットは引き続き銀砂糖を乾燥《かんそう》させる作業に入り、キング、ヴァレンタインとナディールが、石臼で銀砂糖を粉にひく作業を続ける。

　アンは力が弱く、石臼を一人で動かすのには無理がある。そこでできあがった雪の結晶《けっしょう》の砂糖菓子を、円錐《えんすい》の塔《とう》に組みあげる作業をすることになった。

ミスリルとともに一階におりると、結晶を組みあげ作業のために準備した部屋に移した。

床に広げた布の上に結晶を並べ、大きさや色みを一目で選べるようにした。

円形の砂糖菓子の台座を前に、アンは跪く。

大きな雪の結晶を手もとにいくつか引き寄せ、それを慎重《しんちょう》に斜《なな》めに立てて台座に固定していく。

台座に固定する部分には、ゆるめに練った銀砂糖を使う。石の器《うつわ》に入れたそれを、ミスリルがすかさず差し出してくれる。細い枝のような道具ですくい、台座と結晶を目立たないように固定する。

(オーランドの左目は、ほんとうに見えなくなるの?　職人として仕事は続けられる?)

(この職人の数で、間に合うの?　やるしかないけど、間に合うの?)

(あの妖精は襲ってくるの?　また誰かが傷つけられたら……。怖《こわ》い……)

作業をしながらも、油断すると様々なことを考えてしまう。いけないと思い、軽く両手で頬をたたく。ふと、視線を感じた。

アンが作業をする部屋の扉は開かれており、廊下には窓辺にもたれかかったシャルがいた。彼は見守ってくれている。

(集中しなきゃ)

見守ってくれていると強く感じることで、少し落ち着く。改めて砂糖菓子に向き合う。アンが砂糖菓子に手を伸ばすと、シャルは少し安心したように視線を窓の外へ向けた。

しばらく無心になって組みあげをしていた。台座の周囲をぐるりと結晶で囲み、ほっと息をついた時だった。

廊下の窓辺から外を見ていたシャルが、不審《ふしん》げな顔をする。

「アン。客のようだ。おまえにだろう」

どことなく不機嫌《ふきげん》な声で呼んだ。

「お客?」

作業のきりがよかったので、立ちあがってシャルのとなりに行って窓の外を見た。

「キース？」

意外な客人だった。

丘《おか》を降りる坂道のはじまるあたりに、品のよい膝丈《たけ》の上衣《うわぎ》を身につけ、柔《やわ》らかいタイを首に結んだ、貴公子然とした青年がいる。前銀砂糖子爵の息子《むすこ》キース・パウエルに違いない。しかし彼はどうしたことか、身を隠《かく》すようにして木の陰《かげ》にいる。

彼は窓越《ご》しにアンの姿を見つけたらしい。手招きをはじめた。

「さっきあそこに現れて、俺の姿を見つけるなり、身ぶり手ぶりで何か言ってる」

なにやらキースは必死に手招きして、静かにしろとでも言うように、しきりにひとさし指を唇に当てる。

「どうしたんだろう。来いって、言ってるの？」

首を傾《かし》げると、肩に乗るミスリルも胡散臭《うさんくさ》そうに言う。

「なんで堂々と入ってこないんだ？」

「なにか事情があるのよ、きっと。行ってみる」

ラファルを警戒するシャルは、アンを一人で行動させないことに決めたらしい。アンが歩き出すと、当然のように一緒についてきた。

玄関を出て庭を突《つ》っ切《き》り坂道のところまで来ると、木の陰からキースが顔を出した。

「よかったよ気がついてくれて。ありがとうシャル。久しぶりだね。自由になってるみたいで、安心した。アンも、ミスリル・リッド・ポッドも、元気そうだね」

いつもの柔らかな笑顔で迎《むか》えてくれる。

「どうしたの？　キース。こんなところに。入ってくればいいのに」

訊くとキースは、辺りを気にするように視線を走らせ、城館から見えにくい藪《やぶ》に入るようにアンの背を押《お》して誘導《ゆうどう》した。

「ここの職人たちに歓迎《かんげい》される身じゃないからね、僕は。遠慮《えんりょ》したんだ。ほんとうなら来るべきじゃなかったけれど、心配で」

「心配ってなにが？」

「銀砂糖が固まってるだろう？　ラドクリフ工房も大《おお》騒《さわ》ぎだよ。新聖祭の予備の砂糖菓子を準備しているマーキュリー工房は、配下の、被害《ひがい》を受けていない工房から銀砂糖を集めて作業を進めてる。ペイジ工房にはそれほどたくさんの配下がないから、銀砂糖を確保しようと思えば、銀砂糖子爵からラドクリフ工房に『ペイジ工房に銀砂糖を融通しろ』と命令が下るはずなんだ。けれどそれがないから、ペイジ工房はまさか銀砂糖をひきなおして使う気じゃないかと思って」

「その通りよ。他の工房には頼らないことに決めたの」

　それを聞くとキースは眉をひそめ、苦い表情で断言した。

「無茶だよアン。職人が余るほどいるのならまだしも、たった六人で。砂糖菓子を作るだけでもぎりぎりだろう？　このうえ銀砂糖まで自前で準備していたら、絶対に間に合わない」

「間に合わせるわ。もうすぐキャットも助っ人に来てくれるの」

「ヒングリーさん一人が増えたって、ほんとうに間に合う？　アン、冷静になって。間に合わなければペイジ工房はつぶれる。派閥がなくなるんだ。それよりも今回は銀砂糖子爵に頼んで銀砂糖を融通してもらって、新聖祭に間に合わせたほうがいい。来年からの選品では不利になるかもしれないけど、それでも……」

　そこでキースは言葉を切り、少し迷うようにしながらも続けた。

「僕がこんなことを言えた義理じゃないのは、わかってる。僕がペイジ工房の凋落《ちょうらく》の原因の一つになったんだから。けど、父が修業《しゅぎょう》して愛した派閥が消えるのは、見たくないんだ」

　仕事を抜けて、キースはわざわざ来てくれたのだろう。彼はペイジ工房ではなくラドクリフ工房で修業することを選択《せんたく》したが、それでも父親の出身派閥に対する尊敬や愛着があるのだ。それが嬉《うれ》しかった。

「ありがとう、キース。でももうコリンズさんとも、決めたことだから」

「あの人、ほんとうに真剣《しんけん》に物事を考えてくれるのかい!?」

珍《めずら》しくキースが強い口調で言った。

「ひどいねぇ。キース」

笑いを含《ふく》んだ声に、キースもアンもぎょっとなった。ミスリルも驚いたようにふり返ったが、シャルは先刻承知だったらしく、ちらりと背後に目を向けただけだ。

背後の藪をかき分けて、エリオットがひょこりと顔を見せた。

「こんなところに隠れなくても、入ってくればいいのに。照れ屋さんだねぇ」

ばつの悪さにだろう、キースはすこし頬を赤らめる。

「あなたに見つかりたくなかったからです」

「嫌《きら》われちゃったみたいだね。でも見つかりたくないなら、あんな場所で飛《と》び跳《は》ねて、人目をひいちゃ駄目だよ。二階にいる俺の方がよく見えるんだから、一階のアンが気がつく前に俺に見つかっちゃうじゃない？」

エリオットは腰《こし》に手を当てると、面白《おもしろ》がるようにキースの目の前に立つ。

「あなたが二階にいるとは思いませんでした。作業場は一階だと銀砂糖子爵から聞いていたので」

あくまでも上品なキースは、不機嫌さを隠すように無表情で言った。するとエリオットは、にっこりした。意外な反応に、キースは戸惑ったように視線を泳がせる。

「なんですか？」

「ペイジ工房のこと心配してくれてるんだねぇ」

「いけないことですか？」

「いや。どっちかって言うと嬉しいよ。でもそういうことは、隠れてやっても意味ないと思うんだよねぇ。せっかくの思いも相手に伝わらなきゃ。ま、おいでよ。歓迎するから」

エリオットはキースの腕を摑んだ。くるりと方向転《てん》換《かん》すると、ずんずん歩き出す。

「ちょっと待ってください！」

あわてるキースを意に介《かい》さず、エリオットはぐいぐいと彼を引っぱっていく。

「コリンズさん、キースをどうするつもりですか？」

アンが大あわてで追いすがると、彼はにやりとした。

「見てもらおうじゃない？　ペイジ工房の仕事ぶりを

さ」

「え？」

「待ってください。僕はペイジ工房の職人たちを不愉《ふゆ》快《かい》にさせないように、わざわざ……」

「いいから、いいから」

　なにがいいのかわからないが、エリオットはそのままキースを城館の中に引っぱりこみ、正面階段をのぼって左翼二階に連れて行った。そして石臼が置かれた部屋の前に、キースを立たせる。

　そこまで来ると、もうキースも観念したらしい。困《こん》惑《わく》した様子ながらも、おとなしくなった。

　キースは、自分はペイジ工房を裏切ったと思っている。

　一方のペイジ工房の職人たちは、キースを裏切り者だと思うのはお門違《かどちが》いとわかっている。わかっていながら、感情的にキースに見捨てられたと感じているらしい。

　両者のことを思って、キースはあえて彼らに見つからないようにここに来たのだろう。エリオットはその彼の心遣《こころづか》いを、ぶちこわすつもりだろうか。

　部屋の中にいる三人の職人は、一心に石臼を動かしていた。出入り口にアンたちがやってきたことにも、気がつかないらしい。

「見ててごらん。いつ気がつくと思う？」

　エリオットがキースの耳に囁《ささや》く。

　キースは驚いたように、職人たちの動きを目で追っている。

　職人たちの気迫《きはく》を、アンもひしひしと感じていた。彼らの気迫は、職人としての誇《ほこ》り高《たか》さから来るものだ。けしてできないと言わず、限界まで、可能な限り、仕事をする。安易に人に頼らず、自分の腕で仕事をやり遂《と》げようとしている。

　キースにも理解できるはずだ。彼らの誇《ほこ》りと、熱意を。

　しばらく経《た》っても、職人たちは出入り口に人が立っていることに気がつかない。キースが居心地悪《いごこちわる》そうにエリオットを見やると、彼は片方の目をつぶってみせる。

「俺たちは自分たちの力でやろうと決めた。できると信じてる」

そう言うと、いきなり大きな声を出した。

「おーい、おまえら」

その声に三人の職人がようやく動きを止めて、こちらを見た。

キースの姿を見て、ナディールとヴァレンタインが意外そうな顔をした。キングだけが首をひねる。

「エリオットかよ。なんだ？　その坊主《ぼうず》は」

ヴァレンタインが、苦笑《くしょう》しながら教える。

「坊主は失礼ですよ、キング。彼は前銀砂糖子爵エドワード・パウエルさんのご子息です」

キングの眉が、きゅっと吊《つ》りあがった。

「へぇ。噂《うわさ》の、例の奴か。なにしにきたんだ？」

「僕は……」

言いよどむキースの言葉を遮るように、エリオットが前に出る。

「銀砂糖がこんなことになってるからねぇ、心配して様子を見に来てくれたんだよ」

「え？　なんで心配してくれんの？」

ナディールの大きな目で見つめられ、キースは困ったように答えた。

「それは……ペイジ工房は、父が大切にしていた場所ですし」

キングとヴァレンタインは、ちょっと驚いたように顔を見合わせた。

「て、ことで。心配はいらないってわかったよねキース。んじゃ、行こう。邪魔《じゃま》したな。みんな作業を続けろ」

キースの背を押し、エリオットは彼を小ホールに導いた。アンは二人について歩きながら、エリオットが何をするつもりなのかぼんやりと理解できた。アンと並んで歩くシャルをちらりと見ると、彼は面倒《めんどう》なことだと言いたげに、軽く肩をすくめる。

小ホールに出ると、エリオットは立ち止まった。そして笑いながらキースの顔を覗き込む。

「どう？　まだ心配？」

しばらく考えてから、キースは口を開いた。

「心配です」

「おっと、言うねぇ」

エリオットはおどけてよろめいてみせたが、キースはまじめな顔を崩《くず》さない。

「けれど……信じたいと思います。職人の仕事ぶりを」

「よかったよ。そう思ってくれて」

「それでも、職人を増やす算段はするべきです」

「できれば、やってるけどねぇ。どう、キース。いっそうちで働く？　ラドクリフ殿《どの》のところは辞《や》めちゃってさ。実はキャットを助っ人に頼んでるんだけど、うちの職人が一人怪我をしたんだ。助っ人頼んでも人数が増えなくてね、困ってんのよ」

「できません。僕は裏切り者です。僕の決断でペイジ工房は……」

エリオットが突然、ははははっと陽気に笑った。

「キースって結構、自意識過剰《かじょう》だねぇ」

「どういう意味ですか」

さすがにむっとしたように問い返したキースに、エリオットはやんわりと告げる。

「君の決断一つで、ペイジ工房が一気に傾《かたむ》くわけないじゃない？　積み重なったものがあって、キースの件が噂になった。キースの決断を『ペイジ工房に入らないなんて、あいつは馬鹿な決断をしたな』って世間に言わせられなかったのは、俺たちの責任だ」

キースはきょとんとした。

「ついでに言えば、君は前銀砂糖子爵の息子だからって、ペイジ工房で特別扱《とくべつあつか》いされるとか思ってた？　それも自意識過剰だよ。悪いけど、うちでエドワードさんのことを知ってるのは、俺とオーランドとグレンさんくらいだ。俺もオーランドも、エドワードさんがいた時にはまだガキだったから、あの人が偉《えら》い人になったんだってことはぴんと来なかった。うちの職人は、砂糖菓子の細工の腕だけを信頼《しんらい》してるから、前銀砂糖子爵の息子なんていわれても、そうですかで終わっちゃうよ。ラドクリフ殿の方が、よっぽどこだわるんじゃない？」

ペイジ工房の職人たちは、ラドクリフ工房を選んだキースがペイジ工房を見限り、見捨てたと感じている。

けれど実際キースは、父親の足跡《そくせき》をたどるのを嫌っただけで、ペイジ工房に愛着がある。それを職人たちにも知らせる、これはいい機会だ。

　そしてキース自身の罪悪感も、必要ないものだと知らせることができる。

　工房をうまく回すために、エリオットは常にいろいろなことを考えているのだろう。彼はやはり、工房の長《おさ》となるべき人間だ。その力量と自覚を持っている。

　しばらくびっくりした顔をしていたキースだったが、そのあとエリオットから視線をそらす。

「失礼を承知で言います。嫌な人ですね、コリンズさん」

「よく言われるねぇ」

　キースは軽くため息をついて、アンに向きなおった。

「ごめんね、アン。余計なお世話だったね」

「ううん。そんなことない。心配してくれるのは、ありがたかった。嬉しかった」

「君たちの仕事を手伝ってくれそうな職人がいたら、教えるよ」

続けてキースは、礼儀正《れいぎただ》しく頭をさげる。

「余計なことをしました。失礼します、コリンズさん」

「で、どう？　うちに来たりしてくれる？　これってスカウトなんだけど」

「無理です、僕は。父は尊敬していますしペイジ工房には存続して欲しいけれど、やっぱり父の真似《まね》をするのは嫌なんです。ペイジ工房には入りません」

　身を翻《ひるがえ》して、キースは足早に城館を出て行った。その背中が、どこか恥《は》じいっているようだった。

「残念〜。ふられちゃったぁ〜」

　エリオットはキースを見送ると、歌うように言いながら、どこか楽しそうにぶらぶらと砂糖菓子を乾燥させる部屋に帰っていった。

「キースの奴、気の毒に。エリオットにいじめられたな」

　ミスリルは心底同情したようだ。さらに重ねてシャルが言う。

「垂れ目が一枚うわ手だ。坊《ぼう》やの負けだ」

妖精たちの感想に、アンは苦笑した。

「そうかもね」

二章　国教会の危惧

「アン！　さあ、起きて！」

　翌日の朝。はつらつとした声とともに、いきなりカーテンが開かれて部屋いっぱいに明るい光が射《さ》しこんだ。突然《とつぜん》のまぶしさに呻《うめ》いたアンは、もぞもぞと毛布の中に潜《もぐ》りこもうとした。

　昨日も作業のために、眠《ねむ》ったのは真夜中過ぎ。いつもならばそれでも、なんとか起きられる。だが昨日の朝は、銀砂糖子爵《ししゃく》ヒュー・マーキュリーとの勝負があった。そのため前夜はほとんど徹夜《てつや》だった。そして徹夜明けでぼんやりして、うたた寝《ね》しているところにラファルの事件だ。

　精神的な打撃《だげき》は相当だったし、その後も、オーランドが仕事ができない状況《じょうきょう》に焦《あせ》りが募《つの》り、とても自分だけ休む気になれなかった。結局他の職人たちと一緒《いっしょ》に、真夜中過ぎまで仕事をしていたのだ。

「起きて！　アンも、ミスリル・リッド・ポッドも。シャルも！」

潜りこもうとしていた毛布が、ひっぺがされた。全身を襲《おそ》う冷気に、アンは身震《みぶる》いして縮こまった。一緒のベッドに寝《ね》ていたミスリルは、横で大いびきをかいている。

またもや、毛布をひっぺがす音がした。誰《だれ》かが、長《なが》椅子《いす》で寝ているシャルの毛布をはぎ取ったのだろう。

昨夜からシャルは、アンの部屋で寝ることになった。ラファルを警戒《けいかい》してのことだ。するとミスリルも「うらやましい」と騒《さわ》ぎ、アンの部屋で眠った。

用心のためとはいえ、これほど部屋がある城館で三人まとまって眠っているのがおかしくもあり、なんとなく嬉《うれ》しくもある。

「さあさあ！　朝ご飯ですよ。ほら、シャルも！」

こんなに元気なのは、誰だろうか。怪我《けが》をしているオーランドでも、疲《つか》れ切《き》っている職人たちでもない。グレンや、ましてブリジットでもない。ダナやハルは、もっと遠慮《えんりょ》がちだ。

そこでようやく思い出す。

昨日の朝まで今にも消えそうに弱っていたのに、夕方からぐんぐん元気になって、やたら血色のいい顔になった薄紫《うすむらさき》の髪《かみ》の可愛《かわい》らしい妖精《ようせい》。ノアだ。

ノアはヒューに作ってもらったフィッフの砂糖菓子《がし》が奪《うば》われたことには、ひどく落胆《らくたん》していた。けれど新聖祭が終わったらアンが銀砂糖子爵に指導を乞《こ》い、あれと似たものを作ると約束すると、途端《とたん》に明るい顔をした。そして前夜は、空き部屋になったミスリルの部屋に移り眠ったはずだった。

（よかった。とっても元気になった）

声をかけようと思うのだが、目が開かない。ものすごく寒いのに、起きあがれない。

「僕は今日から、ダナとハルの二人を手伝って、この城で働くからね！　まずみんなを起こすのが、僕の役目だよ。決めたんだ。これだけは僕、昔からきちんとできたから。なにしろずっとがんばって起きろ起きろと言えばいいんだから。ハーバート様もものすごい寝《ね》坊《ぼう》だったけど、僕がちゃんと起こしてたよ」

くるくるとその場で踊《おど》り出しそうなほど、ノアは楽しげだ。

「うるさいな。朝っぱらから」

騒がしさに、さすがのミスリルも動き出す。その場に座《すわ》ると、ごしごしと目をこすっているらしい。

「……元気だな。ノア」

シャルが、とてつもなく嫌《いや》そうな声を出す。

「元気だよ！　こんなに自分の体がしゃんとしてるのなんて、何年ぶりかな？　そのあたりを飛《と》び跳《は》ねることができるくらい元気だよ。やってみせようか？」

「……よかったな……だが、飛び跳ねなくていい」

物憂《ものう》げに答え、シャルはアンのベッドに近づいてきたようだ。衣擦《きぬず》れの音がすぐ近くでする。

「アン。起きろ」

「……ごめん……。だめ。起きられない……もうちょっとだけ……」

か細い声で答えた。

「起きたほうがいい。俺はかまわんが、下穿《したば》きが見えてる」

「…………え？　……え、え――っ!?」

事実を認識《にんしき》するまで、数瞬《すうしゅん》。雷《かみなり》に打たれたように一気に目が覚めた。跳《は》ね起《お》きてベッドの上に座り、あわてて寝間着《ねまき》の裾《すそ》を押さえた。

「み、見た!?」

真っ赤になって、ベッドの脇《わき》に立つシャルを見あげた。

アンが身につけている下穿きは、ふんわりと膨《ふく》らんで腿《もも》の辺りまでを覆《おお》い、絞《しぼ》った裾に木綿《もめん》のレースがついているものだ。特別恥《は》ずかしいしろものではない――と、思う。思いたい。

しかしお行儀《ぎょうぎ》悪くそんなものが見えていた事実が恥ずかしい。足も丸見えだっただろう。

「相変わらずのかかし頭だな、アン。見たからシャル・フェン・シャルが教えたんじゃないか」

ミスリルが呆《あき》れたように言う。

「見たんだ……ひょっとしてミスリルも……」

「気にするな！　足と下穿き以外は、見えてないぞ！」

「全部見えてるじゃない！」

アンはさらに赤くなった。シャルがくすっと笑う。

「一人前に恥ずかしいか？」

「それは当然……」

「安心しろ。おかしな気分を起こさせるような、いいものじゃなかった」

平然と言われ、それはそれでがっくりする。

ノアはアンたちが起きると、今度は三階のエリオットを起こしに行くと言って張り切って出て行った。

カーテンの陰《かげ》で着替《きが》えを済ませ、髪を編んでいると、キングの大声が一階から聞こえた。

「おい、あれキャットじゃないか!?　キャットだぜ！」

「キャット!?」

アンは思わず笑顔《えがお》になった。

「まさか、こんなに早く！」

急いで髪を編み、シャルとミスリルと一緒に部屋を飛び出すと、階段でエリオットと鉢合《はちあ》わせした。

「よっ、おはよう。三人とも」

赤い髪についた寝癖《ねぐせ》を撫《な》でつけながら、階段を早足で降りてきたエリオットの表情も嬉しげだ。途中《とちゅう》まで階段をのぼってきたナディールが、せきこんで庭の方を指さした。

「アン、エリオット！　庭に馬車が来て、男の人が荷物もって、玄関《げんかん》に向かってきてるのが窓から見えた。俺、キャットさんの顔は知らないけど、エリオットが言ってた雰囲気《ふんいき》そのまんまだよ。キャットさんだよ、たぶん！」

「一緒に小さな妖精はいる？　若草色の巻き毛の可愛らしい子」

ナディールは元気よく頷《うなず》く。

「ミスリル・リッド・ポッドと同じくらいの大きさの若草色の巻き毛の妖精が、肩《かた》に乗っかってたよ」

「じゃ、間違《まちが》いないわ！」

みんなで階段を降り、玄関扉《とびら》に向かった。はやる気持ちを抑《おさ》えきれずに、アンは一番に玄関扉を開けた。

「おわっ!!」

開けた途端に、玄関扉前に立っていた人物がびっくりしたようにのけぞった。彼の顔を見ると嬉しさが隠《かく》せず、アンの声は弾《はず》む。

「キャット！」

ほっそりとした体つきと、灰色がかった髪。吊《つ》りぎみの青い目。身につけているものは袖口《そでぐち》にレースがあしらわれた洒落《しやれ》た上衣《うわぎ》と、襟元《えりもと》に刺繍《ししゆう》を施《ほどこ》したシャツ。どこか貴族的な雰囲気のある立ち姿。彼は意外にもお洒落《しやれ》だし、黙《だま》っていれば品がいい。

「てめぇら、どんだけ陰気《いんき》くせぇところで仕事してやがるんだ。なんの冗談《じようだん》だ。この城は」

顔をあわすなり挨拶《あいさつ》もなく、キャットは文句を言った。

「いい細工じゃねぇか」

アンが昨日途中まで組みあげた、雪の結晶《けつしよう》の塔《とう》。三分の一程度しかできていないそれを見たキャットは、腕組《うでぐ》みし、感心したように言った。

「けどこりゃ、時間がべらぼうにいるな。結晶の細工も、下手に扱《あつか》えば、作ってる最中に割れちまう。練りも、ちょっとばかり工夫《くふう》がいるから通常より時間がかかるな」

「ええ。だから、キャットが必要だったんです」

アンとエリオットは朝食のあと、キャットを左翼《さよく》一階の作業場に案内した。

もちろんシャルもアンについてきたが、彼は廊下《ろうか》にいる。砂糖菓子を作る作業場は聖なる場所だ。シャルはそれを知っているので、むやみに作業場に踏《ふ》みこもうとしない。

キャットは昨日の昼に、アンからの手紙を受け取ったらしい。それからすぐに出発をし、夕暮れにはルイストンに到着《とうちやく》したらしい。昨夜は風見鶏亭《かざみどりてい》に一泊《ぱく》し、今朝早くにホリーリーフ城を目指して風見鶏亭を出たのだそうだ。

早朝の出発だったので、キャットは朝食を食べていなかった。

そこでペイジ工房《こうぼう》の職人たちと一緒に朝食をとった。その時に職人たちを紹介《しようかい》し、オーランドの怪我や、ラファルのことについて、さらに作業の進捗《しんちよく》状況などもざっと話はしていた。

「俺はまず、銀砂糖をひく作業だな。銀砂糖が使えなけりゃ話にならねぇからな」

二階ではすでに、石臼《いしうす》の音がしている。

ナディールとヴァレンタイン、キングが作業を始めているのだ。ミスリルも粉になった銀砂糖を樽《たる》に入れる作業を任されているので、彼らとともに二階にいる。

「まじめな話、キャットが頼《たよ》りなんだよねぇ」

エリオットが赤毛頭を掻《か》くと、キャットはふんと鼻を鳴らす。

「しかたねぇ。あのボケなす野郎《やろう》の言いなりになるよりは、てめぇのにやけた面《つら》を見てた方がましだ。それに……」

作りかけの砂糖菓子をもう一度見下ろし、キャットは呟《つぶや》いた。

「手をかけるかいがある。これはおもしれぇ」

それを聞いたエリオットは、安心したように表情を緩《ゆる》める。

「俺もそう思ってるんだけどね」

アンは頭をさげた。

「お願いします」

「やるさ。そのために来たんだ。時間はねぇから俺はすぐに作業に入る。その前に、こいつを台所にでも連れてってくれ。邪魔《じゃま》だ。料理だけはやるはずだ。目が覚めりゃの話だが……」

うんざりしたように、キャットは自分の肩の上でこくこくと船をこいでいる、若草色の巻き毛の小さな妖精ベンジャミンのベルトを摑《つか》んで、アンに突《つ》きつけた。

料理以外はやりたくないと言い切るベンジャミンは、始終眠っていてほとんど役に立たない。なんのためにキャットがこの妖精を使役《しえき》しているのか、いまひとつ理解できないくらいだ。

つままれた状態でもぐうぐう眠っているベンジャミンに呆れながらも、両掌《てのひら》で受け取る。

「俺はキャットを二階に案内する。アンはベンジャミンを台所に連れて行って、それからグレンさんとオーランドに報告してよ。キャットが仕事に入ったってね」

エリオットはそうお願いすると、キャットを連れて二階へ向かった。

　気持ちよさそうに寝ているベンジャミンに半ば感心しながら、アンはシャルとともに彼を台所に連れて行き、ダナとハル、ノアに預けた。

　あちこち動かされても目を覚まさないベンジャミンに、働き者の三妖精はびっくりしていた。

　それから三階へ向かい、グレンに報告をした。キャットが仕事に入ると聞くと、心労続きの病身の長《おさ》は、ひとまず安堵《あんど》したのか深いため息をつく。

「そうか。とりあえずは良かった。……これでオーランドの怪我がよくなってくれれば」

　どこかが痛むかのように顔をしかめる。

　オーランドの怪我のことも、ラファルのことも、エリオットが昨夜のうちにグレンに報告していた。ベッドに寝たきりのグレンは、ただ報告を聞くことしかできない。さぞもどかしいことだろう。

「グレンさん。ブリジットさんには、会われましたか？」

　昨日からブリジットは部屋に閉じこもっている。食事も取っていない。オーランドが怪我をしたことで、ブリジットも傷ついているのは間違いない。その彼女が父親なりエリオットなりに声をかけてもらえれば、すこしは気持ちも和《やわ》らぐのではないかと思えた。

　しかしブリジットの名を聞くと、グレンは険しい表情になった。

「会ってない」

「ブリジットさんも傷ついてると思うんです。だからグレンさんが会って話を」

「アン。君の言いたいことはわかる。だが今は、あの子の顔を見たくない。エリオットにも言ったが、当分あの子をわたしの部屋に入れないでくれ」

「でも」

「とても会える気分じゃない。あの子の愚《おろ》かな行いで、オーランドは職人にとって大切な目を片方失ったんだ」

　グレンは窓の方へ顔を向ける。これ以上ブリジットのことを聞かせないで欲《ほ》しいと、拒否《きょひ》しているようだった。

　わかりましたとは言えなかった。けれどそれ以上言いつのるのも、グレンの気持ちを考えればできなかった。ブリジットにもオーランドにも、グレンは同じように愛情を持っている。だからこそ、やりきれないのかもしれない。

　結局アンは、また報告に来ますとだけ言って部屋を出た。廊下に出ると、壁《かべ》にもたれてシャルが待っていた。

「次は、オーランドの部屋か」

　言いながら体を起こす。シャルは昨日からずっと、こうやってアンと一緒にいる。彼の自由が一切《いっさい》ないことが、なんだか申し訳ない。

「ごめんね。ずっとわたしにつきあってるのなんて、つまんないでしょ」

　階段を降りてオーランドの部屋に向かいながら、シャルはため息をつく。

「おまえが狙《ねら》われるのは、俺のせいだ」

「でも、そもそも銀砂糖師を狙ってたグラディス……じゃなくて、ラファルか。彼がわたしを狙うのは当然で」

「エリオットでもなくグレンでもなく、おまえを狙うのは、俺のせいだ」

　怒《いか》りだけではなく、わずかな戸惑《とまど》いが彼の表情にはある。逃《に》げ去ったラファルのことを、思い出しているのかもしれない。

　シャルは、ラファルが自分と同じ場所で生まれたと言った。それは二人の妖精にとって、どんな意味があることなのだろうか。人であれば兄弟とか、親族とか、それと似た関係なのかもしれない。

　ラファルはシャルを、仲間にしたがっているとも聞いた。なんの仲間なのか、シャル自身もわからないらしい。しかし間違いなく、二人はお互《たが》いに、なにかしらの意味がある存在なのだろう。

（なにがあるの？）

　妖精には妖精の感覚や考えがあり、彼らにしか理解できないものがあるのだろうか。

（わたしには、わからないのかも）

　それはすこし恐《おそ》ろしい。シャルはずっとアンのそばにいて、守ると誓《ちか》ってくれた。けれど自分が理解できないなにかのために、彼がふいと姿を消してしまいそうな気がする。

シャルの言葉を疑っているわけではない。ただシャルやアンの力では、どうしようもないものがありそうな気がしたのだ。

シャルとともに一階の廊下まで来ると、オーランドの部屋の前に意外な人物がいた。

驚《おどろ》いて、アンは立ち止まった。

「ブリジットさん？」

呼ばれて、彼女はびくっとしてこちらを見る。

「オーランドのお見舞《みま》いですか？　だったらちょうどいいです。今からオーランドに、キャットが来てくれたから心配するなって報告に行こうと思ってたから。一緒に入りましょう」

小走りに駆《か》け寄《よ》り、笑顔で言った。

おそらくブリジットは、オーランドの様子が気になって来たのだろう。今までのブリジットは、嫌なことがあると部屋に閉じこもってばかりいた。けして自分から出てこなかった。けれどこうやってこの場所に来たことが、なにかの変化に思えて嬉しかった。それが罪悪感からきた行動だとしても、変化には違《ちが》いない。

ブリジットはうつむき、うろうろと視線をさまよわせた。

「どんな顔して会えばいいのか、わからないわ。あなた、いいわよねアン。のけ者にされたことないから、そうやってためらいなくなんでもできるのよ」

意外なことを言われ、アンは目をぱちくりさせた。

「ここじゃ違うけど、わたし基本的にどこでもずっとのけ者でした。ラドクリフ工房でも、そうだったし。昔はママと二人で旅してたから、行く場所行く場所で、子どもたちからのけ者にされてました。まあ、無理ないですよね。突然やってきた、よそ者だもの」

ブリジットがようやく顔をあげると、不思議そうにアンの顔を見る。そんな経験していたの？　と問い返すかのように。

アンを見つめる翡翠《ひすい》のような瞳《ひとみ》は、やはり美しかった。身につけたドレスも、スカートにたくさんの襞《ひだ》があり女の子らしい。よく似合うし素敵《すてき》だ。こんな素敵な女の子なら誰だってのけ者になんかしないし、邪険《じゃけん》に扱いはしないと思う。

「でもそれって、のけ者にされてるんじゃないこともあるんです。ある村で、子どもたちが遊んでるのがうらやましくて、遠くからずっと見てたことがあるんです。そしたら女の子が一人、わたしに気がついて『遊びたいの？』って訊《き》いてくれた。そうだって答えたら、その子『早く言ってくれれば良かったのに。気がつかなかった』って笑って。それでわかったんです。みんな遊びやいろんなことに夢中で、自分自身に一生懸《いっしょうけん》命《めい》なんだって。だから気がつかないことがある。わたしそれから、勇気を出して知らない子にも自分から『遊ぼう』って言うようにしたんです。それでものけ者にされることはあったけど……。でも、前よりはずっと、のけ者にされることが少なくなったんです」

アンには力もないし、たいした知恵《ちえ》もない。ただの砂糖菓子職人で、英雄《えいゆう》でもなんでもない。

けれどそんな自分でも、日々生きるのには勇気が必要なのだ。見知らぬ子に『遊ぼう』と声をかける勇気。そんな勇気は、ちっぽけだ。だが本人にとっては、自分の世界が終わる恐怖《きょうふ》を克服《こくふく》するほどの勇気がいる。

オーランドの部屋に入ること。そして一言、見舞いの言葉を言うこと。それはブリジットにとっては、とてつもなく勇気が必要なことに違いない。よくわかる。

しかし逃げなければ、なにかが変わる可能性がある。

「一緒に入ろうかと思ってたけど、気が変わっちゃいました。ブリジットさん。オーランドに、伝えてください。キャットが来てくれたから、大丈夫《だいじょうぶ》だって。お願いします。行こう、シャル」

「ちょ、ちょっと!?」

ブリジットがあわてるのもかまわずに、アンは背中を向け、シャルとともに足早に歩き出す。

「アン！」

呼ばれたが、聞こえないふりをした。するとさらに焦ったように、ブリジットはシャルを呼ぶ。

「シャル。待って、シャル！　アンを呼《よ》び戻《もど》して、わたし！」

シャルはちらりとふり返った。

「職人頭から任された、おまえの仕事だ」

（わたしの仕事？　仕事って、なによ？）

シャルの言葉に戸惑い、意味のわからなさにすこし腹がたった。すねた気分で呟く。

「これが仕事なんて」

確かにアンはブリジットに、キャットが来たことをオーランドに伝えてくれと託《たく》した。だがこれが仕事だというなら、あまりに子どもだましすぎてふざけている。でも頼《たの》まれたからには、仕方ない。伝えないわけにはいかない。

「仕事だから……」

どこか自分に言い訳するように言って、ブリジットはオーランドの部屋の前に立った。何度か深呼吸して、思い切ってノックした。すぐに扉が開き、オレンジ色の髪の妖精がひょこりと顔を見せた。

「あ、お嬢様《じょうさま》」

ダナだった。オーランドの看病をしているのだろう。彼女は意外な客に目を丸くする。

「頼まれたのよアンに。……仕事なの。仕方ないからオーランドに伝言しなくちゃいけないの」

「あ、はい。オーランドさん、起きてらっしゃいますから。どうぞ」

「いいのよ。ダナが伝えてくれれば……」

と言いかける前に、ダナは扉を大きく開いて部屋の中に声をかけてしまっていた。

「オーランドさん。お嬢様がいらしてます。わたし、お茶をお持ちします」

ダナは「どうぞ」と言うと、そそくさと出て行く。

家事を任されているダナはいつも遠慮がちで、家族や職人たちの目をできるだけ避《さ》けるようにしている。今もオーランドとブリジットの会話を邪魔してはいけないと思ったのだろうが、ブリジットにしてみれば、今はダナがいてくれた方がありがたいのに。

けれどダナは行ってしまった。しかもダナはオーランドに向かって、ブリジットが来たと告げてしまった。

引き返すわけにもいかない。

渋々《しぶしぶ》、部屋の中に入った。暖炉《だんろ》に火が入れられて、部屋の中は暖かい。ベッドの上にオーランドは座っていた。背をヘッドボードにもたせかけて体は怠《だる》そうだが、表情はしゃんとしている。

驚いたようにこちらを見ている顔の半分が、包帯で覆われていた。

(ほんとうに、目が)

その姿に、頭を土塊《つちくれ》で殴《なぐ》られたみたいな鈍《にぶ》い衝撃《しょうげき》を感じた。

「ブリジット？　なんだ？」

びっくりしたようにオーランドに訊かれ、はっとした。自分は伝言を頼まれたのだ。それを伝えなければいけない。しかしどうしたことか、胸が絞られるように苦しい。

「伝言を頼まれたの。アンに。だから……伝言を」

言葉を紡《つむ》ぐと、それにつれてさらに胸が苦しくなる。

(職人なのに。オーランドは、職人なのに)

何かが喉元《のどもと》にせりあがってくる。


幼い頃《ころ》。ブリジットとオーランドはよく二人で遊んでいた。二人とも職人になろうと無邪気《むじゃき》に誓い、グレンの目を盗《ぬす》みジム爺《じい》さんに頼んでは、できの悪い銀砂糖をもらって砂糖菓子を作る真似事《まねごと》をして遊んだ。

その頃エリオットも母屋《おもや》に出入りしていたが、彼は今と同じように、ちょっとふざけた感じのする子どもだった。だがブリジットとオーランドとは、あきらかに砂糖菓子に対する姿勢が違った。彼は遊びで銀砂糖に触《ふ》れることはしなかった。見習いのする仕込《しこ》みの仕事だけを、黙々《もくもく》とこなしていた。そして職人たちの仕事を、自分の仕事をしながらじっと見ている。

そんなエリオットの姿に感化されるように、オーランドも徐々《じょじょ》に真剣《しんけん》に、砂糖菓子と向き合うようになった。そしてそれと同じ時期に、ブリジットは父親に、砂糖菓子職人にはなれないのだと諭《さと》された。

ブリジットを置いてけぼりにして、二人は職人の道に入った。

けれど彼らの真剣さを、ブリジットはよく知っていた。最初から見ていたのだから。

「キャットが来てくれたの。だから安心して……」

それ以上、言えなかった。ふいに視界がゆがみ、頬《ほお》に熱いものが流れた。両手で口を覆った。しかし嗚咽《おえつ》は、両手でふさぎきれなかった。

「……ごめんなさい」

言葉がこぼれる。堰《せき》を切ったように、次々に言葉がこぼれ出た。

「ごめんなさい。オーランド。ごめんなさい。わたしが、あんな妖精を連れてきて。オーランドは、職人なのに。目が……ごめんなさい。わたしのせいよ。アンはそんなこと考えるなって言ったけど、けどやっぱり、わたしのせいなのに」

オーランドは驚いたように彼女を見ていた。

「ごめんなさいオーランド。ごめんなさい……ごめんなさい……」

「いい。ブリジット」

軽く、オーランドは首を振《ふ》った。

「左目は駄目《だめ》になっても右目がある。問題ない。指も無事だ。それよりも……。ブリジットは怪我をしなくて良かった。顔がとりえなのに、傷がついたら大変だった」

(顔がとりえって、ひどいじゃないの)

涙《なみだ》があふれるのに、怒《おこ》り出したいような、逆に噴《ふ》き出《だ》したいような、おかしな気分になる。

でもオーランドの言葉は本物だ。

昔からオーランドは、誤魔化《ごまか》しや嘘《うそ》を口にしない。子どもの頃からそうだ。ブリジットのことを顔がとりえと思っているのは、本心だろう。なんて奴《やつ》だろう。悔《くや》しい。

(でも「怪我をしなくて良かった」って言ってくれた)

気にしてくれているのだ、彼は。

固まっていた感情が溶《と》け崩《くず》れて一緒くたになって、頭にきてるのか、嬉しいのか、悲しいのか、よくわからない。判然としない感情の渦《うず》の中で、アンの言葉を思い出す。

――みんな遊びやいろんなことに夢中で、自分自身に一生懸命なんだって。だから気がつかないことがある。わたしそれから、勇気を出して知らない子にも自分から『遊ぼう』って言うようにしたんです。

工房のみんなはいつもブリジットをのけ者にして、誰も気にとめてくれないと思っていた。でもそれは当然なのかもしれなかった。父親を含《ふく》めた彼らは職人で、いつもいつも、砂糖菓子のことばかりに夢中で、他のことなど気にしている余裕《よゆう》がない。

でもだからこそ、彼らは尊敬できる職人なのだ。

自分の立場では砂糖菓子職人になれないことは理解していたし、自分も、なるべきではないと思ったからあきらめた。けれどそれならば、彼らと近い場所にいられるように、自分から踏《ふ》み出《だ》せば良かったのかもしれない。自分の価値を見つけるために。

勇気を出して彼らに一歩、歩み寄る。そしてひと言、一緒になにかしたいと言う。

子どもの頃にアンがそうしたように。

もっと学べと告げたシャルの言葉の意味が、ようやく理解できる。子どもの頃に学ぶべきだったことを、ブリジットは学んでいなかったのかもしれない。

とても簡単なことだ。でも勇気が必要だ。

「オーランド」

ブリジットは涙を手で拭《ふ》いて、ためらいながらも切り出した。

「わたしが、看病してもいい？」

「……………………は？」

妙《みょう》な冗談でも聞いたような顔をするので、さすがにむっとした。唇《くちびる》をとがらせ、そっぽを向く。

「嫌なら、やめるわ」

「あ、いや」

すこし焦ったようにオーランドは言うと、しばしの沈黙《ちんもく》のあとにぼそりと言った。

「頼む」

ブリジットから逃げるようにして、アンは玄関ホールに出てきた。ついてきたシャルが追いついて、アンと並ぶ。

「そこか、アン」

階段の上からエリオットの声がした。仰《あお》ぎ見《み》ると、エリオットが困ったような笑顔で階段を降りてくるところだった。右手に一枚封筒《ふうとう》を持っている。

「急に悪いけど、お出かけの準備してくれない？　シャルも一緒に」

「どうしたんですか？」

「これ」

　エリオットが手にある封筒をひらひらさせる。黄ばみのない、真っ白な高級紙で作られた封筒だ。宛名《あてな》はペイジ工房派長代理エリオット・コリンズ殿《どの》。差出人は銀砂糖子爵ヒュー・マーキュリーだった。封蠟《ふうろう》の紋《もん》章《しょう》も、銀砂糖子爵のものだ。

「銀砂糖子爵が、聖ルイストンベル教会に来いと言ってる。オーランドの怪我のことが、医者を通して銀砂糖子爵の耳に入ったらしい。それで子爵が国教会に報告に行ったら、教父が騒ぎ出したんだってさ。ほんとうに間に合うのかってね。それでこのさいだから、ペイジ工房が作ろうとしている同様のものをマーキュリー工房に作らせたらどうかとか、そんな話までしているらしい」

「そんな！　わたしたちがみんなで考えて作ったものを、他の工房に作らせるなんて！」

「まぁね。ほんとうなら、俺たちの砂糖菓子が間に合わなきゃ、マーキュリー工房が予備に作ってる砂糖菓子を新聖祭に使えばいい。それだけの話なんだけど、ペイジ工房の砂糖菓子を主祭教父がえらく気に入ってて、そんな話になってるみたいよ。で、ペイジ工房の責任者を呼べということになったみたいね。俺一人で行ってもいいけど、職人頭も行くべきでしょ」

「行きます。依頼《いらい》主は国教会でも、砂糖菓子はわたしたちが作るんですから」

　工房で所有している中型の馬車を駆《か》り、エリオットとアン、シャルは聖ルイストンベル教会に向かった。

　選品がおこなわれた聖堂を回りこむと、屋根つきの廊下で聖堂と結ばれた教父館がある。三階建ての石造りで、規則的に縦長の窓が東西の壁の側面に並んでいる。ごくあっさりとした造りだが、端正《たんせい》さが威厳《いげん》をかもし出す。

そこから先の敷地《しきち》には高い塀《へい》が巡《めぐ》らされている。塀の中には教父学校や図書館、日常用の礼拝堂など、教父たちが生活する場所がある。

　エリオットは馬車を操《あやつ》り、教父館の出入り口に横着けした。教父になる前の、教牧と呼ばれる見習い教父に馬車を預ける。

　教父館の中から、選品を取り仕切っていたブルック教父が姿を現した。

「お待ちしてました。コリンズさん。ハルフォードさん」

　両開きの樫扉《かしど》を入ると、広いホールになっていた。扉の正面から奥《おく》に向かって、真っ白い石を敷《し》いた廊下がのびている。驚くほどに長い廊下だ。

　冷たい風の中馬車を飛ばしてきたので、教父館の中に満ちる暖かい空気にほっとする。どこかで聖エリスの実を混ぜた香を焚《た》いているらしく、すっきりした良《い》い香りが漂《ただよ》っていた。

　アンの防寒着とエリオットの外套《がいとう》を受け取りながら、教牧が、ちらちらシャルを気にしている。

　ブルック教父も困惑《こんわく》しているようだった。

「この妖精は？　確か、選品の時にも聖堂にいたようですが」

「物騒《ぶっそう》な奴がうちの職人頭を狙っていましてね。護衛です。問題ですか？」

「いえ、まあ。護衛として戦士妖精を教主様方におつけすることは我々もありますので、問題はないですが。てっきり愛玩《あいがん》妖精かと」

　ブルック教父の勘違《かんちが》いは当然だろう。黒髪《くろかみ》と黒い瞳、すっきりとした艶《なま》めく立ち姿。前髪《まえがみ》に触れる長いまつげ。白い肌《はだ》。とても戦士妖精といった風情《ふぜい》ではない。

　ブルック教父に導かれ、アンたちは奥に進んだ。廊下の左右は扉が並び、そのため窓がなく、奥へ行くほどに暗くなる。廊下の突《つ》き当《あ》たりは、ほとんど薄闇《うすやみ》といっていいほど暗い。

　突き当たりは扉になっていた。扉脇に陶器《とうき》製の香炉《こうろ》が置かれ、薄《うす》い煙《けむり》が立ちのぼっている。

　ブルック教父が扉をノックした。

「主祭様。銀砂糖子爵様。ペイジ工房派の長代理コリンズさんと、職人頭ハルフォードさんをお連れしました」

「入りなさい」

落ち着いた声には聞き覚えがあった。選品で最後にペイジ工房の砂糖菓子を選んでくれた、あの主祭教父だ。

「どうぞ」とブルック教父が扉を開くと、目の前が突然ぱっと明るくなった。

部屋の中には光が満ちていた。縦長の窓が正面に並び、そこから日射《ひざ》しが入っている。暖炉の火が暖かく燃え、薪《まき》のはぜる音と炭の香りがする。

窓の前に大きな机があり、主祭教父が座っている。背後から射しこむ光のために表情がよくわからない。白くなりかけている灰色の髪が、光に透《す》けてより明るく見える。

主祭教父の机を挟《はさ》んで、背の高い男がいた。逆光で顔が見えない。しかし。

「来たな、ペイジ工房」

聞き慣れた声がして、その男がつかつかとこちらに歩み寄ってきた。光の筋から外れると、その男が、銀砂糖子爵ヒュー・マーキュリーであるとわかった。

彼は部屋の中央辺りに来ると、目顔で中に入れと促《うなが》す。一行を中へ通しながら、主祭教父にふり返る。

「ご要望通り、呼びました。ペイジ工房派の長代理コリンズと、職人頭ハルフォードです」

エリオットとアン、シャルが中に入ると、背後で扉が閉められた。

「よくきてくれた。ペイジ工房」

主祭教父の声は、穏《おだ》やかで優《やさ》しかった。明るさに慣れた目でようやくその表情を確認《かくにん》すると、わずかに微《ほほ》笑《え》んでいる。

エリオットは頭をさげ、アンは膝《ひざ》を折った。

主祭教父はふと首を傾《かし》げる。

「その妖精は？」

すかさずヒューが答えた。

「戦士妖精です。そこの職人頭の護衛です。愛玩妖精ではないので、教父館規則には違反《いはん》しないはずです」

「ほぉ、これが？」

主祭教父が興味ありげな顔をするので、ヒューはにやりとする。

「下手に面白《おもしろ》がって近づくと、痛い目にあいますよ」

シャルは自分のことが話題にされているのに一切関心を示さず、壁際《かべぎわ》に無表情で立っている。いつものことで、慣れっこだろう。

「もっと近くにきなさい。コリンズ、ハルフォード」

主祭教父に手招きされ、アンとエリオットは机の前に立った。

主祭教父の机の前には応接用の椅子《いす》が二つ、長椅子が一つ置かれている。ヒューはその長椅子に腰《こし》を下ろし、足を組む。くつろいだ様子だ。これで自分の仕事は終わりだとでも言いたげだった。しかしこれからの成り行きを面白がるように、視線はアンたちの背に注がれている。

「新聖祭の砂糖菓子の作業。その進捗状況を銀砂糖子爵から聞いた。まだ一つも、砂糖菓子はできあがっていないそうだね。そして職人が現段階で五人とか。さらに銀砂糖が固まる事故があり、今はその銀砂糖を使える状態にするために、作業中。砂糖菓子の制作は中断している。これでいいかな？」

主祭教父は笑顔のままだ。笑顔で並べ立てられる厳しい事実に、アンは唇を噛《か》む。

エリオットが頷く。

「まちがいありません」

「わたしはこの状況で、新聖祭の砂糖菓子が間に合うか否《いな》か、銀砂糖子爵に確認した。彼は『ペイジ工房は間に合わせると言っている』と、答えた」

主祭教父はヒューに視線を向ける。

「そこで別の訊き方をした。『あなたは、この状況でペイジ工房が間に合うと思うか』と。彼の答えは、『冷静に考えれば無理だ』ということでした」

アンとエリオットは、ヒューをふり返った。彼は肩をすくめる。

「当然だ。嘘は言えない。だがペイジ工房が間に合わせようとしている気迫《きはく》は十分感じる。だからここは信じて待つべきだ。間に合わなければ、マーキュリー工房が作っている予備を使えばいいだけのことだ。俺の提案は、それだ」

「しかし、わたしはそれを惜《お》しいと思いました」

主祭教父が、ヒューの言葉を引き取るように続けた。

「銀砂糖が固まる事故は、予想外の不運です。しかしあの美しい砂糖菓子が聖堂を飾《かざ》る様を、わたしも見たいのです。だからここは、どうでしょう。あなた方の仕事をマーキュリー工房にしてもらう、ということで。不測の事態なのです。だからペイジ工房には罰金《ばっきん》を科さないことにする。そのかわりに、マーキュリー工房に仕事と作品を譲《ゆず》る」

罰金を科されずに、仕事を辞《や》められる。それは思いもよらない提案だった。温情と言ってもいいかもしれない。けれどアンは血の気が引くような怒りを感じた。

（仕事と作品を譲れ？）

職人としての誇《ほこ》りを、根こそぎ相手に渡《わた》せというのだろうか。

国教会の提案は、温情のつもりかもしれない。けれど職人にとっては、この上もない侮辱《ぶじょく》だ。

（考えられない、そんなこと）

にこりと、エリオットが笑《え》む。

「いいお話です」

アンはびっくりして、エリオットの腕《うで》を摑んだ。

「コリンズさん！」

「だっていい話じゃない？　実際。こんな温情、めったにかけてもらえないよ」

「嫌です!!」

思わず大声が出た。

「みんなで考えて、みんなで作ったあれを、誰かに作ってもらうなんて嫌です！　みんなで作ります！　じゃないと、誰も納得《なっとく》しません。ここであきらめたらペイジ工房はまた、じりじり追《お》い詰《つ》められていく。それにここで作品を渡したら、職人たちの誇りまで一緒に売《う》り渡《わた》したことになる。一万クレスと引《ひ》き替《か》えに職人の誇りを売り渡したら、みんなに顔向けできない。誇りを売るくらいなら、ペイジ工房が続く意味がない」

必死にエリオットを見あげる。

「そう思う？」

「そう思うんじゃなくて、そうなんです」

　エリオットは、ふっと笑う。そして、

「だよねぇ」

と小さく、しかし嬉しそうに言った。それから彼は、主祭教父に視線を移す。

「確かにいいお話です。けれどお聞きの通り、うちの職人たちは誰一人《だれひとり》、そんな条件はのまないんです。だからお断りします。我々は、新聖祭の砂糖菓子を作ります。間に合わせます」

「銀砂糖子爵は、冷静に判断して間に合わないと言っていますが？」

「いえ。間に合います」

「意地をはって間に合わなければ、一万クレスの罰金です。評判も地に落ちますよ」

「承知です。間に合わない場合は、覚悟《かくご》していますす」

　エリオットの微笑む横顔を見つめて、アンは胸を押されるような苦しさを感じた。

（覚悟）

　エリオットは、すべてを覚悟している。

　ヒューはうっすら笑って、彼らのやりとりを眺《なが》めている。主祭教父の求めに応じてペイジ工房を呼び出したが、彼にはアンやエリオットが下す決断など最初からわかっていたのだろう。職人なら誰しも、わかるはずだ。自分たちの作品を誰かに譲ることなど考えられない。

「よろしい」

　静かに、主祭教父は頷く。

「その覚悟なら、仕事を続けなさい。ペイジ工房。しかしこの申し出を断ったのです。もしもの時は、どんな事情があるにせよ温情はありません」

　望むところだ。

　かっかしていたのでそう思ったが、教父館を出て馬車に揺《ゆ》られ始めると不安が徐々に大きく胸の中にわき出してくる。

　馬車を操るエリオットも、珍《めずら》しく黙っていた。シャルは左右を流れるルイストンの賑《にぎ》やかな街の様子を、見るともなしに眺めている。

二人に挟まれて座りながら、アンの心は沈《しず》んだ。ヒューは冷静に判断して、間に合わないと断言していた。おそらく彼の言葉は正しい。それでもアンたちは、やらなければならないのだ。なんとしても。

一人一人の作業をもっと増やし、睡眠《すいみん》時間を削《けず》って作業をするか？　職人たちは賛同して一生懸命やってくれるだろうが、そんな無茶をして職人たちの体がもつだろうか。

やはり――職人を増やすしかない。キースもそう言っていた。しかし派閥《はばつ》に所属しておらず、一定以上の技術がある職人のあてなどない。

馬車はルイストンの城壁《じょうへき》近くの、盛《さか》り場《ば》にさしかかっていた。その界隈《かいわい》は城壁に沿うように賭場《とば》や酒場が密集しているので、がらの悪い連中が街路に出てたむろしていることもある。日が暮れて、若い娘《むすめ》が一人で来てはいけないと言われている治安の悪い通りだった。

しかしここを突《つ》っ切《き》ってルイストンを出た方が、ホリーリーフ城に帰るのには早い。

昼間なので危ない連中がたむろしている様子はないが、石敷きの街路の端《はし》に、酔《よ》っぱらいが横になっていたりする。中年や老人が多かったが、中には若そうな酔っぱらいもいた。

酒場の外壁《がいへき》にもたれかかり、座りこんで項垂《うなだ》れている金髪《きんぱつ》の酔っぱらいは、若者だ。汚《よご》れてはいるが、もとは仕立てが良さそうなシャツとズボンを身につけている。金髪も洗えば、目をひくほど綺麗《きれい》な色だろう。

その若い酔っぱらいの膝には、掌大の、赤い髪の女の子の妖精がいた。妖精は何事か言いながら、若者の手をしきりに撫でている。

（あれは!?）

馬車が金髪の酔っぱらいの横を通り過ぎた瞬間《しゅんかん》、赤毛の妖精の姿がはっきり見えた。

「待って！　馬車、とめてください！」

声をあげると、エリオットが手綱《たづな》を引《ひ》き絞《しぼ》る。

「なに？」

「ちょっと降ります！　シャル、降りるから通して」

「なんだ？」

シャルは不審《ふしん》げにしながらも、御者《ぎょしゃ》台から降りてくれた。続いてアンも飛び降り、今しがた通り過ぎた酒場の方へ向かって駆けた。シャルもついてくる。エリオットは首を傾げながら、御者台からふり返ってこちらを見ていた。

　酔っぱらいの膝の上から、赤毛の妖精は必死に声をかけている。

「起きてください。風邪《かぜ》をひきますから、起きてください。お願いです」

　アンは駆け寄りながら、その妖精の名前を呼んだ。

「キャシー！」

　はっとしたように、妖精キャシーがふり向いた。勝ち気そうな目が大きく見開かれる。

　金髪の酔っぱらいのそばに膝をつくと、アンは彼の肩を揺すった。

「ジョナス！」

三章　一人の職人

　キャットが噂《うわさ》で耳にした通り、ジョナスはルイストンにいたのだ。けれどこんなにすさんでしまっているとは、思いもよらなかった。その姿に、アンはすくなからず衝撃《しょうげき》を受けていた。

　石畳《いしだたみ》の上に膝《ひざ》をついたアンの声に、ジョナスの肩《かた》がぴくりと動く。

「ジョナス、ねぇ。ジョナス。寝《ね》てるの？　起きて」

　シャルがアンの背後に立ち、ジョナスを冷ややかに見おろす。

「放っておけ」

「放っておけない。わたし、ジョナスに助けられたんだもの。そのためにジョナスは追い出されたんだから」

　何度か肩を揺《ゆ》すると、ジョナスがやっと顔をあげた。

「……ジョナス」

　ほっとした。しかしアンの顔を見た途端《とたん》に、ジョナスはアンの肩を突《つ》き飛《と》ばした。そして自分の腕《うで》を抱《だ》き、逃《に》げるように背を丸める。

「なんだよ、アン！　こんなところに。なんだよ！」

「ジョナス。聞いて。サミーのやったことが砂糖菓子《がし》品評会で明るみに出たのよ！　ジョナスの無実も証明された。マーカスさんはジョナスに謝《あやま》りたいって。それでもう一度ラドクリフ工房《こうぼう》に帰ってこないかって、ジョナスのノックスベリーの実家に手紙を出したのよ。もう一度ラドクリフ工房に帰れるのよ」

キャシーが目を輝《かがや》かせる。

「ジョナス様！　お聞きになりましたか!?　戻《もど》れるんですって！」

嬉《うれ》しそうにキャシーは両手を打ち合わせるが、ジョナスは動かない。

「ジョナス？」

反応のない彼に、キャシーとアンは顔を見合わせた。

「嫌《いや》だよ。帰らないよ」

かすれた声で、ジョナスは投げやりに言った。

「いまさらラドクリフ工房に帰ってなんになるんだよ。あそこにはキースがいる。あそこに帰っても、またキースと比べられて、惨《みじ》めな思いをするだけじゃないか。帰らないよ。僕は絶対帰らないからな！」

ラドクリフ工房での、ジョナスの立場は微妙《びみょう》だ。長《おさ》のマーカスは、甥《おい》のジョナスよりもキースに目をかけている。居づらいのは確かだろう。それでもなんとか踏《ふ》ん張《ば》ってきたのに、先の事件で、ジョナスはマーカスから信頼《しんらい》されていないことが職人たちにも知れてしまった。そんな場所に帰るのは苦痛だろう。

「じゃあ、ノックスベリーに帰って、実家の砂糖菓子屋を継《つ》げばいいじゃない」

「嫌だ！　工房で一年修業《しゅぎょう》しただけで逃《に》げ帰《かえ》ったら、父さんも母さんも、がっかりするに決まってる。村のみんなだって、なんて言うか」

「じゃ、がんばってもう一度ラドクリフ工房に帰って修業を……」

「ラドクリフ工房には帰らないし、ノックスベリーにも帰らない！　放っておいてよ、もう」

やけっぱちの台詞《せりふ》に、途方《とほう》に暮れる。キャシーが祈《いの》るようにアンを見ている。

（腕は、悪くないのに）

ジョナスは前フィラックス公の城で、アンと二人だけ城に残された。結局彼は逃げ出したが、残されたということは、力量は認められていたのだ。ヒューも初対面の時に言っていた。駆《か》け出《だ》しの職人という腕ではないと。

その時、はっとした。

「そうだ！」

アンは座《すわ》りなおした。自分が思いついたことに嬉しくなり、顔がほころぶ。

「ジョナス。じゃ、ペイジ工房に来て！　今、わたしペイジ工房にいるの。職人が足りなくて困ってて、職人が必要なの。ジョナスの腕なら戦力になる」

今のペイジ工房は、一人でも多くの職人が必要だ。ジョナスの腕前《うでまえ》ならば役に立つ。新聖祭に間に合う可能性がぐんとあがるはずだ。

「はぁ？　なに言ってんの？」

怒《おこ》ったように、ジョナスはようやくアンに顔を向けた。アンを蔑《さげす》むような目をする。

「君はいつもいつも、とんちんかんなことばっかり！」

「だって、ラドクリフ工房もノックスベリーも嫌なら、ペイジ工房に来ればいいじゃない。わたしたちは職人が必要なの」

「勘違《かんちが》いしないでよアン。もう僕は、砂糖菓子なんかうんざりなんだ。銀砂糖には触《さわ》りたくもないんだよ！」

「え……そうなの？」

「そうだよ！　僕は君と違《ちが》って、砂糖菓子しか作れない単純馬鹿じゃないんだ！　学校の成績だって良かったし、泳ぎだって上手だった。足も速いし。絵もうまかったし、歌だってうまかった。なんだってできるんだ。砂糖菓子にこだわる必要なんかないんだよ」

アンは眉《まゆ》をひそめる。

「じゃ、なんでもできる人なのに、なんでこんなところで座りこんでるの？　早く別の仕事を探せばいいじゃない」

アンは昔から、砂糖菓子以外のことは器用にこなせるほうではなかった。勉強は嫌《きら》いで、頭が切れるとは言えなかったし、走ったり飛んだりするのも苦手だった。さらにとても残念なことに、音痴《おんち》だった。

　どんな町や村に行っても、たいてい二、三人は、なんでもこなせる素敵《すてき》な子がいた。そんな子たちに、アンは憧《あこが》れた。彼らのようになんでもできれば、自分にはもっといろいろな可能性が生まれるのではないかと羨《うらや》ましかった。

「なんでもできる人が、ぐずぐずしてるなんてもったいない」

「うるさいよ、僕はなんにもしたくないんだよ」

「なんで!?」

　苛々《いらいら》した。訊《き》いた口調が厳しくなる。

なんでもできる可能性のある人が、なぜなにもしないのか。できるのにやらないのは怠《なま》け者《もの》だ。自分の能力を使わないなんて、贅沢《ぜいたく》だ。

　自分の無力さに泣きたいほどなのに、やりとげなくてはならないことがアンにはある。もし自分がなんでも器用にできる人間ならば、もっとことはうまく運んでいるのかもしれないのに。

「なんでって、やりたくないものはやりたくないんだ！」

「もったいないじゃない!?」

「君みたいな人には、わかんないよ！」

「いい加減にして！」

　思わずジョナスの右頰《ほお》を、ぴしゃりと平手打ちしていた。

　キャシーがきゃっと悲鳴をあげて膝から転げ落ち、ジョナスは目をまん丸にして、殴《なぐ》られた右の頰を押《お》さえてアンを見つめる。

「わたしみたいな人って、なに!?　わたしは頭も良くないし、走るのも遅《おそ》いし、歌も下手だし、美人じゃないし！　ジョナスに比べたら、わたしのほうがてんでなにもできないわよ！」

　ジョナスは右頰を押さえたまま、目を伏《ふ》せた。

「君は……砂糖菓子が作れる……」

「砂糖菓子しか作れない！　でもジョナスはもっといっぱい、できることがあるんでしょ!?」

「でも僕は、君のような砂糖菓子は作れない」

（砂糖菓子？　なんで砂糖菓子のことばかり言うの？）

　かっとしていた頭が、急に冷静になる。

「もしかして。ジョナスは……砂糖菓子を作りたいの？」

　拒絶《きょぜつ》するように固く目を閉じて、ジョナスは強く首をふった。

「言っただろう！　砂糖菓子はうんざりなんだ！」

「なんでもできるジョナスが、なんで砂糖菓子職人になろうと思ったの？　なんで砂糖菓子を作り始めたの？　砂糖菓子が作りたいからじゃないの？」

「違うよ！　小さな頃《ころ》から父さんも母さんも砂糖菓子を作ったら、よろこんだからだ。立派な跡継《あとつ》ぎになれるって、もしかしたら派閥《はばつ》の偉《えら》い人になれるかもしれないってさ！　僕は得意で。嬉しくて、もっと作りたくなって。だから……だから……！」

「だから好きになったんでしょう？　作りたかったんでしょう？」

　もう一度平手打ちされたように、ジョナスが目を開く。

「ジョナスは、お父さんとお母さんによろこんでもらって、嬉しくなって。作りたくなって。砂糖菓子を好きになって。それから、ずっと、作りたいから作ってたんでしょう？」

「違うよ！　僕は……！」

　強い声でなにかを言いかけ、ジョナスは言葉を詰《つ》まらせた。

「僕は」

　突然《とつぜん》、背を丸めて膝を抱く。抱いた膝に顔を伏せる。

そして——震《ふる》える細い声がこぼれる。

「僕は……砂糖菓子を作りたいよ……」

　最初はきっと、作りたいから作っていたのだ。けれど両親の期待や世間の目や、そんなものがどんどん大きくなってきて、ジョナスの気持ちを押しつぶしていたのかもしれない。

　キャシーがジョナスをいたわるように、彼の手を優《やさ》しく撫《な》でる。彼の背は小刻みに震え続けていた。

冷たい風が吹《ふ》き抜《ぬ》けた。シャルはその風に誘《さそ》われるように、空に視線を向けている。

「ジョナス」

アンは今一度言った。

「一緒《いっしょ》に行こうよ、ペイジ工房へ。ジョナスが来てくれたら助かるの。ほんとうなの」

ジョナスは涙《なみだ》に濡《ぬ》れた顔をあげた。アンは手を差し出す。

「アン。でも、僕は」

「行こう」

「……アン」

差し出された手を、ジョナスはためらいがちに握《にぎ》った。汚《よご》れ、ざらつくその手を、アンは強く握りかえし、彼を引っぱりあげて立たせた。

「行こう！」

よろめくように一歩、ジョナスは踏《ふ》み出《だ》した。キャシーが彼の足にまとわりつき、ちょこちょことついてくる。

シャルは肩をすくめる。彼が言いたいことはわかっている。お節介《せっかい》とか、お人好《ひとよ》しとか、そんなことを言いたいのだろう。

けれどアンだって、そこまでお人好しなわけではない。ジョナスにされてきた数々の仕打ちを思えば、腹も立つ。けれど彼は、アンを助けてくれた。たった一度とはいえ、アンのために走ってくれたのだ。そのことはとても感謝している。

あの時ジョナスが助けてくれなければ、アンの未来はなかったのだから。

そして今は、感謝ばかりではない。

追《お》い詰《つ》められたペイジ工房には、職人が必要なのだ。それが曰《いわ》く因縁《いんねん》があるジョナスだったとしても、そんなことを言っている場合ではない。一人の職人として彼が必要なのだ。

ここでジョナスに巡《めぐ》り合《あ》えたのは、幸運だ。ペイジ工房には様々な問題があって、災難が降りかかってきている。けれど、まだなにかの力が工房を支えている気がする。わずかな幸運が残っている。

（まだ諦《あきら》めるのは早い）

虚勢《きょせい》でも勢いでもなく、そう思えた。

「おややや〜、ジョナス?」

馬車に近づくと、御者《ぎょしゃ》台の上でエリオットが、珍獣《ちんじゅう》でも見つけたような顔をした。ジョナスはいたたまれないように肩をすぼめて、うつむく。

アンは笑顔《えがお》で告げた。

「職人が一人見つかりました。腕は保証します」

びっくりした顔をしていたエリオットだが、すぐにへにゃりと笑う。

「でかしたよ、アン。これで間に合うかもしれない」

「ジョナス!　休むんじゃねぇ!　きりきり働きやがれ!」

「でも足が痛くて」

「足が痛てぇだ?　洒落《しゃれ》たことぬかすんじゃねぇ、へなちょこ!　やれっていったら、やれ!」

「は、はい」

へろへろになりながら石臼《いしうす》を動かすジョナスのとなりで、キャットが喚《わめ》いて監督《かんとく》をしていた。

ペイジ工房にやってきたジョナスには、エリオットの提案で、キャットが作業指導をすることになったのだ。キャットは、めんどくさいだのなんだのと、最初は嫌《いや》がるそぶりをした。だが仕事を始めると、結局熱心にあれこれと指導する。

「指導熱心なのは結構なことですけど、うるさいですよね、彼。エリオットとはまた別の意味で、格別にうるさいです」

石臼を動かしているヴァレンタインがげんなりして言うと、キングも眉をひそめる。

「キャットは常に怒ってるぜ。あれでよく、頭の血管とか切れないでいられるぜ」

ひき終わった銀砂糖を樽《たる》に移していたナディールが、一緒に作業をしていたミスリルに話しかけた。

「でもキャットさんってさ、なんだか可愛《かわい》いよね。そう思わない?」

「おまえ、それ。可愛いって言葉の意味わかってるか？」

ミスリルは、気持ち悪そうに返事した。近くで聞いていたキングとヴァレンタインも、まずいものを食べたような妙《みょう》な顔をする。

「だってさ、一生懸命《いっしょうけんめい》じゃん。可愛いよ。キャットさん」

「誰《だれ》だ!?　いま、俺の渾名《あだな》に『さん』づけした奴《やつ》!?」

耳聡《みみざと》いキャットがきっと周囲を見回すと、ナディールがけろりとして手をあげる。

「あ、俺」

「またてめぇか、ナディール。言って聞かせてるよな!?　さんづけするんじゃねぇ！」

「いいじゃない。キャットなんて呼ぶよりも、キャットさんのほうが、可愛いよ」

「可愛い!?　可愛いなんぞ言われたのは五歳《さい》の時以来だ！　ふざけてんのか！」

「じゃ、二十年ぶりくらいじゃない？　よかったじゃん」

ひとかけらも悪気がないナディールの笑顔に、さすがのキャットが絶句した。

「最強だな。あいつは」

部屋の出入り口からその様子を見ていたシャルは、感心した。隣に立ったアンもしみじみ頷《うなず》く。

「うん。そうかも」

聖ルイストンベル教会にアンとエリオットが呼び出されてから、四日目。

銀砂糖は全部乾燥《かんそう》させ終わっていた。その銀砂糖もほとんどひき終わり、あと二樽分ほどひけば、すべての銀砂糖が使える状態になる。

当初考えていた日程より、三日も早い。

職人たちにも明るさが戻っていた。オーランドの怪《け》我《が》も順調に回復している。

キャットにどやされまくっているジョナスだったが、彼の働きも確実に戦力になっていた。

「すごい汗《あせ》ね、ジョナス」

アンがジョナスに声をかけると、彼はふんと鼻を鳴らす。

「僕は君なんかと違って、足りない頭を体力で補うタイプじゃないからね」

「ま、ね。ほんとうのことだけど」

　相変わらずの物言いにアンは、ははと乾《かわ》いた笑いを返した。

　ミスリルがきっとジョナスをふり返り、一気に跳《ちょう》躍《やく》してその後ろ頭をぱちんとひっぱたく。

「アンに向かって、ほんとのことをずけずけ言うな！」

「とどめを刺《さ》された気もするけど……まあ……気にしない……」

　微妙に引きつった笑顔でアンは作業場に入ると、職人たちがひき終わった銀砂糖の量を確認《かくにん》する作業を始める。

　シャルは廊下《ろうか》の窓辺にもたれ、外の景色に目をやった。

　雲が低くて厚い。今にも雪が降りそうだ。今夜あたり初雪が降り、朝の庭をうっすら白く化粧《けしょう》するかもしれない。もう初冬だ。

（ラファルが来ない）

　正体を現して逃走《とうそう》して以降、ラファルの気配はみじんも感じられない。それに安堵《あんど》すると同時に、不気味さも覚える。

　戦うことができないほど弱っていたラファルは、砂糖菓子で一気に力を取《と》り戻《もど》した。砂糖菓子の力を実感した彼が、銀砂糖師を手に入れるのを諦めるとは思えない。

　シャルを仲間に引き入れることも、諦めていないだろう。ともにあるべき者だと、幾度《いくど》もそう口にしていた。シャルですらラファルのほんとうの名を聞いた時、言葉には表しにくい感慨《かんがい》を抱いたのだ。自分とごく近い存在に、理性ではなく体の内側がざわざわと反応するようだった。

（もし、アンと出会う前なら）

　アンの存在がなければ、シャルはなんのためらいもなくラファルとともに行っただろう。人間たちの世界から遠ざかり、彼とともに何をしただろうか？

　平然と人間たちを襲《おそ》っていたかもしれない。

　そんな自分が今こうして人間たちといるのは、アンの存在があるからだ。ここに集《つど》う人間たちは嫌いではない。そう思えるようになったのは、大きな変化だ。

アンと出会う前は、リズ以外の人間という生き物は、忌々《いまいま》しいだけの存在だった。

部屋の中から、石の器《うつわ》を手にしたアンが駆け出してきた。

「ねぇ、シャル。この銀砂糖！　舐《な》めてみて。今、ミスリル・リッド・ポッドにも確認してもらったんだけど、質があがってない⁉　試《ため》して」

石の器の中には、今、ひき終わったばかりの銀砂糖が入れられていた。促《うなが》されるままに、シャルは指先に銀砂糖をほんの少しつけてみた。すうっと、指先に染《し》みこむように溶《と》ける。ふわりとした甘《あま》みを感じる。

「おまえが精製する銀砂糖に似てる」

アンは目をきらきらさせた。

「やっぱり！　乾燥させてひく工程を繰《く》り返《かえ》したから、余分なものが抜《ぬ》けて質があがったんだ！」

あまりにも嬉しそうな顔をするので、おかしくなる。銀砂糖のこと、砂糖菓子のことになると、アンは夢中になる。それを眺《なが》めているのは楽しい。

キャットがひき終わった銀砂糖に触《ふ》れながら、頷く。

「これなら、砂糖菓子のできあがりにも差ができる。この質感なら、練りあがりの艶《つや》がいい」

アンは職人たちみんなと、嬉しげに顔を見合わせた。ジョナスも疲《つか》れた様子ながら、ほっとしたように微笑《ほほえ》む。

その時だった。

ふいに背筋がぞっとした。

（この気配⁉）

小ホールへ続く方向へ視線を向けた。まっすぐな廊下の先にいたのは、エリオット。彼は無言だ。強《こわ》ばった表情で、青い顔をしている。

「コリンズさん？」

アンもエリオットの存在に気がつき、その様子のおかしさに首を傾《かし》げた。

「……まいったよ」

エリオットは表情を変えずに、淡々《たんたん》と言う。

「あいつが来た」

シャルの体の奥《おく》がざわつく。羽が緊張《きんちょう》し張りつめる。そして気がついた。強ばった表情のエリオットの首に、細い銀赤の糸のようなものが何重にも絡《から》みついていることに——。

「来たか？　ラファルが」

問うと、エリオットは小さく頷く。

アンが顔色を変えた。

部屋の中にいた職人たちも異変に気がつき、廊下に出てきて絶句する。

「奴はどこにいる、エリオット。首に巻きついてるそれを、どこから操《あやつ》っている」

右掌《てのひら》に意識を集中すると、周囲から光の粒《つぶ》が集まり、凝縮《ぎょうしゅく》し、白銀の剣《けん》になる。

エリオットの首に絡みつく銀赤の糸の端《はし》は、廊下を抜け小ホールの方へ続いていた。

「庭だ。後ろから襲ってきた」

額にうっすらと汗をにじませ、それでも冷静にエリオットは答えた。

窓から外を見やる。いつの間に現れたのか、庭の中央に赤い髪《かみ》の妖精《ようせい》がいた。優雅《ゆうが》な立ち姿で、手に銀赤の糸を束にして構え持ち、微笑んでいた。シャルの存在と視線に気がついたらしく、笑《え》みを深くする。背に流れる一枚の羽が、揺らめくように赤みを増す。

「エリオット!?」

キャットが踏み出そうとした。

「待て！」

シャルが手を横にあげてキャットを制止した瞬間《しゅんかん》、エリオットが呻《うめ》いた。つっと、彼の首筋に薄《うす》い傷が走り血がにじむ。キャットも顔色をなくす。

職人たちがうろたえたように、数歩後退《あとずさ》る。下手な手出しは、状況《じょうきょう》を悪くするだけだ。

「エリオット。奴からの伝言があるはずだ。言え」

シャルが問うと、エリオットは苦しそうに顔をゆがめた。

「言えない」

次の瞬間、またエリオットは呻いた。首の傷がさらに深くなったらしく、どっと流れる血の量が多くなりシャツの襟《えり》を濡らす。

首に巻きつけられたあの銀赤の刃《やいば》には、こちらの物音を伝える役目もあるのだろう。会話はラファルに筒《つつ》抜《ぬ》けだ。

「言え、エリオット。なにを言われたにしろ心配するな。俺がなんとかする。信じろ。言え。今、長代理の身になにかがあれば、職人たちの仕事は完全に止まる」

耐《た》えるように目を閉じて、エリオットはようやく口を開く。

「アンをよこせ。かわりに俺は解放する。そう言った」

呆然《ぼうぜん》と突《つ》っ立《た》っていたアンは、その言葉に恐怖《きようふ》を感じたように目を見開く。が、すぐに唇《くちびる》を噛《か》みしめる。

「わたしなのね」

呟《つぶや》くと、ためらいがちに数歩、エリオットの方へ踏み出す。シャルは焦《あせ》って、その手を握った。

「どうするつもりだ」

「わたしが行かなきゃ。そうしなきゃ、コリンズさんが危ない。もしラファルが砂糖菓子を作る銀砂糖師を欲《ほ》しがっているなら、大丈夫《だいじようぶ》よ。殺されることはないと思う。行く」

アンの言葉を待っていたかのように、エリオットの背後からひゅっと空気を裂《さ》く音がした。もう一本、別の銀赤の糸がアンめがけて飛来した。

とっさにシャルはアンの前に出て、剣をふるいそれを叩《たた》き落《お》とした。糸の先が切れ、跳《は》ねあがった先端《せんたん》が天井《てんじよう》近くで赤い光の粒になって散る。

が、それと同時にエリオットが大きく声をあげた。首に巻きつく銀赤の糸が、さらに深く彼の首を傷つけていた。

「やめて！」

アンがシャルの前に出た。それを待っていたかのように、先端を斬《き》られた銀赤の糸が空中でうねりアンの首に巻きつく。

「ラファル！」

激高し、シャルは怒鳴《どな》った。

周囲から触手《しよくしゆ》を伸《の》ばすようにして襲いかかり、シャルの動きを封《ふう》じて、がんじがらめにする卑劣《ひれつ》さが許せなかった。

シャルの怒りの声に反応したように、エリオットの首に巻きついていた銀赤の糸がするりととける。エリオットはその場に崩《くず》れるように膝をつく。

——ほら、約束は守っただろう？

薄ら笑いで言うラファルの声が聞こえる気がする。

「シャル!?」

アンが叫《さけ》ぶ。首に巻きついた銀赤の糸に引っぱられ、彼女はたたらを踏《ふ》むようによろめいたが、そのまま早足で歩き出した。首に結ばれた紐《ひも》で引かれる犬のようだ。嫌々《いやいや》しながらも、足を進める。

屈辱《くつじょく》的な姿に、さらに怒りがたぎる。

アンを連れて行くつもりなのは、わかりきっていた。先回りするために、シャルは廊下の窓を開けて飛び降りた。軽く羽ばたいて体を浮《う》かすが、いかんせん片羽だ。地面に膝をつき、バランスをとって着地した。すぐさま立ちあがると、アンが玄関《げんかん》から出てきたところだった。

「止まれ。シャル」

柔《やわ》らかなラファルの声が庭に響《ひび》く。

「動くな。アンはわたしの手にある。滅多《めった》な真似《まね》はするな。身に危険を感じれば、彼女の首を落とす。銀砂糖師を殺すのは惜《お》しいが、かわりの銀砂糖師を探せばいいだけだ。けれどおまえは、違うだろう？　この娘《むすめ》でなければならないはずだ」

銀赤の色彩《しきさい》をまとっていても、全体が曖昧《あいまい》にけぶるような柔らかな印象は変わらない。赤々と燃えるのに実体も熱もない炎《ほのお》のようで、美しいが不気味でもあった。

ラファルは、かなりの距離《きょり》をあけて対峙《たいじ》している。自分に有利な距離以上に、シャルを近づけさせないつもりらしい。

その間にもアンはラファルの方へ引かれていき、ついには彼の腕の中に抱《だ》き留《と》められる。小さく悲鳴をあげたその体を、背後から包むようにラファルが抱く。さらに見せつけるように、髪に頬に首筋に口づけた。彼女は蒼白《そうはく》になって体を強ばらせている。

剣を握る手が震えた。

「ラファル。貴様」

ラファルが軽く口笛を吹《ふ》くと、丘《おか》を降りる坂の下から二頭の馬が駆《か》けあがってきた。一頭は馬体が金に輝くような月毛、もう一頭は闇《やみ》のような青毛だ。

ラファルはアンを抱いたまま、自分のとなりに立ち止まった月毛馬の背に、軽々と飛び乗る。

「手にある剣を消して、ゆっくりとこちらに来い。銀砂糖師は目と腕さえあれば問題ない。ぐずぐずしていたら、苛々したわたしが、アンの足を片方落としてしまうかもしれない」

アンの首にはまだ、銀赤の糸が絡みついていた。それがしゅるりと動くような気配を見せる。

すぐさまシャルは、手を振《ふ》って剣を光の粒に変えて消し、ゆっくりとラファルに近づく。馬上からシャルを見下ろし、ラファルは微笑む。

「羽をもらう」

言われるままに内ポケットを探《さぐ》り、シャルは自分の羽の入った袋《ふくろ》を取り出した。

「シャルの羽を取れ、アン」

命じられ、アンは身をかがめて手を伸ばす。受け取りのために指が触れると、アンは泣きそうな顔をした。その手に押しつけるようにして、シャルは小袋《こぶくろ》を渡《わた》した。

「シャル……羽は……」

「心配するな」

指先を震わせながら、アンは上体を起こした。その手からラファルは袋をもぎとり、そしていきなり力任せに握った。

全身がよじれるような激痛が走り、シャルは歯を食いしばりよろめいた。

アンが口を覆《おお》って悲鳴をあげる。

ラファルは満足そうに頷く。

「確かにおまえの羽だな」

袋を上衣《うわぎ》の内側に入れると、ラファルは柔らかな声で命じた。

「あちらの馬に乗れ。シャル、おまえのために用意した馬だ。美しい青毛だろう？」

従うしかなかった。手も足も出ない。守るべき者があるシャルは、狡猾《こうかつ》な相手と戦えば必然的に不利になる。シャルは青毛馬の背に乗った。

「ついてこい」

言うが早いか、ラファルは馬の腹を蹴《け》った。驚《おどろ》いた馬が前脚をあげていななないたのを簡単に御《ぎょ》し、駆け出す。シャルも馬の腹を蹴った。

(守らなければならない。アンだけは)

先を走り出した月毛馬を追った。

誰一人《だれひとり》、その場から動けなかった。みんな窓から庭を見ていた。

「アンが……」

ジョナスが呆然と呟いたが、誰もどうすることもできずに、ラファルとともにアンとシャルが去るのを見送るしかなかった。

窓辺に仁王立《におうだ》ちしていたミスリル・リッド・ポッドは、震えていた。両の拳《こぶし》を握り、怒りをこらえるようにして二頭の馬が駆け去った方を見つめている。

「どうなった……」

廊下に膝をついていたエリオットが、首の傷を押さえながらかすれた声で訊く。

その声でようやくキャットが正気づいたように、エリオットに駆《か》け寄《よ》った。

「エリオット。大丈夫か」

「アンは、どうなった」

「あの赤い妖精が、連れて行っちまった……シャルも一緒に」

エリオットの首からはじわじわと出血し、シャツの肩あたりまでが血に染まっていた。彼はそれにかまわずキャットの腕を血に濡れた手で掴《つか》む。

「キャット、銀砂糖子爵《ししゃく》に、銀砂糖師を狙《ねら》う危険な妖精が出たと通報しろ！　街道《かいどう》で何人もの職人を襲った奴だと言え。そいつに銀砂糖師がさらわれた。兵士を動かして退治しなければ、もっと被害《ひがい》が出る！　そう伝えろ、今すぐ行け、早く!!」

銀砂糖子爵は、砂糖菓子職人全体を統括《とうかつ》する存在であり、職人たち全員の庇護《ひご》者でもあるのだ。

ぴょんとミスリルが窓枠《まどわく》から飛び降り、さらに跳躍してキャットの肩に乗った。

「キャット。行こう！」

　銀砂糖子爵には、城と身辺の警護のためだけに、最小限の兵士しか与《あた》えられていない。兵力が必要な事態になった場合は、銀砂糖子爵の後見であるダウニング伯爵《はくしやく》が、銀砂糖子爵の要請《ようせい》に応えてまとまった数の軍隊を動かす。ダウニング伯爵はダウニング家の家臣団の他に、国王の兵である王国軍の一部を動かす権利を有している。

　砂糖菓子職人の庇護者である銀砂糖子爵に、助けを求めるべき時なのは間違《まちが》いなかった。彼が必要と判断し、ダウニング伯爵も認めれば、大きな力が動くのだ。

　キャットも頷く。

「わかった」

四章　妖精と人と

あたりが闇《やみ》に沈《しず》む頃《ころ》、雪がちらちら降り出した。

ラファルに抱《かか》えられるようにして、アンは馬の上でずっと震《ふる》えていた。アンの腰《こし》を捕《と》らえている腕《うで》や、背中に感じるラファルの体は、まるで鋼《はがね》のように冷たい。妖精《ようせい》だから当然なのだろうが、シャルと馬に乗った時は、これほど冷たいと思わなかった。

　首に巻かれた赤い糸の刃《やいば》は、途中《とちゆう》でラファルが消した。けれど冷たい感触《かんしよく》は恐怖《きようふ》とともに残る。怖《こわ》くて、寒かった。

　ケープもなく馬上で風にさらされていると、肩《かた》や腕や足が冷え切って、体の芯《しん》から震えた。

　ラファルが操《あやつ》る月毛馬に少し遅《おく》れ、シャルが乗る青毛馬がついてくる。彼の姿を確認《かくにん》したかったが、寒さと恐怖で思うように体が動かない。

　馬はルイストンから西に向けて駆《か》けた。主要な道を外れ、荒野《こうや》へと踏《ふ》みこんでいた。ひゅうひゅうと風が吹《ふ》き、周囲には家もなければ、畑もない。ほとんど人が立ち入らない場所らしいとわかり、ここがどこか見当がついた。

（ブラディ街道《かいどう》の外れ……）

ブラディ街道は王国西部からルイストンへ抜《ぬ》けるための街道だ。一年と数ヶ月前、シャルとミスリルとともに旅をした道。

街道の周囲は土地が痩《や》せていて、人が住み着かない。野獣《やじゅう》が多く、盗賊《とうぞく》のたぐいも潜《ひそ》んでいる。ブラディ街道すら危険なのに、その街道を外れて荒野に踏みこむのは自殺行為《こうい》だ。しかしラファルは迷いなく馬を進めていた。

渡《わた》る風が、枯《か》れ草《くさ》を揺《ゆ》らしてざわざわと大地全体が騒《さわ》ぐ。

日が沈み、雪がちらつき、寒さがいっそうきつくなる。体が冷え切って、かちかちと歯が鳴る。それに気がついたらしく、ラファルがくすりと笑った。

「どうした。寒いか？　可哀想《かわいそう》に」

楽しげに言うと、震えるアンの耳元で囁《ささや》く。

「悪いな、アン。しかし見ろ。もう到着《とうちゃく》した」

空は藍色《あいいろ》に染まっていた。その中に黒い山脈が浮《う》きあがり、それを背に負うようにして、さらに黒い影《かげ》が佇《たたず》んでいる。大きな四角の石を整然と積み重ねた、無骨な城砦《じょうさい》だった。小さな窓が壁面《へきめん》に並んでいたが、その中の幾《いく》つかには明かりが灯《とも》っている。

二頭の馬は城砦まで駆けた。

城砦の出入り口は石のアーチになっている。アーチをふさぐ扉《とびら》は破壊《はかい》されたらしく、出入りを妨《さまた》げるものはない。

城壁《じょうへき》にもアーチにも、枯《か》れた蔦《つた》が這《は》っている。中に入ると、外郭《がいかく》とおぼしき場所のあちこちで細い雑木や藪《やぶ》が冬枯《ふゆが》れている。うち捨てられて何十年も経《た》った城砦のようだった。

ラファルは馬をとめると、するりとその背から下りた。そしてアンを抱《だ》きかかえるようにして下ろす。シャルも馬から下りると、ラファルに近寄ってきた。

「ここまで来れば、文句はないはずだ。アンを放せ。

アンはこの場所から一人で逃《に》げられない。俺の羽も、おまえの手にある。どうすることもできない」

真正面から見すえる黒い瞳《ひとみ》を、ラファルは嬉《うれ》しくてたまらないように見ている。いつの間にか彼の髪《かみ》の色は、見慣れた緑と青をミルクに溶《と》かしたような曖昧《あいまい》な色に戻《もど》っていた。

目をそらさないシャルに根負けしたように、ラファルは冗談《じょうだん》っぽく肩をすくめる。

「もっと意地悪をしたいところだが、取り返しがつかないほどおまえを怒《おこ》らせそうだ」

ラファルはアンの背を軽く押《お》した。押し出されたアンは、そのままシャルの胸の中に抱きとめられた。その瞬間《しゅんかん》、シャルがぎょっとしたような顔をする。

「どうした？」

体の震えも、歯が鳴るのもとめられない。シャルが焦《あせ》ったように、強くアンの体を抱く。

「ラファル。部屋を貸せ。暖炉《だんろ》のある部屋だ。火をおこし、こいつの体を温める」

「ご案内申しあげよう」

ラファルが周囲に視線を向ける。と、柱の陰《かげ》や、中郭へと続く出入り口、冬枯れの細い雑木の茂《しげ》みから、黒く大きな影がぞろりぞろりといくつも現れた。

シャルが眉《まゆ》をひそめる。

アンとシャルを取り囲んだのは、太い腕と首の、岩のように屈強《くっきょう》な妖精たちだった。二十人はいるだろうか。アンが昔から時々目にしていた戦士妖精は、ちょうどこんな感じの妖精ばかりだった。

「彼らが案内する」

戦士妖精たちは無表情だった。彼らに囲まれるようにして促《うなが》され、シャルはアンの肩を抱いて歩き出した。なんとか歩くことはできたが、一歩ごとに膝《ひざ》がひどく震えた。それは寒さのためなのか恐怖のためなのか、自分でもわからなかった。

戦士妖精たちが二人を連れて行ったのは、城砦の最上階の一室だった。頭が一つ出るくらいの小さな窓が高い位置にあり、木の戸がつけられている。石がむき出しの壁《かべ》と床《ゆか》。暖炉はあるが長い間使った形跡《けいせき》はない。暖炉の前の石床には厚手の敷物《しきもの》が敷《し》かれていたが、それもすり切れ色あせている。

「ここで待て。すぐに帰ってくる」

敷物の上にアンを座《すわ》らせると、シャルは部屋を出て行った。

部屋は暗く寒く、心細い。両肩《りようかた》を抱くが、震えは止まらない。程《ほど》なくしてシャルが帰ってきた。彼の姿を見ただけで、安堵《あんど》で涙《なみだ》ぐんでしまいそうだった。

シャルはランプや毛布、薪《まき》などいろいろなものを持ってきた。そしてランプに明かりを灯し、毛布をアンの体に巻きつけ、薪を暖炉に放りこみ火をおこす。それらのことをこなす姿を、アンはどこかぼうっとして眺《なが》めていた。

ここのところずっと、アンは自分の能力の限界ぎりぎりで仕事をしていた。気持ちの浮《う》き沈《しず》みも激しく、心配事が常に山積していた。

そのうえ、こうやってラファルにさらわれた。寒さと疲《つか》れと恐怖と、そんなものがどっと押《お》し寄《よ》せ、頭の中でなにかがぷつりと切れてしまったように、虚脱《きよだつ》状態だった。

暖炉の炎《ほのお》が勢いよく燃え出すと、肌《はだ》がじんわりと温かくなる。だが体の芯の寒さだけは、凍《こお》りついたようになかなか去らない。シャルはアンの後ろに座り、背中から抱いてくれた。

「もたれろ」

シャルはアンの額を軽く押し、自分の胸に頭をつけさせた。背中に当たるシャルの体も、額に触《ふ》れた指も冷たい。妖精の体温だ。

けれどラファルの体のように、触れた場所から冷たさが体に染《し》みこむような、鋼の冷たさではない。なめらかな陶器《とうき》に触れるような感じがする。どこか柔《やわ》らかくて、こちらの体温がじわりと相手にも伝わる気がする。

「寒い」

シャルに抱かれてほっとしたのだろう。ようやくまともに、言葉が出た。

「人間のように、俺の肌が温かければ良かった」

シャルは言いながらアンの右手を取りあげて、そこに息を吹きかけた。

妖精の肌は冷たいが、彼らの羽と吐息《といき》だけは、なぜかほんのり温かい。命の温かみが、そこからあふれてくるのだろうか。シャルは自分の吐息が、人間にとって温かいとわかっている。以前もこうやって指を温めてくれたことがあった。

右手にしばらく息を吹きかけると、次に左手を取り息を吹きかける。

頭の動きは鈍《にぶ》くてぼんやりしていたが、ラファルに襲《おそ》われた時のことが頭の中で途切《とぎ》れ途切《とぎ》れに浮かんで消える。

エリオットは大丈夫《だいじょうぶ》だったのだろうか。仕事は今、どうなっているのだろうか。アンが抜けて、また作業に遅れが出るのではないだろうか。そしてシャルの羽は。

「シャル……。シャルの羽が」

アンはぼんやりしながらも、胸が痛くて、悔《くや》しかった。せっかく取《と》り戻《もど》した彼の羽が、また誰《だれ》かの手に渡る。しかも人間ではなく、同じ妖精のラファルがどうしてそんなむごい真似《まね》をするのか信じられない。

「気にするな。今は考えるな」

シャルの声は穏《おだ》やかで優《やさ》しい。

「疲れているはずだ。ちょうどいい、なにも考えずに眠《ねむ》れ。明日は仕事がない」

その言葉にあやされるように、アンは目を閉じた。気力も体力も限界だ。眠りたかった。

腕の中で眠ったアンの重みに、ほっとする。状況《じょうきょう》は最悪だが、とりあえずアンは無事だ。

シャルの胸に頭を預けて眠ったアンの首筋が、目の前にあった。そこにラファルが口づけた。そこだけではない。髪や頰《ほお》にも。その行為は、以前アンの頰にラファルが手を触れたのとは、比べものにならないほど不愉快《ふゆかい》だった。

ラファルが口づけた髪を清めるように、同じ場所に口づける。すこし長く。そこから頰に唇《くちびる》を移し、そこにも長く口づける。そして最後に首筋に強く口づけた。何度も。

「……ん」

アンがむずかるように身じろぎしたので、はっとした。衝動《しょうどう》を自覚する。シャルを信頼《しんらい》して安心しきって身を任せて眠っているアンに、何をしようとしていたのだろうか。

理性を取り戻し、昔、幼いリズにしていたのと同じように髪を撫《な》でる。しばらくそうしていると、扉の外で複数の気配と物音がした。

「おや、眠ったのか？」

扉を開いて姿を現したのはラファルだった。そのあとから数人の戦士妖精が、簡素な作りのベッドを運びこんできた。彼らは部屋の隅《すみ》にベッドを置くと、出て行く。戦士妖精たちを見送ったラファルが、悪びれずに言う。

「わたしは人間に気を遣《つか》う習慣がない。おまえの可愛《かわい》い銀砂糖師に、暖かいベッドが必要だということに気がつかなかった」

ベッドには厚手のマットレスが敷かれ、毛布が数枚と上掛《うわが》けがある。石の床の上にいるよりは暖かいはずだ。シャルは無言でアンを抱きあげ、彼女の体をベッドに移した。

「炎は、美しい。人間たちが家の中で火を燃やしているのを見て、最初は装飾《そうしょく》として利用しているのかと思った。しかしこれが必要なものなのだと知って、驚《おどろ》いた。人間とは弱い生き物だな。姿は我々と似ているが、あまりにも違《ちが》う。人間はそもそも野蛮《やばん》な生き物で、醜《みにく》く知恵《ちえ》も力もない獣《けもの》だった。その獣が我々に憧《あこが》れ、憧れのあまり我々に似た姿に変化し、知恵を持ち始めたんだからな。我々の創世記にあった記述だ。知っていたか？」

ラファルは暖炉の前に立ち、炎を見つめていた。彼の羽は炎の明かりを受け、薄《うす》い朱《しゅ》とオレンジが混ざり合ったようにてらてらと光る。

アンを寝《ね》かせると暖炉の前へ戻り、かがみこんで薪を炎に放りこむ。ラファルには視線も向けなかった。

「無《む》駄話《だばなし》は聞きたくない。用が済んだなら、出て行け」

「おまえの部屋は別に用意したんだがな、シャル。こんな粗末《そまつ》な部屋ではない。おまえは、わたしとともにあるべき者だ。粗略《そりやく》な扱《あつか》いはしない」

　あまりに馬鹿げた言い分に、くっとシャルは笑う。

「粗略な扱いをしない？　ふざけているのか？　俺の羽を握《にぎ》っておいて、よくそんなことが言える」

「おまえがわたしとともにある者だと認め、わたしと生きる覚悟《かくご》ができているのであれば、すぐにでも返してやりたいが。残念なことに、そうではなさそうだからな」

「わかっているなら出て行け。目障《めざわ》りだ。俺はこいつのそばを離《はな》れる気はない」

「よほどお気に入りのようだな、あの銀砂糖師が。確かに、髪や肌から銀砂糖の香りがして、そそられないでもないが」

　きびすを返し、ラファルはベッドに向かった。眠るアンを見下ろしてうっすら笑い、

「抱いてみたら、おまえが執着《しゆうちやく》するよさがわかるか？」

　ゆっくりとアンの方へ手を伸《の》ばそうとした。

「触れるな！」

　立ちあがり駆《か》け寄《よ》って、背後からラファルの右手首を摑《つか》んだ。ラファルが声をあげて笑う。

「冗談だよ！　シャル！」

　ふり返りざまラファルは、左手でシャルのもう一方の手を摑んだ。腕を摑んで組み合うようになり、互《たが》いに互いをいましめ、拮抗《きつこう》する力で動けなくなった。

「放せ、冗談だと言っただろう」

「冗談だろうが、許さない。アンに手を出すな。なにかすれば、おまえを斬《き》る」

　歯がみして睨《にら》み合《あ》う。

「おまえの羽を持っているわたしを斬れるか？　一緒に自分の羽を斬ってしまいかねないぞ」

「おまえを斬れるなら、一緒に斬るまでだ」

「そこまでご執心《しゆうしん》か。しかしシャル。我々は人間と違う。いくらアンに愛着を持っても、お互いに不幸になるだけだぞ」

　卑劣《ひれつ》漢がわけしり顔で言うのが、我慢《がまん》ならなかった。

「おまえになにがわかる」

「冷静な分だけ、おまえよりはわかるよ。もしおまえとアンが愛し合ったとして、なんになる？　おまえは、いいかもしれないな。アンの寿命《じゅみょう》が尽《つ》きるまで、慰《なぐさ》めを求められる。しかしアンは人間として子孫を残すこともなく、おまえの慰めの相手として終わる。あとにはなにも残せない。それを人間として、アンはよろこぶのかな？」

　薄ら笑いで告げるラファルの言葉に、シャルは表情をなくした。

　力の均衡《きんこう》がわずかに崩《くず》れ、壁際《かべぎわ》に、じりじりと押される。

　ラファルが今口にしたことは――ラドクリフ工房《こうぼう》で、笑顔《えがお》でキースと向き合っていたアンを見た時からシャルが感じていたことそのものだった。人は人として、人の中で生きるのが最も自然で、幸せなのかもしれないと。しかしそう思っていながらも、彼女を手放しがたい気持ちは強くなる一方で、どうしようもなかった。

「ともに生きる相手として、妖精同士、人間同士。それが一番自然だ。――おまえが、アンを不幸にするぞ」

　シャルの気持ちの揺れを見逃《みのが》さず、ラファルはさらに言葉を重ねる。

「最後の妖精王リゼルバ・シリル・サッシュは人間とわかり合おうとした。しかし結局、人間王セドリックと戦った。彼らが戦った事実が、妖精と人間が相容《あいい》れない証《あかし》だ。そしてわたしとおまえは、その相容れぬもののために死んだリゼルバの遺志を継《つ》ぐべき者だ」

　戯言《たわごと》にしか聞こえなかった。不愉快さに眉をひそめると、ラファルは薄ら笑いを消す。

「我々が生まれた貴石は、朽《く》ちた剣《けん》の柄《つか》にはめこまれていた。わたしは生まれた瞬間から、あの剣が誰のものなのか疑問に思った。だからあの剣の持ち主と礼拝堂の意味を調べた。百年前は戦乱期だ。今ほど人間どもも統制が進んでいなかった。古い城や教会へ行くと、妖精の残した文章がそこここで見られた。古代ハイランディア文字と呼ばれているのは、人間は認めようとしないが、妖精の作った文字だ。そしてわかったのは、あの剣を持っていたのは最後の妖精王リゼルバだということだ。オパール、黒曜石、ダイヤモンド。いずれも種類に統一性はないが、石の持つエネルギーの響《ひび》きが似ていた。意図的に三つの石は選ばれていた。そしてそれを選んだのもリゼルバ」

「伝説で語られる容姿からは、妖精王は紅玉石だったとわかる。貴石の妖精は、自ら刃を作りふるったはずだ。そのリゼルバが剣を持つ必要はない」

「戦うためには必要ない。しかしいずれ長い寿命が尽きた時、次代の妖精王を残しておかなければならないだろう？　だから妖精王は必要のない剣を身につけ、そこに次代の妖精王を生むべき石をはめこんだ。妖精王にふさわしいと思われる、似た響きの三つの石に、次代を託《たく》そうとした。三つのいずれか一つ、もしくは三つともでもいい。そこから妖精王にふさわしい命が生まれるのを望んでいた。しかしリゼルバは人間との戦いに破れた。そしてその剣は、人間王セドリックの手に渡った。セドリックはリゼルバの亡骸《なきがら》のかわりに、礼拝堂に剣を納めリゼルバを弔《とむら》った」

「証拠《しょうこ》はない」

「ならなぜわたしは、リゼルバ・シリル・サッシュの名を、生まれた時から知っている？　おまえも知っているはずだ。シャル」

妖精たちは、自らが生まれ出るもとになったものが見聞きしたことは知っているし、理解できるのだ。シャルも生まれた時には、人間は警戒《けいかい》するべき相手だということを知っていた。世界には昼と夜があり、四季があり、雨が降り雪が降る。空には星がある。それも知っていた。鳥がいて虫がいて、動物たちがいるのも知っていた。

しかし固有名詞で記憶《きおく》にあるのは、リゼルバ・シリル・サッシュの名前のみだ。

自分の生まれた黒曜石のとなりにあったオパールの響きすら、確固たる名前として認識《にんしき》はできなかった。ラファルの名を聞いて、はじめて、その響きから生まれた名だと理解できる程度なのだ。

一つの名を生まれる前の記憶として持っている意味は、果たしてなんだろうか。

よほど身近にあった名か。もしくは黒曜石とオパールを準備した者が、意図して記憶に残るほどの手を尽くしたのだろうか？

「あの礼拝堂を守っていた人間の一族は、人間王セドリックの末裔《まつえい》、ミルズランド家の傍流《ぼうりゅう》ローウェル家だ。ローウェル家に生まれた二番目の姫《ひめ》は、代々礼拝堂を守り生涯《しょうがい》を過ごすと決められていた。その姫に与《あた》えられる呼称《こしょう》を知っているだろう？　シャル。おまえはその姫のもとで過ごしていたらしいからな」

リズは荒野の城に幼い頃から住んでいた。ローウェル家の二番目の姫として生を受けた彼女は、特殊《とくしゅ》な役目があり、その城で生涯過ごすことになっていた。

その役目の意味は本人には知らされない。ただそこに住むことが、役目と教えられていた。

しかし城の外からリズに対して様々な手紙が来る時は、必ずリズの名前の前に、ある言葉が記されていた。

「……妖精の封印《ふういん》」

妖精の封印エリザベス・ローウェル、と。

「人間王セドリックはあの剣を弔ったが、後の世の人間たちは、あの剣の柄にはめこまれた貴石から妖精王が生まれるのを恐《おそ》れた。しかしセドリックの造った礼拝堂だ。むやみに手出しができない。そこで誰も近寄らないように見張りの城を建て、身分のある者を住まわせた。そこまで用心したのに、わたしは生まれた。暗闇《くらやみ》でも目の利《き》く月鷲《わし》が、あの礼拝堂に迷いこんでオパールを見つめたからだ。偶然《ぐうぜん》だった。いや……妖精王の遺志が生んだ、必然かもしれない。我々は、生き物の視線がなければ生まれない。あの暗闇では、夜目の利く生き物か明かりを灯す誰かが見つめない限り、おまえも生まれないはずだった。だから安心していたのに、おまえはわたしが帰る前に生まれ、消えていた」

おそらく礼拝堂へ行くことは、リズも禁じられていたはずだ。けれど好奇《こうき》心いっぱいの五歳《さい》の女の子は、探検に繰《く》り出《だ》した。そしてそこで黒曜石の輝《かがや》きに魅《み》せられ、度々訪《たびたびおとず》れるようになったのだろう。

（リゼルバ・シリル・サッシュが？）

幻《まぼろし》が実体を持って、目の前に立ちはだかったようだった。

五百年前に生きた妖精王が、シャルやラファルを生まれるべき者として、貴石を準備した。そのことが不思議と現実感を持って感じられるのは、それが事実だからなのだろうか。

「礼拝堂は五十年ほど前に落盤《らくばん》で消えた。ダイヤモンドはその前に持ち出した。ダイヤモンドの時も、とっくに満ちている。だがなぜか、いくら見つめても生まれる気配がない。なんらかの理由で、生まれることができないのかもしれない。結局、妖精王が次代を託した三つの石で無事に生まれたのは、今のところわたしとおまえだけ。そして百年以上の時間を隔《へだ》てて、こうやって会えた。会うべくして会えた。そうは思わないか？」

　ラファルに押され、シャルの背は石壁《いしかべ》にあたる。緑とも青ともつかない、ミルクに溶かした染料《せんりょう》のような曖昧な色の瞳が、妖精の歴史と過去の意志を突《つ》きつけてくる。

　向かい合うラファルの気配は、シャルの妖精としての本能に近い部分に触れる。懐《なつ》かしいわけではない。だが彼の正体を知った今、近い者だと思わずにはおれない。

　ラファルは囁く。

「シャル。我々はリゼルバの遺志を継ぐべきだ。我々は妖精王になるべきだ」

「妖精王？」

「妖精たちの力を集め、妖精を解放する。わたしとおまえの力があれば、妖精たちを集められる。そして人間に対抗《たいこう》できる。妖精の国を取り戻す。妖精の自由のために、我々は王になるべきだ。二人で妖精王となればいい。わたしが調べた最も古い碑文《ひぶん》には、リゼルバの前の妖精王は、二人だったと記してあった。つがいの妖精王は、支配力が強いともな」

　冗談を言っている雰囲気《ふんいき》ではない。

（妖精の自由）

　羽を奪《うば》われる屈辱《くつじょく》と、使役《しえき》される苦痛は身にしみて知っている。だから自由という言葉にひかれる。確かに妖精を苦痛から解放するために、何かをするべきなのかもしれない。一瞬《いっしゅん》そんな考えが頭をよぎるが、すぐにアンのことを思い出す。

（アンは人間だ）

人と敵対するということは、彼女も敵だということだ。それは考えられない。

ペイジ工房にいる連中も人間だ。彼らを人間だからという理由で、敵とみなすことはできない。彼らに向かって剣は振《ふ》るえない。

ラファルは、そそのかすように言葉を紡《つむ》ぐ。

「羽を奪われた屈辱は忘れられないだろう？」

「俺の羽をもぎ取った人間は死んだ。それで終わりだ。すべてを敵にしたいほど、人間が憎《にく》いわけではない。リゼルバの話が真実だとしても、それと彼の遺志を継ぐべきだというのは話が別だ。人間を支配するだと？　たった二人でか？　妄想《もうそう》だ。そんなものにはつきあえない」

「仲間を集めればいい。おまえも見ただろう。戦闘《せんとう》能力の高い仲間を、わたしは集めている」

「五百年前の人間の数と、今の人間の数。どれほど違うと思う？　人間たちはこの五百年で爆発《ばくはつ》的に増えている。今も増え続けている。しかし妖精は、それほど多く数がいるわけではない。ハイランド中の妖精をかき集めても、どれほどの力になるのかは怪《あや》しい。それでもやるというなら、好きにすればいい。妖精が自由になるのは、よろこばしい。勝手にやれ。だが俺を巻きこむな。俺とおまえが生まれるのを望んだのがリゼルバだったとしても、俺は妖精王に興味はない」

顔を背《そむ》けた。シャルの気持ちを優しくなだめるように、ラファルは囁く。

「シャル……。シャル。我々は近い存在だ」

「おそらく……そうだ」

それは認めなくてはならない。ラファルは満足したように微笑《ほほえ》む。

その隙《すき》を逃《のが》さず、摑んでいたラファルの右手首を渾《こん》身《しん》の力で突《つ》き放《はな》した。不意を突かれたらしく、ラファルは背後に数歩よろめいた。

「だが、それだけだ。おまえはおまえの好きにしろ。俺とおまえは近い。だが別のものだ」

冷然と言い放ったシャルに、ラファルの表情が消えた。

「己《おのれ》の生まれた意味を知ってなお、そう言うのか？」

「俺の生まれた意味は、俺が決める。そもそもリゼルバの遺志が妖精の国を取り戻し、人間と戦うことだとなぜ言える。彼は人間との共存を願った」

「だが不可能だった。妖精王は妖精のために戦うしか道はない。リゼルバは敗れたが、我々が戦うことを望んだはずだ」

「言い切れない。それは、誰にもわからない」

「それがおまえの返事か？　シャル」

ラファルは、背後のベッドに目を向けた。

「忌々《いまいま》しい。この小娘《こむすめ》に、そこまで心を奪われたか」

吐《は》き捨《す》てるように言うと、背を向ける。

「しかたない。おまえがそう言うなら、おまえも支配するまでだ。わたしが王だ」

淡々《たんたん》と背中越《ご》しに告げ、ラファルは部屋を出た。

（妖精王だと？）

もしやろうと思えば、妖精の力を集め、一部の地域だけを妖精の支配下に置くことなら可能だろう。

（しかしそれで、どうする？）

人間たちが妖精の国を黙《だま》って見過ごすはずもなく、戦いは続いていく。妖精たちが安らぐ国にはならない。未来が見えない。

妖精たちの自由のためにと囁かれれば、自分は戦わねばならないのかもしれないとも思う。しかしもし妖精の国や、自由を望むにしても、もっと別の方法があるような気がしてならない。ただそれがなんなのか、どうすればいいのかわからない。

アンが眠るベッドの脇《わき》に腰かけ、眠る彼女の前髪《まえがみ》をかきあげる。

「教えろ」

囁きながら、アンの額に口づけた。彼女なら答えを知っているような気がする。なぜそんなふうに思えるのだろうか。頼《たよ》りないお人好《ひとよ》しのかかし頭の少女に、なにを期待しているのだろうか。

そして不安になる。こうしてアンに触れ、慈《いつく》しみ守ろうとすることが、彼女を不幸にするのだろうか。ラファルの言葉が心を乱す。

キースは不安を抱えて、ホリーリーフ城に向けて馬車を走らせていた。一頭立ての小さな馬車で、ラドクリフ工房所有のそれは、おもに工房の使いに出る見習いが乗るものだった。とりあえず、すぐに乗れる馬車を選び飛び乗ってきたのだ。

　本来なら、仕事を抜ける許可をマーカスか職人頭に求めるべきだった。しかしそんな心の余裕《よゆう》はなかった。

（アンが）

　今日、いつものように作業をしていると、マーカスに客が来た。普段《ふだん》なら気にとめはしないのだが、訪れたのは銀砂糖子爵《ししやく》の使いだった。今ペイジ工房は、銀砂糖子爵の監視《かんし》下で作業を続けている。それが念頭にあったために、気になった。

　使いの男はマーカスに、銀砂糖子爵からの緊急《きんきゅう》の手紙を渡した。そんなものが来ることは滅多《めった》にないので、マーカスも驚いたらしく急いで封《ふう》を開け、キースも無理を言って一緒に読ませてもらった。

　そこに書かれていたのは、銀砂糖師と砂糖菓子《がし》職人全員に対する注意喚起《かんき》だった。

　先日来、頻繁《ひんぱん》に砂糖菓子職人が襲われる事件が起こっていたが、その犯人はどうやら人の支配から逃れた妖精らしい。戦闘能力の高い妖精で、凶暴《きょうぼう》だ。

　昨日、ペイジ工房の作業場が襲われた。長《おさ》代理が怪《け》我《が》を負い、ペイジ工房の職人頭とその護衛として使役されていた戦士妖精が、犯人の妖精に連れ去られた。

　銀砂糖子爵は砂糖菓子職人の安全の確保と、連れ去られた銀砂糖師発見のために、後見のダウニング伯《はく》爵《しゃく》の協力のもとに犯人の妖精を狩《か》る兵を出す。

　全砂糖菓子職人は十分に注意をすること。派閥《はばつ》の長は各派閥の配下に、注意を呼びかけること。

　そんなことが書かれている。

　砂糖菓子職人を襲う妖精がいることは、キースも噂《うわさ》で知っていた。だが、まさかペイジ工房が襲われるとは思ってもみなかった。そしてペイジ工房の職人頭と護衛の戦士妖精と言えば、アンとシャルだ。それを知ったら、いても立ってもいられなかった。

ほんとうにアンはさらわれたのか。そして襲われたペイジ工房は、どうなったのか。自分で確かめたかった。

ホリーリーフ城に続く坂道を、一気に駆けあがった。庭に到着して馬車を止め、城館を眺める。とても静かだった。左翼《さよく》一階部分の窓の向こうに、人の動く影が見えるだけだ。確かあそこは作業場だったはず。

玄関《げんかん》に向かうと扉をノックしようとしたが、ノッカーは引《ひ》き剝《は》がされたらしく、なくなっている。板のささくれがあるばかりだ。仕方ないので扉を開き、奥《おく》に向かって声をかけた。

「すみません。こんにちは！」

誰も出てこない。しばらく待ち、何度も呼んでみた。左翼のほうからは物音や人の気配がする。しびれをきらしてキースは中へ踏みこんだ。

左翼へ続く扉を開くと、まっすぐな廊下《ろうか》になっていた。一番手前の部屋の出入り口に、ブリジットの姿があった。心配そうに部屋を覗《のぞ》いている。キースには気がついていないらしい。声をかけようとした時、エリオットの声がした。

「オーランド？　どうした⁉」

「作業に入る」

淡々と答えたのは、落ち着きのある低い男の声だった。

「大丈夫なの？」

エリオットの質問に、部屋の出入り口に立っていたブリジットが強く首を横に振る。

「まだ痛むはずよ。さっきも痛そうにしてたもの」

「エリオット。俺が作業できると言ってるんだ」

男の声が、怒ったように強く言う。それに対し少しの間があったが、エリオットのへにゃへにゃした声が答えた。

「そうだねぇ。ま、できるならいいか。でも、無理はしないと約束してよね」

「当然だ」

男の声に反応し、ブリジットはまた首を振る。

「無茶よ」

「ブリジットさん」

会話が途切《とぎ》れたのを見計らい、キースは声をかけた。

彼女はふり返って目を丸くする。

「キース？」

「すみません。声をかけたんですが、誰も出てこなくて勝手に入ってきてしまいました」

「今、家事をしている妖精たちがおびえてしまっていて応対に出ないの。ごめんなさい」

言いながら、ブリジットはこちらに歩いてきた。その声と態度を、キースはおやっと思った。

ラドクリフ工房にいた頃と比べて、ブリジットの顔つきが少し違う。キースは彼女のことを、表面ばかりが堅《かた》いのに、芯のない感じの女性だと思っていた。今もか弱い感じは同じだが、どこか、すっくと立とうとしている意志が感じられた。

「なにか御用《ごよう》？」

「銀砂糖子爵からの通達がこちらにも回ってきました。ペイジ工房が襲われ、アンがさらわれたとその通達に書いてあったので、驚いて。ほんとうなんですか、あれは？」

「ええ。そうよ」

ブリジットは目を伏《ふ》せ、唇を噛《か》む。

「コリンズさんは、何をしてるんですか」

「仕事をしてるわ」

「仕事？　こんな時に!?」

アンはペイジ工房のために選品に出ることを決め、作品を作り、選ばれた。それからも新聖祭に向けて懸《けん》命《めい》に仕事を続けていた。そのアンがさらわれて行方《ゆくえ》知れずになっているというのに、平然と仕事を続けているのは、どういうつもりなのだろう。

（もともとアンが、ペイジ工房の職人じゃないからなのか？）

役に立つ時は利用しておきながら、彼女の危機には知らん顔をするのだろうか。

「コリンズさん！」

キースはブリジットの横をすり抜《ぬ》け、作業場になっている部屋に入った。

「あれ、キース？」

部屋に踏みこんできたキースを見て、エリオットが額の汗《あせ》を手《て》の甲《こう》でぬぐいながらびっくりしたような顔をする。首に包帯を巻いていた。けれど変化は、それだけだ。普段と変わらず銀砂糖を練っている。

中にいたのはエリオットの他に、長い黒髪《くろかみ》を頭の高い位置で一つに結《ゆ》わえた男。顔の半分が包帯で覆《おお》われている。彼が以前の職人頭オーランドだろう。

「アンが、さらわれたんですよね」

訊《き》くと、エリオットは銀砂糖に目を落とす。手は止めずに頷《うなず》く。

「ああ、そうだけどねぇ」

「なにもしないんですか?」

「してるよ。ほら、仕事してるでしょ」

「そうじゃなくて、彼女を探すとか、妖精を追いかけるとか」

「あー。無理無理。それはとりあえず、銀砂糖子爵に任せてあるよ」

いつものような軽口だが、エリオットはキースを見ようとしない。

「だからって、アンのためになにもしないんですか!?」

「だから……。仕事してるじゃない」

「アンのためになにもしないのかと訊いているんです！　なにもしないのは、どうしてですか!?　彼女が、ペイジ工房の職人じゃないからですか!?」

キースが叫《さけ》んだ途端《とたん》だった。

いきなりエリオットが顔をあげた。ぎょっとするほど、恐ろしい目をしていた。キースがその目に驚きを感じる前に、エリオットはキースの襟首《えりくび》に掴みかかっていた。

「ペイジ工房の職人じゃない!?　ふざけるな!!　アンはうちの職人頭だ！」

びっくりして、キースは動けなかった。

「エリオット！」

オーランドが割って入ろうとするのを、エリオットは片手で払《はら》い、両手でキースの襟首を絞《し》めあげる。

「アンのためになにかしろだ!?　シャルでさえ手こずる相手に、なにをしろって言うんだ！　俺たちは職人だ！　だから俺たちは、自分たちができることをやってるんだよ！　見えないのか!?　やってるだろう！　アンが帰ってきた時、仕事が進んでなかったらあの子はがっかりするに決まってる。だから仕事を進めてるんだよ！」

　絞めあげられる首が苦しかったが、それ以上にぶつけられるエリオットの苛立《いらだ》ちと怒《いか》りに、苦しくなる。

「これ以外に、なにをしろっていうんだ！」

「エリオット、やめて！」

　ブリジットが悲鳴をあげた。オーランドは傷が痛むのか、顔をゆがめながらもエリオットの腕にとりつく。

「やめろ！　エリオット」

　騒ぎを聞きつけたらしく、隣の部屋からペイジ工房の職人が三人、キャット、ミスリル、そしてジョナスが駆けてきた。ジョナスの姿にキースは驚いたし、ジョナスの方も口をぽかんとあける。まさかお互い、こんな場所で再会するとは思っていなかったし、こんな状況だ。

　ペイジ工房の職人のうち、やたらと背の高い屈強な男が、あわててエリオットに駆け寄り腕を押さえる。

「なんかわからんが、とにかく手を放せエリオット。この坊主《ぼうず》がくたばるぜ」

　それでもエリオットは歯を食いしばり、キースを睨《にら》みつけ、ぎりぎりと襟《えり》を絞めあげる。

　キャットが近づいてきた。静かな青い目で、淡々と言った。

「ここは作業場だ。長代理が神聖な場所を汚《けが》すんじゃねぇ。喧嘩《けんか》なら外でやりやがれ」

　不意に、エリオットの力が緩《ゆる》んだ。するりと手から襟が抜け、キースは床に膝をついて咳《せ》きこむ。キャットがしゃがみ込み、背を撫でてくれる。

　しばらくエリオットは、うつむいて突《つ》っ立《た》っていた。キースの呼吸が楽になった頃に、彼はキースを見おろしてぽつりと言う。

「……大丈夫？　悪かったよねぇ」

　喉《のど》を撫でながらも、キースは首を振った。

「いえ……僕こそ、すみません」

　頰が熱くなる。これほど自分が、恥《は》ずかしかったことはない。

アンがさらわれたと聞いて冷静さを欠いていたとはいえ、自分がいかに浅はかなのかを思い知らされた。ペイジ工房の職人たちは、彼らができることの中で、最もアンのためになることをしていた。こうやって怒《ど》鳴《な》られるまで、それに気がつきもしなかった。

そしてペイジ工房の職人たちは、なんのこだわりもなくアンを職人頭だと認めている。

派閥だとか、女だとか、そんなことは関係ない。

父親の足跡《そくせき》をたどるのが嫌《いや》だ、前銀砂糖子爵の息子《むすこ》だと特別扱《とくべつあつか》いされるのは息苦しい——自分はそんなことにこだわっているから、彼らの思いに気がつきもしないのだ。様々なことに見苦しいこだわりがあるのは、自分の方だ。

「よくわかりました。僕が……浅はかなんです」

すこし頭がくらくらしたが、立ちあがる。

(見苦しい真似は、したくない)

常に公正で。そして人として、見苦しい真似はしない。情けない真似はしない。

それがキースの意地だ。

任期二十年を超《こ》えた、素晴《すば》らしい銀砂糖子爵であった父親。キースはその父親の付属物のように、いつも言われていた。そんな自分が唯一《ゆいいつ》、自分自身を誇《ほこ》りに思えるための意地なのだ。

「僕も、お手伝いします。アンが抜けた穴は大きいでしょう。アンのためにできることが仕事なら、僕は仕事をします。それに僕はやっぱり、ペイジ工房には存続して欲《ほ》しい。父が修業《しゅぎょう》した場所として尊敬もしている。だから手伝います」

「おい、いいのか？　キース」

ぽかんとしていたミスリルが、キースの言葉に焦ったようにちょいと飛びあがって肩に乗ってきた。

「君も仕事をしてるんだね、ミスリル・リッド・ポッド。だから僕もする。いいんだよ」

アンとシャルと一緒に旅してきたこの小さな妖精こそ、ここにいる誰よりも二人の身を心配しているはずだ。けれどこうやってこの場所にとどまり、黙々《もくもく》と仕事をしていた。自分がやらなくてはならないことを心得ている。自分も派閥だとか意地だとか、そんなつまらないものは忘れるべきなのだ。

「なにがいいんだ？　おまえ俺たちを手伝ったら、ラドクリフ工房のあのオヤジに怒られるんじゃないのか？」

「考えがあるから、いいんだよ」

心配顔のミスリルに柔らかく笑《え》みを返し、エリオットに再び視線を戻した。

「コリンズさん。仕事の指示をください」

（もう三日も経った）

頭の上よりももっと上にある小さな窓を、今朝シャルに開けてもらった。そこから射《さ》しこむ斜陽《しやよう》が壁に四角く光を投げている。冷たい風がときおり吹きこむが、暖炉の火は絶えることなく燃やされているから暖かい。薪はたっぷり暖炉の脇に積まれていた。

暖炉の前に、アンは膝を抱えて座っていた。

幽閉《ゆうへい》されているわけではなく、好き勝手に部屋からは出られる。アンが逃げられないのを、ラファルはよく心得ているらしい。ブラディ街道を外れたこんな荒野の中にいては、一人逃《に》げ出《だ》してものたれ死ぬのが落ちだ。

城砦の中を見ておけば、なにかの役に立つかもしれない。そう思って何度か城砦の構造を確かめるために歩き回ったが、それだけだ。城砦の中は薄暗《うすぐら》くて寒くて、心細い。気楽にぶらぶらしたい場所ではない。

（仕事はどうなったの？）

額を膝につけて考える。順調に仕事が回り始めたのに、アンが抜けて、また人手不足になったはずだ。ペイジ工房の職人たちはどうしているのだろうか。エリオットとオーランドが怪我をおして、無茶なことをしたりしていないだろうか。

シャルはここに連れてこられた翌日から、ラファルに命じられ、彼とともに城砦を出て行く。

早朝に出て、日が暮れてから帰ってくる。そしてその度に、新しく屈強な戦士妖精を数人連れて戻ってくる。なにをさせられているのか、シャルは話さない。

けれど日増しに彼の憂鬱《ゆううつ》そうな雰囲気が強くなるのが気がかりだ。

扉がノックされた。一瞬シャルが帰ってきたのかと思ったが、

「やあ、アン」

入ってきたのはラファルだった。肩に小さな樽《たる》を担《かつ》いでいる。彼は勝手に入ってくると、壁際にそれを降ろす。

「銀砂糖だ。おまえのために準備した。わたしのために、砂糖菓子を作ってくれないか？」

今年の銀砂糖は、誰もが勝手に精製できるわけではない。貴重な銀砂糖を、彼はどこからどうやって持ってきたのか。誰かから奪ったのだろうが、どうやって奪ったかを考えると恐ろしくなる。

「アン。君には期待している。作ってくれ、可愛い銀砂糖師」

囁く声は花の香りのように甘《あま》ったるい。ラファルは微笑んでいる。幻のように曖昧な色彩《しきさい》の髪と瞳と、白い肌。シャルとはまた違った趣《おもむき》で、美しい。

「いや。作らない」

ラファルを睨む。

「作らない？　困った子だ。それではただの役立たずの人間だ。殺されても文句は言えないぞ。君が死んだら、同じ工房にいたあの男の銀砂糖師を君の代わりに連れてくるだけだがな」

声の甘さはそのままだったが、残忍《ざんにん》な毒がにじむ。

血の気が引く。

「やめて！　コリンズさんに手を出さないで！」

エリオットはペイジ工房の次期長となるべき人間だ。彼以外に、グレンが安心してペイジ工房を任せられる人物はいない。手出しさせてはいけない。

「では、誰が砂糖菓子を作る？」

唇を噛みながら、俯《うつむ》く。

「……わたしが、作る」

「はじめからそう言えばいい。可愛い銀砂糖師。素直《すなお》でいるならば、可愛がってあげるのに」

ラファルが近寄ってきた。冷たいものがひやりと背に触れたような恐怖を感じ、思わず立ちあがって壁際

に逃げた。それを追って、ラファルがまた楽しむように一歩近寄る。

「体を洗っている。さすがにあの姿で現れたら、おまえも気分が悪くなるだろうからな」

　そして、くっくっと嬉しそうに笑う。

「嫌々ながら剣を振るっているはずなのに、彼は凄《すさ》まじい。あれでためらいがなくなれば、どれほどなのか。想像すると楽しいよ」

「シャルになにをさせてるの」

「たいしたことではない。邪魔《じゃま》者を取り除いてもらっているだけだ。彼が心配か？　好きか？　当然だろう。しかし彼を好きで心配するくらいならば、おまえは彼から離れるべきだ」

　近づいてくるラファルから、じりじりと壁伝いに逃げた。

「シャルを好きで、彼がそれに応えたらおまえは幸せだろうな。生涯彼を傍《かたわ》らに置いて、楽しめる。だがおまえが消えたあと、彼はまた一人残される」

どきりとした。

　思い出したのは、シャルと出会って間もない頃、リズのことを語った彼の寂《さび》しそうな横顔だった。リズが殺され、残されたシャルがどれほどの孤独《こどく》と寂しさを味わってきたのか。彼の目を見ているとよくわかった。

「人間は人間と、妖精は妖精と。同族同士で生きるのが幸せだ。そうだろう？　もしほんとうにシャルのことを思うならば、彼が妖精の仲間と生きられるように、おまえは努力するべきではないか？　彼は今、おまえやその仲間たちを守ることに、よろこびを見いだしている。それはおまえたちが彼を頼り、彼と一緒にいることをよろこぶからだ。だが、もしおまえが彼を拒絶《きょぜつ》すれば、彼はおまえたちと一緒にいる意味がなくなる。そうすれば彼も、我々とともに生きることに興味を示し始めるだろう。今のままでは、——おまえが、彼を不幸にするぞ」

　アンはシャルが好きだ。シャルもアンをずっと守ってくれると、誓《ちか》ってくれた。

　それはアンにとってこの上ない幸福だった。だが、シャルにとってはどうなのだろうか。彼の優しさは、彼自身にとっては不幸なのではないだろうか。

　シャルは今人間たちと一緒にいるが、いずれみんな消えてしまう。そんな時ミスリルが一緒にいてくれればいいが、彼の寿命の長さもよくわからない。もしミスリルもいなくなってしまっていれば、シャルはまた一人だ。

「すくなくともわたしなら、彼を残して消えることはない。わたしだけでなく、そのうち貴石の仲間を探してもいい。もしおまえが彼を拒絶して、彼が我々とともに生きる気持ちにさせてくれたなら、おまえを解放してやってもいい」

　迫《せま》ってくる瞳の色は美しく、語りかけてくる言葉に惑《まど》わされそうになる。

（けれど、ラファルは嘘《うそ》つきだ。ブリジットさんを騙《だま》した。みんなを騙した）

「わたしを解放して、別の銀砂糖師をさらってくるの？」

「おまえが気にすることではない」

「あなたの言葉なんか、一つも信じられない！」

　叫ぶとラファルの脇をすり抜け、部屋を飛び出した。シャルの姿を探して走る。不安で仕方がなかった。ラファルの言葉を信じてはならないと思うが、彼の言葉に真実があるのも確かだ。

　同族同士で生きるのが、幸福への道。確かにそうなのかもしれない。アンがシャルの優しさに甘え、彼と一緒にいたいと思うことが、彼を不幸にするのだろうか。

　闇雲《やみくも》に走っていると、扉が開いて明かりが漏《も》れている部屋を見つけた。

「シャル!?」

　勢いこんで部屋を覗き、硬直《こうちょく》した。

　大きな部屋だ。中央に長テーブルが置かれ、そこに屈強な妖精たちが並んで座っていた。食事の最中のようだった。彼らの視線が一斉《いっせい》に集まり、恐ろしさに動けなくなる。

　すると部屋の奥の方から、小さなものがぴょんと飛び出してきた。それは親指くらいの大きさの、小さな小さな妖精の女性だった。彼女はテーブルの端《はし》に立つと、優しげな目でアンを見あげた。

「ここは妖精の食事の場所なの。お客人が来るところじゃないわよ」

「ごめんなさい、わたし。人を探して」

言い訳しようとしていると、その小さな妖精が急にくるりと目を丸くし、声をあげた。

「まあ、あなた！　もしかして、わたしを生んでくれたお嬢《じょう》さん!?　わたしよ、ルスル・エル・ミン。覚えていらっしゃらない？」

「……あっ！」

一年と少し前。アンはブラディ街道を旅した。その旅の終わりに、草の実を見つめていて妖精が生まれたことがあった。彼女はルスル・エル・ミンと名乗り、シャルのすすめで人の手の届かない場所へ飛んでいった。

あの時、彼女はドレスを欲しがったが、今は適当に布をつなぎ合わせたような服を身につけていた。そしてその背には、羽が一枚きり。

「羽はどうしたの!?　あれから人間に捕《つか》まっちゃったの!?」

「いいえ。違いますよ」

ルスルは面白《おもしろ》そうに笑う。

「ラファル様に捧《ささ》げるために、取ったのよ」

（羽を取った？）

愕然《がくぜん》とした。

「取った……って。まさか、自分で」

「さすがに自分では取れませんよ、あんなに痛いのに。ラファル様が取ったの。わたしだけでなくて、ここにいるみんな、片羽をラファル様に捧げてるのよ。まあ、みんなは人間に取られた片羽をそのままラファル様にお渡しするだけだけど。忠誠の誓いなの」

「忠誠の誓いって、なんで？　なんであの人に忠誠を誓うの」

なぜという疑問と一緒に、胸の中でふつふつとたぎるように、怒りがわいてくる。

「あの方は、五百年ぶりに現れた我々の王なの。妖精王よ。妖精に自由をくださる方。約束してくださったの、自由を」

「……ひどい」

唇が震えた。ルスルは、えっと不思議そうに首を傾《かし》げた。

心にくっきりと残るのは、妖精が生まれる瞬間の神々《こうごう》しさだ。あの二枚の羽がとても美しくて、それが妖精の命そのもので、手出ししてはいけないものだと理解できた。

シャルの助言で、ルスルは人の手の届かない場所へ逃げた。草の実の妖精の寿命は、一年程度だとシャルは言っていた。たった一年の命でも、彼女は自由に楽しく過ごせるはずだった。

妖精が生まれる光景は、心にできた引《ひ》っ掻《か》き傷をやわらかく癒《い》やしてくれた。そんな美しさを見せてくれた妖精が、片羽をなくしている。そしてこんな場所にいる。

もうあれから一年と少し経った。彼女の命が尽きるのは近いはずだ。それなのにこんな場所に、片羽だけでいる。

（ひどい、ひどい）

人間に捕らわれ使役されたわけでもないのに、同じ妖精が、彼女の羽を取った。

「やっぱりラファルは嘘つきよ！」

叫んでいた。

「自由を約束しておいて、片羽を捧げさせるの!? それじゃ妖精を使役しようとする人間と変わらないじゃない！」

「いいえ。あの方は妖精王だから、羽を捧げるのも当然」

「当然じゃない！　あの人が王様？　そんなの信じない。そんな王様、偽者《にせもの》よ！」

ルスルは困惑《こんわく》したようにアンを見あげる。

「どうして泣くの？　お嬢さん。哀《かな》しいの？」

指摘《してき》されて気がついた。頬に涙がこぼれていた。

「怒ってるの！　あんな綺麗《きれい》な羽を、誰にも渡す必要なんかないのに。王様にだって、あんな綺麗なもの奪う権利はない。なんで渡しちゃったの!?」

「綺麗……？」

ルスルは生まれてはじめて聞いた言葉のように、それを繰《く》り返《かえ》した。そしてさらに困惑した表情になる。

「わたしのために泣いてるの？」

戦士妖精たちも、泣き出したアンを不思議そうに見ている。彼女がなぜ怒り、なぜ同時に泣いてもいるのか、理解できないらしい。

その時そっと背後から、アンの両肩に手が置かれた。ふり仰《あお》ぐと、シャルだった。

黒い上衣《うわぎ》とズボンを身につけているが、いつも着ているものと同じではない。ラファルが準備したものなのか、彼の服と似た、ビーズをあしらった優雅《ゆうが》な衣《い》装《しょう》だ。髪が濡《ぬ》れていた。毛先には滴《しずく》が玉になって光っている。水を浴びたらしく、指先がいつもより冷たい。

「あなたは、あの親切な方？　あなたもここにいらしたの？」

ルスルがシャルを見て、さらに驚いた顔をする。

「誰もこいつが怒る理由がわからないか？」

静かにシャルが問うと、戦士妖精たちは眉根《まゆね》を寄せる。顔を見合わせる者たちもいる。

「ルスル・エル・ミン。おまえもわからないか？」

「……あまり」

シャルは軽くため息をついてアンの肩を抱き、歩くように促す。

「待って、そのお嬢さんが怒る理由を教えてくれないの？」

ルスルが声をかけると、シャルは淡々と告げた。

「こいつは俺に、羽を返した。ラファルは、俺から羽を奪った。その意味を考えろ」

五章　妖精王となる者

ルイストンにあるその砂糖菓子《がし》店は、西の市場の外れにあった。周囲に王都警備の兵士たちが立ち、野次馬を店に近づけないようにしていた。人々は不安な様子で、遠まきに店の出入り口を見つめている。

銀砂糖子爵《ししゃく》ヒュー・マーキュリーとダウニング伯《はく》爵《しゃく》が、店の出入り口から出てきた。

「あの妖精《ようせい》の仕業ですね」

ヒューが言うと、ダウニング伯爵は苦い顔で頷《うなず》く。

「この一年、時々、妖精商人や妖精狩人《かりゅうど》が襲《おそ》われていたが……。ここに来て、さらに数が多くなったな。これも、その一味の仕業だろう。手口が似ている。なんとかしなければならんが、なにしろ素早《すばや》い。手がかりもない。どうだった、例のペイジ工房《こうぼう》の娘《むすめ》が、あの妖精を買ったというミルズフィールドの妖精商人は見つかったか」

「見つかりましたが、死体でした。ここと同じで家族全員」

淡々《たんたん》とヒューは答える。

「家族を人質《ひとじち》に取られて、言いなりになったんだと思いますが。そのあと殺されたんでしょう」

「残忍《ざんにん》だ」

ダウニング伯爵は呻《うめ》く。かつて現国王のために自ら先陣《せんじん》を切って戦《いくさ》に向かった老臣でも、砂糖菓子店の惨《さん》状《じょう》には胸が痛むらしい。

「事件がセント州、シャーメイ州、ハリントン州をまたがっていては、互《たが》いにまごついて話にならん。わしが追うしかあるまい」

ダウニング伯爵は、シャーメイ州の州公を務めている。

王家に仕える貴族たちは、それぞれに役割を担《にな》っている。ミルズランド家の血筋につながる貴族は、宰《さい》相《しょう》や王国軍を統括《とうかつ》する将軍など、王家にとって重要な役割を果たしている。その他、王族の血筋ではない貴族たちは、ハイランドの各州を統括する州公や大臣職などを王家から拝命する。

貴族たちの中でも、銀砂糖子爵だけは特殊《とくしゅ》な立場だ。

通常、貴族たちは自分の配下に騎士《きし》を従え家臣を持つ。だが銀砂糖子爵は自分の配下に家臣はない。国王からシルバーウェストル城と、その城の衛兵を貸し与《あた》えられているだけだ。物理的な力は、他の貴族たちとは比べものにならないほど弱い。

しかし銀砂糖子爵は、国王のために砂糖菓子を作る。頻繁《ひんぱん》に、しかも直接国王と対話できる立場は、州公よりも王に対する影響《えいきょう》力があると囁《ささや》かれる。そのため銀砂糖子爵には、野心のない、ごくおとなしい善良な人間が選ばれるのを貴族たちは望む傾向《けいこう》にある。

そして銀砂糖子爵が下手に政治に関わらないように、ダウニング伯爵がお目付役を任されている。州公を拝命する貴族の中でも、ダウニング伯爵は特別な存在だ。ダウニング伯爵は王族ではないが、王族と同等の扱《あつか》いを受ける。そのために彼は、王国軍の兵士たちであれば国王の許可のもと、借り受けて自由に動かすこともできるのだった。

各州に起こる事件やもめ事は、基本的に各州の州公が責任を持って対策にあたる。しかし州をまたぐ問題が起きた時は、各州公が協議して事に当たる。三州にまたがる事件となると、三人の州公の意見や面子《メンツ》をすり合わせるだけでも一苦労だ。

今回の事件の場合は、シャーメイ州が関わっていることで、必然的に最も王家の信頼《しんらい》が厚いダウニング伯爵が対応することになる。しかも事件は、銀砂糖子爵からもたらされた、砂糖菓子職人たちに関わる依頼《いらい》なのだ。ダウニング伯爵以外に対応する者はいないと、各州の州公も当然のように考えているようだった。

(それは、幸運だ)

ちらりとヒューは思う。

シャーメイ州でも、妖精に襲われた妖精商人や妖精狩人や砂糖菓子職人がいた。そのことでこの一件に、ダウニング伯爵は当然関わることができた。

もしシャーメイ州が関わっていなければ、いくらダウニング伯爵が銀砂糖子爵からの依頼があったと主張しても、他州の州公たちが、自分たちの州内で起こった事件にダウニング伯爵が関与《かんよ》するのを渋《しぶ》る可能性もあった。そうなれば、各州の州公の説得に時間を取られる。

（迅速《じんそく》に追うことができる。それだけでも、幸運だ）

だが楽観できる状況《じょうきょう》ではない。妖精商人や妖精狩人は次々に襲われているし、今回は砂糖菓子職人の店までが襲われた。それなのに手がかりがない。彼らは風のように不意に現れ、そして痕跡《こんせき》を残さず去る。

こんな連中に捕《つか》まっているアンが、果たして今も無事でいるかどうか。

「確かに残忍です。そして用心深いですね」

深く息を吐《は》くと、ヒューは地面に目を落とした。石敷《じ》きの街路を目にした彼は、目を見開く。そしてなにかを探すように視線をゆっくりとあげて、西の方を見《み》据《す》える。

「……まさか？」

「どうした。マーキュリー」

ダウニング伯爵の問いに、ヒューはふり返った。

「伯爵。ありました。手がかりが」

ノックとも言えない小さな音がして、扉《とびら》が開いた。ひょっこりと顔を覗《のぞ》かせたのは、ルスル・エル・ミンだった。

「ふふふふふ、いるいる」

彼女はいたずらっ子のように微笑《ほほえ》んで、部屋に入ってきた。

ルスル・エル・ミンはアンとシャルがこの城砦《じょうさい》にいると知ってから、毎晩のように部屋に来るようになっていた。なにをするでもなく、暖炉《だんろ》の前に座《すわ》るアンとシャルの周りをぐるぐる歩き回ったり、二人にたわいもない話をしたりする。

「城砦にいる人はみんないい人だけど、見ていてうっとりするような美しい人たちじゃないわ。でもこの部屋だけは別なの。うっとりする。アンも可愛《かわい》いけど、シャルはとても素敵《すてき》だわ。見ていて飽《あ》きない」

そんなことを言ったりする。特にシャルに好意を抱いているという雰囲気《ふんいき》ではなく、美しい花を愛《め》でる感覚と同じらしい。

暖炉の中ではぜる炎《ほのお》を見つめながら、シャルが投げやりに言った。

「ラファルも、見てくれだけはいい」

するとルスルは困ったように笑う。

「ラファル様は美しいけど、見つめるのが恐《おそ》ろしいもの」

その答えを聞いて、アンはますますラファルが嫌《きら》いになる。王様が人の命を握《にぎ》り、見つめるのさえ怖《こわ》いと思われる。そんな王様は、王様じゃないと思う。ただの横暴な支配者だ。

「俺とラファルが連れてくる妖精たちは、どうしている？」

「そうね。みんなあまり話をしないけど、人間に使役《しえき》されているよりはましだって、よく言ってるわ」

「まし、か」

シャルは鼻先で笑った。

「あの人たち、もう五十人以上もいるのよ。お食事が大変。ラファル様はそろそろ、なにか行動を起こすのかしら。シャルは知らない？」

「知らん。俺もおまえたちと同じ、奴《やつ》に使役されているだけだ」

「使役だなんて、そんな」

ルスルが困ったように呟《つぶや》くが、シャルは容赦《ようしゃ》がない。

「どこが違《ちが》う？　俺は人間にも使役されていたことがある。今と同じだ。羽を握られ、命じられる」

シャルの苛立《いらだ》ちと不愉快《ふゆかい》さを感じ取って、ルスルは不安げにアンを見る。アンは安心させるように言った。

「シャルは、ルスルに怒《おこ》ってるわけじゃないよ」

その言葉に、ルスルはほっとしたようだった。

ここに連れてこられて、十日目だった。

ペイジ工房の仕事は順調に進んでいるのだろうかと、ぼんやりしているといつも考えている。そしてとなりで言葉少なに座っているシャルの、憂鬱《ゆううつ》そうな表情も気になっていた。

シャルは片膝《かたひざ》を立てて床《ゆか》に座り、炎を見つめている。炎の光が、まつげの濃《こ》い影《かげ》を頬《ほお》に落としている。羽は柔《やわ》らかなオレンジ色に染まっているが、どことなく生気がない色だ。物憂《ものう》げなシャルを見ていると、どうしてもリズのことを語った時の彼を思い出す。そしてラファルに言われた言葉が、頭に響《ひび》く。

おまえが彼を不幸にするぞ、と。

シャルがアンを守り一緒《いっしょ》にいると約束してくれたのは、彼の優《やさ》しさだ。アンが彼を頼《たよ》りにして、そのことをよろこんでいるのがわかるから、そうしてくれているのだろう。けれどそれでシャルが不幸になるのならば、自分は、彼が同じ種族である妖精たちと生きるように、なにかをするべきではないのだろうか。

けれどラファルのような卑怯《ひきょう》な相手とは、一緒に生きて欲《ほ》しくない。

（同じ貴石の妖精でも、もっと優しくて。正直で。素敵な人がいい）

水晶《すいしょう》や紅玉やサファイアや翡翠《ひすい》。どんな貴石でもかまわないが、それらから生まれた美しく優しく優雅《ゆうが》な妖精の女性が、シャルには似合うだろう。そんな妖精とシャルが寄《よ》り添《そ》って生きていければ一番いいのかもしれない。けれど想像しただけで、どうしようもなく胸が苦しくて哀《かな》しくなる。

（ずっと一緒にいたい）

そう思ってしまう自分がいる。

「あら、これ。銀砂糖？　どうしてこんなところにあるのかしら？」

部屋をうろついていたルスルが、銀砂糖の樽《たる》に気がついたらしい。

「わたし砂糖菓子職人なのよ。ラファルに砂糖菓子を作ったんだけど……」

ラファルに要求され、アンはここに来てから二個ほど砂糖菓子を作った。

最初の一つは白い花を作った。色粉がないので、すべて真っ白だった。ラファルは気に入らなかったらしく、すぐにどこかから色粉の瓶《びん》と道具類を一式手に入れてきた。

樽の周囲には道具類と、冷水の樽、色粉の瓶が整然と並べられている。これだけの準備があれば、ちゃんとした砂糖菓子が作れるはずだった。

だが、いつものように作ることができないでいた。

ラファルは銀砂糖子爵が作ったフィッフの駒《こま》と同じものを作れと命じたが、なかなか思うように仕上がらない。何度形を取ろうとしても、うまくバランスがとれない。色もどことなく、ちぐはぐになる。三日前に一度、馬の駒を無理矢理作ってラファルに見せたが、彼は食べることもせずにそれを壊《こわ》した。それ以降、作業はとまっている。銀砂糖に手を触《ふ》れる気が起きないのだ。

「砂糖菓子ってなに？」

ルスルは、きょとんとしている。

「知らないの？　銀砂糖を使って作るお菓子《かし》のことよ」

「見たことないわ」

「そうなの？　じゃ、作ってみせようか？」

「まあ、いいの？」

「うん」

アンは立ちあがった。ルスルは期待いっぱいの顔だ。

（うんと綺麗《きれい》なもの、見せてあげたいな）

久しぶりに、うきうきする。

桶《おけ》に入れた冷水で手を冷やしてから、床に置いた板の上に、樽から手ですくいあげた銀砂糖を広げる。冷水を加え、練り始めた。傍《かたわ》らでそれを見ているルスルが、声をあげた。

「すごいわ。銀砂糖が、つやつやして塊《かたまり》になってるわね。どんな魔法《まほう》なのかしら？」

「魔法じゃないの。これは、そういう技術なの」

妖精の素直《すなお》さが、微笑ましい。鋭《するど》く細いナイフで、糸のような茎《くき》と、ギザギザの葉を切り出す。紫《むらさき》と青を混ぜ合わせ、つやつやした草の実を作る。葉の根から顔を出す、すずなりの小さな草の実だ。

ルスルは目を輝《かがや》かせた。

「これ、わたしが生まれた草の実だわ！　やっぱり魔法だわ！」

「ね、食べてみて」

ルスルは「ほんとうにいいの？」と問うようにアンを見あげた。頷き返すと、ルスルは草の実に触れる。

草の実の一粒《つぶ》がすっと薄《うす》い光に包まれて、ほろほろと崩《くず》れ、彼女の小さな掌《てのひら》に染《し》みこむ。彼女はほうっとため息をついてから、びっくりしたような顔をする。

「すごいわね、とても甘《あま》いのね。それになんだか元気になるみたい。ねえ、これ、あの人たちに持って行ってあげてもいいかしら？　怪我《けが》をした人もいるから、これを食べたら元気になるわ」

　ルスルが言うあの人たちとは、戦士妖精たちのことだ。彼女は、彼らの身の回りの世話を任されている。

「うん。いいよ。足りなかったら作る」

「まあ、親切ね。ありがとう」

　ルスルは嬉《うれ》しそうに出て行った。

　銀砂糖に触れ、ルスルも嬉しそうにしてくれたので、久しぶりにすこし元気が出た。アンの顔を見て、シャルがくすっと笑った。

「おまえはとにかく、銀砂糖を触《さわ》っていたら機嫌《きげん》がいいな」

「どうせ単純とかなんとか言いたいんでしょうけど、いいのよ。わかってるもの。そうだもの」

　シャルのとなりに座る。するとシャルはちょっと体をねじって、アンの方を向く。

「それでいい。おまえらしい」

　ちらちらと揺《ゆ》れる炎の光がシャルの睫《まつげ》で躍《おど》り、黒い瞳《ひとみ》は吸いこまれそうなほど深い色でアンを見つめる。

「シャルは貴石から生まれた妖精の女の人に、会ったことある？」

　ふと訊《き》いてみたくなった。

「何度か会ったことはある」

「その人たちの中で、好きになった人いた？」

「どうした、急に」

「どうもしないけど。もしシャルが好きになるような貴石の妖精の女の人がいたらって……」

　もしシャルが心をひかれた貴石の妖精が過去にいたのなら、その妖精を探し出してみるのもいいのではないだろうか。そして見つけて、お互《たが》いに好きになれば二人で幸せになれるかもしれない、と言いたかった。けれど喉《のど》の奥《おく》になにかが引っかかったみたいに、うまく言葉が出ない。

　シャルの瞳が戸惑《とまど》うように揺れた。

「なにが言いたい」

「なんていうか、わたし。シャルがこれからずっと一緒にいるって言ってくれたのは、すごく嬉しかった。けどわたし、その言葉に甘えていいのか、わからないの。シャルに無理して欲しくないし、幸せでいて欲しいから。だからもしシャルが……」

「アン」

言いつのるのを遮《さえぎ》るように、シャルが呼んだ。

「甘えてもいい」

囁くと、シャルの片手がアンの頬に触れる。彼との距離《きより》がとても近いことに気がついた。ゆっくりとシャルが顔を近づける。吐息《といき》が唇《くちびる》に触れる。

「アン」

呼ばれた声は甘くて切なかった。目をまん丸にして、アンは動けなくなった。

（なんだろう、これ。キス？　まさか？）

しかし突然《とつぜん》だった。

『おまえが、彼を不幸にするぞ』

ラファルの声が耳に甦《よみがえ》る。その瞬間《しゅんかん》ぎくりとして、わずかに身を引く。

それと同時にシャルも、なにかを思い出したように頬に触れていた手を離《はな》す。

同時に、互いに、目をそらしていた。

アンがシャルに幸せになって欲しいと呟いた言葉には、保護者への信頼や甘え以上の、恋《こい》に似た気持ちが潜《ひそ》んでいるような気がした。そう感じた途端《とたん》に、自分の感情を抑《おさ》えきれなくなった。頬に触れ、口づけしようとした。けれど、できなかった。

お互いに、なにかがそれを阻《はば》んだ。

アンがびくりと身を引いた瞬間、シャルはラファルの言葉を思い出した。

『おまえが、アンを不幸にするぞ』

自分の触れた場所からアンに不幸な運命が伝わるような気がして、ぞっとする。頬に触れていた手を離した。

一年前アンと出会った時、必要があれば彼女を殺すことさえ自分はいとわなかっただろう。そう思うと一年前の自分に嫌《けん》悪《お》感がふくれあがる。そんな自分が、アンに触れていいのだろうか。ラファルの言葉と、一年前の自分への嫌悪感のために、アンに近づいてはいけないという思いが強くなる。

(触れてはいけない)

愛《いと》しければ愛しいほど、触れてはならない存在。おそらく、そんなものもあるのだろう。

その夜から、極力アンのそばに近寄らないようにした。アンも同じように、慎重《しんちょう》にシャルとの距離をとっている気がした。

「大丈夫《だいじょうぶ》? 今日も怪我をした人がいる?」

ベッドとも言えないような、簡単な木の台が並んだ大きな部屋に、アンは顔を覗かせた。

部屋の奥にひとかたまりになっている屈強《くっきょう》な妖精たちが、こちらに顔を向ける。すると彼らの間から、ぴょんとルスルが飛び出してきた。

「よかった、アン。今日はひどい怪我の人がいるのよ」

ルスルが心配そうに眉《まゆ》の端《はし》をさげるので、アンは安心させるように頷く。

「持ってきたよ、砂糖菓子。今日昼間に作ったぶん」

「まあ、こんなに!?」

持ってきた木の板を差し出すと、ルスルは目を輝かせた。木の板の上には、アンが作った砂糖菓子が十個ほど並べられていた。花や、蝶《ちょう》や、草の実。雪の結《けっ》晶《しょう》、子猫《こねこ》に小鳥。暇《ひま》にあかせて作ったものだ。

この城砦にいる戦士妖精たちは、毎日シャルと同じようにラファルとともに外へ出る。

シャルが怪我をすることはなかったが、戦士妖精たちは度々《たびたび》傷を負っているらしい。そのことをルスルが心配するので、アンは彼らのために砂糖菓子を作り始めた。

ぼんやりしていても、シャルやペイジ工房のことが気になって気が滅入《めい》るばかりだった。銀砂糖を練っていれば気が紛《まぎ》れる。鬱々《うつうつ》と膝《ひざ》を抱《かか》えているよりはずっといい。

しかも戦士妖精たちはシャルと同じように、羽を握られている。やりたくもないことを、させられているのかもしれない。その彼らが怪我をしたのなら、回復のために砂糖菓子を作ってあげたかった。

ラファルのための砂糖菓子を作ろうとしても、変に緊張《きんちょう》しているせいか、思うように綺麗なできばえにならない。作っていても、なんとなく憂鬱だ。けれどルスルや戦士妖精たちのために作ろうと思うと、手が勝手に作りたいものを作る。落書きするように自由にのびのびと、それでいて綺麗にできてしまうのが不思議だった。楽しい。

ルスルが嬉しそうに部屋の奥へ呼びかける。

「ねぇ、砂糖菓子よ。これ奥の人へ渡《わた》してあげて」

戦士妖精の一人が、のっそりと近づいてきた。

「はい。どうぞ」

笑顔《えがお》で砂糖菓子の載《の》った板を手渡《てわた》すと、戦士妖精は眉間《みけん》にしわを寄せてむっとへの字口になった。しばらくその顔で砂糖菓子とアンを見比べてから、

「助かる」

怒ったように言うと、ぶすっとしたまま背を向けて奥へ引っこんでいった。

「今、怒ってた？」

アンが首を傾《かし》げると、ルスルはクスクス笑った。

「感謝しているのよ、あれでも。けれど人間にお礼を言うのがなんとなく嫌《いや》なのよね、あの人たち。わたしは、人間に使役されたことがないからわからないのだけれど、あの人たちは人間がすごく嫌いだって言うから」

「あ、そっか」

そう言われれば、ミスリルも恩返しのために押《お》しかけてきた時、「恩は返すが、死んでも礼は言わないぞ」と宣言していた。それを思い出すと、鼻の奥が少しじんとした。

（ミスリル・リッド・ポッド。寂《さび》しがってないかな？）

この一年、よくよく考えたらミスリルとは三日と離れたことがなかった。

シャルがブリジットと去った時も、ずっとそばにいて励《はげ》ましてくれていた、小さくて元気なミスリルに会いたかった。

　ペイジ工房の仕事も、うまくいっているのだろうか。彼らはなにがあっても仕事を続けていると信じているが、人手不足でどれほど焦《あせ》り不安になっていることだろうか。

　ここに来てから十五日以上過ぎた。空気は冷え、草は枯《か》れ、空は灰色で低くなり、真冬の様相を見せる。あと一ヶ月たらずで新聖祭だ。どうにか間に合って欲しかった。

「大丈夫？　どうしたの？」

　しゅんと寂しそうな顔をしてしまったせいか、ルスルが気遣《きづか》わしげに言う。

「なんでもない。ただ、はやく帰りたいの。自分がするべきことをしたい。みんなこんなところにいて平気？　羽を握られて自分のやりたいこともできないし、行きたいところにも行けないのに」

「やりたいこと？」

「ない？」

「そうねぇ、わたし、あまり思いつかないわ。ねぇ、誰《だれ》かやりたいことある人、いる？」

　ルスルが部屋の中に向かって問うと、戦士妖精たちは首を傾げたり肩《かた》をすくめたりする。しかし一人が、「ああ……」と、なにか思いついたようにゆっくり口を開いた。

「俺は海を見たことがないんだ。海を見てみたい」

「海なんかよせよせ。つまらんぞ。俺なら、いい女を捜《さが》しに行くな。貴石の女がいい」

　誰かが言うと、別の誰かが笑って混ぜっ返す。

「そのご面相じゃあ、女は逃《に》げ出《だ》す」

「俺は、昔一緒にいた仲間を探しに行きたい。生きてりゃいいが」

　次々に妖精たちが言い始めた。

　ルスルは、きょとんとしている。

「海って、なに？」

「知らないのか？　ルスル。海ってのは、でっかい水たまりなんだ。ハイランド王国がすっぽり入るくらいに、でっかいんだぞ」

「まあ！　大変！　みんな溺《おぼ》れちゃう！」

仰天《ぎょうてん》したルスルに、戦士妖精たちがどっと笑った。

その様子に、アンもすこし笑った。彼らのような屈強な戦士妖精たちも、ペイジ工房の職人たちも、それほど違いはない。

「みんなの羽を、取《と》り戻《もど》してあげられたらいいのに。そうしたらみんな、自由になれる」

思わずアンが言うと、戦士妖精たちはびっくりしたように顔を見合わせた。

「自由に？　俺たちは今、人間の手を離れたんだぞ。これは自由じゃないのか」

誰かが問い返す。

「だって今のままじゃ、使役されてるのと変わらないもの。使役者が人間から、妖精の王様に変わっただけよ」

妖精たちは難題を突《つ》きつけられたように、眉根《まゆね》を寄せた。

（気がついているの、みんな？）

妖精の自由のためにと、ラファルは戦士妖精たちを集めている。使役され続けていた彼らは、そのためになら戦おうと決心したのだろう。けれど自由のために戦っているはずの本人たちに、自由がない。それをうすうす感じていないはずはない。

冬の夜は、星が鋭く輝いている。仕事を終えたキースはホリーリーフ城の庭に出て、空を見あげていた。アンがシャルとともに連れ去られて二十日以上過ぎたが、彼女が見つかったという知らせは来ない。度々、銀砂糖子爵に手紙を出して状況を確認《かくにん》しようとしたが、彼もあちこち動き回っているらしく、返事はこないままだ。

（もう、アンは帰ってこないかもしれない）

夜空を見あげていると不安が大きくなり、どうしようもなく怖くなる。

職人たちは帰ってくると信じて、仕事を続けている。

キャットも「妙《みょう》なこと考えず、仕事しろ」とぼんやりしがちなキースを叱責《しっせき》した。

ミスリルにぽつりと不安を打ち明けると、彼は至極《しごく》まじめな顔をして、シャル・フェン・シャルがいるから大丈夫だ、と断言した。

けれどそれでも、不安はぬぐえない。

「そんな薄着《うすぎ》で外にいたら、風邪《かぜ》ひくんじゃない？　もう寝《ね》たら？」

ふいに後ろから声をかけられて、びっくりしてふり返った。ジョナスだった。もこもこした外套《がいとう》を羽織って、手には湯気のたつお茶のカップを持っている。肩に乗る妖精キャシーが、外套のフードをジョナスの頭にかぶせようと躍起《やっき》になっていた。

外套もお茶もキャシーが用意したのだろう。この妖精の、主人に対する過保護ぶりがおかしくなる。

「そうだね。もう、入るよ」

言いながらふと、ジョナスはどう考えているのか気になった。彼はアンに対していろいろ思うところがありそうだが、だからこそ、ペイジ工房の職人やミスリルよりも、希望的な推測を排除《はいじょ》して冷静に状況を見ているかもしれないと思えた。

「ジョナス。君。アンは帰ってこられると思う？」

訊くと、ジョナスはちょっと口もとをゆがめた。キャシーが心配そうに眉根を寄せる。

しばらく考えた末に、ジョナスは口を開いた。

「帰ってくるよ」

「どうしてそう思うんだい？　二十日以上経《た》ってなんの手がかりもない。しかもこの寒さだよ」

「アンは……しぶといから」

風が吹《ふ》き、冬枯《ふゆが》れの雑木林が鳴る。ジョナスはその風の音を追うように目を泳がせる。

「しぶといし、しつこいし。馬鹿だし。だから、どんなことがあっても平気じゃない？」

悪態をつきながらも、懸命《けんめい》に祈《いの》りの言葉を探しているようなジョナスの横顔を見て、キースは微笑む。

「そうだね。ジョナス」

同意したことをアンに知られたら、彼女は凹《へこ》むだろうとは思ったが、今はジョナスの言葉に頷きたかった。

「君、ずっとペイジ工房で働くの？　ジョナス」

　手にしたカップに、ジョナスは目を落とす。

「僕は……新聖祭が終わったら、ラドクリフ工房に帰る」

「そうなの？　意外だね。なんでそんな気になったの？」

「キースがいるから、僕なんかおよびじゃないことわかってるけど。でも、すこしがんばってみてもいいかと思うんだ。一度くらい。僕だって」

「アンみたいに？　しぶとく、かい？」

　ちょっとからかうと、ジョナスは顔を真っ赤にした。

「違うよ！　違うけど。ただ、そう思ったんだ」

「うん。いいことだよ、ジョナス」

　キースは頷いて、もう一度星空に目をやった。

「僕のことは気にしなくていいよ。君が帰る時には、僕はいないはずだから」


毎日、ラファルは城砦を出て行く。四、五人の戦士妖精を代わる代わる連れて行くが、シャルだけは常に一緒に行くことを求められる。

　ラファルは妖精商人や、妖精狩人を襲った。妖精たちを集めるためだ。時折、雑用をさせるための労働妖精も連れて帰ったが、大概《たいがい》は屈強な戦士妖精ばかりを狙《ねら》った。彼らを使役する人間を殺し、あるいは蹴散《けち》らし、彼らの羽を手に入れる。

　妖精たちの羽は、鍵《かぎ》つきの頑丈《がんじょう》な箱に入れられラファルの自室に保管されている。箱の鍵はラファルが身につけていた。

　シャルの羽だけは、ラファルが肌身《はだみ》離さず持っている。警戒《けいかい》しているのだろう。

　おとなしくラファルについてくる妖精が大多数だったが、時には一緒に行くのを拒否《きょひ》する妖精もいた。そんな時は、ラファルはシャルに命じてその妖精を斬《き》らせた。

　仲間を斬るのは嫌な感触《かんしょく》だった。そして人間たちを襲うのも、憂鬱だった。

昔は考えることもなかったが、斬った相手一人一人がなにを考え、誰を愛し、なんのために生きていたのか。そんなことを思ってしまう。斬った人間の姿が、アンやペイジ工房の連中と重なることもある。

城砦に来てから一ヶ月以上経ち、妖精たちの数も膨《ふく》れあがっていた。

（もう、六十人近くになるはずだ）

シャルが加わったことで、ラファルと数人の戦士妖精たちで活動していた時よりも、はるかに襲撃《しゅうげき》の成功率が上がったらしい。

今日もシャルは血を浴びた。左頬から首筋、髪《かみ》の先。左肩《ひだりかた》、両腕《りょううで》。返り血で粘《ねば》り、嫌なにおいがする。

同行した妖精の一人は傷を負った。命に別状はなさそうだったが、深手だった。

空は暗く、雪が降り出していた。枯《か》れ草《くさ》や枯れ枝にうっすらと雪が積もりはじめている。この城砦に来てから何度も雪は降ったが、積もることはなくすぐに消えていた。けれど今日の雪はこれまでと違う。みるみる辺りを覆《おお》い、消える様子がない。

この雪が一晩続けば、明日の朝には荒野《こうや》は白一色の世界に変わるだろう。

城砦に帰ると、傷を負った仲間に肩を貸しながら、同行した妖精たちは馬を下りた。シャルも青毛馬の背から下り、水を浴びるために井戸に向かおうとした。するとその背に、同行した妖精の一人が声をかけた。

「おい」

彼らから声をかけてくることは滅多《めった》にない。ラファルになにか言《い》い含《ふく》められているのか、それとも剣《けん》をふるうシャルの様子を見ているからなのか、シャルを恐れている気配もある。

ふり返ると、妖精は遠慮《えんりょ》するように声を落として言った。

「あの子に伝えてくれ。できればなんだが……」

「あの子？」

「あんたと一緒にいる、人間の女の子だ。あの子に伝えてくれ。怪我をした奴がいる。できれば、また今日も砂糖菓子を作ってやってくれと。ルスルに渡してくれれば」

「砂糖菓子？」

眉根を寄せると、妖精たちはびくりとして後ずさりした。

「いや、いいんだ。ただ、できればと……」

ルスルに砂糖菓子を作った日から、アンがせっせと銀砂糖を練っている姿をよく見るようになった。そのわりには形になった砂糖菓子を見ないと思っていたら、どうやら作った砂糖菓子は、ルスルの手から彼らに渡っているらしい。

ルスルに求められ、暇にあかせて作っているのだろう。こんなところに来てまで、やっぱり砂糖菓子を作っている。

（まったく。いつもいつも）

ちょっと笑った。シャルが笑ったのを見て、妖精たちがびっくりした顔をした。

「伝えておく」

告げると、妖精たちに背を向ける。

井戸は城砦の地下にあった。石の階段を下りると、薄暗《うすぐら》い湿《しめ》った石造りの部屋の中央に井戸がある。天《てん》井《じょう》近くに、地面ぎりぎりに開いた小さな明かり取りの窓があり、枯れた雑草の根元あたりが見える。

服を脱《ぬ》ぎ、井戸から引きあげた釣瓶《つるべ》で水をかぶる。何度も水をくみあげて浴びた。足もとに赤く汚《よご》れた水が流れた。水を浴びても寒いとも冷たいとも感じないが、吐く息だけが白く散る。

水をかぶりながら、集められた妖精たちのことを考えていた。

どの妖精も屈強で、人間の二人や三人相手ならば引けを取りそうにない。それが六十人以上集められているとなると、そこそこの戦力だ。

妖精たちの話を聞くと、ラファルは一年ほど前から妖精たちを集め出したらしい。それ以前、彼が何をしていたのか知っている者はいなかった。それまでラファルは何をして、何を考えていたのだろうか。そしてなぜ一年前から、いきなり妖精たちを集め始めたのか。

昨日血で汚れた服は、綺麗になって部屋の隅《すみ》に置いてあった。ラファルに命じられたのか、妖精の誰かが毎日そうやって、汚れた服を洗ってそこに置いてくれる。

　服を身につけていると、石段を下りてくるブーツの足音がした。

「水など浴びずに、そのまま部屋に帰ってはどうだ？」

　ラファルだった。彼を無視して服を着終えると、乾《かわ》いた布で髪を拭《ふ》く。

　毛先から水の滴が落ちる。滴は睫や、頰、手《て》の甲《こう》に落ちて、するりと肌《はだ》の上を撫《な》でるように滑《すべ》り落《お》ちる。戦いの余韻《よいん》が残る体が、その感触にいちいち反応するようにぞくぞくする。いつもなら楽しめるはずの戦いのあとのその感覚さえも、今は忌々《いまいま》しい。

「あの姿を見れば、アンにもわかるだろう。おまえとは、住む世界が違うということが」

「住む世界は同じだ。妖精も人間も、同じ地面の上にいる」

「なるほど。そうとも言える。だから争うのだがな」

　不愉快な相手と、長々と一緒にいる気はなかった。髪を拭いていた布を放り、階段に向かう。

「仲間を集めるのは、今日で終わりにする」

　階段に足をかけようとしたシャルの背に、ラファルが告げた。シャルは足を止めたが、ふり返らなかった。

「結構なことだ。俺は休暇《きゅうか》でももらえるのか？」

「仲間が増えて城砦が手狭《てぜま》になったから、もっと広い場所が欲しい。兵士たちの世話をさせるために、使役する人間も必要だな」

　楽しげな口調に嫌なものを感じ、眉をひそめふり向《む》いた。

「ルイストンとウェストルの中間あたりに、小さな人間の村がある。山間の村で他の村々と離れているが、小麦の実りはいい。砂糖林檎《りんご》の森も近くにある。人口は百五十人足らず。外部との接触《せっしょく》は、時折行商人が立ち寄るか、村人が町に買い物に行くくらいだ。武器を使えるような人間はいない。好条件だと思わないか？」

「その村を襲うのか？」

「我々の領地にする」

　ラファルの薄ら笑いに、気分が悪くなる。

六十人近くの戦士妖精が、百五十人の農民に襲いかかれば、あっという間に村を占拠《せんきょ》できるはずだ。圧倒《あっとう》的《てき》な力で無力な者をねじ伏《ふ》せる行為《こうい》だ。

「村を支配下に置く州公は黙《だま》っていない。国王もな」

「手は出せない。百五十人の村人が人質だ。さすがに人間も、村ごと切り捨てるわけにもいくまい」

ラファルの目には、残酷《ざんこく》なよろこびがある。なんとも嬉しそうな、嫌な笑い方をする。

ラファルは、シャルたちを城砦に連れてきた最初の日に告げた。五百年前に死んだ最後の妖精王リゼルバ・シリル・サッシュのかわりに妖精の自由と、妖精の国を取り戻す。そのためにともに妖精王となり、仲間を集め、人間と戦うのだと。

しかし、ほんとうにそうなのだろうか。

(違う)

直感した。

ラファルの語る大義は、最終的にはそうなればいいと思っているものに違いない。

だが今彼を動かしているのは、もっと生々しい感情に直結したものだ。そうでなければ、残酷な戦いをこれほど嬉しげに語るはずがない。そこまで考えて気がついた。

(そうか……。片羽か)

それでようやく腑《ふ》に落ちる。

「嬉しそうだな」

問うと、ラファルは笑って小首を傾げた。

「そう見えるか?」

「報復は楽しいか? ラファル」

静かな問いに、ラファルが眉根を寄せる。

ゆっくりとラファルに近寄り、シャルは彼の片羽に視線を注いだ。膝裏に届くさらりと長い羽は、シャルと同様背に一枚だ。緑と青を混ぜたような色みで、半ば透《す》けている。

「なぜ片羽を失った」

訊いた途端に、ラファルの表情が消えた。

「おまえは、人間に使役されていたんだろう?」

続けて問うと、曖昧《あいまい》で柔らかな色をしていたラファルの髪が、さっと赤みを帯びる。侮辱《ぶじょく》されたかのように、その目に怒《いか》りが宿る。

「一年前まで、おまえがどこで何をしていたのか誰も知らない。一年前突然現れ、妖精王と名乗り、妖精を集め始めた。俺よりも前に生まれたおまえが、どうして百年、活動しなかったのか。おそらく活動できなかったからなんだろう。できなかった理由は、一つしか思い当たらない。人間に使役されていた」

「黙るんだ……シャル」

ラファルはシャルを睨《にら》みつけた。

「俺はなにも知らなかった。だがおまえは、自分が妖精王に選ばれたと知っていた。それなのに人間に捕《と》らえられ使役されるのは、苦痛だったはずだ。一年前に、ようやく人間の手を逃《のが》れられたのか？」

一度人間に捕まり羽を握られてしまえば、逃げ出すのは容易ではない。現にシャルも、何度も逃亡《とうぼう》を試みながら逃《に》げられなかった。特に戦闘《せんとう》能力の高い妖精を使役する人間たちは用心深い。

「黙るんだ。おまえの羽が、わたしの手にあるのを忘れているのか？」

「羽か。おまえが集めた妖精の羽を、自分が握るのは誰も信用していないからだ。なぜ仲間の妖精すら信用しない？　裏切られでもしたか？」

感情を抑えようとしているらしいが、わずかにラファルの口元がゆがんだ。

ラファルのような妖精が、そう簡単に人間に捕まるはずはない。けれどその彼が人間に狩《か》られたとなれば、なにか彼が油断する要因があったからだろう。

「仲間に裏切られ、人間の手に落ちたか？　おまえは人間のみならず、仲間の妖精ですら憎《にく》いのか？　おまえは二枚の羽を持っていた妖精にも、羽を捧《ささ》げさせている。腹が立ったか？　己《おのれ》は片羽なのに、二枚の羽を持つ妖精が目の前にいるのが。小娘《こむすめ》の嫉妬《しっと》のようだな」

「侮辱するのか！」

摑《つか》みかかろうとするラファルの手をかわし、シャルはふっと笑う。

「侮辱？　ただの事実だろう」

自分の生まれた意味も知らずにいたシャルでさえ、人間に使役されるのは腸《はらわた》が煮《に》えくりかえるほどの屈《くつ》辱《じょく》だった。ラファルが、自らが妖精王リゼルバ・シリル・サッシュに選ばれた命だと知って人間に使役されていたとするならば、彼の屈辱感はどれほどだったか。そこから生まれる怒りと憎しみは、自らの心を焼《や》き尽《つ》くすほど激しかったに違いない。

焼けただれた心で自由を得て、彼は妖精王を名乗った。妖精の自由を取り戻すと宣言し、仲間を集めた。だがそんな大義名分の底には、くすぶり続ける憎しみと怒りがある。

大義はただ、人間へ報復するための手段だ。そしておそらく仲間を集めることすら、仲間への報復なのだ。

なにがあったかはわからないが、彼は妖精の仲間ですら、力でねじ伏せ支配しようとしている。支配することで、仲間に対する鬱憤《うっぷん》を晴らそうとしている。

「妖精王となり妖精に自由を取り戻す？　それがおまえの願いかと思ったが、そこまで崇高《すうこう》ではないらしいな。おまえはただ、報復したいだけだ。怒りと憎しみのままに、人間を攻撃《こうげき》したいだけだ。仲間たちを力でねじ伏せたいだけだ」

シャルを捕まえそこねたラファルは、唸《うな》るように言う。

「なにが違う？　妖精に自由を取り戻すためには、人間を憎み攻撃する必要がある。なにも考えず漫然《まんぜん》と生きる仲間たちを集め、彼らが馬鹿な行いをしないように支配するのも必要だ。そして仮にわたしが報復や支配を楽しんでいたとしても、なんの問題がある」

「報復や支配は、妖精王となるべき者の楽しみではないはずだ」

冷然と言い放つと、階段をのぼった。

（ゆがんでいる）

妖精王になるべきだという信念だけは、ラファルの中に生き続けている。だがその動機となるものが、怒りと憎しみで溶《と》け崩れ、得体の知れないものになっている。

ただ人間への憎しみと、身を焼き尽くすような怒りは理解できる。アンに出会うまで、シャルもそんな憎しみと怒りを感じて生きていた。

今日もアンは、砂糖菓子を作った。毎日銀砂糖を練っていれば気が紛れるし、妖精たちはよろこんでくれる。城砦の廊下《ろうか》は、窓に板の戸やガラスなどは入っていない。吹きさらしなので、自分の部屋を出ると寒さに震《ふる》えがくる。

夕暮れで、窓の外は灰色だ。雪が降り始めていた。窓から見渡《みわた》せる荒野が、みるみる白くなっていく。

今日作った砂糖菓子を持って、アンは急いで妖精たちの部屋に向かった。部屋の戸をノックすると、戦士妖精の一人が扉を開いた。むっつりした顔の戦士妖精は、アンを見おろして表情を緩《ゆる》める。

「あんたか」

「砂糖菓子を持ってきたの。今日も必要？」

「ああ、助かる。あの人に聞いて持ってきてくれたのか」

「あの人？」

「シャル・フェン・シャルだ。彼から、聞いてないか？」

「シャルはまだ部屋に帰ってきてないの」

「ああ……そうか。あの姿じゃな」

眉根を寄せた妖精の背後から、ルスルがぴょんっと飛んで出て彼の肩に乗った。

「今日も怪我人《けがにん》がいるのよ。ありがとう、アン」

「どういたしまして。はい」

砂糖菓子を乗せた板を差し出すと、戦士妖精は受け取った。それを見て、戦士妖精はぽつりと言う。

「あんた人間なのに、なんで妖精に砂糖菓子をくれるんだ？」

「どうしてって。必要だって言ってくれたから」

「なにをしている？」

ふいに、ひやりとする手が肩に置かれる。

「どうしてここに砂糖菓子を持ってきたんだ？　銀砂糖師」

ぞっとして、思わずその手をふり払《はら》った。飛《と》び退《の》いてふり返る。

ラファルが微笑んでいた。ルスルがあわてたように顔を伏《ふ》せ、部屋の奥にいた妖精たちも緊張した様子でこちらに注目した。ラファルは戦士妖精が手にしている砂糖菓子に、視線を注いでいる。

「どういうことかな？　わたしにはあの屑《くず》のような砂糖菓子を作っておいて、それきりなのに。こんな場所に、これほど美しい砂糖菓子を作って持ってきているのは」

　アンは戸口に立ちふさがるようにして、彼の視線を砂糖菓子から遮った。

「あなたのためにも、作るわ。これはあの人たちのためのものだから……」

「わたしの問いの意味が、わかっていないらしいな？　わたしにはあの屑しか作らないのに、なぜ彼らのためにはあれほど綺麗なものを作るんだ？　その理由を聞きたいんだよ、わたしは」

「あなたの砂糖菓子だから、手を抜《ぬ》いたなんてことはない。けど、でも……。あまりうまくいかないの。だから……」

　突然、ラファルは喉の奥でくっくと笑い出す。

「わざと作らないのではなく、作れないのか？　わたしのためには。拒絶《きょぜつ》しているのか？　心の底で、わたしに砂糖菓子を作ることを」

「ごめんなさい……でも」

「ほんとうに忌々しい小娘だ」

　呟いたと思うと、いきなりアンの手を掴む。

「来い」

　ぐんと腕《うで》を引っぱられ、肩が抜けるかと思うほど痛かった。顔をしかめたアンにかまわず、ラファルはアンを引きずるようにして大股《おおまた》に歩き出す。

「あ、あの……ラファル様！　お待ちください！」

　ルスルがびくびくしながらも、呼び止めた。戦士妖精たちも部屋から飛び出してきた。

「なんだ」

　露骨《ろこつ》に不愉快な表情でふり返るラファルに、ルスルは青ざめながらも言った。

「あ、あの……、あの……、そのお嬢《じょう》さん。どうなさるおつもりですか？」

「役に立たない人間を飼っておく必要はない」

「ラファル様」

戦士妖精が、ぼそりと低い声で言った。

「そいつは、役に立ってます。怪我がよくなった」

「わたしのために砂糖菓子を作れないのならば、意味はない。銀砂糖師なら、また新しく捕まえてくる。所《しょ》詮《せん》人間だ。おまえたちが気にする必要はない」

切り捨てるように言うと、ラファルはまた歩き出した。ルスルと戦士妖精たちが、戸惑ったようにアンを見送っている。

強い力で腕を引かれ、大きな扉のついた部屋に連れてこられた。ラファルの自室らしく、広々とした部屋の床に毛織りの敷物《しきもの》と、大きなベッド、金具で装飾《そうしょく》された衣装《いしょう》ケースなどが並んでいる。

扉から中に放りこまれるように強く押《お》し込《こ》まれ、石床につまずいた。たたらを踏《ふ》んで、部屋の真ん中あたりで床に手をつく。

部屋に火の気はなく、寒い。開きっぱなしの窓から、ちらちらと雪が吹きこんでいる。

後ろ手に扉を閉め、ラファルはアンを見おろす。

（殺すつもりだ……）

虫けらを見るような無感動な目を見て、悟《さと》った。

ラファルの髪の色が、頭頂部からじわじわと透明《とうめい》感のある赤色に変化する。両掌を上に向けて胸の前で広げると、銀赤の光の粒が寄り集まってくる。

それを目にして、床についた手が震え出す。

「わたしは、諦《あきら》めていた。わたしとともに生きる者など存在はしないと。妖精どもは無知で考えなしで、愚《おろ》かしい。羽を握って支配しなければ、なにをしでかすかわからない。手にしたダイヤモンドの時は満ちている。なのになぜか生まれない。黒曜石は、所在がわからない。生きているのかすらも怪《あや》しかった。もう、わたししかいない。妖精の屈辱的な現実をどうにかするためには、わたしが王となる他ない。そう思っていた」

淡々とラファルが言う。声は平坦《へいたん》なのに、彼がどうしようもないほど苛立ちを抱えているのが、その目を見ればわかる。

「だが黒曜石が生きていた。そして出会えた。なのに黒曜石は、シャル・フェン・シャルは人間の小娘にそそのかされ、人間どもに肩入《かたい》れしている。おまえさえいなければ、彼はもっと違った考えを持っていたはずだ。わたしの唯一《ゆいいつ》にして、無二のつがいとして生きたはずだ。なのに、どうして……！」

　言いながらゆっくり近づいてきた。なぜか声に、絶望感に似た響きがある。

（この人は、寂しいの？）

　ラファルとシャルは、同じ場所で生まれたと言っていた。彼らは他の妖精たちよりも、互いを近い存在に感じるのかもしれない。ラファルは妖精たちを愚かしいと切り捨てながらも、シャルだけは対等な存在と思っているのだろうか。

　妖精も人間も自分以下だと切り捨て、一人生きていて寂しくないはずはない。

　だから唯一対等な存在だと思えるシャルを、仲間にしたいのだ。シャルの羽を握り彼を支配しながら、彼とわかり合いたいと願っている。母親を亡《な》くしたアンが、シャルの羽を握りながら友だちになりたいと願ったのと同じだ。

　震える声で反論した。

「シャルはわたしがいてもいなくても、今のシャルよ。シャルがあなたを好きにならないのは、あなたがひどいことをしたり、シャルや仲間の羽を握ってたりするからなの。シャルと友だちになりたいなら、友だちになれるように親切にしたり……」

「黒曜石を、人間ごときが名で呼ぶな！　彼はわたしと同じ、妖精王に選ばれた命で、妖精王となるべき者なのだ」

（妖精王？）

　思いも寄らない言葉だった。

（シャルが？　どういうこと？）

　両手の中に現れた銀赤の糸をラファルはしならせた。空気を切《き》り裂《さ》く音がして、アンの足首に銀赤の糸が巻きつく。

「おまえさえいなければ、シャルの羽を握ることなどせずにすんだはずだ。そんなことをせずとも、彼はわたしとともに生きたはずだ。おまえがなにもかも、悪い」

足首に巻きついた銀赤の冷たい糸の感触に、叫《さけ》び出したいほどの恐怖《きょうふ》を感じる。

　ラファルは糸をたぐり寄せるようにして、アンの前まで来ると跪《ひざまず》いて顔を覗きこむ。

「シャルには、おまえを解放したと言う。疑ったとしても、確かめるすべはない。わたしが羽を握っている限り、彼に自由はない。そして五十年も経てば、彼もおまえのことなど忘れる。それからゆっくりと、百年時間をかけてでも、シャルの考えを変えていけばいい。それにはまず、おまえが邪魔《じゃま》だ！」

　部屋に帰ると、アンがいなかった。おそらく妖精たちのところに、作った砂糖菓子を届けに行ったのだろう。早く顔が見たかった。探しに行こうと、再び部屋を出る。

（明日、ラファルは村を襲う）

　それを考えると嫌な気分になる。城砦の廊下に並ぶ窓からは暗い空が見え、雪が吹きこんでいる。今夜の雪は積もるだろう。

（雪が積もれば、残してきた痕跡が消える。なにをぐずぐずしている。銀砂糖子爵）

　妖精たちの部屋に行くため廊下の角を曲がると、その先の廊下に妖精たちが寄り集まって顔を見合わせ、囁き合っているのが目に入った。

　何かがあったと直感し、早足に近寄る。

「なにがあった」

　彼らが、びっくりしたようにふり返った。

「あ、シャル」

　廊下の窓枠《まどわく》にいたルスルが、泣きそうな顔をする。

「どうした」

「アンが……」

　言いかけると、戦士妖精の一人がルスルを遮った。

「やめろルスル！　ラファル様に殺されるぞ！」

　声をあげた妖精を、シャルは睨みつけた。

「おまえたちはラファルに飼われて満足か？　あいつの機嫌を窺《うかが》って、命令に従って、人間に使役されるのとなにが違う。よく考えろ。なにが違う。俺はあいつに飼われる気はない。だから大切な者は守る」

静かな怒りの声に、妖精たちはひるんだように口をつぐむ。

「アンが、おまえたちになにをした？　人間のあいつが、人間だから憎いのであればいい。なにも言うな。だがそうでないなら、教えろ。アンがどうした」

（斬られる！）

目を閉じて歯を食いしばった。

その時、扉が開く音がした。

はっと目を開くと、シャルが低い姿勢で剣を構え、横なぎにラファルの背中に斬りかかったのが見えた。

とっさにラファルが飛び退くと、シャルはラファル本人にはかまわず、彼の手からアンの足首へと伸《の》びる銀赤の糸を斬りあげた。甲高《かんだか》い音がして切り口が跳《は》ねるのと同時に、アンの足首に絡《から》みついていた銀赤の糸が光の粒になって消えた。

アンに背を見せ彼女の前に跪き、シャルは剣を構える。

「言ったはずだ、ラファル。なにかすれば、おまえを斬る」

「あの者たちが教えたのか。やはりわたしの意図などくみ取れぬほど、奴らは愚かしい。羽を握って支配する以外に、あの愚《おろ》か者《もの》たちを御《ぎょ》する方法はない」

苦々しくつぶやくラファルに、シャルは静かに応じる。

「たったあれだけの妖精すらも、羽を握らなければ従えられないおまえは、妖精王にはなれない」

「ならば、おまえがなるか？　おまえならあの愚か者どもを、羽を握らず従えられるか？」

「従わせる必要はない。妖精の自由を手に入れるにしても、妖精王は必要ない。俺はもっと別の、なにかを探す」

「その前に我々の誇《ほこ》りは、人間の手で滅《ほろ》びるだろう。やはりわたしが妖精王で、支配する者だ。それは譲《ゆず》らない。おまえも支配するまでだ」

ラファルは上衣《うわぎ》の内側に手を入れて、小さな革《かわ》の袋《ふくろ》を取り出した。見覚えがあるそれは、シャルの羽を入れてある袋だった。彼はそれを片手で握りつぶすように強く握った。

シャルが呻いた。体が傾ぎ、剣を握っていない手を床につく。

「シャル！」

あわててシャルの体を支える。

「逃げろ、部屋の外へ……」

「でも」

「行け！　邪魔だ！」

苦痛に顔をゆがめながら叫んだシャルの言葉に、アンは突《つ》き飛《と》ばされるように立ちあがり、部屋の外へ駆《か》け出《だ》す。シャルが言う通り、アンがいては邪魔だ。自分にはなんの力もないし、そばにいてもなにもできない。

駆け出してすぐに、廊下にたむろしている戦士妖精の一団が目に飛《と》び込《こ》んできた。彼らはラファルの部屋の様子を窺っていたらしいが、アンが飛び出してきたのを見て目を丸くする。

「アン!?」

戦士妖精の一団から、ルスルが飛び出す。

「よかった、アン！　シャルがとめてくれたのね！」

「ルスル！」

涙《なみだ》がこぼれた。小さな妖精に駆《か》け寄《よ》り、廊下にへたり込《こ》むようにして叫ぶ。

「シャルが、ラファルに殺されちゃう！　羽を握られて、今！」

顔をあげて、戦士妖精たちを見あげた。

「お願い、お願い！　シャルを助けて！　あのままじゃ、どうにかされちゃう！　わたしを助けようとしたから！」

のっそりと、一人の戦士妖精がアンの前に進み出た。そしていきなり、強い力でアンの手首を握って彼女の体を引きずりあげた。

「苦しいか？」

ラファルは羽が入った袋を強く握りながら、薄ら笑いでシャルの前に跪く。

体がよじれ、ばらばらに散っていきそうな恐怖と痛みに耐《た》えながら、歯を食いしばってラファルを睨む。痛みに声すら出ない。

「わたしを侮辱し、人間をかばった罰《ばつ》だ」

そこでラファルは、ふと真顔になる。

「可哀想《かわいそう》に。苦しいだろう。もしおまえを見つけたら、つがいの王として互いに尊敬し合い、慈《いつく》しみ合えると思っていたのに。なぜこんなことになったのか。なにもかも人間どもが悪い」

さらに強く袋を握られ、あまりの苦しさと痛みに手から剣が離れた。床に落ちた剣が光の粒になって消えるのと一緒に、シャルはその場に横倒《よこだお》しになって両手で体を抱えるようにして丸まった。

「ラファル様」

開いたままになっていた扉から、戦士妖精が数人ぞろりと入ってきた。彼らはアンを連れていた。彼女は後ろ手に両手首を握られて、痛そうな顔をしている。

「連れてきました」

無表情な彼らを、アンは哀しそうな目で見あげた。

「よくやった」

ラファルはかがみこみ、シャルの耳元に囁く。

「見ているがいい。おまえの可愛い銀砂糖師がどうなるか」

痛みに声が出ない。

焦りだけが、体の中で声をあげる。

（アン！）

ふと、痛みが消えた。ラファルが羽の入った袋を上衣の内側に戻《もど》すと立ち上がり、アンの方へ向かって歩き出した。手をついて起き上がろうとしたが、痛みの余韻に全身が震えて思うように体が動かない。

ラファルがアンの方へ手を伸ばした瞬間、小さな妖精がアンの肩口《かたぐち》から飛び出した。

ルスルだった。ラファルが眉をひそめるより早く、彼女は彼の上衣の内側に滑《すべ》り込《こ》んだ。

「貴様!?」

あわてたラファルがルスルを捕まえようとするが、その前に彼女は、シャルの羽が入った袋を手に、再び跳躍《ちょうやく》していた。一つ、二つ、床を蹴《け》ってルスルはシャルの懐《ふところ》に飛び込んでいた。

「シャル！　あなたの羽よ！」

ラファルが手にある銀赤の糸を構え、しならせる。シャルはルスルを抱《だ》いて床を転がり、飛来した銀赤の糸を避《よ》けた。起き上がりざまに膝をつき、右手を軽く広げる。そこに意識を集中し、再び白銀の剣を出現させる。

シャルに逃げられたとわかると、ラファルは舌打ちして、アンの腕を掴もうとした。しかしアンは、戦士妖精に突き飛ばされて部屋の外へ押《お》し出《だ》された。

「なんの真似《まね》だ!?」

目を見開くラファルに、戦士妖精が静かに言った。

「ラファル様。あの子は、逃がしてください。人間ですが、逃がしてください」

「愚か者が!!」

叫んで飛び退き、銀赤の糸をふるおうとするラファルに向かって、シャルは姿勢を低くして駆《か》けた。足もとをすくうように斬りかかると、さらにラファルは退く。

「城砦の外へ逃げろ、アン！」

シャルは間を開けずラファルに斬りかかりながら、廊下へ向けて叫ぶ。狭《せま》い場所で間合いを詰《つ》めたおかげで、ラファルは銀赤の糸を繰《く》り出《だ》しあぐねて、シャルの剣に押されるように飛びすさる。それを追って、さらにシャルは踏《ふ》み出《だ》し剣をふるう。隙《すき》を与えてはいけない。

「ルスル・エル・ミン！　行け！　アンを連れて！」

シャルの命令の声に、ルスルが駆け出す。

「全員、罰《ばっ》する！　羽を焼く！」

シャルの刃《やいば》を避けながら、ラファルは怒りの声をあげると、銀赤の糸をしならせて出入り口に向けて走った。飛来する糸をシャルは斬って落とす。

出入り口に固まる戦士妖精たちは銀赤の糸に押されるように逃げ散り、そこへラファルが突《つ》っ込《こ》んだ。戦士妖精たちが何人か銀赤の糸に触れ傷つき、ぱっと光が散り悲鳴をあげた。

　シャルはラファルを追って駆け出し、戦士妖精たちに命じた。

「怪我人を連れて、おまえたちも城砦を出ろ！」

　飛ぶように走る銀赤の髪を追う。細い廊下を抜け、螺旋《らせん》状の階段を駆けあがる。暗い階段室の終わりには、アーチ型の出入り口があった。灰色の空が見える。

　階段室を出ると、強い風が雪のつぶてとともに横殴《よこなぐ》りに吹《ふ》きつけた。

　城壁《じょうへき》の歩廊《ほろう》の上だった。歩廊は前にも後ろにも、長く続いている。

　歩廊の幅《はば》は、シャルの歩幅《ほはば》で三歩ほどしかない。歩廊の外側には矢狭間《やざま》をつけた壁《かべ》が、等間隔《とうかんかく》に並んでいる。壁と壁の間は、なにもない。人一人が楽に通《とお》り抜《ぬ》けられるほど広い隙間《すきま》が空いている。そして内側には、壁がない。足もとに、城の中庭が広がっている。目がくらむような高さだ。

　雪が激しく降っていた。荒野を渡る風が城壁にぶつかり、地面からめくれあがるように雪とともに吹きあげてくる。吹きあがる風に、髪と衣装が躍り乱れる。

「来い、シャル！」

　ラファルは矢狭間の前に立ち、こちらに向けて銀赤の糸を繰り出そうと構えていた。シャルは剣を握りなおし、姿勢を低く構えようとした。

　その時だった。空を覆うように唸る風の音を圧する、たくさんの馬のいななきが地上から聞こえた。

　ラファルがはっと、壁の隙間から雪の荒野に目をやる。

　シャルも剣を構えながらも、そちらに目をやった。

　城砦の前には二百騎《き》ばかりの騎馬《きば》兵が整然と並んでいた。旗印は、ダウニング伯爵家の紋章《もんしょう》。そして後方には、銀砂糖子爵の旗もある。

　それを見おろしてシャルは笑った。

「愚図《ぐず》め。やっと来たか、銀砂糖子爵」

　ラファルは歩廊の上から、呆然《ぼうぜん》と騎馬兵を見おろす。

「なぜここが人間どもに」

シャルはゆっくりとラファルに近づいた。歩廊の石床に積もった雪を、一歩一歩踏んでいく。

「銀砂糖の樽を盗《ぬす》んできたのが、間違《まちが》いだ。樽から銀砂糖がこぼれていた。彼らは、それを追ってきた」

「おまえなのか、シャル」

ラファルは無表情でふり向いた。透明感のある赤い髪が、強い風に乱れる。

「銀砂糖子爵が、銀砂糖独特の白い輝きを見過ごすはずはない。そのうえ運がよかった。初冬で、銀砂糖を食《く》い荒《あ》らす虫はいない。一番心配したのは雪が銀砂糖を覆《おお》い隠《かく》すことだったが、積もる前に銀砂糖子爵はここに辿《たど》り着《つ》いた」

「またわたしは、裏切られるのか。仲間に……よりによって、おまえに」

「羽を握っている限り、おまえは使役者だった。仲間ではない。裏切るも、裏切られたもない。使役者は妖精に敵意をもたれる存在だ。一年前、十五歳《さい》だった人間の女の子ですらそれを知っていたのに、おまえはそれに気がつかなかった」

言葉が終わるか終わらないかのうちに、シャルは矢のような鋭さで駆けた。

どこか虚脱《きょだつ》した様子のラファルの懐に、シャルは一気に飛びこんだ。銀赤の糸を構えたラファルだったが、シャルの方が速かった。間合いを詰められ、ラファルは糸を繰り出せない。

白銀の切っ先をラファルの胸に突きつける。

ラファルは切っ先に押され、じりじりと後退した。壁と壁の間に追《お》い詰《つ》められる。ブーツのかかとが歩廊の端にかかり、危《あや》ういバランスを保ったところで立ち止まる。

「鍵を出せ。妖精たちの羽を収めた箱の鍵だ」

するとラファルは、疲《つか》れたように息をつく。

「愚か者どもなど、もう必要ない。取れ」

ラファルは、上衣の内側を探《さぐ》り鍵を歩廊の上に投げ捨てた。真鍮《しんちゅう》製の大きな鍵だった。

曖昧な色の瞳が、シャルを見つめていた。敵意や憎《ぞう》悪《お》はない。ただ諦めに似たなにかが見える。

「アンと出会う前におまえを見つけていたら、おまえはこうやって、わたしに剣を突きつけたりしなかっただろうな」

「おそらくな。一年、遅《おそ》かった。たった一年だ。だが、それが運命だ」

もしシャルが一年前アンに出会わなければ、シャルはラファルに共感していたはずだ。彼と同じように考え、彼のように憎しみと怒りのままに動いていたかもしれない。

一つの出会いが運命を分け、こうして敵として向かい合うことになった。

似たものであるはずなのに、表と裏のように、違う運命を背負い、違う道を歩くのだ。

剣を突きつけたまま、しばらく動きを止めた。わずかなためらいがあったのは、ラファルが、歪《ゆが》んだ鏡に映った自分の姿に思えたからだ。

「ラファル。終わりだ」

剣を突《つ》き出《だ》そうと構えなおした瞬間、ラファルがふっと笑う。

「運命か」

穏《おだ》やかな声だった。ラファルの心の中から、なにかがこぼれ出たような声。

ゆっくりとラファルの体が背後に傾ぐ。

ゆるくうねる赤い髪が、ふわりと体の前に流れる。

銀赤の糸を握っていた両手が力をなくしたように開き、糸は宙に放り出された瞬間、光の粒になってきらめいて霧散《むさん》した。なにかが抜《ぬ》け落《お》ちたように彼の表情はぼんやりとして、青と緑の曖昧な色の瞳は、灰色の空を見あげていた。睫に、雪が触れる。白い横顔が、暗い灰色と白の世界の中で、寂しげに際立《きわだ》つ。

次の瞬間、ラファルの体が消えていた。

——落ちた。

「ラファル！」

歩廊の端に駆け寄って見おろした。真っ白な雪が上下左右から吹きすさぶ中に、赤い花びらが一つ浮《う》いたようだった。その花びらはすぐに小さくなり、雪に紛れ、消えた。

しばらく、足もとを見おろしていた。心の中にある何かが欠けてしまったような空《むな》しさが、雪とともに胸に吹きこむ。突風《とつぷう》が雪を舞《ま》いあげて、遠い地上は見えない。

城砦から飛び出したアンとルスル、そして戦士妖精たちは、目の前に整列した騎馬兵に目を見張った。雪が激しく降り続き、薄闇《うすやみ》が迫《せま》る荒野に、二百騎あまりの騎《き》兵《へい》が整列している様は異様だった。馬が嘶《いなな》き、鎧《よろい》がこすれる音が重く響く。

足を止め、アンは唖然《あぜん》と彼らを見つめていた。

(これは、なに?)

ルスルはアンの肩の上で目を丸くしていたが、戦士妖精たちが緊張したように、手にした槍《やり》や腰《こし》にある剣の柄《つか》に手をかけて構える。

驚《おどろ》いたのは騎馬兵たちも同じらしく、動揺《どうよう》してざわついたが、すぐに腰にある剣の柄に手をかけた。

双方《そうほう》に緊張が走る。その時。

「全軍、動くな」

静かな声が、雪の紗幕《しやまく》の向こうから聞こえた。

「アン・ハルフォード?」

左右を騎馬兵に守られながら、鎧姿の老人がゆっくりと馬を進めて前に出てきた。

「ダウニング伯爵!?」

驚きながらも、アンはダウニング伯爵に駆け寄り膝を折る。

「無事で何よりだった、ハルフォード。逃げ出してきたのか?」

「はい」

「ちょうどよかった。我々は妖精商人や妖精狩人、砂糖菓子職人を襲っていた妖精たちを追って、この城砦をつきとめた。これからここを根城にする妖精たちを討伐《とうばつ》する。その後ろにいる妖精たちは、人間を襲っていた一味だな」

「待ってください!」

あわててアンは、背後の妖精たちをかばうように手を広げる。頬に雪の粒があたり肩や髪がみるみる白くなるが、寒さは感じなかった。

「後ろにいる妖精たちは、わたしを逃がしてくれたんです。何をしたのかわかりませんが、この人たちは羽を握られて、命じられて、それに従っていただけなんです。羽を握っていた妖精が一人います。討《う》つというなら、彼一人を討つべきなんです！」

「その一人はどこだ？　アン」

聞き慣れた声がして、アンは目を見開く。

「ヒュー!?」

ダウニング伯爵の前だということも忘れて、いつものように呼んでいた。

ダウニング伯爵の背後から、馬を操《あやつ》ってヒューが姿を現した。背後には、サリムが馬で従っている。ヒューも分厚い外套の下に鎧を着ていた。野性味のある彼の容姿に、戦装束《しょうぞく》は意外なほど似合っていた。

「城砦の中にその妖精がいるの！　シャルが彼と戦って……今。だからはやくシャルを助けて、ヒュー、お願い！」

説明しながら、不安が押《お》し寄《よ》せてくる。ラファルと対峙《たいじ》したシャルが、いったいどうなったのか。

「ああ……」

ヒューがふっと笑って、アンの背後に目をやった。

「大丈夫だ。もう終わったらしい」

ヒューの視線を追って背後をふり返る。

降りしきる雪の向こうに、城砦の石のアーチが見える。そこから、白い世界にくっきりと落ちた影のように静かに、黒い妖精が歩いてくる。胸の前に大きな錠前《じょうまえ》がついた箱を抱いていた。艶《あで》やかなその存在を、雪が慕《した》い、従い、まとわりついているようだった。

「シャル！」

駆け出したアンを見て、ダウニング伯爵が眉をひそめてヒューをふり返る。

「どういうことだ、マーキュリー」

「彼が帰ってきたということは、終わったんですよ、おそらく。我々が追っていた妖精は消えたんでしょう」

アンは雪を蹴って一直線にシャルのもとに走った。

アンが駆けてくるのを認めて、シャルは立ち止まり、抱いていた箱を雪の上に降ろした。

「シャル！」

駆け寄ると、思わずシャルの首にしがみつくように抱きついた。

「シャル！　よかった、シャル！」

「おまえが無事でよかった」

シャルはアンを抱きしめ返してくれた。するとひょこりと、アンの肩口から小さなルスルが顔を出す。

「シャル。ラファル様は？」

「歩廊から落ちた。あの高さでは、無事では済まないはずだ」

淡々とシャルが答えると、ルスルはすこし残念そうに目を伏せた。

「そうなのね。お可哀想な方」

戦士妖精たちも近づいてきて、シャルを遠巻きに囲んだ。シャルがそれに気がついて、アンの耳元に囁く。

「もう、いいか？」

なんのことを言われたのかわからず、きょとんとしてシャルを見あげると、彼は意地悪な笑い方をした。

「抱きつき足りないなら、またあとにしろ。時間があればつきあってやる」

「あっ！」

やっと気がついて、アンはぱっと飛び退いてシャルから離れた。

シャルは上衣の内側を探り、真鍮製の鍵を取り出し、それをアンの肩の上にいるルスルに差し出す。

「そこにある箱の中に、おまえたちの羽が入っている。これで箱を開けて羽を取り戻せ。そして今度こそ自由になれ」

差し出された鍵は、ルスルの背丈《せたけ》の倍も大きかった。ルスルはそれにすがりつくように受け取った。そして、

「自由？」

不安そうにシャルを見あげて訊く。シャルが頷くと、ルスルはさらに困ったような顔をした。

「ラファル様がいなくなったら、誰が妖精王になるの？　あなたが、わたしたちの妖精王になってくれない？　シャル」

ルスルの言葉に、シャルを遠巻きにしていた戦士妖精たちが顔を見合わせる。頷く者もいる。戸惑いと期

待の空気が、妖精たちの間に流れる。

　妖精王という言葉に、アンはぎくりとした。ラファルもシャルのことを妖精王となるべきなのだと言っていた。シャルはほんとうに、そんな存在なのだろうか。

　不安になる。彼がそんな存在だとしたら、ますますアンとはかけ離《はな》れた使命や運命を背負っているのかもしれない。

　シャルは首を横に振《ふ》る。

「自由になるために、妖精王は必要ない。自分の一番大切なものを取り戻して、それぞれ好きな場所で生きろ」

「でも、妖精王が必要な時があるかもしれないわ。わたしたちだけじゃなくて、他に使役されている妖精たちを自由にしたかったら、わたしたちはどうすればいいの」

「妖精を集めて人間と戦うだけでは、未来がない。常に人間と戦うことになり、安定した妖精の国など手に入らない。そうならないためにどうすればいいのか、俺にはまだ、方法もわからない。でもなにかの方法を見つけて、その時が来たら考える。今のおまえたちには、妖精王は必要ないはずだ。だから行け。人間の手の届かない場所で、生きろ」

　シャルは静かに告げた。それから彼は妖精たちの間を通り抜け、ゆっくりとダウニング伯爵とヒューの前に進む。

　妖精たちは自然と道を空け、彼を通した。その姿には、どこか気品と威厳《いげん》が漂《ただよ》う。色彩《しきさい》こそ違えど、聖ルイストンベル教会の天井画に描《えが》かれた妖精王を彷彿《ほうふつ》とさせた。

　ヒューが目を細めて、呟く。

「美しいな」

白い世界に佇《たたず》む黒い妖精は、神話世界から抜《ぬ》け出《だ》した者のように魅惑《みわく》的だった。

　兵士たちも息をのんでシャルを見つめている。

「人間を襲っていた妖精は、俺が始末をつけた。終わりだ。兵を動かす必要はない」

　シャルは気負いなく、背筋を伸ばした自然な様子で、ダウニング伯爵を見あげた。

「あそこにいるのは、人間の主《あるじ》を持たない妖精だ。おまえたちは妖精狩人ではないはずだ。このまま彼らを捨て置いて欲しい。もし狩るというならば、俺も黙って見ている気はない」

しばし、ダウニング伯爵はシャルを見おろしていた。驚いているようだった。目の前にいる妖精が何者なのか、はかりかね、迷っているようにも見えた。しかしさすがは百戦錬磨《ひゃくせんれんま》の老臣だった。すぐに決断を下した。

「我々は国王陛下の臣下で、国王陛下とその民《たみ》を守るためにある。妖精は狩らぬ」

ダウニング伯爵の答えに、シャルは微笑む。

「礼を言う」

ダウニング伯爵は頷き返した。

シャルが妖精たちをふり返ると、ルスルの手から一人の戦士妖精が鍵を受け取った。それを使って小箱の鍵を開けた。

箱の中は、薄絹《うすぎぬ》をぎっしりと詰めたようだった。

妖精たちが次々に箱を覗きこむ。彼らは自分の羽がどれなのかよくわかっているらしく、自分の羽が目に入るとすぐに手を伸ばして羽を摑んだ。

羽を手にした者たちは、ちらっとシャルやアンの方を見て、すぐに雪の中に駆け出していく。

彼らはこれから人間の目を避け、人間に狩られないように用心しながら生きていかなくてはならない。けれどシャルやミスリルのように、人間の世界に交じりながら、自分らしく生きていける者もいるかもしれない。

最後に、箱の底に残ったのは小さな小さな羽。アンはかがみこんで最後の一枚を手に取った。掌のくぼみにすっぽりおさまる、小さな美しい羽だ。

「はい。ルスル。あなたの羽」

肩に乗るルスルにそれを差し出すと、ルスルはにこっと笑って受け取った。

「わたし、自分の羽が綺麗だなんて知らなかったのよ。あなたが綺麗だって言ってくれて、初めてわかったの。わたしの羽は綺麗なんだってね。なんだか嬉しくて、誇らしかったわ」

言うと、ぴょんと肩を飛び降りる。

「ルスル。どうするの？　これから、どこへ行くの？」

問うと、ルスルは再び跳躍して、近くにいた戦士妖精の肩に飛び移った。飛び乗られた戦士妖精はびっくりしたような顔をしていたが、ルスルはお構いなしに言う。

「わたし、この人と行くことにするわ。わたしも海を見たことがないから、見てみたいの。ね、あなた行くんでしょう？　そう言っていたものね」

ルスルが肩に飛び乗ったのは、自由になったら海を見に行きたいと話していた戦士妖精だった。勝手にそんなことを言い出したルスルに、彼はしばらくきょとんとしていたが、すぐに肩をすくめ、諦めたように笑った。

「いいぜ」

妖精が歩き出す。一番最後に去っていくルスルと戦士妖精の姿を見送りながら、アンは胸が痛くなった。吐く息が氷の粒になって散る。ようやく寒さに気がついて震えが来る。

でも、動けない。ルスルと戦士妖精の姿が見えなくなるまで、目を離したくなかった。

シャルがアンのところに帰ってきた。動こうとしないアンに、不思議そうに問いかけた。

「どうした」

「ルスルの寿命《じゅみょう》は一年程度だって、シャルは前に言ってたよね。ルスルが生まれて、もう一年以上経ってるのよ。ルスルは……海を見に行ける？」

「あいつは、おまえの砂糖菓子を食べた。そのぶんだけ、寿命がのびているはずだ。だから……」

シャルもなにかを祈るように、去っていく妖精たちの姿を見送る。

「ルスル・エル・ミンは海を見られるだろう」

「そうだと、いいな」

降りしきる雪の中、たくさんの足跡《あしあと》が様々な方向へ向かっている。

雪は銀砂糖のように白く、さらさらと世界を覆う。

歩き去った妖精たちだけでなく、ハイランド王国にいる妖精のすべてが、こんなふうに自由に、歩きたい方向へ歩き出せればいい。

アンには今、祈ることしかできない。けれどアンの傍らにいる美しく強い妖精は、いつかほんとうに、彼らが穏やかに自由に生きられる道を見つけてくれるのかもしれない。

（シャルは妖精たちのために、いつかほんとうに妖精王になるの？）

その時、彼の傍らに自分はいることができるのだろうか。そばにいて、いいのだろうか。冷たい空気を吸いこんだせいか、胸が苦しい。

空を見あげた。高い場所から、苦しみや悲しみの多い地上を清めるように雪が降っている。

ダウニング伯爵の兵士たちは、帰路につくために隊列を組みなおし始めた。

六章　最後の一つを

真っ白になった丘《おか》や雑木林。ホリーリーフ城の庭も、雪に覆《おお》われてのっぺりと白い広場になっていた。朝の光が真っ白な世界に反射して目が痛む。作業場以外の部屋では、暖炉《だんろ》の火が入れられているのだろう。右翼《うよく》の煙突《えんとつ》から、煙《けむり》がたなびいていた。

丘の下までヒューの馬車で送ってもらったが、雪かきもできていない丘は、馬車がのぼれなかった。仕方なくアンとシャルは丘の麓《ふもと》で馬車を降り、足首まである雪を蹴《け》上《あ》げるようにして歩いた。

気持ちが焦《あせ》る。新聖祭まで、あと十日あまり。仕事の進み具合は、どうなのだろうか。

昨夜ルイストンに帰り着いたのは、真夜中過ぎだった。そのままアンとシャルは、ルイストンの銀砂糖子《し》爵《しゃく》別邸《べってい》に泊《と》まった。そこでペイジ工房《こうぼう》の作業の様子について訊《き》いたのだが、ヒューはにやにやして「まあ、順調だ」とだけ答え、いくら頼《たの》んでもそれ以上詳《くわ》しくは話してくれなかった。

汗《あせ》をかきながら庭を横切り、玄関《げんかん》の大扉《とびら》にたどり着いた。ホールの中に入ると、大声で言った。

「ただいま！」

ヒューにもらったケープを脱《ぬ》ぎながら、もう一度言う。

「ただいま！　みんな」

しばらくしんとしていたが、左翼《さよく》の方が急に騒《さわ》がしくなり、ドタバタと足音が近づいてきた。左翼一階へ続く扉が勢いよく開くと、一番に、ミスリルが飛び出してきた。

ホールにいるアンとシャルの姿を目にした途端《とたん》、立ち止まり、目を見開く。そしてその湖水のような青い瞳《ひとみ》に、みるみる涙《なみだ》が盛りあがる。

「アン！　シャル・フェン・シャル！」

床《ゆか》を蹴《け》って跳躍《ちょうやく》し、ミスリルはアンの胸に飛《と》び込《こ》んだ。

「もう、もう駄目《だめ》かと思ったぞ！　二人とも、ぜんぜん見つからないし！」

ドレスの布を握《にぎ》りしめながら、ミスリルはアンの存在を確かめるように頭をぐりぐりとアンの胸元《むなもと》に押《お》しつけた。アンはミスリルを抱《だ》きしめた。

「ごめんね、心配かけて」

ミスリルはアンに抱きしめられたまま、きっとシャルを睨《にら》みつけた。

「やい、シャル・フェン・シャル！　どうしてもっと早く帰ってこなかった」

突《つ》っかかられたシャルは、しらっとした目で答える。

「おまえの顔を忘れるくらいが、ちょうどいいかと思ったが」

「ふざけるな！　おまえは、ほんとうに！」

アンの腕《うで》の中から飛び出すと、ミスリルはシャルの肩口《かたぐち》に乗って髪《かみ》の毛《け》を引っぱった。

「人がどれだけ心配してたと思うんだよ!?　あいつ強そうだったし、アンもいるし。さすがのおまえでもって、俺は……！」

喚《わめ》きながらめちゃくちゃに髪の毛を引っぱっていた

かと思うと、そのままぺしゃりとシャルの肩《かた》の上に座《すわ》りこんだ。涙がさらにどっとあふれ、えぐえぐと泣きはじめる。

シャルはちらっとそれを横目で見ると、

「待たせて、悪かった。ミスリル・リッド・ポッド」

いたわるように言った。ミスリルは何度も頷《うなず》く。そして握りしめていたシャルの髪の毛で、ごしごしと涙をこする。それにはシャルも、ちょっと嫌《いや》な顔をした。

ミスリルに続いて、オーランドが出てきた。左顔面を覆っていた包帯が取れ、左目の上に革製《かわせい》の眼帯をつけていた。キングとヴァレンタイン、ナディールも出てきた。彼らは信じられないものを見たように、ぽかんとした。

そして職人たちを追って、エリオットが出てきた。二人を見るなり、彼は呆然《ぼうぜん》としている職人たちを追《お》い越《こ》してアンのところにやってきた。そしてへにゃっとした、いつもの笑顔《えがお》を見せる。

「急に帰ってくるんだから、びっくりしちゃったじゃない？　……おかえり、お二人さん」

「コリンズさん。帰りました」

職人たちもようやく驚《おどろ》きからさめて、駆《か》け寄《よ》ってきた。

「ただいま、みんな。オーランド、怪我《けが》よくなった？」

オーランドは苦い顔をした。

「人の心配している場合か。あんたは元気だったのか」

「うん。元気よ」

ナディールが洟《はな》をすする。

「俺、二人は帰ってこられないと思ってた……よかった」

ヴァレンタインはナディールの背を撫《な》でながらも、自分も目尻《めじり》の涙をぬぐう。

「よかったです。ほんとうに、よかったです」

キングも、今にも泣きそうなのをこらえるように、妙《みょう》な百面相をしている。

「言っただろうが、てめぇら。心配するんじゃねぇ、あいつらは帰ってくるってな」

怒《おこ》っているようなキャットの声がして、彼がジョナスとともに作業場から出てきた。強気なことを言ったわりには、ほっとしたような顔でキャットが笑う。その後ろに立っていたジョナスは、アンから視線をそらしている。けれど瞳には、うっすら涙が見えた。

「ただいま、ジョナス」

言うとジョナスは、「うん」とだけ答えた。そしてさらに顔を背《そむ》ける。

最後に扉を出てきた青年を見て、アンは目を丸くした。

「キース？」

いつもの柔《やわ》らかな微笑《ほほえ》みで、キースはこちらにやってくる。

「よかった。アン、シャル。帰ってこられて」

「どうしてキースがここにいるの？」

「仕事を手伝ってるんだよ」

「いいの!?　マーカスさんに怒られちゃうじゃない」

キースはいたずらっぽく笑う。

「いいんだよ。考えがあるからね」

アンは、集まってきた職人たちを見回した。彼らは作業場から出てきた。早朝にもかかわらず、みんなもう仕事をはじめていたのだ。アンが信じた通り、彼らはずっと仕事を続けていた。

エリオットとペイジ工房の職人たち全員。助《すけ》っ人《と》のキャットとジョナス。そして思いも寄らず、キースまでもが仕事を手伝ってくれていた。

荒野《こうや》の城砦《じょうさい》に閉《と》じ込《こ》められていた一ヶ月あまりの日々。常に寒くて、不安だった。心の一部に住み着いたその記憶《きおく》が、幻《まぼろし》だったかのように薄《うす》れていく。恐《きょう》怖《ふ》や緊張《きんちょう》感が、溶《と》けていく。心からほっとする。

（帰ってきた。仕事ができる）

嬉《うれ》しくてどうしようもない。

「砂糖菓子《がし》はどうなったの!?　どこまで作業は進んだの!?」

勢いこんで訊くと、キースは面白《おもしろ》そうにクスクス笑い出す。

「君ってほんとうに、そればっかりだね」

エリオットも笑って、片方の目をつぶった。

「職人頭だもんねぇ。帰還《きかん》を祝う前に、まず、仕事を見せようじゃない？」

職人たちと一緒《いっしょ》に、アンは左翼の作業場へ向かった。

「さ、ここ。見てごらん」

　エリオットが真っ先にアンを連れて行ったのは、作業場の一番手前にある、できあがった砂糖菓子を保管しておくための部屋だった。部屋に一歩踏《ふ》みこんだアンは、息をのむ。

「すごくない？」

　誇《ほこ》らしげに、エリオットが胸を反らす。

　部屋の中には雪の結晶《けっしょう》を組みあげて塔《とう》にした砂糖菓子が、所狭《せま》しと並んでいた。

　アンの背《せ》丈《たけ》よりはるかに大きな雪の塔、その半分の大きさの雪の塔。そして三分の一の大きさの雪の塔。それらが薄暗《うすぐら》い部屋の中に、静かに佇《たたず》んでいる。

　エリオットをふり返ると、彼は誇らしげに頷く。

「コリンズさん、これ。どのくらいできあがったんですか」

「一番大きなものが今、七個。半分のものが十個。三分の一の大きさのものが、十個」

「え、じゃあ」

「そう。予定していた砂糖菓子の数、そろっている。俺たちは間に合うんだよ、アン」

　その言葉を聞いた途端に、胸《むね》の奥《おく》から熱いものがこみあげる。

　銀砂糖が固まった時の焦りと絶望感。ヒューとの勝負を試みた時の緊張感と、やるせなさ。キャットが来てくれたことのよろこびと、ジョナスを見つけた時の戸惑《とまど》いと希望。荒野の城砦に妖精《ようせい》たちと一緒にいた時の、不安。

　いろいろな思いが頭の中を巡《めぐ》る。

(間に合う)

　たくさんのことがあったけれど、間に合うのだ。

「銀砂糖子爵にも、報告してある。実際できばえを見てもらって、おすみつきも頂いたよ」

　昨夜ヒューが、いくら訊いてもペイジ工房の現状を答えてくれなかったのは、これを知っていたからなのだろう。優《やさ》しくて親切な人なのに、ちょっとしたところで意地が悪い。それがキャットに嫌《きら》われる理由だろう。

（間に合うんだ！）

喜びがあふれる。

（新聖祭まであと十日。十日もあるのに、できあがってる）

改めて職人たちを見る。エリオットとキャット、そして自分を含めた三人の銀砂糖師。ペイジ工房の四人の職人。そしてジョナスと、キース。ミスリル。

十日も日数があって、さらにこれだけの職人がいるのだ。

予定していたことよりも、もっとなにかができる気がする。なにかができるし、なにかをしたい。そんな思いが、はしゃぐように湧《わ》きあがってくる。

「コリンズさん！」

アンはエリオットにふり向く。

「これだけ日数があって、職人がいるんです。もっと、なにかできそうな気がするんですけど」

それを聞いて、エリオットはにっと笑った。

「俺も、それを思ってたんだけど。職人頭は、なにかする気？」


求められ、予想されたことを完璧《かんぺき》にやることが第一だ。けれどそれができたのならば、次はそれ以上を考えなくてはならない。予想され求められたこと以上とは、どんなものだろうか。

「雪の結晶以外は作れないぞ。作品全体の調和がある」

オーランドが釘《くぎ》を刺《さ》すが、ナディールが唇《くちびる》をとがらせた。

「でも作る数を多くするだけなんて、つまらないな」

ヴァレンタインも頷く。

「ですね。雪の塔が八個から十個になっても、まあ、それほど目はひかないでしょう」

「やるなら派手にやりたいぜ。どーんとなっ！」

キングが涙に潤《うる》む目を誤魔化《ごまか》すように笑うと、ジョナスは呆《あき》れたように呟《つぶや》く。

「みんな、元気だよね。僕はへとへとで、考える気も起きないけど……」

するとキャットが、ぺしりとジョナスの後ろ頭を叩《たた》く。

「だからてめぇは、へなちょこなんだ！」

キースは苦笑《くしょう》する。

「まあジョナスの気持ちも、わからないでもないけど。せっかくなら、見た人たちがびっくりするようなものを作りたいよ、僕も」

(雪の結晶で、ただ数を増やすだけじゃなくて。派手で、見た人がびっくりするもの)

静かに佇む雪の塔を見つめて、アンは思いを巡らせる。


この砂糖菓子は、ハイランド王国に一年の幸福を招く砂糖菓子だ。できうる限り幸福を招けるように、そしてそれを目にした人たちが、ペイジ工房という派閥《はばつ》の本工房を賞賛するように。

(無理なく、それでいて、ぎりぎりまで工夫《くふう》ができるもの。調和を崩《くず》してもいけない、無論完成度も)

これは、雪だ。ハイランド王国を覆い清め、新しい幸福を王国に住むすべての命に、あまねく招く。

人間にも、妖精にも。王国のどこにいても、この幸福が届くように。感じられるように。

「そうだ……」

一つ閃《ひらめ》く。職人たちにふり返った。

「やらない？　派手なやつ！」


アンの身を心配する必要がなくなり、シャルは久しぶりにゆっくり眠《ねむ》った。翌朝。起きて小ホールに行くと、職人たちは仕事に向かおうと食卓《しょくたく》を立ったところだった。

「寝坊《ねぼう》だなシャル・フェン・シャル！　一足遅《おそ》かったぞ。おまえの朝食は、俺様が頂いた！」

ミスリルは腰《こし》に手を当て食卓の上に立ち、かかかかかっと高笑いした。

「勝手に食べるな」

「どあっ！」

ぴんと背中を指ではじき飛ばすと、ミスリルは食卓から吹《ふ》っ飛《と》んでころころと床を転がった。

食卓に着いたシャルは、眠気《ねむけ》にぼんやりしたまま頬《ほお》杖《づえ》をついて髪《かみ》をかきあげる。

ミスリルと職人たちと一緒に歩き出しかけたアンが、ふと気になったらしく引き返してきた。

「シャル。食事、台所に行って頼んでもらってこようか？」

「それくらい自分で頼む。行け」

今日からアンは職人たちと一緒に作業に入る。彼女の表情の明るさが、仕事へのよろこびを物語っていた。

「うん。でも、大丈夫《だいじょうぶ》？　シャル。疲《つか》れてる？」

心配そうに顔を覗《のぞ》きこんでくるので、からかってみたくなる。

「なんだ？　続きをしたいのか？」

「へ？」

「抱きつきたいか？」

しばらく、きょとんとしていたアンだったが、彼がなんのことを言っているのか思い出したらしく、頬《ほお》を真っ赤にした。

「ち、ちがうってば！」

「なら行け。仕事だろう」

こうやってからかって面白がることは相変わらず平気でできるが、城砦で過ごしたあの夜以降、アンに触《ふ》れるのがためらわれるようになった。

頬杖をついたまま、シャルはぼんやりと暖炉の炎《ほのお》を見ていた。炎を見ると、ラファルの羽の色を思い出す。そして彼の言葉も、思い出す。

『おまえが、アンを不幸にするぞ』

それが耳について離《はな》れない。彼は死んだはずなのに、亡霊《ぼうれい》のようにシャルの心の中に、その言葉と一緒に住み着いてしまった。しかし。

（ほんとうにラファルは、死んだのか？）

ラファルが転落した城壁《じょうへき》の下には、彼の衣服がなかった。死んだ妖精の体は光の粒《つぶ》になって消えてしまうが、彼の身につけていたものは残るはずだ。それがない。そして彼が持っていたはずのダイヤモンドも、城砦の中からも外からも見つからなかった。

だが、あの高さから落ちたのだ。助かるはずはない。生きているはずはない。

「シャル。ほんとうに大丈夫なの？　どうしたの？」

ぼんやりするシャルに、アンが心配そうに再び訊く。

「大丈夫だ。なんでもない」

すこし気まずい空気が流れた隙間《すきま》に、階段の方から声が割って入った。

「ねぇ、お食事。持ってきましょうか？」

ブリジットだった。遠慮《えんりょ》がちに小ホールにあがってくる。両手を後ろに回して、何かを隠《かく》し持《も》っている様子だ。

「シャルは、お食事はまだでしょう？　持ってくるわ。わたしの仕事だから」

ブリジットは今、ダナとハル、ノアやベンジャミンと一緒に、台所に立っているらしい。かいがいしく職人たちの世話をしている。相変わらず職人たちに親しく話しかけたりはしないが、それでも彼らの役に立とうとしているのはわかる。

職人たちもそれに気がついているらしく、以前ほど彼女に対して冷淡《れいたん》な態度はとっていないようだった。

「もらう」

答えると、ブリジットは頷いた。しかし動こうとせず、もじもじしている。しばらくして、意を決したようにまた口を開いた。

「あの、アン……」

声をかけられて、アンはびっくりしたような顔をした。

「あ、はい」

「これ、ついでに。返すから」

ブリジットは後ろに隠し持っていたものを、アンに突《つ》き出《だ》す。アンのショールだった。目を丸くしたアンだったが、すぐに笑顔になって受け取った。

「ありがとうございます。持っててくれて」

ショールを手渡《てわた》しながら、ブリジットがぽつりと言う。

「わたしのために作ってくれた、緑の小鳥の砂糖菓子……。あれ、ダナが持っていてくれたの。それであなたがいない間に、わたしに渡《わた》してくれたの。わたしのものだからって。今、部屋に飾《かざ》ってる。ありがとう」

言いながら彼女はどんどん俯《うつむ》いて、どんどん頬を赤くしていた。アンは目をしばたたいて、信じられないことを聞いたような顔をしていたが、しばらくすると明るい笑顔を見せた。

「よかった。飾ってくれて。嬉しいです」

「あの子猫《こねこ》も、飾ってるのよ。あれは誰《だれ》が作ったの？」

「わたしの口から言ってもいいかどうか。作った本人が告白する気になったら、きっと言ってくれると思うんですけど」

「エリオットじゃないのは確かだろうけど」

エリオットが除外されていることに、シャルは苦笑した。ブリジットは婚約者《こんやくしゃ》のことをよくわかっている。互《たが》いに好きでもない婚約者同士なのに、皮肉なことだ。

ブリジットは軽くため息をつく。

「エリオットはわたしのことなんか、ちっとも気にしてないし、見てない。彼が気にしてるのは工房と砂糖菓子のことばかり。わたしだって、エリオットと結婚《けっこん》したいほど好きかって言われたら、そうじゃないし。だからわたし……。エリオットとの婚約、解消したい」

「え、でも。それでいいんですか？」

ブリジットは顔をあげた。

「昔からエリオットは、すごい職人だって思ってた。だからお父様が彼と婚約しろって言った時、あんなすごい人ならいいかなって思って、婚約した。でもそんないい加減な気持ちで婚約してしまったから、わたし苦しいのよ、たぶん。だから、お父様はエリオットをすぐに養子にして、長《おさ》を継《つ》がせるべきだわ。そのほうが、きっとわたしも安心なの。それでわたしは、自分が苦しくないような方法を考えようと思うの。結婚も、工房のことも」

そう言ってちらりとシャルを見たブリジットの瞳は、大人になったリズに似ていた。恋《こい》する者のそれだった。けれどその恋を諦《あきら》めているのも、彼女の表情からよくわかった。

「グレンに言え」

シャルが言うと、ブリジットは首を傾《かし》げた。

「おまえは自分と工房のことを考えて、エリオットとの婚約を解消する。エリオットを養子に迎《むか》えることを父親に勧《すす》める。そう言え。グレンも理解するはずだ。そして安心する」

「でも……」

まだすこし勇気の足りない彼女に、シャルは思ったままを告げた。

「おまえは、悪い奴《やつ》じゃない」

「……ありがとう、シャル」

　ブリジットははにかんだように、少し笑った。アンも安心したように微笑む。

* * *

　銀砂糖の感触《かんしょく》が心地《ここち》いい。二度びきをした銀砂糖は質があがり、触れるとよろこびがあふれる。

　予定していた雪の結晶の塔は、アンがいない間に職人たちが完成させた。

　そしてこれから十日間で、予定以上のものを準備する。これは義務ではない。けれどもっと良《い》いものをという、職人たちの熱意でやる仕事だ。

　これこそ、彼らがやりたいからやる仕事だ。

　オーランドとキングが、銀砂糖を練り始めていた。オーランドの練りの技術は優《すぐ》れていて、たいした力を入れないのに、銀砂糖がみるみる艶《つや》を増していく。独特の手の返し方をするのだが、力の加減があるらしく、それを真似《まね》ても、彼ほど早く艶が出てこない。彼が練る銀砂糖は、絹の糸を束にしてまとめあげたように細かな筋をひいて艶めく。

　キングは作業台に並べられた色粉の瓶《びん》に顔を近づけて、じっと、問いかけるように一つ一つの色を見る。そしてこれと思うものをおもむろに手にして、銀砂糖に加える。慎重《しんちょう》に、少しずつ。そして練る。また別の色粉を加えて、練る。するとふんわりとした淡《あわ》い色の銀砂糖が練りあがる。

「ほい、いっちょあがりだぜ。ジョナス」

　練りあがった銀砂糖を、キングがとなりの部屋の作業台に移しながらジョナスに声をかける。

「ああ、はい」

　ジョナスは一瞬《いっしゅん》、うんざりしたような顔をするのだが、すぐに表情を引《ひ》き締《し》め、めん棒を手に取る。石の台の上で、練りあがった銀砂糖を薄くのばしていく。均一に、透《す》けるほど薄く。

単調にめん棒を転がしているが、彼の目を見ればかなりの集中で力を加減しているのがわかる。生真面目《きまじめ》に、黙々《もくもく》と銀砂糖を薄くしていく。

　薄くのばしたそれを、ヴァレンタインとエリオットが、結晶の形に切り出していく。彼らの道具使いは正確で、無駄《むだ》がない。

「女の子がドレスを選ぶ時って、俺は一緒に行きたいんだよねぇ。ドレスをとっかえひっかえして、これは素敵《すてき》これは嫌ね、なんてやってるの見るとわくわくしない？　ね、しない？」

　動きに無駄はないかわりに、エリオットの口は無駄が多い。ヴァレンタインがげんなりしたように答える。

「しません。というより、そんな経験ありません」

「え～、楽しいよ。行ってみな、ヴァレンタイン。あ、アンの買い物に同行させてもらってもいいんじゃない？　ね、アン。やっぱり誰かに見立ててもらいたいよねぇ」

　アンとキースは、エリオットとヴァレンタインが切り出した結晶の形に、すかしの模様を彫《ほ》る作業をしていた。キースと向かい合わせで座り、様々な大きさの切り出し用のナイフを駆使《くし》し、レース編みのような微《び》細《さい》で規則的な模様を放射状に作る。

　ばらけがちになる道具類をミスリルが定位置に戻してくれるので、道具を持《も》ち替《か》える時に、手を伸《の》ばせば欲《ほ》しい道具がちゃんと近い場所にある。

「え、そうですね。できれば、ってくらいですけど」

　アンはちょっと手を休めて答えた。キースがやわらかく微笑む。

「言ってくれたら、僕がつきあうよ」

「ほら聞いただろうヴァレンタイン。キースも楽しいんだよ、女の子の買い物につきあうのが！　だからね、今度アンの買い物に一緒に行くべきだよ。人生の楽しみが増えるよ、間違《まちが》いない」

「ああっ！　もう、うるせぇ！」

　窓際《まどぎわ》でナディールと並んで、結晶の先端《せんたん》に細かな彫りを続けていたキャットが、針を手にしたまま立ちあがった。

「てめぇは、少しは黙《だま》ってられねぇのか、エリオット！」

「でも、キャットに話しかけたわけじゃないし」

「気が散る！　女の服を選ぶの選ばないの、てめぇの人生の楽しみは徹頭徹尾《てっとうてつび》、くだらねぇ！」

「なんだ、ちゃんと話は聞いてるじゃない、キャット。もしかしてうらやましいの？　おまえもアンのお買い物につきあう？」

「うらやましくもねぇし、つきあわねぇ！　とにかく黙りやがれ！」

「へいへい～」

　肩をすくめたエリオットを見て、アンとキースは顔を見合わせて、クスクス笑い出した。キャットはぷんぷんしながらも、もう一度針を持ちなおし、細い場所にとがった先端を刺す。

　結晶の先端に施《ほどこ》す細工は、ナディールとキャット以外にはできない。他の職人たちも、やろうと思えばできるのだが、彼らの十倍の時間がかかる。

　一つ一つの工程に、それぞれ職人が集中していた。顔の大きさから、掌《てのひら》の大きさまで。色も純白を基本に、薄紫《うすむらさき》、薄紅《うすべに》、薄緑《うすみどり》、薄青《うすあお》。それらの色みを持つ結晶も作った。結晶の内部は複雑で繊細《せんさい》な透かし彫《ぼ》りで、中心から外へ向けて伸びる突起《とっき》の先には、光を強くはじき乱すための微細な模様を彫る。

　それらの結晶が、みるみるできあがっていく。数は、多ければ多いほどいいのだ。それを職人たちは知っているので、ろくでもない話をしたり怒鳴《どな》り合ったりしながらも、ほとんど手は休めない。

　食事も、昼食は台所に頼んでサンドイッチを作ってもらって片手間に食べる。

　夕食後も、真夜中近くまで作業を進めた。

　作業を始めて六日目。アンとエリオットは聖ルイストンベル教会に出向いた。

　ルイストンの街は雪で覆われ、街路には雪の轍《わだち》の跡《あと》がこんもりと盛りあがっている。

　聖ルイストンベル教会の教父館で、ブルック教父と対面した。彼もペイジ工房に降りかかった様々な災難は知っていたらしく、予定の砂糖菓子ができあがったと聞いて仰天《ぎょうてん》していた。

「まさか」

と、絶句した。

教父館の出入り口に近い小さな部屋だった。ブルック教父の執務《しつむ》室らしく、テーブルとそれを囲む椅子《いす》が四脚《きゃく》。壁際《かべぎわ》には書類や本を入れた棚《たな》が並んでいて、雑然としている。アンとエリオットは並んで座り、ブルック教父の正面にいた。

エリオットは神妙《しんみょう》な面持《おもも》ちで持ちかけた。

「できたんです。それで、新聖祭までの段取りをご相談したくて」

「あ、え。そうですね」

教父は壁《かべ》に貼《は》られている暦《こよみ》を見る。

「新聖祭まで、今日を入れてあと四日です。明日から新聖祭まで、聖堂の一般《いっぱん》礼拝をやめて準備に入ります。なので、そうですね。新聖祭の前日までに砂糖菓子を運びこんでもらえれば」

「明日から一般の礼拝をやめるなら、明日から砂糖菓子の準備に入ってもかまいませんか？」

「砂糖菓子の搬入《はんにゅう》に、それほど時間が必要ですか？」

通常、新聖祭の砂糖菓子は工房で制作され、それを聖堂内に運びこむのみだ。扱《あつか》いの難しい作品だとしても、せいぜい一日あれば砂糖菓子を搬入して設置できる。

「三日必要です。三日いただければ、ペイジ工房が作るものの中で、最高のものが準備できると約束します」

多少はったりぎみのエリオットの言葉に、ブルック教父は考えこむ。

「前例がないですね。砂糖菓子の準備に三日もかけるのは」

「前例や実績がなくても、主祭教父様はペイジ工房を選んでくださいましたよね。お願いです」

アンは食い下がった。

しばらく考えこんでいたブルック教父だったが、やがてゆっくりと顔をあげた。

「我々は、ペイジ工房は新聖祭に砂糖菓子を間に合わせられないだろうと思っていました。でも、あなた方は言葉通りに間に合わせた。なら今回もあなた方は言葉通りに、最高のものを準備してくれると信じても良いのですね」

「はい」

エリオットは、自信に満ちた声音《こわね》で応じる。

「いいでしょう。明日から三日間で、ペイジ工房は砂糖菓子の準備をしてください」

ブルック教父の言葉に、アンとエリオットは顔を見合わせた。エリオットがにこりと笑ったので、アンは頷き返す。

急ぎホリーリーフ城に帰ったアンとエリオットは、まずグレンの部屋に向かった。

グレンは上体をヘッドボードに預けて、膝《ひざ》の上に何通もの手紙を置いて読んでいた。アンとエリオットが入ってくると、穏《おだ》やかな笑顔で迎えてくれた。

驚いたことにブリジットがベッドの脇《わき》にいて、お茶の準備をしていた。エリオットは、困ったことばかりする子どもを叱《しか》るように腰に手を当てた。

「あのさ、ブリジット。言ったよね。グレンさんの部屋には、入らないで欲しいんだって」

ブリジットが口を開こうとするが、それをグレンが軽く手をあげて制した。

「ああ、いいんだ、エリオット。ブリジットは大丈夫だ。それよりも、なにか報告だな？」

エリオットとアンがベッドの脇に立つと、ブリジットは遠慮するように窓辺へ移動し、外の雪景色に目やる。

アンとシャルが行方《ゆくえ》知れずになった時、グレンはあまりの衝撃《しょうげき》に発作《ほっさ》を起こしたらしい。その後も良くなったり悪くなったりを繰《く》り返《かえ》していたが、予定の砂糖菓子の準備がほぼ整った頃《ころ》にようやく容態は安定した。そしてアンとシャルが無事に帰還してからは、発作も起こることはなく、わりと元気になって起き上がれるようになったらしい。

「グレンさん。明日から新聖祭までの三日間、わたしたちは新聖祭の砂糖菓子を準備するために、聖ルイストンベル教会へ行きます」

「明日から三日間？　なぜそんなに日数が必要だ？　搬入なら一日あれば足りるだろう」

「搬入するだけじゃないんです。予定以上のものを準備します」

グレンの表情が、明るくなる。期待に輝《かがや》く。

「なにかする気なんだね、アン」

「はい。みんなで。だから新聖祭の日、迎えに来ます。体調が良ければ、聖ルイストンベル教会に来て、見てください。ペイジ工房の新聖祭の砂糖菓子を。オーランドもキングも、ヴァレンタインも、ナディールも、みんなグレンさんに見てもらいたくて作ったんですから」

アンが言うと、グレンは微笑みを深くした。

「行くよ、必ず。君たちが迎えに来なくても、自分から行くだろうね」

エリオットが眉尻《まゆじり》をさげ、さらに垂れ目になる。

「迎えが来るまで、おとなしくしててくださいよ。グレンさん、ほんとうに自分から来そうだから」

笑って、グレンは視線をあげた。

「では、わたしに命令するか？　エリオット。『おとなしくしていろ、じじい』とね」

「じじいは言いませんが、『おとなしくしていろ』は、命令したいですね」

「では、従おう。自分の息子《むすこ》の命令だ」

「息子？　未来の娘婿《むすめむこ》でしょう」

「いや、息子だよ。この新聖祭が終わったら、エリオット。おまえを、わたしの養子に迎えようと思う。コリンズ姓《せい》ではなく、ペイジ姓を名乗ってもらうことになるが。嫌かね？」

その言葉に、エリオットは絶句した。どう反応すればいいかわからないらしい。

（ブリジットさん。言ったんだ、自分で）

アンは窓辺に立つブリジットを見た。わざとらしいほど雪景色ばかりを見ている彼女の不器用さは、微笑ましくて、可愛《かわい》らしい。

「エリオットとブリジットの婚約は、解消する。そのかわりにエリオットを、わたしの養子に迎える。これは、ブリジットの希望でもある。わたしもブリジットに言われて、やっとわかった」

グレンは視線を手元に落とす。

「わたしはブリジットと工房のために、二人の婚約が最良の道だと考えた。二人とも受け入れてくれたから、心配ないと思った。だが、そうではないらしい。わたしはブリジットに言わせれば、娘《むすめ》を甘《あま》やかしすぎていたらしい。そのうえ娘の将来が不安で、親の決めた道を歩かせようとするのは、親自身が安心したいだけの親のエゴだと言われた。だだをこねるのじゃなく、ブリジットがこれほどはっきりと落ち着いて自分の考えを言ったのは、はじめてだった」

グレンの言葉に、ブリジットが唇をとがらせる。

「はじめてなんてことないわ。ただ、あまり言わなかっただけよ」

目を白黒させていたエリオットは、ようやく考えがまとまったらしくブリジットに向きなおった。

「でもブリジット。いいの？　俺がペイジ姓を継いで長になったら、居づらくならない？　特に俺が結婚なんかしたら、ブリジットは血のつながらない小姑《こじゅうと》になるわけだし」

「居づらいわよ、絶対。決まってるじゃない」

ぷいと顔を背け、ブリジットはまた窓の外を見る。

「でも、エリオットと結婚するよりいいわ。居づらくなったら、わたしが自分で住み心地《ここち》がいい場所を探すし、なんとかする」

「ひどいねぇ、俺と結婚するのそんなに嫌なんだ」

「そんなに嫌だったら、婚約しない。エリオットのことはとてもすごい職人だって尊敬してる。好きよ。好きだけど、結婚したいと思わないだけ。エリオットも、そうでしょう？」

問われて、エリオットはふっと笑った。いつものふざけた笑いでなく、自然な笑《え》みだった。

「そうだねぇ。熱烈《ねつれつ》に結婚したいほどじゃないけど、好きだよ。綺麗《きれい》な髪の毛も、可愛い顔も、ドレスも。女の子らしく、わがままいっぱいな感じも、ちょっと面白くて好きだよ」

二人はしばらく見つめ合ったあとに、苦笑した。

新聖祭は間近に迫《せま》っている。窓の外は白い世界だ。雪がすべてを覆いつくして、新しい世界が来る。その予感がする。

「これから、新聖祭へ向けての段取りだね」

グレンが言った。

「細かなことは、新聖祭が終わってからだ。新聖祭の準備は、大がかりなものになるだろう。職人だけではなく、妖精も、他の人間も総出でかからねばならないはずだ。アンもエリオットも、行きなさい。そして三日後、わたしを迎えに来てくれ」

アンとエリオットは同時に頷いた。アンはさっとブリジットに駆け寄り、その手を引く。

「ブリジットさんも、来てください。ほんとうに、みんなが働かなきゃ間に合わないんです。お願いします！」

ブリジットは首を傾げた。

「わたしも？」

「だって、ペイジ工房のみんなですもん」

「ちょ、ちょっと？」

戸惑うブリジットの手を引き、アンは小ホールに向けて駆《か》け出《だ》した。

小ホールに、グレン以外の全員を集めた。

五人の妖精たち、ミスリルを含《ふく》む職人たちに、ブリジットとシャル。彼らがそれぞれ食卓に座ったり壁際に集まっていたりする。アンはホールの真ん中に進み出た。

「明日から、聖ルイストンベル教会の聖堂で砂糖菓子の準備にかかることになったの。今できあがっている砂糖菓子を搬入して、それから最後の一つの作業をする。みんなに手伝ってもらわなくちゃいけないの」

アンは壁際にいるブリジットに視線を向け、それから真鍮《しんちゅう》の手摺《てす》りにもたれているシャルを見た。

「ブリジットさん、シャル。二人は聖堂の中の作業を、職人と一緒に手伝って欲しいの」

「わたしが職人と一緒に作業していいの？」

びっくりしたような顔でブリジットが問い返す。

「お願いします」

するとブリジットは、ちょっと照れたような嬉しそうな顔で頷いた。

「シャルも、いい？」

「やる」

　いつものように素っ気なく、シャルも返事をする。

「ダナとハル、ノアとベンジャミン、それにキャシーには、ここでグレンさんのお世話と、お食事の準備をお願いしたいの。わたしたち三日間、たぶん聖堂に泊まりこみになると思うの。でも食事は必要だから、三食、できれば作って持ってきてもらえたら」

　階段近くに固まっている妖精たちに顔を向けると、ダナとハルは顔を見合わせて、にっこりした。

「ええ、やります。ね、みんな」

　ハルが言うと、その肩に乗っているベンジャミンがふわふわ笑う。

「うん。いいよ～。お料理なら、する～。お料理は好きだもん」

　階段の手すりに座っていたキャシーだけが、ちょっと不満げに頰を膨《ふく》らませた。

「わたし、ジョナス様と離ればなれになるの？　ジョナス様のお洋服の準備とか、寝《ね》る前の歯磨《はみが》きの準備とか、朝起きた時の寝癖《ねぐせ》なおしとか、いろいろあるのに」

　ジョナスが、自分の甘《あま》えん坊《ぼう》ぶりを披露《ひろう》されて赤くなる。

「キャシー。そんなこと僕は自分でできる。おまえはここにいろ」

　照《て》れ隠《かく》しに、つっけんどんに命じた。みんながどっと笑うと、ジョナスはますます赤くなった。

「さてと、みんな。職人頭の指示に従うぞ。いちおう俺が長の代理なんで、グレンさんの代わりに言う」

　笑いの余韻《よいん》が残る小ホールの真ん中に、エリオットが踏《ふ》み出《だ》す。それからふいに真剣《しんけん》な表情になると、低く鋭《するど》く言った。

「最後まで、手を抜《ぬ》くな」

　その場の空気がぴりっと引き締まった。仕事だ。

七章　新しいかたち

翌日は晴れていた。ルイストンの街路を覆《おお》う雪の表面が日射《ひざ》しにうっすらと溶《と》けて、きらきらと雪の粒《つぶ》が光る。

聖ルイストンベルの聖堂内にも、光があふれていた。一歩そこに足を踏《ふ》み入《い》れ、アンはその輝《かがや》きにしばらく見とれていた。この空間を砂糖菓子《がし》で飾《かざ》るのだと思うと、嬉《うれ》しさと興奮にぞくぞくした。

雪の結晶《けっしょう》を重ねて作った塔《とう》は、シャルの身長よりもすこし高いものが八個。その半分の高さのものが十個。さらに三分の一のものが十個だ。

ホリーリーフ城からそれらを荷馬車に積みこんで、運び入れた。一つずつ木の枠《わく》で囲み、布で保護して、荷馬車に載《の》せた。雪道で馬車の車輪が跳《は》ねたりしないように、慎重《しんちょう》に馬車を操《あやつ》った。

聖堂の大扉《とびら》は普段《ふだん》半分しか開いていないが、それが今日は左右ともに開かれている。

この砂糖菓子は、軽い。透《す》かし彫《ぼ》りをした雪の結晶を、不規則に積み上げているのだから、薄氷《はくひょう》を重ねているのと同じだ。職人たちは一つの砂糖菓子を運ぶのに五人がかりだった。それは砂糖菓子そのものよりも、木の枠の重量があったからだ。

ホリーリーフ城と聖ルイストンベル教会の往復は、午前に一回、午後二回。三度だった。作った砂糖菓子のすべてを聖堂内に運び入れる頃《ころ》には、すっかり日は傾《かたむ》いていた。

ダナとハル、ベンジャミンとノア、キャシーが、ジャガイモのスープとパンを夕食に届けてくれた。それを聖堂外の階段で食べた。

吹《ふ》きさらしの石段での食事は寒かったが、お腹《なか》が減って死にそうだと喚《わめ》いていた職人たちは、体の芯《しん》が冷え切る前に夕食を食べ終わって、聖堂の中に戻《もど》った。

聖堂内に蠟燭《ろうそく》を灯《とも》した。その明かりを頼《たよ》りに、砂糖菓子をそれぞれ望ましい位置に配置し終えると、真夜中近くだった。

木の枠は新聖祭当日まで取りつけたままにしておき、当日の昼間に外すことに決めた。安全のためだ。

砂糖菓子の搬入《はんにゅう》には神経をすり減らした。職人たちは体力的によりも、精神的に疲《つか》れてしまったらしく、今日の作業がこれまでとなるとすぐに横になった。

職人たちの寝床《ねどこ》は、聖堂裏手にある教父控《ひか》え室《しつ》だった。石造りの素っ気ない部屋だが、椅子《いす》にも寝台《しんだい》にもなる家具がいくつか置いてある。体に毛布を巻きつけて、寝台代わりの椅子に身を寄せ合うようにして横たわる。

アンとブリジットだけは女の子ということで、主祭教父の控え室を使わせてもらえた。部屋は小さいが、布を貼《は》った長椅子《ながいす》が置かれていてベッド代わりにちょうどいい。そこに二人で丸まって横になった。

ブリジットは慣れない仕事で疲れたらしく、すぐにすうすうと寝息《ねいき》をたてはじめた。一緒《いっしょ》に寝《ね》ているブリジットの体温で、毛布の中は暖かい。そして彼女からは、花の香りのような、いい香りがする。香水《こうすい》でもつけているのだろう。

（いい香り）

とても優《やさ》しい香りだったので、羨《うらや》ましくなる。アンは今まで、そんなお洒落《しゃれ》をしたことがなかった。ブリジットのように素敵《すてき》なドレスを着て、香水をつけて、お化粧《けしょう》して、爪《つめ》を染めたりしたら、アンも少しは十六歳《さい》らしく大人っぽく素敵になれるだろうか。

（そしたらシャルは、わたしのこと、かかしとか思わなくなるかな？）

そこまで考えた時、あの荒野《こうや》の城砦《じょうさい》での一夜のことを思い出した。

シャルの手が頰《ほお》に触《ふ》れ、彼の顔が近づいてきたあの時、キスしてくれるのかと思った。本当にそう思った。もしかしたら彼は、気まぐれにそんな気を起こしたのかもしれない。

あんなにつっけんどんで素っ気ないくせに、シャルは優しい。アンが彼を頼りにしていることに気がついていて、ずっと一緒にいてくれるとか、守ってくれるとか言ったりする。

それが嬉しくて、どうしようもなかった。

けれどラファルは言った。『おまえが、彼を不幸にするぞ』と。

シャルは妖精《ようせい》たちが求める妖精王になり得る存在なのに、今はアンと一緒にいる。それは彼が不幸になることなのかもしれない。

自由に王国を旅し妖精の仲間を見つけ、彼らとともに生きて。いつかは同じ貴石の妖精の女性を伴侶《はんりょ》にして、長い時を過ごす。冷静に考えれば、それが一番無理のない最良の道に思える。

（寂《さび》しい）

最良の道を想像した途端《とたん》に、心の中で呟《つぶや》いていた。それに気がつき、自分に嫌気《いやけ》がさして、ため息とともに起き上がった。

無性《むしょう》に、砂糖菓子が見たくなった。

床《ゆか》に置いたランタンを手さぐりして、毛布から抜《ぬ》け出《だ》す。ブリジットを起こさないように部屋から出ると、廊下《ろうか》の窓の外には月明かりがあった。月光が雪に反射して、とても明るい。これならランタンは必要ないと、その場に置いて聖堂へ向かう。

祭壇《さいだん》の右手奥《おく》にある扉から聖堂に踏《ふ》み出《だ》した途端に、足が止まる。

祭壇の前の礼拝席にシャルがいたのだ。片膝《かたひざ》を抱《かか》えて、天井画《てんじょうが》を見つめていた。

青白い光と、凍《こご》えるほどに冷たい空気が満ちる礼拝堂で、シャルの羽は薄《うす》青く穏《おだ》やかな色だ。ほんのり薄《うす》明《あか》るい光景の中に、白い横顔が淡《あわ》く輝くように見える。わずかに白い息が、彼の唇《くちびる》から散る。あまりにも端《たん》麗《れい》で、人を惑《まど》わす艶《なま》めかしさがある。

どうしたものかと迷ったが、すぐにシャルがこちらを見たので、結局、彼の方へ近づく。

「どうした」

「目が覚めて。砂糖菓子が見たくなったの。シャルは？　あれを見てたの？」

天井画を見あげると、伝説の妖精王リゼルバ・シリル・サッシュの姿がある。

その絵をはじめて見た時、シャルと雰囲気《ふんいき》が似ていると思った。持っている色彩《しきさい》は違《ちが》うが、しなやかな強さと美しさを感じる。

シャルの横に腰《こし》を下ろした。礼拝席はひやりとして寒かった。けれどシャルが平気な顔をしているのを見て、妖精は寒さを感じないのだと思い出す。

感じている温度さえ違う。それが種族の違い。そしてそれが、二人の間の距離《きより》。

ここにはじめてシャルと一緒に来た時、種族の違いなどないと思った。けれどあの時シャルが言ったように、違いは確実にあるのだ。

あの城砦での夜、どことなくそれを実感した。そしてそれを感じると、むやみにシャルに近づくのが罪深いことのように思えた。シャルも同じように、アンと距離を取ろうとしているように感じられる。二人並んで座《すわ》っていたが、二人の距離が遠い。

「妖精王……って、ラファルは自分のことを言ってた。それにシャルも、そうなんだって。妖精たちも、みんなどことなくシャルに何か期待してるみたいだった。どうしてなの？」

「俺とラファルは、最後の妖精王リゼルバが、次の妖精王にするべき命を生み出そうとして集めた貴石から生まれた。ラファルは、そう信じていた。妖精たちもそうらしいな」

伝説と現実が結びついていることに驚《おどろ》きはしたが、シャルがそのために生まれたのだと言われれば、そうかもしれないと思える。彼は他の妖精たちに比べて、どこか特別だ。

「シャルはどうするの？　これから」

「妖精王だのなんだのについては、わからん。知ったからと言って、簡単にどうにかできるものでもない。必要な時が来れば何かをするべきなのかもしれないが、今じゃない」

「じゃあ、なにをするの？　今は」

視線を天井からアンに移し、シャルは静かに答えた。

「誓《ちか》いを守る。ずっと、そばにいる。おまえを守る。誓いは破れない」

アンの目を見つめながら、シャルは続ける。

「おまえが人間として幸せな生き方ができるように、守る。そのためにずっと一緒にいる。好きなことをしろ、好きな場所に行け。好きな相手と恋《こい》をしろ。そのために守る」

その言葉に泣き出したくなった。やはりシャルは優しい。種族の違いを感じているのに、守ってくれるという。

あの荒野の城砦での一夜から、シャルとの距離は遠い。遠いのにその距離を知ってなお、包《つつ》み込《こ》もうとしてくれる。シャルを好きになるなと言うほうが、無理だと思った。

だから「好きな相手と恋をしろ」の一言が、どうしようもなく胸に痛い。

けれどシャルの優しさに、自分も何かを返さなくてはならない。それは彼の幸福のための、何かだ。

「ありがとう……。でも。わたしがもし、完璧《かんぺき》に幸せだって自分で思えたら、守ってもらう必要なんかなくなるよね。守る必要がないなら、誓いは果たされたことにならない？　そうなったら、ずっと一緒にいなくていい。守ってもらわなくていい。そうしたら今度は、シャルが好きなことをして、好きな場所に行って、好きな相手と恋をして。ほんとうは、今からでもそうして欲《ほ》しいけど。シャルが誓いを破れないって言うなら、誓いを果たしてから」

アンは無理に笑顔《えがお》を作った。

「面倒《めんどう》な誓いをしちゃったね、シャル。ごめんね」

シャルは損な性分《しょうぶん》なのだろう。目の前で無様にもがいているひな鳥を、放っておけないのだ。動物でも妖精でも人でも、強い者は、優しいのだろう。

シャルは苦笑《くしょう》した。

「ずっとの意味は……」

「え？」

「いや……。それをおまえが望むなら」

綺麗《きれい》な黒い瞳《ひとみ》が、アンを見つめて微笑《びしょう》する。

「アン。最後の一つの作業を完成させて、王国に生きる命すべてに幸福を招け」

二人の距離は遠いし、息苦しいのに、どうしてこれほど柔《やわ》らかな空気を感じられるのか不思議だった。

聖堂の天井を見あげる。ここが、この世界が、砂糖菓子の招く幸福でいっぱいになるようにしたいと思う。

胸に痛くて苦しいことはたくさんある。だからこそ。

それがアンの仕事だ。

シャルが口にした「ずっと」の意味は、アンが考えているほど軽いものではない。

天井画を見あげるアンの横顔を見つめる。

アンが誰《だれ》かと恋をして、安定した生活を手に入れ、完璧に幸福になったとしても、シャルは彼女のそばを離《はな》れられないだろう。完璧に幸福になった彼女の目に触れない場所で、彼女が気づかないように、わずかな不幸も寄せつけないように、命が尽《つ》きるまで守り通す。

それがずっとの意味だ。

しかしアンにそんなことは言えなかった。そんなことを言えばアンはまた、シャルが心配だなんだと、気にし出すだろう。そんなことすらして欲しくなかった。

自分の中にあるこの強い思いは、どうしても消えない。彼女の完璧な幸福を望んでいるのに、好きな相手と恋をしろと言った自分の言葉が、毒をあおったように苦しい。

（触れたい）

今この瞬間《しゅんかん》も、その気持ちを抑《おさ》えつけるのがやっとだった。

翌日、早朝から職人たちは働き始めた。

祭壇を中心に囲むように、八個の大きな砂糖菓子が並べられている。中くらいのものと小さなものは、その外側を埋《う》めるように。

聖堂内には、大扉からまっすぐ祭壇に向かって広い通路がのびている。その左右は礼拝席だ。通路の中間辺りで礼拝席が途切《とぎ》れ、横にのびる通路と交差している。礼拝席の列を、十文字に太い通路が横切っているのだ。

キングとオーランド、エリオットとキャットの四人がかりで、その通路の交差点に、円くて平らな銀砂糖を練った台座を設置した。台座の円周は、大人の男が二人がかりで手をつないでやっと周りを囲めるほど大きい。置かれたそれを見て、ナディールが声をあげた。

「やっぱ、大きいなぁ」

ジョナスがうんざりしたように呟く。

「いまさらだけど、できるの？」

「できるの？　じゃねぇ！　やるんだ！　ジョナス、てめぇも運べ！」

キャットは雪の結晶を慎重に運びながら、怒鳴《どな》りつけた。

シャルもブリジットも手伝って、職人たちはもちろん総出で、たくさんの雪の結晶をその台座の周囲に運んだ。雪の結晶は七日間で作りあげた。大型の雪の結晶の塔が、三つはできあがりそうなほどの数がある。

「最後の一つ」

アンは台座と天井の間を見比べた。その場所が、聖堂の中で一番天井が高い。傘《かさ》を広げたような天井構造の頂点だ。

ここに最後の一つを作る――これから作るのだ。

通常、砂糖菓子は工房《こうぼう》で制作され搬入される。この場所で作り始めるというのは異例だ。しかし最後の一つは、この場所で作り始める必要がある。

ミスリルが端《はし》の方で、石の器《うつわ》に銀砂糖と冷水を入れ練っている。彼はこの砂糖菓子作りを手伝い続けたおかげで、見習いの作業はこなせるようになっていた。ゆるく練られたそれは、結晶を固定するために使う。

「南側は、わたしが行きます」

アンが言うと、エリオットが手をあげた。

「じゃ、俺は西ね」

キャットが東側に立つ。

「俺はここからだ」

北側には、オーランドが無言で立った。

四人の職人が巨大《きょだい》な台座の円を囲んで、東西南北と立った。そしてそれぞれ後ろには、別の職人がつく。

「はじめましょう。時間がないし」

アンが言うと、職人たちはその場に膝《ひざ》をついた。アンも膝をつき、背後にいるキースにお願いした。

「一番大きなもの。白を。二つ」

するとキースは頷《うなず》き、白くて一番大きな雪の結晶を両手で慎重に手渡《てわた》してくれる。受け取ると、その二つを台座の上に、互《たが》いに支え合うようにして立たせた。するとすかさず、ミスリルが石の器を持って、アンの膝の前に来る。器に入れられている細い木の枝のような道具の先に、ゆるく練った銀砂糖を載せ、台座と雪の結晶の接点に触れて固定する。

　アンの正面では、オーランドが同じように、背後のヴァレンタインから結晶を受け取っていた。エリオットは、ナディールから。キャットはキングから。それぞれ結晶を受け取っていた。

　ジョナスは、ミスリルのかわりに接着用の銀砂糖を練っていた。シャルとブリジットは、それぞれ聖堂の別の方向に座り、作業を見守っている。

　冷え切った聖堂の中に、それぞれの職人の静かな声だけが響《ひび》く。

「小さいのくれないかなぁ？　一番小さいのを、一つお願いね。白」

　さすがのエリオットも、息を詰《つ》めて無駄口《むだぐち》を叩《たた》かない。

「薄青《うすあお》の、大きいやつもってこい」

　キャットも険しい表情を崩《くず》さない。

「それ。それでいい。そっちのやつだ」

　オーランドもいつも以上に、ぴりぴりしている。隻眼に慣れず、まだ不自由しているらしいが、それでも彼の仕事の正確さは変わらない。

　聖堂の中は冷え切っているのに、職人たちの額にはじわりと汗《あせ》がにじむ。

「キース。もう一つ。大きいの」

　アンは自分の指先に集中し、結晶を組みこみながら、次に準備するべき結晶を考えて、囁《ささや》くようにお願いする。と、柔らかな声が確認《かくにん》してくれる。

「白だね？」

「うん」

　目の前の結晶から指を離してほっとしたタイミングで、右後ろから別の結晶が差し出される。

　日が高くなり、それから傾き、夕日が聖堂のステンドグラスに当たり始める。作業を続けていた職人たちは、ずっと息を詰めている。

「さすがに、時間がかかりやがる……」

　結晶から手を離し、キャットが手《て》の甲《こう》で額の汗をぬぐいながら苦い顔で言う。

「もう、日暮れだ。新聖祭は明日の夜だ。こんな調子じゃ、今夜は眠《ねむ》れねぇぞ」

「あれ、寝るつもりだったわけ、キャット」

　エリオットも結晶を一つ固定し終わって、視線をあげる。

「てめぇらのめちゃくちゃぶりには、慣れた。寝るつもりはねぇ」

　アンも一つ息をついて、目の前にできあがっているものを見た。確かにこれでは、寝ている暇《ひま》はない。思《おも》い描《えが》いたものの三分の一も組みあがっていない。

「そろそろ、梯子《はしご》がいるな。梯子は？」

　オーランドも手を休め、背後のヴァレンタインにふり返った。

「今、ジョナスたちが持ってきますよ」

　そうしていると、ジョナスとシャルが、聖堂の出入り口から梯子を持って入ってきた。

　ブリジットは、作業をしている周囲を明るくするために、ありったけのランタンと燭台《しょくだい》を持ってきた。

「ブリジットさん。明かりを、新聖祭の時に蠟燭が置かれる予定の場所に配置してください」

「どうして？　作業している場所の近くがいいんじゃない？」

「ううん。新聖祭の夜と同じ光が必要なんです」

　アンがお願いすると、ブリジットはちょっと考えてから問い返した。

「光の具合を見るつもりなの？」

「はい。砂糖菓子をただ作って、そこに置いておくだけじゃなくて。聖堂全体の光を、利用したいんです。だからどんなふうに見えるかを、確かめたいんです」

　ブリジットは引《ひ》き締《し》まった表情で頷き、新聖祭当日、飾り蠟燭が置かれる位置に明かりを移動させる。ゆらゆらと揺《ゆ》らめく明かりに照らされ、職人たちは再び作業に向かった。

　一昼夜ぶっ続けの作業だ。明け方、聖堂内部がうっすらと明るくなる。

エリオットは外が明るくなっていることに気がつくと、周囲を見回す。

「ジョナス、ヴァレンタイン、キング。三人は、並べてある砂糖菓子の枠を外せ。慎重にな。三人の作業が終わるまで、ナディールとキースは、俺たちの補助を頼《たの》む」

命じられた職人たちが、聖堂の中に散っていく。

時間が経《た》つにつれ、アンの頭の中では余計な考えがそぎ落とされていく。

（次は、何色？）

（大きさは？）

（光の反射は？）

一つ一つ、組みあげる結晶のバランスを考える。そして目指すのは、たった一つの方向。

（もっと、もっと）

最後の一つを作ろうと思った時、アンは砂糖菓子の招く幸福が、王国のどこにいる人にも届くようにしたいと願った。そのために空のように高くしたかった。空は、王国のすべての人から見えるからだ。だからこの砂糖菓子も空に近づけたい。アンは目の前に組みあがっている砂糖菓子を見つめ、そこからずっと視線を滑《すべ》らせて天井を見あげた。

「もっと、高く」

呟いていた。今夜のために、新しい年の新しい幸福のために見あげてみたいのだ。

（高く）

静かに、雪が降っていた。

新聖祭の今夜、ルイストンは街全体が輝いているほど明るかった。新聖祭の夜は必ず窓という窓に、一つ明かりを置く風習がある。明かりが灯らない窓はない。西の市場、南の広場、凱旋《がいせん》通り、すべての場所にテントが出て、温めたワインを売り、甘《あま》い揚《あ》げ菓子《かし》を売る。

今夜。聖ルイストンベル教会が十二時を告げる鐘《かね》を鳴らせば、新しい年が来る。

誰もが新しい年に思いをはせ、どこかそわそわと楽しい気持ちになっている。

今。締《し》め切《き》った聖堂内で、国王と貴族たちが列席した、新聖祭が執《と》り行《おこな》われているはずだった。聖堂の周囲には、ルイストンの街の人々が集まっている。この儀式《ぎしき》が済んで国王や貴族たちが立ち去れば、そこから聖堂は庶民《しょみん》の時間だ。

　聖ルイストンベル教会の十二時の鐘が鳴《な》り響《ひび》けば、重くて巨大な聖堂の扉が二十人の教父の手によって開け放たれ、聖堂の周囲に集まった人々は粛々《しゅくしゅく》と聖堂内に入り、祈《いの》りを捧《ささ》げる。

　鐘の音を待ちわびる人々は、明かりが揺らめく聖堂のステンドグラスの窓を外から見つめて、囁き合っていた。

「今年、ペイジ工房が砂糖菓子を作ったらしい」

「ペイジ工房？　今まで、一度も作ったことのない工房だ。大丈夫《だいじょうぶ》なのか？」

「国教会が選んだんだ、間違《まちが》いないよ」

「いいものなら、いいけどね。王国に一年の幸福を招けるようなね」

　不安と期待と、野次馬根性《こんじょう》で、ひしめき合った人々は意見を交《か》わす。

　鐘が鳴った。

　低く高く、様々な種類の鐘が一度に鳴らされる。鐘の音は互いにより合わされて、街を覆い、雪の夜空を覆う。

　聖堂の大扉が動いた。二十人の教父が内側から、左右の扉を一斉《いっせい》に押《お》し開《ひら》く。すると聖堂の階段に、前庭に、ひしめく人々の上に、明るい光が漏《も》れ出てくる。

　扉が完全に開くと、まばゆい蠟燭の光を背に受けて、主祭教父が聖堂の出入り口に立った。式典用の黒の教父服と、黒の細長い帽子《ぼうし》。首に金と銀の糸をより合わせた帯を掛《か》けている。

「新年、おめでとう。皆《みな》に、新たな幸福を」

　主祭教父は告げると、つっと両手を伸《の》ばし、群衆の頭上に向けて指先で聖印を切った。

　主祭教父が身を翻《ひるがえ》すと、それに続いて、先頭の人々が階段をのぼった。階段をのぼりきり聖堂の中に入った途端、人々は立ち止まり息をのんだ。

聖堂が、きらきらと輝いている。

聖堂の左右の壁《かべ》には、儀式用の飾り蠟燭が並べられて昼間のように明るい。それはいつものことだ。その明るい光の中に、厳《おごそ》かな聖堂の柱と祭壇があり、それらを引き立てるように砂糖菓子が並べられる。

けれど、違う。ここはいつもの聖堂とは、違う場所のようだった。

蠟燭の光がきらきらして見えるのは、光を受けている砂糖菓子のせいだった。

大きなもの、中くらいなもの、小さなもの。

円錐《えんすい》の砂糖菓子が並ぶ。砂糖菓子が光を透過《とうか》するのは、それがごく薄い雪の結晶の形をした砂糖菓子を不規則に積みあげているためだ。光が隙間《すきま》を通《とお》り抜《ぬ》ける。そして結晶の一つ一つに彫《ほ》り込まれた模様が光を乱す。結晶の端に当たった光は、鋭《するど》くはじかれる。

真っ白なその砂糖菓子は、雪だ。誰が見ても一目でわかる。

そしてその真っ白な中に、時折、ふわりと淡い色が混じる。雪の世界に舞《ま》い降《お》りた、神の御遣《みつか》いの印のようだ。

そして人々が最も驚いたのは、聖堂の中央に据《す》えられた巨大な円錐の砂糖菓子だ。見あげれば、先端《せんたん》が指の先ほどに小さい。それも同じように、紙のように薄い結晶が組みあげられて、作られている。その巨大な雪の塔は、聖堂内の光を呼吸し、人を、王国を、見守るように立っている。聖堂内が明るいのは、この巨大な塔が光を集め、内部で乱反射し、その先端まで光が満ちているからだ。蠟燭の光が届かない、高い高いところまで、ふわりと光《ひか》り輝《かがや》いている。

明るい。

ふわりとした明るさにもかかわらず、時折鋭い光が目を射る。そしてこれほど明るいのに、これが雪の景色だとわかるのだ。

今まで見たこともない幻《まぼろし》の景色だった。

砂糖菓子はそこに並べられているだけではない。聖堂内部に灯された明かりを計算に入れて配置され、作られているのだ。空間そのものを、職人たちは雪の景色に仕立てていた。砂糖菓子はただの置物ではなく、聖堂の景色を作《つく》り替《か》えている。

砂糖菓子が光を操り、空間全体を支配する。

グレン・ペイジはハルの肩《かた》を借り、聖堂の中に入った。その瞬間ハルが、

「わぁ……」

と、声をあげた。背後からついてきていたダナも、ノアも目を丸くする。キャシーとベンジャミンも、ダナの肩の上できょとんとしている。

グレンは、その場の輝きを身内に取《と》り込むかのように、大きく息を吸《す》い込む。その目に生き生きとした職人らしい光が宿る。

「あの大きさは、この場所で作ったのか？　光を効果にして……聖堂内の空間を砂糖菓子で変えた……そうか。こういうことも可能なのか……砂糖菓子で」

そのままじっと、聖堂の景色を見つめ続ける。

「グレンさん。そろそろ、奥へ」

しばらくしてハルに促《うなが》され、グレンは歩き出す。歩きながらグレンは俯《うつむ》いた。ゆっくりと歩む彼の足もとに、ぽつりと涙《なみだ》が落ちた。

「グレンさん？　どうされたんですか？　苦しいですか？」

それに気がついて、ハルが気遣《きづか》わしげに顔を覗《のぞ》きこんだ。グレンは俯いたまま苦笑する。

「いや。若者たちは生意気な真似《まね》をすると思ってね……。嬉しいんだ」

グレンは再び顔をあげて、光の満ちる聖堂を今一度眺《なが》めた。

「うちの職人たちは、どこにいるんだろうな？　ハル」

職人たちは、聖堂裏手の教父控え室にいた。徹夜《てつや》作業でぎりぎりまで力を使い果たした彼らは、作業が終わるとともにこの控え室に戻って、倒《たお》れこむように眠り出した。それぞれ毛布をひっかぶり、まるで冬場の兎《うさぎ》の群れのように、ぎゅうぎゅう互いに寄り集まっている。

ブリジットも教父控え室の隅《すみ》で、丸まっている。

アンは一人、聖堂の裏庭にいた。

そこは聖堂と教父館をつなぐ渡《わた》り廊下《ろうか》からも外れているので、ひとけがない。教父館と聖堂の窓の明かりで辺りはうっすらと明るい。

空を見あげていた。雪が次々に降ってくる。眠っていないのに、なぜか長い眠りから覚めた時のように頭の半分は冴《さ》えていて、もう半分は霞《かすみ》がかかったようだ。

眠れなかった。まだ気持ちの中に、高く高くと望んだ、自分の声が残っている。

「ルスル・エル・ミン」

海を見に行くと言った彼女にも、そして去っていった妖精たちにも、あの砂糖菓子たちが招く幸福が届くだろうか。そのために高くしたかった。遠くの彼らにも幸福が訪《おとず》れるように。

「アン」

呼ばれて、アンはふり返った。

「ヒュー？」

雪の中、にやりと笑って片手をあげて、こちらに向かってヒュー・マーキュリーがやってくる。銀砂糖子《し》爵《しゃく》の正装を身につけている。

「どうしたの？　こんなとこに。しかも正装なんかして」

「俺も子爵だ。新聖祭の儀式に参列したんだよ」

ヒューの背後には、当然サリムもいた。彼は気配を消すように静かに付き従っている。

「いい仕事だったな。新聖祭に列席した貴族連中も、度肝《どぎも》を抜《ぬ》かれていた。今まで新聖祭の砂糖菓子は、結局はただの置物だった。それが今回のペイジ工房の仕事で、砂糖菓子が空間を支配できると見せつけた。来年からの新聖祭の砂糖菓子のあり方が、変わるかもしれない。これでペイジ工房の名は世間にとどろく。明日から仕事が、次々舞《ま》いこむ。しかも各工房に散らばっている元ペイジ工房の連中が、この噂《うわさ》を聞きつけて帰りたいと言い出すはずだ。ペイジ工房は、一気に盛り返すぞ」

「よかった」

嬉しくて、アンは自然と微笑《ほほえ》む。するとヒューが苦笑いした。

「よかった……か。おまえはそれで、ほんとうにいいのか？　アン。ペイジ工房の職人頭としては知られるが、アン・ハルフォードという銀砂糖師としては、まだ一つも実績がないぞ」

確かにそうだった。新聖祭の作品はペイジ工房の作品だ。アンだけではなく、ペイジ工房の力があってこそのものだ。アンの力など微々《びび》たるものなのだ。

「ペイジ工房の職人頭になり、そこで一生働くのもいい。それも、いい仕事だ。それがおまえの理想の形ならな」

理想の形。

アンの心に浮《う》かぶ理想の形は、なんだろうか。問われて愕然《がくぜん》とした。自分はいったい将来どんな形で仕事をして、どんな職人になりたいのか。

ただ腕《うで》のいい銀砂糖師になりたい。そんな漠然《ばくぜん》とした未来ではなく、はっきりとした形が、生きるためには必要なのだ。その形が、自分の中にできあがっていない。

（このままペイジ工房にいたら、これが理想の形だって言えるかもしれない）

ペイジ工房は居心地《いごこち》がいい。楽しいし、やりがいもある。

（でも自分の中に形がないからって、今あるところを理想の形なんて言っていいの？　ここはグレンさんやコリンズさんが作った形。それを自分のものだって言ってるのかもしれない）

「考えろ。自分の未来だ」

ヒューの言葉に、アンはただ立《た》ち尽《つ》くした。その時、背後から声がした。

「銀砂糖子爵。うちの職人頭をナンパですか？」

聖堂の方からぶらぶらと、エリオットがやってくる。一緒にシャルもいた。

「目が覚めたらアンがいなくて、びっくりしちゃったよ。嫌《いや》な経験があるから、おもわずシャルまで叩《たた》き起《お》こしてきちゃったじゃない？」

ヒューは苦笑し、軽く手を振《ふ》った。

「ナンパしようかと思ったが、シャルが怖《こわ》いな。退散する」

背を向けたヒューに、エリオットは頭をさげた。

「子爵、ありがとうございました。あの妖精から、うちの職人頭を助けてくれて」

「仕事だ。それに俺はただ迎《むか》えに行っただけだ。助けてない」

ヒューはそれだけ言うと、サリムを連れて歩き出す。

シャルがそっとアンの背を押《お》した。

「屋根のあるところへ行け。頭が雪で真っ白だ」

「シャル、わたし」

アンは歩きながら、シャルの上衣《うわぎ》の袖口《そでぐち》を摑《つか》む。

「わたし、新聖祭までペイジ工房で働こうって決めてたの。けどそれ以上、考えてなかった」

聖堂裏手の軒《のき》下に入ると、シャルはアンの頭に降り積もった雪を払《はら》い落《お》とす。

「相変わらずの、かかし頭だ……」

一緒に軒下に入ったエリオットは爆笑《ばくしょう》した。

「ほんとうに、目の前のことにばかり気を取られちゃうんだねぇ、アン。将来設計とか、めちゃくちゃ苦手なんじゃない？」

苦手どころか、考えたこともない。ただいつも漠然と、ああなりたいこうなりたいと思っているだけだ。そしてそのために、とりあえず目の前のことを、がむしゃらにやり遂《と》げている。

「そんなアンに、アドバイス」

エリオットはひとさし指を立て、本に書かれていることをそらんじるようにすらすらと言う。

「まず、ペイジ工房の長代理の立場で言えば、うちにいて欲しい。これは純粋《じゅんすい》に、ペイジ工房のために働いてくれれば助かるから、ペイジ工房の利益のためにする意見。そしてもう一つ、銀砂糖師の先輩《せんぱい》としての意見。君の将来を考えるなら、君はまず、もっと経験を積んだ方がいい。ペイジ工房は狭《せま》い世界だ。経験は限られる。銀砂糖子爵と肩を並べるほどの職人になりたいなら、君はペイジ工房にいちゃだめだ」

ヒューの背中を思い出す。

（あんな職人になりたい）

未来のことを具体的に考えることなどなかったが、

それだけは強く思った。ならそのために、自分は未来への道を考えるべきだ。

(ペイジ工房には、いちゃいけない……)

じわりと胸の内側に切なさがにじむ。ペイジ工房はアンにとって、とても安らげる場所になっていた。職人たちやエリオット、グレンやブリジット、妖精たちのことも大好きになったのに。

それが顔に出たのかもしれない。エリオットは、ぽんとアンの頭を叩く。

「まあ、あんまり構えないでさ。もし、こりゃだめだなって思ったら、帰ってくればいいから。アンはうちの職人頭なんだ。いつでも、帰っておいでよ」

はっと見あげると、エリオットは軽くウインクしてから、背を見せ歩き出す。

「やばいな～。みんな寝ちゃってたから、グレンさんに使い出すの忘れてたじゃない。あの人のことだから、もう勝手に来てるかもなぁ。いや、来てるよね、絶対。怒《おこ》られそう」

ぼやきながら、エリオットはひょいひょいと軽い足取りで、聖堂の裏手に入っていった。

帰っておいでよ。

そんなふうに言ってもらえることが、これほど嬉しくて心強いと思わなかった。帰れる場所がある。待っていてくれる人がいる。疲れたら、温かく出迎《でむか》えて頭を撫《な》でてくれる。

(ママみたいな場所)

そんな場所があるからこそ、できる冒険《ぼうけん》もあるかもしれない。

「それで、かかし頭の結論は?」

シャルは、笑いたいのを我慢《がまん》しているような顔で訊《き》く。

「わたし……ペイジ工房に残らない」

「ペイジ工房を出て? それから?」

「え? えっと、それは……その……えっと……」

「ゆっくり考えろ。好きなようにしろ。おまえにつきあう」

シャルが歩き出したので、彼を追う。

シャルは聖堂の裏手を抜け、祭壇脇《わき》の出入り口から礼拝堂の中に踏《ふ》みこみ、幻の雪の景色を見つめる。アンもシャルのとなりに立ち、聖堂を見回す。人々の明るい顔。そして砂糖菓子。

新しい年が来た。新しい幸福が、ハイランド王国にやってくる。

隣に立っているシャルは、アンにつきあうと言ってくれた。今もそばにいる。けれど彼との距離を感じる。人と妖精の距離だ。ふいに切なくなり泣きたくなる。

（シャル……。シャル）

恋心《こいごころ》は抑えこんでも、抑えこんでも、あふれてくる。この思いは消えてなくなってしまう方がいいと知っているのに、消えてくれない。この空間に満ちる砂糖菓子が招く幸福が、シャルと自分の距離を近づけてくれはしないだろうかと願ってしまう。泳げもしないのに湖に放りこまれて、どうしようもないと知っていながらも、もがくのに似ている。

祭壇前の礼拝席に座って真剣《しんけん》にお祈《いの》りをしていた一人が、祈りを終えて立ちあがった。キースだった。彼の視線がふとこちらに流れて、彼はアンとシャルの存在に気がついたらしい。軽く手をあげて、こちらにやってくる。

「アン。探してたんだ。訊きたいことと、相談があって」

「相談？　なに？」

相談されるようなことが思《おも》い浮《う》かばず、きょとんとする。

キースは、ちょっといたずらっぽく笑う。

「実は僕ね、ペイジ工房の仕事を手伝うって決めたときに、ラドクリフ工房を辞《や》めていたんだ」

いきなりの告白に、面食らった。

「辞めた？　どうして？　なんで急に辞めちゃったの？」

「ペイジ工房の職人たちを見てたら、派閥《はばつ》だとか父親の足跡《そくせき》とか、いろいろ考えているのが馬鹿らしくなったんだ。それで辞めた。もう派閥には入らない。それで君に訊きたかったんだよ、アン。君はペイジ工房に残って、ペイジ工房の職人になるの？」

「ううん。ペイジ工房は出ることに決めたけど」

「なら。ねぇ、アン。僕と一緒に砂糖菓子工房を作らない？　作りたいんだ、君と二人で」

キースはアンをまっすぐ見つめ、いつものように柔らかく微笑んだ。

思いも寄らない誘《さそ》いに、アンは目を丸くした。

（二人で工房を作る？）

聖堂の中は柔らかな光に包まれ、彼らの周囲では反射した光がちらちらと躍《おど》る。王国にあまねく幸福を招く砂糖菓子が光を生む。

キースが握手《あくしゅ》を求めるように手を差し出す。

シャルがアンの横顔を見つめている。無表情なのに、黒く美しい瞳が複雑な感情に揺れている気がした。

差し出されたキースの手に、アンは迷い戸惑《とまど》う。自分はその手を握《にぎ》るべきなのだろうか？

迷いの中、雪の夜空に聖ルイストンベル教会の鐘が鳴《な》り渡《わた》る。

書き下ろし短編

もしも――の、おとぎ話

こんな物語が、あったかもしれない。

「血のにおいがするねぇ」

冷たい風が吹《ふ》きすさぶ、岩の多い荒野《こうや》の中に、その家は一軒《けん》だけぽつんと建っていた。家は石を積んだ塀《へい》の影《かげ》に薄暗《うすぐら》く沈《しず》み、板葺《いたぶ》きの屋根はかしぎ、厩《うまや》もからっぽだった。その様相からシャル・フェン・シャルは、無人の廃屋《はいおく》と判断した。

（ここなら休めるかもしれない）

疲《つか》れていたが、見通しの良《い》い荒野では安心して体を休める場所は見当たらなかった。廃屋であれば身を潜《ひそ》められる。

（すこしだけ、体を休めることができたら。また走れるだろう）

それを期待した。

しかし――、扉《とびら》を開けて薄暗い家の中に踏《ふ》み込《こ》むと、そこに一人、ボロをまとって座《すわ》る老婆《ろうば》の後ろ姿があった。鉄のバケツに入れた炭を足もとに置き、丸椅子《いす》に腰《こし》かけて背を丸めていた。その姿を認めると、背にある一枚きりの羽が緊張《きんちょう》にびりっと震《ふる》えた。

　踏み込んできた彼の気配に、老婆がふり返ったのと同時に走り、手にあった白銀の刃《やいば》を老婆の首に押《お》し当《あ》てた。

　突然《とつぜん》現れた妖精《ようせい》に刃を突《つ》きつけられても、老婆はあわてるでもなく、言ったのだ。「血のにおいがするねぇ」と。そして、

「追われているんだね」

　と、シャルから視線をそらすことなく淡々《たんたん》と言う。

　シャルの頬《ほお》には、妖精商人を斬《き》りつけた時に散った血がこびりついていたし、走り続けて息があがっていた。老婆はシャルの背の羽が一枚きりなのを、ちらりと見やる。

「あんたを商品としてあつかっていた妖精商人の隙《すき》を見て、自分の片羽を取《と》り戻《もど》して逃《に》げたってとこかね。あんたのような賢《かしこ》そうな妖精なら、少しの間があれば追っ手もかからないほど遠くへ逃げられるはずだが……逃げ出してすぐに追っ手がかかったのかね？　だとしたら、商人を殺し損《そこ》なったんだろう」

　老婆の推測の通りだった。

　リズの死からすぐに、妖精狩人《かりゅうど》に捕《と》らえられ、妖精商人に売られた。人に売り買いされ続けてすでに六十年以上——今朝、隙を見つけて妖精商人に斬りかかり片羽を取り戻した。しかしすぐに他の人間たちが駆《か》けつけたので、とどめを刺《さ》す暇《ひま》もなく逃げ出したのだ。

　おそらく追っ手はすぐそこまで来ている。シャルの容姿は目立ちすぎる。黒髪《くろかみ》と黒い瞳《ひとみ》の、愛玩《あいがん》妖精と見まごう美しい妖精——その特徴《とくちょう》だけで、追っ手は易々《やすやす》とシャルの足取りを追える。だからこそ人目のない荒野に向かってきたのだ。

（こいつの口を塞《ふさ》がなければ……）

　シャルが荒野に入った可能性を、追っ手も考えているはずだ。彼らがここまで来て老婆に会えば、シャルが逃げた方向が特定される。

　しかし、わずかに躊躇《ためら》う。力のない丸腰《まるごし》の老婆を殺すのは、相手が人間だとはいえ行為《こうい》として卑劣《ひれつ》だ。

殺気と戸惑《とまど》いを感じ取ったのか、老婆は微笑《びしょう》する。

「あんた、悪党ではなさそうだね」

「黙《だま》れ」

応じた声が低くなったのは、弱腰《よわごし》と言われたような気がしたからだ。しかし相手は気にした様子もなく、続けて口を開く。

「わたしは、たくさんの人間に怖《こわ》がられ嫌《きら》われている、魔術師《まじゅつし》だ。知ってるかい？　多くの連中は、魔術師を忌避《きひ》しながらも、便利に利用しようとするんだ。身勝手なもんさ、人間なんて。わたしは人間が嫌いだよ。だから妖精だからって、あんたを売ろうとは思わない。安心しな」

「信じろと？」

魔術師――王国では片手で数えられるほどしか存在しないという、人でありながら、怪《あや》しい術を使い奇跡《きせき》を起こす者だ。倫理《りんり》や道徳に縛《しば》られないがゆえに、恐《おそ》れる者も多い。だが、背に腹は代えられない状況《じょうきょう》になれば、彼らを捜《さが》し出《だ》して頼ることもあると聞く。

「それは、わたしが魔術師だってことを疑ってるのかい？　それとも、あんたを売ろうと思わないってことをかい？」

「両方だ」

「じゃあ」

首に刃が突きつけられているにもかかわらず、老婆は気にした様子もなく立ちあがり、シャルの方を向く。

「見せてやろう」

老婆は自分の両掌《てのひら》を胸の前に持ちあげると、口の中で小さく何事か呟《つぶや》いた。と、その呟きが終わるか終わらないか――老婆の顔がゆがむ。思わず飛《と》び退《の》き、息をのむ。

身にまとったボロはそのままであったが、老婆の顔は白くはりのある娘《むすめ》のそれに変わり、灰をまぶしたような頭髪《とうはつ》もつややかな栗色《くりいろ》に変わっていた。

「これが、わたしの本当の姿。こんな姿じゃ、一人旅なんて面倒《めんどう》なことばっかり降りかかってくるからね、姿を変えているんだ。あんたの姿も変えてあげようか？　動物や、他の人間の顔に変えるのはちょっと面倒なんだが、見た目の年齢《ねんれい》をいじるのなんか造作もない。あんたの姿は目立ちすぎるから、年齢をいじっただけでも、ずいぶん逃げやすくなるだろうね」

「なぜそんなことを？」

不審《ふしん》の目で問うと、相手はからからと笑う。

「そりゃ、あんたがいい男だからだよ。それに、普通《ふつう》の妖精とは、ちょっと変わった気配がするしねぇ」

妖艶《ようえん》なものを含《ふく》んだ目を向けてくるのは、色情というよりも、意地の悪い興味ゆえに感じた。

変わった気配――その言葉に眉《まゆ》をひそめる。自分の何が、変わっているのかわからない。

「自覚がないんだね。まぁ、運命が、あんたに必要だと思えば、その時に自覚するだろう」

女が右手をあげ、掌をシャルに向ける。そこには何もないが、――目に見えない圧力が噴《ふ》き出《だ》し、シャルに向かってくるのを感じた。

何か来る。それから逃《のが》れるよりも女の手首を落とした方が早いと判断したシャルは、相手に向かって踏《ふ》み出《だ》し、手首を切り飛ばそうと刃を跳《は》ねあげた。

手応えは、ない。目の前から女が消えていた。

（どこに!?）

薄暗闇《うすくらやみ》を見回したシャルの耳に、風の音のようなかすかな声が響《ひび》く。

――それは、あんたが強く元の姿に戻《もど》りたいと願えば、いつでも戻れる魔術だ。

声はすうっと、戸の隙間《すきま》へ流れ消えていった。

（魔術をかけられたのか？　元の姿と言っていたが……外見を変えられたのか）

少し頭がぐらついたが、感じる異変はその程度だ。

額に手を当てつつも家の外に出て再び歩き出す。

いやに服がだぶつく。履《は》いているブーツも、中で足が浮《う》いて歩きづらい。視線の低さから、体が一回り以上小さくなった感じがした。

（姿を変えられている。間違《まちが》いなく。あれは本物の魔術師だったのか）

変わっているとしたら、追っ手の目をごまかせるほどだろうか。それを知りたかった。

背後に追っ手の気配がないか、気にしながらも歩き続けた。しばらく行くとまばらな林に囲まれた水場があった。わずかに地下から水が湧《わ》いて池になっているのだが、周囲には貧弱《ひんじゃく》な木々があるだけで、水底に藻《も》のようなものもないし、魚もいない。季節によっては枯《か》れてしまう水場なのだろう。

　水辺に膝《ひざ》をつき、掌を水にくぐらせて飲む。一息つき、水面を覗《のぞ》き込み自分の姿を映し――頭が真っ白になった。

（なんだこれは⁉）

　水面に映っているのは、七、八歳《さい》の可愛《かわい》らしい黒髪と黒い瞳の少女――いや、少女のように見えるが少年だ。あまりにも愛らしい顔立ちなので、少女に見えたのだ。

（子ども……！　よりによって、子ども）

　妖精は生まれてから死ぬまで姿が変わらない。そのため人間で言うところの、老齢《ろうれい》の姿で生まれる妖精はほとんどいないが、子どものような姿で生まれる者はままいる。

　見た目の年齢をいじると魔術師は言っていた。妖精としては、老齢にするよりも若い姿にしたほうが自然ではあるのだろうが――。

（この大きさでは頼りなさすぎる）

　頭を抱《かか》えた。逃亡《とうぼう》した戦士妖精シャル・フェン・シャルとしては、追われないかもしれない。しかし可愛らしい姿の愛玩妖精として狩《か》られる危険性が出てくる。これならば元の姿に戻り、素早《すばや》く移動した方が得策かもしれない。あの魔術師は強く願えば戻れると言っていたのだから――と、考えを巡《めぐ》らせていたその時。

「一人で、どうしたの？」

　背後から小さな女の子の声がした。ふり返るとそこには、六、七歳くらいの人間の女の子が、手に桶《おけ》を抱えて立っていた。体にあっていない大きな防寒着を身につけている。麦の穂《ほ》色の髪《かみ》の毛《け》に、くりくりした大きな目。ふり返ったシャルを見たその目が、まん丸になった。

「わぁ、可愛い」

（……可愛い……）

　言われ慣れない形容詞に絶句した。この状況で、どう対処するべきか。体を強《こわ》ばらせ決断しかねていると、その様子をどうとらえたのか、女の子は心配そうな顔をする。

「迷子なの？」

沈黙《ちんもく》していると、女の子はシャルの傍《かたわ》らにやってきて膝をつき彼を見あげた。

「困ってるなら、なにかわたしにできる？　わたし、ママと一緒《いっしょ》に旅してるのよ。あれ」

林の向こう側を指さすのでそちらに目を向けると、そこには質素な箱形馬車が止まっており、女が一人、馬の鼻面《はなづら》をなでている。

「ママ！　ママ！　迷子の子がいる！」

シャルの返事を聞く前に女の子は声をあげ、母親を呼ぶ。すると母親らしき女がこちらにやってきた。

「迷子？　そうなの？」

「うん。一人みたい」

女は困ったようにシャルを見おろしていたが、心配顔の娘の頭をぽんと叩《たた》き、「ママが、この子とお話ししてみるから、あなたはお水をくんで馬車に運んで」と言った。女の子はうんと頷《うなず》き、水くみを始める。女はシャルの傍らに膝をつく。

「こんにちは。周りに、あなたを使役《しえき》している人間は見当たらないわね。本当に迷子で、どこかへ帰りたいのなら、都合が良い場所まで送っていってあげられるわよ」

馬車の様子を見る限り、母親と娘の二人旅なのは間違いないらしい。親切な人間のようだが――油断はできない。主人持ちの片羽の妖精でも盗《ぬす》み出《だ》し、売り飛ばそうとする人間は多い。この女がそうではないとは言い切れない。

（だが追っ手よりは、間違いなく御《ぎょ》しやすい）

姿が変わっているので、この母子と一緒にいれば、彼女らが使役している妖精だと思われるだろう。適当な場所まで彼女たちと同行し、頃《ころ》合いを見て逃げ出せば、かなり遠くまで安全に逃げられるはずだ。

「……近くの町まで一緒に行きたい」

「わかったわ。お水をくんだら出発するから、一緒に行きましょう」

立ちあがりながら、女は微笑《ほほえ》む。

「わたしは、エマよ。そしてあの子は、娘のアン」

名乗られたが、彼女らの名などどうでも良かった。女とチビ、と頭の中で二人の呼び名を決めた。


「ねぇ、ねぇ。あなたの名前は？　ねぇ」

女が手綱《たづな》を握《にぎ》り箱形馬車が出発すると、女と並んで座っているチビがうるさく話しかけてきた。シャルはむっつりと黙り、チビのとなりで「ねぇ、ねぇ」攻撃《こうげき》に耐《た》え続けている。

とにかくチビは、シャルの名前を訊《き》きたがった。今まで人間に使役される度《たび》に、いろいろな名を与《あた》えられたので、そのうちの一つを答えても良かった。だがどの名前にも屈辱《くつじょく》感と嫌《いや》な思い出が多く、自分から名乗る気にはならない。結局黙っていると、延々と「ねぇ、ねぇ」は続く。

「アン。もうちょっと静かにしてあげたら？　その子、きっとくたびれてお話ししたくないのよ」

しばらく経《た》つと女がそう注意し、チビは「あっ！」と気づいたように、シャルの腕《うで》にとりすがる。

「ごめんね、うるさかった？」

「うるさかった」

応じると、チビはしゅんとうつむく。その様子を見て女が苦笑《くしょう》していると、背後から複数の馬の足音が近づいてきた。

（まさか）

背後を見やると、三騎《き》の人馬が駆《か》け足《あし》で馬車に追いつこうとしていた。見覚えのある面々。妖精商人の雇《やと》っている用心棒たちだった。女も背後をふり返ったあと、ちらっとシャルの方へ目を向ける。そして、

「アン。その子、寒そうだわ。あなたの防寒着に一緒にくるまらせてあげて」

と促《うなが》した。チビはシャルをふり向く。

「寒い？」

妖精は寒さを感じない。だが――馬鹿にサイズの大きな防寒着にチビと一緒にくるまれば、羽を隠《かく》せる。

「寒い」

応じると、チビは嬉《うれ》しそうに防寒着から腕を抜《ぬ》き、

シャルと自分の首から下をすっぽりと覆《おお》う。

女が、それを見て小さく頷く。

「おい、そこの馬車！　止まれ」

背後からかかった声に、女は手綱を引いて馬車を止めた。三騎の人馬が、御者《ぎょしゃ》台の方へ近づいてきた。

シャルは、わずかに身構える。まさかこの姿でシャルとわかりはすまいが――。

「なんでしょうか？」

胡乱《うろん》げに、女が男たちを睨《ね》めつける。

「妖精商人に怪我《けが》を負わせ、逃亡した戦士妖精を捜《さが》してる。荷台の中を検《あらた》めていいか」

「荷台の中を見せるのは、かまわないわ。けれど中には入れられない」

「理由は？」

「荷台の中は砂糖菓子《がし》の作業場で、聖なる場所だからよ。職人以外は入れられない。戦士妖精を捜しているなら、外から確認《かくにん》するだけで充分《じゅうぶん》でしょう。銀砂糖の樽《たる》の中にでも入るのじゃなきゃ、隠れられないし。戦士妖精は樽に入れるほど、小さくないでしょう」

女の言い分に、男たちは「まあな」と頷き合う。女は御者台を飛び降り、荷台後方へ向かっていく。

「確かめるなら、早くしてちょうだい！　日が暮れるまでには、人里にたどり着きたいの。グズグズしてられないわ。それとも、あなたたちが次の村まで護衛でもしてくれるの？」

てきぱきした女に気圧《けお》されたように、男たちが荷台の後ろ側へと向かう。それを見送っていたチビが、防寒着の中でシャルの体に両腕《りょううで》を回し、ぎゅっと抱《だ》きしめた。

「……っ！」

とっさに危機感を覚え振《ふ》りほどこうとしたが、

「大丈夫《だいじょうぶ》。ママが守ってくれる」

と、チビがささやく。

「怖がらないでも、いいの。しかもあの人たち、おっきな戦士妖精を捜してるって。あなたじゃないもの」

丸い目が、驚《おどろ》いた顔のシャルを間近に見つめる。

「あの人たちが来た時、びくってなったもんね。怖いんだよね？　大丈夫。わたしも守ってあげる」

（このチビは）

密着しているのだから、シャルの体の緊張感が伝わったのは当然なのだろうが――、それを感じ取った女の子はシャルを抱きしめた。

ふわふわした感触《かんしょく》に包まれて、戸惑った。

（妖精にこだわりがないのか……。まだチビだから、人間と妖精の区別をあまりしないのか？）

しかし幼くとも、周囲の大人を見習い、妖精を人間以下として相対する者は多かった。今まで出会った子どもは、ほとんどそんなふる舞《ま》いだったと思う。

（こいつは、周囲の大人の様子を見ていないのか？）

荷台の中を検めたらしい男たちが、「行っていいぞ」と告げているのが聞こえ、女が御者台に戻ってきた。

再び馬車を動かし始めた女は、シャルの方へふり向くと、にっと笑う。

「良かったわ。あなたを追ってるんじゃないみたい」

女が娘に命じ、シャルの羽を隠させたのは、彼が単なる迷子ではなく逃げ出した可能性もあるとわかっているからだ。

わかっていながら隠そうとする理由は――自分たちの利益のため以外にはないだろう。

（次の村か町で、俺を売る気か）

思いがけない臨時収入のタネと、シャルを見ているのだろうか。


冬らしい赤い夕日が荒野の向こう側へ沈みかかる頃合いに、ようやく箱形馬車は小さな村の外れに到着《とうちゃく》した。村に宿はない。そこで女は村長に請《こ》い、村の外れにある草地に馬車を止めて野宿する許しを得た。馬は近くの立木につなぎ、近くに馬車も置く。

母子は常にそうしているのだろう、たき火や夕食の準備など、慣れた様子で進めていく。

チビも一人前に火をおこす役目を担《にな》っているらしく、母親が細々とした夕食の準備をする間に、火をおこすだけでなく、ちゃんと火力を安定させていた。簡単なスープが夕食で、シャルにもそれがふるまわれた。

チビは妖精が手で触《ふ》れて食べると知らないらしく、

わざわざ木製のスプーンを渡《わた》してきた。突《つ》き返《かえ》すのも面倒だったので黙って受け取り、役に立たないスプーンを片手に食事をするという間抜《まぬ》けなことになった。ただチビはおしゃべりに夢中で、シャルがスプーンを使っていないのに気づいていないようだった。

その夜、シャルは母子とはすこし離《はな》れた場所で毛布に丸まって眠《ねむ》った。夜中に何度かチビが起き上がり、こちらを見ている気配がした。その度にシャルは目が覚め、警戒《けいかい》したが、チビはすぐに横になる。

地面に横たわっていると、毛布を通して地面からもの寂《さび》しい何かが体をなでてくるような気がした。

もしここに、となりにリズがいれば、こんなものに体をなでられはしないのだろう。けれどリズはいない。誰《だれ》もいない。

(……一人だ)

翌朝、朝ご飯を終えて母子が出発準備にとりかかろうとした時に、村から人がやってきて、砂糖菓子を作ってくれと言い出した。子どもが生まれる予定の家族が、誕生祝いの砂糖菓子を望んでいるという。

女は快く引き受け、出発を明日に延ばして砂糖菓子を作り始めた。その間、チビの方は水をくんで運んだり、荷台に出入りしたりして作業の手伝いをしていた。

シャルは手持《ても》ち無沙汰《ぶさた》で、近くの立木の根元に座り、チビの様子を眺《なが》めていた。

(あの女が俺を売るつもりなら、妖精商人のいる大きな町で売るはずだ。それまでは親切ごかしで、俺を連れ歩くだろう。だとすれば今はまだ、こいつらと一緒にいた方が目立たずにすむ)

頭上の枝で、小鳥が鳴いていた。風が渡り、草葉がさやさやと鳴る。鎖《くさり》につながれることなく、片羽を懐《ふところ》にしている今、自分は自由になったという実感が、穏《おだ》やかな景色とともに五感にしみる。

ただどこか空《むな》しい気がするのは——なぜだろうか。自由だと感じるのに、胸のどこかに何かがつっかえて少し息苦しさを覚える。ふと胸に手をやると、荷台のほうからチビが近づいてきた。そして断りもなくシャルのとなりに座って、ふぅっと大げさに息をつくが、どこか満足そうに笑顔《えがお》で言う。

「疲れちゃった、お手伝い」

　疲れたと言いながら、それを楽しむような生き生きとした顔をしている子どもを、ふと羨《うらや》ましいと思った。この子どもは幸せそうだ、と。

　自分はあんな表情は、この先もできないだろうと考え、足先に視線を落としたその時、チビが顔を覗き込んできた。

「どうしたの？　具合悪いの？　痛いの我慢《がまん》してるみたいな顔してる」

「どこも痛くない」

「でも……痛そう」

　チビが、こちらに向かって両腕を差し出す。思わず身を引くと、相手はまたずいと近づく。

「なんだ？」

「ぎゅっとするの。痛い時は、わたしもママにそうしてもらう」

　シャルは困惑《こんわく》した。チビはシャルを、抱きしめてやると言っているのだ。母親が娘にするのと同じように、優《やさ》しく、労《いたわ》る——と。

（このチビはなんのつもりだ）

　チビがさらに身を乗り出したその時、チビとシャルの顔の前を、上から落ちてきた黒い何かがかすめた。

「蛇《へび》！」

　どさりと草の上に落ちたのは、黒々とした蛇だった。チビは飛びあがり、シャルの背後に回ってすがりつく。

「蛇！　蛇だ！」

「騒《さわ》ぐな、蛇くらい」

　大人の腕の長さほどある蛇だが、毒がない種だ。シャルはついと蛇の尾《お》を摑《つか》むと立ちあがり、無造作に遠くへ放り投げた。

「すごい……あなた、強いんだ、すっごく」

　チビがきらきらした、崇《あが》めるような目でシャルを見あげてくる。蛇を放り投げただけで、これほど感謝されるとは思わなかった。

「ただの蛇だ」

「蛇だもん！　すごい！」

チビはシャルの腕にしがみつき、飛《と》び跳《は》ねる。

「すごい、すごい。こんなに可愛いのに、強いなんて、すごい！」

さらにチビは、ぐいぐいとシャルの腕を引っぱった。

「ママに、教えに行こうよ！　蛇をやっつけたんだよって」

「教えるほどのことか？」

「うん！」

迷いなく頷くので、無邪気《むじやき》なものだと呆《あき》れながら苦笑した。腕を引っぱられながら、ふっと気づく。

（今、俺は——笑ったか？）

女は夕方には砂糖菓子を作り終え、村人に手渡《てわた》した。良い臨時収入だとよろこんでいたが、明日の朝にはこの村を出発すると、夕食の時に娘とシャルに宣言した。

この村を出れば、半日でノーザンブローに到着するだろうと。それを聞いたシャルは、何食わぬ顔で夕食のスープを食べながら考えを巡らせていた。ノーザンブローには妖精商人がいる。いよいよシャルを売るつもりなのだろう。

（その前に、逃げるべきだ）

月の明るい夜だった。寒さに凍《こお》ったような冴《さ》えた月の光で、箱形馬車や馬の影も、草地にくっきりと落ちている。草地の周囲に広がる森の形が、黒く夜空を切り取っていた。森よりも空の方が明るい。

夕食のあと、逃げ出す算段を立てながらたき火のそばに座っていると、チビが自分の肩《かた》に毛布をかけた姿で、にこにこしながら近づいてきた。

「ねえ、一緒に寝《ね》よう」

「……は？」

訝《いぶか》しんで問い返すと、チビはにっといたずらそうに笑い、いきなりぱっと抱きついて、自分と一緒にシャルを毛布の中にくるむと、押《お》し倒《たお》して抱きついてくる。

「この……馬鹿！」

シャルがもがくと、チビは調子に乗ってさらに抱きついてくる。こんなチビ、いつものシャルならば腕一本で遠ざけられるのだが——いかんせん、今は子どもの姿だ。力よりも腕の長さが足りず、チビと対等に取っ組み合うしかできない。

「だって、一緒に寝たいもん。あなた強いから、一緒に寝てたら安心」

「馬鹿か!? おまえ」

「どうして？」

「それは……」

まともに返事しようとしたが、馬鹿馬鹿しくなって黙った。ついでに抵抗《ていこう》をやめると、チビは嬉しそうにむふふと笑ってしがみついてくる。

「妖精と一緒に寝るのか？」

「いけない？」

「……」

逆に問い返され戸惑う。

「嫌じゃないのか」

「わたし、ママ以外の人と一緒に寝たことないの。きょうだいもいないし、ずっと旅してるから、友だちもいないし。だから誰か、ママ以外の人と寝てみたいの。絶対に楽しいもん」

「答えになっていない。一緒に寝るのが、人じゃなくてもいいのか？」

「うん」

（……こいつは……馬鹿なんだな）

しみじみと理解し、問答もやめた。

昼間にシャルを抱きしめて慰《なぐさ》めようとしたり、一緒に寝たがったり、こんなことをする人間は――きっと馬鹿なのだ。それ以外に考えられない。好きにさせようと力を抜くと、チビはシャルの頬に頬を寄せる。

「可愛いね、あなた。わたしもあなたみたいに強くて、可愛かったら、よかったのになぁ。そしたらいろんなところに行っても、チビとか、からかわれないかも」

「からかわれるのか？」

「うん。すごく」

「だろうな」

チビはふんと鼻を鳴らし、憤然《ふんぜん》と言う。

「いいもん。別にからかわれても、怪我しないもん。それより、あなた男の子みたいなしゃべり方、直した方がいいよ。もうちょっと女の子らしくしたら、男の子はみんな跪《ひざまず》いてくれるよ？　きっと」

　がっくりと力が抜ける。

（なついてくると思ったら……、こいつには俺が女に見えているのか）

　情けないが、水面に映った自分の姿を思い出すと、その間違いを責められない気もした。

「女の子じゃない。俺は男だ」

　言うと、チビは丸い目をくりくりさせ、ぽかんとした顔で言う。

「あ……ごめんね。可愛いから。てっきり」

「わかったら離れろ」

「なんで？」

　問い返される意味がわからなかった。

「俺はおまえが思っていたような、女の子じゃない」

「女の子でも男の子でも、一緒に寝たいもん。一緒に寝たら楽しいのは同じでしょう？」

「楽しくない。俺は一人で寝る」

　チビが、ふと心配そうな顔をする。

「一人で？　でも昨日の夜は寂《さび》しそうだったよ？」

　まん丸な目に浮かぶ、心からの労りの色にはっとした。

（妖精が、スプーンを使わないのは気づかないくせに。こいつは）

　間が抜けている子どものくせに——いや、子どもだからこそなのか。小さな体は、柔《やわ》らかく優しいものに満たされているのだろうか。同じ毛布にくるまっているのが、小さく温かな灯《あか》りのような——。

　この小さく温かなものは、もしかしたら大切なものなのかもしれない。そんな気がして、しかしそれをどう言葉にすれば良いのかわからないし、今自分がどうふるまえば良いのかもわからなくなり、沈黙した。そうしていると、チビは寝《ね》息《いき》をたてはじめる。柔らかな頬が、自分の頬にくっついている。それを見るとリズの幼い頃を思い出す。

　ふと、楽に息ができるような懐《なつ》かしい気持ちになる。

「起きているんでしょう？　妖精さん」

　たき火の前に座っていた女が、そう口にした。眠り込んだチビのゆるんだ腕から抜け、シャルは立ちあがる。女はこちらにふり返り微笑む。

「明日の朝この村を出たら、昼にはノーザンブローに到着するわ。あなた、そこまで一緒に行く？　それとも、ここで別れる？」

「どうしてそんなことを訊く」

「あなた迷子なんかじゃないでしょう？　主人とはぐれて、自分の羽と引《ひ》き離《はな》されているとしたら、そんなに落ち着いているわけないし。どこかから逃げ出した可能性が高いかなってね。だったら、どうするつもりかと思って」

（この女、勘《かん》がいい）

小枝を折って火に投げ込みながら、女は続ける。

「娘と違《ちが》って、わたしは大人だからね。あなたが見かけ通りの子どもじゃないことくらい、わかるわ。妖精ですもの。見かけは子どものようでも、何百年も生きている妖精はいるし。あなたが主人の手からうまく逃げ出した、老獪《ろうかい》な妖精ってこともあると知ってる。だから、どうするのかなって」

女の言葉を聞いていると、シャルは不可解に感じる。

「なぜ、そんなことを聞かせる」

「なぜって、あなたが訊いたから。で？　あなたこれから、どうしたいの？」

「……売るつもりはないのか？」

思わず問うと、女は声を出して笑った。

「売らないわよ。わたしは砂糖菓子職人だもの！　妖精商人じゃない。しかも妖精だからって売り買いする人や、使役する人の気持ちなんて、わからないし」

女は微笑みながらシャルを見あげる。

「わたし、ある妖精にとても大きな恩があるし、その人のこと大好きだから」

そうかと、ようやく合点《がてん》がいった。

（チビは、馬鹿なのじゃない）

チビがシャルに——妖精に対してなんのこだわりももたないのは、この母親がいるからだ。手本となる大人が、妖精をさげすむことも、悪し様に言うこともない。だからなのだ。

「どうする？　妖精さん。あなたさえ良ければ、一緒に旅してもいいのよ」

「誰が、人間と」

にこやかに問われたが思わず拒絶《きょぜつ》した。数十年にわたる人間への恨《うら》みが口をついて出たのだ。

「今から、ここを離れる。世話になった」

「残念ね。娘は、あなたのこと、頼りになるお姉ちゃんみたいに思ってる感じがするのに」

「言っておくが、俺は男だ」

「あらっ！　ごめんなさい」

この女も勘違《かんちが》いしていたらしいのが、忌々《いまいま》しい。

「気が変わったらいつでも回れ右して戻ってきてね」

笑顔の女と、たき火の炎《ほのお》に背を向け、歩き出す。草地を囲む森に入り、枯《か》れ葉《は》の積もる夜道に踏み込みながら、ふと思う。

（もし、このまま。この姿のままで、あの母子と旅ができたら）

そんな考えが脳裏《のうり》をよぎる。

思わず拒絶したが、もしかするとあの母子としばらく旅をしてみるのも得策かもしれない。すくなくとも彼らはシャルを売る気も、使役するつもりも、なさそうだ。しばらく一緒にいて、頃合いを見計らって逃げるのでも良いかもしれない。

チビの頬の感触を思い出し、自分の頬に指をやる。久しぶりに誰かの柔らかさに触れた。それと離れるのが、惜《お》しいような――。

「相手は女一人。あと二人、ガキがいるだけだ」

森の暗闇の中、潜めた声が聞こえる。

思わず足を止めて声の方向を透《す》かし見た。

木立の間に、馬の影がある。木の幹につながれた馬の傍らにいるのは、三人の男たち。一昨日の昼間、シャルを追ってきた連中だ。彼らの視線の先には、草地で燃えるたき火の炎がある。

「女と、ガキ二人は売れる。馬車も。戦士妖精一匹《ぴき》には到底《とうてい》およばねぇが、手ぶらで帰るよりは、頭《かしら》の機嫌《きげん》が良くなるはずだ」

聞こえる会話に虫唾《むしず》が走った。

あの連中はシャルを追ってきたが、取《と》り逃《に》がしたと思っている。そのまま手ぶらで帰って、雇用《こよう》主にどやされるのを嫌い、ただの人さらいに成り下がろうとしている。

（人間という生き物は）

腹の奥《おく》に嫌悪《けんお》が膨《ふく》れる。

ただ——こんな連中はごまんといる。このまま彼らに気取られることなく立ち去れば、シャルへの追跡《ついせき》の手は完全に途切《とぎ》れる。

だが——あの母子は。

（俺が気にかける筋合いはない）

たまたま出会い、二日一緒に過ごしただけの人間の親子だ。彼女らがどうなったところで、シャルに責任はないし関わりもない。

無意識に自分の頬に触れる。

自分の頬だが、今は子どもの、柔らかいそれ。先刻までそこに、もっと柔らかいものが触れていた。

（あの馬鹿な子どもが）

子どもがさらわれ売られたら、どんな末路になるのか。売り買いされ続けたからこそ、シャルには容易に想像がつく。

本来のシャルであれば、あの男たちの不意をつき三人とも殺すのは造作もない。ただそれがシャルの仕業だと、すぐにわかるだろう。妖精の作り出す鋭《するど》い切れ味の刀で斬《き》り殺《ころ》されていれば、妖精商人たちはさらに激怒《げきど》し、人間どもは何方向からも追っ手を放つ。意地になって狩りに来る。

今の姿のまま、素知らぬ顔をして逃げるのが賢い。

（賢いはずだ）

だがあの女とチビは、自分と関わったばかりに残酷《ざんこく》な目に遭《あ》う。無邪気に、妖精を抱きしめようとしたあの子ども。そして娘をそんなふうに育てている、あの女。あの二人が——。

迷った。

男たちが小さく囁《ささや》き合いながら、いかにして母子に悲鳴をあげさせずさらうか相談している。そして連れ帰ってどこへ売るのかと、そんな声も聞こえた。

嫌悪と焦燥《しょうそう》が混じり合う。

男たちは今にも動き出しそうだ。

「もとの、姿に」

思わず細い声が出た、その時。

――あの男たちを殺したら、追われて、狩られるわよ。しかも元の姿に戻れば、あの母子と一緒にはいられない。あの二人はあなたを、女の子みたいな可愛らしい妖精としてしか知らない。

風の音が耳元でした。それはあの魔術師の女の声に似ていた。

からかうように、魔術師の女の声が続ける。

――いいの？

「仕方ない」

シャルは、うめく。

あの男たちを止めたかった。焦燥感が、保身の冷徹《れいてつ》さを溶《と》かしていた。

――後悔《こうかい》するわよ。

「おまえのせいだ。おまえが、望んでもいない魔術を俺にかけた。俺は望んでいなかった。一言も望まなかった」

――ああ、言われてみれば、そうか。

けろりとした声。

「わびろ。おまえの魔術をもって」

――どうやって魔術でわびるの？

「あの女とチビのことを、俺に忘れさせろ」

沈黙が風に乗る。そして再び、申し訳なさそうな声がする。

――ああ、すまない。そんなに、あんたはあの人たちに……。あんたを哀《かな》しませるつもりはなかったんだ。ただの悪戯心《いたずらごころ》で。

「忘れさせろ」

命じる強さで要求した。

――わかったよ。

その声を聞いた瞬間《しゅんかん》、シャルは強く願った。

（もとの姿に！　強く、鋭く、敵を斬りふせられる、本来の自分に！）

願うと同時に駆《か》け出《だ》していた。

視線が高くなり、地を蹴《け》る足に力がみなぎり、広げた掌に白銀の鋭い刃が生まれていた。

エマとアンの親子は無事にノーザンブローに到着し、そこで砂糖菓子を売り始めた。商売は上々で、一週間毎日のように顧客《こきゃく》があり、エマは上機嫌《じょうきげん》だった。

しかし反対にアンはしょんぼりし、明るい気持ちになれなかった。荒野で出会った、可愛らしい妖精の男の子が、アンが寝ている間に行ってしまったのが寂しくてたまらなかったのだ。

しかも嫌な噂《うわさ》も耳にした。

アンたちを荒野で呼び止めた男たちが、追っていた戦士妖精に殺されたのだという。そのために近辺で商売をしている妖精商人たちは共同で妖精狩人に依頼《いらい》し、その戦士妖精を追《お》い詰《つ》め、捕らえたと。

人が死んだという噂も憂鬱《ゆううつ》だったし、さらに逃げていた戦士妖精が捕《つか》まったというのも哀しかった。せっかく逃げられたのに、また捕まってしまうのは可哀想《かわいそう》だと思った。

「ありがとうございます！」

箱形馬車の傍らで客に砂糖菓子を手渡し、代金をもらったエマは満面の笑《え》みで御者台に戻ってきた。ぼんやり空を見あげるアンのとなりに腰を落ち着けると、ぽんっと頭を叩く。

「どうしたの、アン。ずっと元気がないわね。まだ、しょげているの？　あの妖精さんが行っちゃったこと」

「うん」

と答えて、冬空を見あげ続ける。

「また、会いたいな。会えるかな、あの子に」

「願っていたら会えるわよ、きっとね」

エマはアンの頭を、胸に抱き寄せてくれた。

（そっか）

と、アンは軽く目を閉じ、可愛らしい妖精のことを思う。そして願う。

（また、会えますように——あの子に）

書き下ろし短編

続・もしも——の、おとぎ話

新聖祭が終わって五日目の朝のことだった。

「静かね」

埃《ほこり》がうっすら付着した窓から見える、雪景色。その景色をさらに白に塗《ぬ》りつぶそうと、切れ間なく降り続ける雪。それらを見つめながら、アンは羽織っていたショールを胸の前でかき合わせる。長椅子《ながいす》に寝転《ねころ》んでぼんやりしていたシャルが、物憂《ものう》げに身を起こす。

「まだ、降ってるのか」

「うん。しばらく、足止めね」

起きあがったシャルは、アンのとなりにやってくると同じように景色に目をやる。

雪に覆《おお》われたホリーリーフ城は、物音がことごとく、白い結晶《けっしょう》に吸い取られているかのように静かだった。雲の合間から時折薄い日の光は射《さ》してくるが、雪は降《ふ》り止《や》む気配がない。

城が静かなのは雪のせいだけではなく、少しばかり人が減ったからだった。

ジョナスは新聖祭のすぐあとにラドクリフ工房《こうぼう》に戻《もど》ると言って出て行ったし、キースも工房立ち上げの準備があると早々に帰った。キャットも仕事があるらしく、二日前にはサウスセントに向かって出発した。

ペイジ工房の面々も、さっさと準備を整えてミルズフィールドへ帰るべきだったが、雪が降り止まず街道《かいどう》が塞《ふさ》がっているために足止めをくらっていた。

ただその足止めも、働きづめだった職人たちにとっては、良《い》い骨休めのようだ。工房の連中は出発を焦《あせ》る様子もなく、気ままに過ごしている。

ペイジ工房を離《はな》れる決意をしたアンも、準備を整え、新しい目標に向かって進むべき時だったが——雪のおかげで気持ちがゆったりとしていて、自分も踏《ふ》み出《だ》せばいいだろうと、そんな気持ちになっていた。

窓の外の景色に、降り続く雪以外の動く者が見えた。

ボロをまとった一人の老婆《ろうば》が、よっこらせ、よっこらせと、雪をかき分けるようにしてホリーリーフ城の庭へと入ってきたところだった。アンはぎょっとした。

「た、大変！　あんなおばあちゃんが、雪の中を！」

ベッドの上でカードをめくり、一人恋占《こいうらな》いにいそしんでいたミスリルが顔をあげた。

「ばあちゃん？　誰《だれ》だ？」

「わかんないけど、きっとここの誰かに用事があって来たんだわ。迎《むか》えに行かないと。玄関《げんかん》にたどり着く前に雪に埋《う》もれそう」

　シャルが眉《まゆ》をひそめる。

「あの老婆は……」

「知り合いなの？　シャル」

「いや、どことなく覚えがある気もするが……思い出せない」

「とにかく、行く」

　あわてて部屋から飛び出すと、シャルとミスリルも一緒《いっしょ》に来てくれた。職人たちはめいめい自室で過ごしているらしく、小ホールにはひとけがない。冷えている小ホールを通り過ぎ、階段を降り、玄関の扉《とびら》を開けた、その瞬間《しゅんかん》。

「わぁあああ！」

　アンはびっくりして大声をあげていた。扉を開けると、目の前に老婆の姿があったのだ。窓から見ていた時、老婆と玄関の距離《きょり》がかなりあったので、雪に埋もれるかと危惧《きぐ》したのだが――すでに玄関前にいる。

　あまりにも意外な速さに仰天《ぎょうてん》し、悲鳴のあとに声が出なかった。

　シャルはその速さに、驚《おどろ》くよりも不審を覚えたらしい。表情が険しくなる。老婆が、しわだらけの顔をさらにくしゃくしゃにして笑う。

「そんなに、わたしの顔が怖《こわ》かったかね、お嬢《じょう》ちゃん」

「し、失礼しました。いえ、そのあまりに足が速かったので、ちょっと驚いて。それで、ご用件は」

　老婆はにこにこしてアンを見ていたが、その視線をとなりへと移す。

「昔ちょっと関わった奴《やつ》がいると噂《うわさ》に聞いて、懐《なつ》かしくなって会いに来たんだよ。久しぶりだねぇ」

　と、老婆が声をかけたのはシャルにだった。アンと、アンに追いついてその肩《かた》に乗ったミスリルが、同時にシャルを見やった。

「知り合いか？　シャル・フェン・シャル」

ミスリルの問いに、シャルは眉根《まゆね》を寄せた。

「覚えがない」

「またまた、つれないことをお言いじゃないよ」

からからと笑った老婆に、シャルはにべもなく答えた。

「おまえなど知らない」

老婆の目が不機嫌《ふきげん》そうな色になる。

「そんなこと言うもんじゃない」

「知らないものは、知らん」

すうっと、老婆は目を細めた。そして小さく低く、

「そうかい」と呟《つぶや》く。

「じゃあ、思い出させてやろうかねぇ。わたしを忘れたふりをするなんざ、ちょっと腹が立つ。前よりも本格的に変えてやろうじゃないか。見かけだけじゃなく、中身もいじろう」

老婆は両掌《てのひら》を上にして胸の前にあげた。その途端《とたん》シャルが、びくりとし、飛び退《すさ》るように身を引こうとしたが――玄関ポーチの向こうに降り続いていた雪が突然《とつぜん》吹《ふ》き乱れ、アンたちを雪のつぶてに巻《ま》き込《こ》んだ。

アンは悲鳴をあげ思わずしゃがみ込み、ミスリルもアンの肩に必死にしがみつく。

混乱は一瞬《いっしゅん》で、すぐにぴたりと風がやむ。風がやむやいなや、アンは立ちあがった。

「おばあさん、大丈夫《だいじょうぶ》……!?」

と声をかけようとして、唖然《あぜん》とした。目の前から老婆の姿が消えている。ミスリルが、ぽかんとした。

「いない？　いないぞ！　アン」

「どうして？　いったいどこに行ったの!?　シャル、見なかった……っ!!」

シャルの方をふり返り、絶句した。

そこにシャルの姿がなかったのだ。

いや――なかったとは、言えないのか。

そこに立ちつくしているのは、シャルに違《ちが》いないと思う。面影《おもかげ》があるから間違《まちが》いない。ただ――いつもの彼ではなくなっていた。

身長がアンの胸あたりまでに縮み、身につけている

服がだぶついている。そして顔かたちにも柔《やわ》らかな丸みがあり、長いまつげに縁取《ふちど》られた目はきらきらと大きく、輝《かがや》いていて——とんでもない美少女のように見える子どもの姿になっていた。年の頃《ころ》は七つかそのくらいの幼さだ。

「え……シャル？」

呼ぶと、美少女めいている彼は、こちらを向く。

「シャル？　だよね？」

「うん」

不機嫌そうな顔はシャルらしいが、彼にしては幼い感じのする態度で——頷《うなず》く。

ミスリルが呆然《ぼうぜん》と口にした。

「なんてこった……。魔術《まじゅつ》でもかけられたのか」

「これが、シャル!?」

エリオットがシャルの顔を覗《のぞ》き込み、びっくりした声を出す。

小ホールに集まった職人たちは、ちんまりと椅子《いす》に腰《こし》かけ、ハルに用意してもらった甘《あま》いお茶のカップを両手に包んで飲んでいる小さなシャルを、取り囲んでいた。

「確かに、彼の面影はありますが……」

ヴァレンタインが信じがたいといった表情で口にすると、キングは両手で頭を掻きむしる。

「信じられねぇ。魔術なんて、あるのかよ」

「あるよ。あるある。イズァランには魔術師が多いから、これと似たようなことがあったって、昔聞いたことがある」

ナディールがけろりと言うので、オーランドが、黒い眼帯で隠《かく》れていない方の目で、じろりとナディールを見やる。

「で、解決方法は？」

「それは知らない」

肩をすくめたナディールに、不意にシャルがぴしりと指を突《つ》きつけた。

「役に立たないやつ」

可愛《かわい》らしい唇《くちびる》で、憎《にく》たらしい口をきく。しかしナディールはへっちゃらで、ごめんねぇと言ってへへっと笑う。

　みんなの後ろで呆然と立《た》ち尽《つ》くしていたブリジットが、頬《ほお》を染めて思わずのように呟く。

「……可愛すぎるわ……」

　ブリジットよりもさらに遠くにいたノアも、激しく同意したらしくぶんぶん頷く。エリオットが垂れ目の目尻《めじり》をさらに下げ、へにゃっと笑う。

「確かに、可愛すぎるくらい可愛いじゃん。いっそ、このままでいいんじゃない？」

「そんな！」

　アンはおろおろし、胸の前で両手を握《にぎ》り合わせる。

「どうしたらいいんでしょうか、これ」

「どうしたらって言われても、ねぇ。誰も魔術師の知り合いなんかいないし。いたとしても、魔術師を捜《さが》すのなんか至難の業《わざ》でしょう」

　へらっと笑うエリオットに、ヴァレンタインが頷く。

「魔術師は国教会が忌《い》み嫌《きら》い迫害《はくがい》してきた存在ですから、公《おおやけ》に姿を現すことはないですしね。しかも噂では、現在ハイランド王国にいる魔術師は四人のみとか」

「じゃあ、さっきのおばあさんがその四分の一!?　どうしよう。このままじゃ、シャルが」

　焦るアンに、エリオットはふざけた調子で返す。

「だから、このままでいるしかないんじゃない？」

「おまえ、腹が立つ！　嫌《きら》いだ」

　手にしていたカップをテーブルに置くと、シャルが椅子から飛び降り、エリオットの向こう臑《ずね》をこつんと蹴飛《けと》ばした。

「痛いなぁ、もう。このがきんちょ」

　まったく効かないらしくエリオットが余裕《よゆう》で笑うので、シャルは両手に拳《こぶし》を握り、肩を怒《いか》らせ、きんきん声で怒鳴《どな》った。

「ここにいるみんな、腹が立つ！　みんな真面目じゃない！　俺のこと気にしてるのは、アンだけだ。アン以外、みんな嫌いだ！」

　本人は全力で怒っているらしいのだが、黒い瞳《ひとみ》をきらきらさせ、柔らかそうな白い頬を紅潮させている姿は、愛らしい以外の形容詞がなかった。その場にいる全員の目が「可愛いなぁ」と無言で語る中心で、ひしっと、シャルはアンの腰にしがみついた。

　オーランドがうめく。

「なんというか……外見だけでなく、中身まで子どものようになっているのか、これは」

「そうでしょうね、おそらく。本来の彼らしく態度は大きいですが。普段《ふだん》口にしないような、素直《すなお》な気持ちが出ているとでも言いましょうか」

　丸眼鏡を押《お》しあげて、ヴァレンタインも複雑な顔だ。

　腰にしがみつかれたアンは、困惑《こんわく》した。

「シャル？」

「みんな、嫌いだ。アンだけ、好きだ」

　キングが、ぽつりと言う。

「これは心の声がだだ漏《も》れてるってわけか？　恥《は》ずかしいな」

　アンのドレスに顔を埋めるシャルを、肩の上から見ていたミスリルが身震《みぶる》いした。

「な、なんて恐《おそ》ろしい魔術なんだ！　俺、こんなことになったら恥ずかしさで死ぬぞ」

　嫌いだ嫌いだと騒《さわ》ぐので、アンはシャルの精神の安定のためにと、彼を自室に連れ帰った。部屋に戻った彼はベッドによじ登り、壁《かべ》に向かって膝《ひざ》を抱《かか》える。アンはその小さな背中を見つめながら、嘆息《たんそく》した。

「どうしよう……ミスリル・リッド・ポッド……」

　困り果てたアンの顔を見て、ミスリルはアンの肩の上で、決意の表情で拳を固めてすくっと立ちあがる。

「よし！　任せろ。ここはこのミスリル・リッド・ポッド様が、ひと肌脱《はだぬ》ぐぞ。魔術師の呪《のろ》いを解いてシャル・フェン・シャルの奴に大きな貸しを作る！」

「でもひと肌脱ぐって、どうやって？」

「その辺で、魔術師を捜してくる」

　決意の割には単純な作戦を口にして、ミスリルは元気よく飛び出していった。

「あの魔術師がまだその辺をうろついているとは思えないけど……。わたしも、念のため捜しに行った方がいいのかな」

いじけているシャルの背中を見ていても、はじまらない。アンもベッドにあがると、シャルの傍《かたわ》らに這《は》っていく。

「ねぇ、シャル。わたしもミスリル・リッド・ポッドと一緒に、外へ行ってあの魔術師を捜そうかと思うんだけど。一人で、ここで待ってて……」

と言いかけて、言葉がとまった。細く小さな手が、アンのドレスの膝を摑《つか》んだのだ。

「行くのは、だめ。行かないで、アン」

「でも」

「行かないで。一緒にいて……俺と」

（シャルってば――――っ!!　なんて、なんて可愛いの!!）

あまりの可愛らしさに、感情が乱れて涙《なみだ》ぐむ。エリオットが言うように、もうこれはこのままでも良いのではないかとさえ思ってしまう。

「うん。わかった。行かない」

「本当に？」

上目遣《うわめづか》いと、消え入るような細い声に、誰が抵抗《ていこう》できるだろうか。アンはぶんぶん首を縦に振った。

「行かない！　絶対に行かない。誓《ちか》うから！」

「良かった」

ほっとしたようなシャルの笑顔《えがお》に、胸を打《う》ち抜《ぬ》かれて目眩《めまい》がする。

（ああ……全力で可愛い……）

と、その時。

「アンだけ、大好き」

シャルはのびあがり、アンの頰に口づけした。その柔らかな感触《かんしょく》に耳が熱くなった。

「シャル……っ！」

微笑《ほほえ》むシャルは愛らしいが、間違いなくシャル本人で、その彼に口づけされたことに動揺《どうよう》した。

「なに？」

小首を傾《かし》げる無邪気《むじゃき》な仕草に、二の句が継《つ》げない。

真っ赤になりながらうつむき、「なんでもない」と言うと、アンの動揺をよそにシャルの方は安堵《あんど》したらしく、彼女《かのじょ》の肩にもたれかかる。

そして眠《ねむ》かったのだろうか、すぐに目を閉じ、寝息《ねいき》を立てはじめ——しばらくすると、ころりとアンの膝に頭を乗せて眠り込む。

アンは膝に乗るシャルの髪《かみ》を、なでる。

（安心してくれてるんだ）

ずっとシャルがこのままだったらどうしようかと、そんな不安はあるのだが、あまりにも突飛《とっぴ》な状況《じょうきょう》のために、悲愴《ひそう》な気分にはならなかった。ただぼんやり困ったなぁという思いと、ひたすら可愛いという感情だけが頭の中をぐるぐるしている。

「おや、やっぱり無茶な術をかけたから、疲《つか》れているねぇ」

突然背後からしわがれ声が聞こえ、アンは悲鳴をあげそうになった。その口を、枯《か》れた掌が塞ぐ。

「ああ、静かに、静かに。この妖精《ようせい》に見られたくない。どんな悪態をつかれるか、わかったものじゃないから」

恐《おそ》る恐《おそ》る横目で確認《かくにん》すると、アンの背後、同じベッドの上に、あの魔術師の老婆が座《すわ》っていた。

（どこから!?）

仰天した。しかし相手は魔術師。得体の知れない魔術を使うのだから、人知れず部屋に侵入《しんにゅう》するなど、朝飯前なのだろう。

魔術師は困ったような、申し訳ないような顔をしている。凶悪《きょうあく》な気配ではないことに気づき、アンは少しだけ胸の動悸《どうき》がおさまってくる。それを見計らったように、魔術師が囁《ささや》く。

「大声出さないようにおしよ。わたしは、この妖精にかけた術を解きに来たんだから。いいかい？」

こくこく頷くと、魔術師は手を離してくれる。

「いやぁ、悪かったね。わたしの勘違《かんちが》いだったんだ」

膝でアンのとなりににじり寄ると、魔術師は申し訳なさそうに頭を掻《か》く。

「勘違い？」

「ああ。わたしはこの妖精と十数年前に会って、ちょっとした因縁《いんねん》があったんだ。だから彼の噂を聞いて、久々に顔でも見るかと思ってやってきたら、わたしなんぞ知らんと言われて頭にきたんだが……」

てへっと、年に似合わない可愛らしさで、魔術師は舌を出す。

「こいつには、わたしのことも忘れさせてたんだった」

「え？　どういうことですか？」

「十数年前、わたしはこいつに、偶然《ぐうぜん》出会った二人の人間のことを忘れさせろと要求された。それはわたしが原因で、こいつに少し哀《かな》しい思いをさせたからでね。罪滅《つみほろ》ぼしのつもりで二人のことを忘れさせたんだけど。その時ついでと思って、わたし自身のことも彼には忘れさせていたんだよ。それを、さっき思い出して」

「……え？　自分で自分のことをシャルに忘れさせたけど……忘れさせたことを、失念していて。シャルに『知らない』って言われて、腹が立って……こんな術をかけたって。そういうことですか？」

「そうそう」

悪びれず認めるので、もはや絶句するしかなかった。

（あんまりじゃない？　それ？）

その思いが顔に出たのか、魔術師は、ははっと笑ってベッドから降り、ひらひらと手を振《ふ》る。

「まあ、気がついたんだから勘弁《かんべん》しとくれ。ほら、解けたからさ」

枯《か》れ枝《えだ》のような指が、アンの膝を指さす。

「えっ！」

アンの膝に乗っているのは、いつもの、うっとりと見《み》惚《と》れるほど端整《たんせい》な黒曜石の青年妖精の頭だ。

「……ああっ、ありがとう！　おばあさん……」

老婆の方をふり返るが――そこには、誰もいなかった。アンは呆然とする。

「消えた……」

夢でも見ていたのだろうかと、自分の膝に目をやる。しかしそこにはシャルの頭が乗っていて、彼は静かに眠っていた。いつものシャルがここにいる。

魔術師が現れたことも、シャルが子どもになったことも、夢のような気がしたが――、それらのことがなければ、シャルがアンの膝枕《ひざまくら》で眠っている状況など、どうやってもできあがりそうにない。

安堵と驚きで、ただ呆然とシャルの寝顔《ねがお》を見下ろしていると、扉が開き、ミスリルが鼻歌交じりに部屋に入ってくる。

「よぉ、アン。今、そこでエリオットに会って。うまい菓子《かし》が手に入ったからお茶をって……えっ！」

アンの膝枕で眠るシャルを見て、ミスリルは硬直《こうちょく》した。

「なななな、なにしてんだ二人とも！　いやいや、なんだかわからないけど、これは俺様の望む恩返しの結実が」

「じゃなくて、ミスリル・リッド・ポッド。魔術師がここに来て」

「魔術師だって？」

扉の陰《かげ》から、ひょっこりとエリオットの顔が覗く。彼もベッドに目を向けるととんでもなく嬉《うれ》しそうな声を出す。

「おおっと、こりゃ、こりゃ、失礼。お邪魔《じゃま》を」

「ち、違いますコリンズさん。誤解しないで、ミスリル・リッド・ポッドも。これはあの魔術師が来て」

エリオットとミスリルが、顔を見合わせる。

「魔術師が来た？」

「なに言ってんだ、アン？」

（コリンズさんも、ミスリル・リッド・ポッドも、忘れてる!?）

あわてて言いつのる。

「さっき来た魔術師です。シャルに変な術をかけて行った」

エリオットとミスリルはますます困惑顔になる。

「なんか、疲れてんのかなぁ？　うちの職人頭は」

「寝《ね》ぼけてんのか？　アン」

愕然《がくぜん》とし、確信した。

（二人とも魔術師のことも、シャルが魔術にかかったことも完全に忘れてるんだ）

しかしお気楽なペイジ工房派長《おさ》代理は、にっこりとする。

「疲れてる時は、まあそうやって、きゃっきゃ、うふふしてれば良いよ」

同じく気楽な湖水の水滴《すいてき》の妖精も、青い瞳をキラキラさせ、びしっと親指を立てた。

「どうしてそうなったかわかんないけど、しっかりな！　アン」

気楽な二人が、そそくさと部屋を出て行く。

二人がすべて忘れてしまっているのは、魔術師の力だろうか。彼らが忘れているのだから、当然工房のみんなも魔術師騒動《そうどう》は忘れている可能性が高い。それはシャルの名誉《めいよ》のためにも、良いことだろうが——。

問題はこの状況だ。

（シャルが、わたしの膝枕で目覚めたらどうなっちゃうの⁉）

もし彼が魔術師のことを覚えていれば、互《たが》いに気まずいだけで終われるかもしれない。しかし仮にシャルがすべてを忘れていたとしたら——説明しても、信じてもらえそうにない。

ならばどうしてこんな状況になったのかと、あれこれ勘《かん》ぐられはしまいか。アンがシャルに一服盛ったとか、殴《なぐ》り倒《たお》したとか、そんなことを疑われないだろうか。

そうなったら言い訳が大変だ。

シャルのまつげが震《ふる》えた。ドキリとして見つめていると、目が開く。幾度《いくど》か瞬《まばた》きした後に、彼は不思議そうにアンを見あげた。

「……これは？」

「えっと……魔術師が」

「魔術師？」

心底胡乱《うろん》げに問い返され、アンは絶望した。

（ああ、忘れちゃってる）

どうして魔術師は、アンの記憶《きおく》も消してくれなかったのだろうか。どうせ消すならば、アンをひっくるめて全員の記憶を消せばいいものを、そうしなかったのは何らかの意図がある——ようには思えない。

（あの魔術師、自分がシャルに自分のことを忘れる魔術をかけたのを忘れて腹を立てたって言ってたから……もしかしたら随分《ずいぶん》、うっかり者なのかも）

今回も全員の記憶を消すつもりだったのに、直接会話していたために、目の前にいるアンの記憶だけ消し忘れたのかもしれない。

膝の重みに冷《ひ》や汗《あせ》をかきつつ、引きつった笑《え》みを浮《う》かべる。

「えっと……気分はどう？」

さらにシャルの顔がいぶかしげになり、起きあがると、ずいとアンの顔に顔を近づける。鼻先がくっつくほど近づき、彼は問う。

「俺に、なにかしたのか？」

不信感でいっぱいの声。

「してない、してない！」

「おまえでなければ、ミスリル・リッド・ポッド」

「濡《ぬ》れ衣《ぎぬ》、濡れ衣！」

「では、なぜ、俺がおまえの膝で寝ている？」

はははっと、アンは乾《かわ》いた笑いで応えた。

「信じてもらえるかどうか、わからないんだけど……」

と、説明を始めながら、真実を語ってシャルに納得《なっとく》してもらうのを半ば諦《あきら》めていた。もう仕方がないと心の中で割り切り、シャルがひっくり返って頭を打ったとか、そんな作り話をいろいろ考え始めていた。


雪の中をえっちらおっちらと歩きながら、魔術師は、自分が勘違いで巻き起こした騒動を早々に、完璧《かんぺき》に収束させられたと信じていた。うっかり記憶を消し忘れた少女が一人いて、彼女が冷や汗をかいていることなど知りもしないで――。

晴れやかな笑みで、空を見あげる。

「いやぁ、今回は完璧にことを終わらせられたわ！」

書き下ろし短編

子爵と猫のないしょ話

新聖祭が終わり、もうすぐ半月になろうとしていた。

「おい、ベンジャミン。朝飯はまだか？」

キャットこと、銀砂糖師のアルフ・ヒングリーは、寝《ね》起《お》きのぼんやりした頭でベッドから這《は》い出し、銀に近い灰色の髪《かみ》をくしゃくしゃ掻《か》きながら台所兼《けん》食堂になっている部屋に顔を出す。

「おはよぉ～、キャット。うん、朝ご飯の準備できてるよ。今朝はねぇ、黒パンに蒸《む》した鶏と酢《す》漬《づ》けのキャベツを挟《はさ》んだサンドイッチと、ジャガイモのスープだよぉ」

背にある一枚の小さな羽をせわしなく動かしながら、ひしゃくにしがみつき鍋《なべ》の中身をかき回しているのは、若草色のふわふわした髪の小妖精《しょうようせい》ベンジャミンだ。おっとりとした笑顔《えがお》でふり返る。

「鶏肉《とりにく》か……！」

朝から好物を食べられる嬉《うれ》しさに、いそいそと食《しょく》卓《たく》に着いたキャットだったが、それを見てベンジャミンが困ったようにふにゃりと笑う。

「キャット、昨夜は着《き》替《が》えずに寝《ね》ちゃったんだね」

袖《そで》と襟元《えりもと》にレースをあしらった洒落《しゃれ》たシャツを身につけているキャットだったが、シャツにはたくさんのしわが寄っているし、裾《すそ》もズボンからはみ出しているしで、洒落っ気も台無しだった。

昨夜遅《おそ》く、注文を受けていた砂糖菓子《がし》を完成させた。近所の老女の誕生祝いだった。誕生日に間に合わせられた安堵《あんど》感と、仕事続きだった疲労《ひろう》のために、もはや指一本動かすのさえ億劫《おっくう》になり、作業場からベッドに直行して、着替えもせずにそのまま眠《ねむ》ってしまったのだ。

「疲《つか》れてんだねぇ」

にこにこしながらベンジャミンが、キャットの前に皿を並べる。大あくびをしながらキャットは、かいがいしい小妖精がいてくれて良かったと、心底思うのだった。これほど何もかも億劫な時に、座《すわ》っているだけでうまい飯が出てくるのは、涙《なみだ》が出るほどありがたい。

「ペイジ工房《こうぼう》の仕事が、きつかったからなぁ。まだ疲れが抜《ぬ》けねぇ」

肩《かた》を回しながら言うと、ベンジャミンはふふっと笑う。

「大変そうだったもんねぇ～。でも、楽しそうだったよ、キャット」

「まあな」

頬杖《ほおづえ》をつき、新聖祭の砂糖菓子を思《おも》い浮《う》かべる。仕事として誇《ほこ》らしいのは確かだった。

「しかも、あれで、あのボケなす野郎《やろう》の言いなりにならなくてすんだんだから。まぁ、いい仕事だった」

ペイジ工房が請《う》け負《お》った、新聖際のための砂糖菓子制作に加わったのはアンの頼《たの》みでだった。いつも何かしら問題を抱《かか》えて、右往左往しているような、落ち着きのない新米銀砂糖師。ひょんなことで仕事を手伝わせてからは、彼女のことがなんとなく自分の弟子《でし》のように思えて、気にかけている。だが、だからこそ、甘《あま》やかす真似《まね》はしたくなかった。

「これから、あのチンチクリンも大変だろうぜ。ペイジ工房を離《はな》れると聞いたからな」

なにげなく口にすると、ベンジャミンがうーんと首を傾《かし》げる。

「アンよりも、キャットの方が大変じゃない？」

「なんで、俺があいつより大変なんだ」

「だって、昨日の仕事が終わったから。もう仕事ないんでしょう？　新しい仕事も来てないんでしょう？」

「当然だろうが。俺はペイジ工房の助《すけ》っ人《と》に入って店を離れてたんだから、仕事なんぞ受けられねぇだろう」

「ね、ほら。大変になってるじゃない」

確かに、そうだ。愕然《がくぜん》とする。さすがのキャットも少し不安を覚える。

「ちなみに、ベンジャミン。生活費はどのくらい残ってる？」

生活全般《ぜんぱん》に興味がなく、家計管理がめんどくさいので、お金の管理はすべてベンジャミンに任せていた。可愛《かわい》らしい小妖精は、ほわんと笑って答える。

「二クレス、ちょうどだよぉ」

「なんでそうなった!?　ペイジ工房からも謝礼が支払《しはら》われただろうが」

「家賃を払《はら》ったら、そのくらいしか残らなかったのぉ。だから、ね。ほら。キャットの方が大変でしょう?」

　他の連中も、自分とたいして変わらない生活ぶりで仕事ぶりだ——と、キャットは思う。

　それなのに、いつも自分ばかり金欠に陥《おちい》っているのはなぜだろうか。

「俺よりも、チンチクリンの方が、余裕《よゆう》があるような気がしてきた……」

「気がするんじゃなくて、そうだよぉ〜。確実に」

　ベンジャミンがにこにこしながらひどいことを言ったその時、店の扉《とびら》が打ち鳴らされる。扉の向こうで「ヒングリーさん」と呼びかける、女の声もした。

「おっ⁉　客か⁉」

　急《せ》き込《こ》んで、キャットは立ちあがる。

「だといいけど〜」

「俺を訪ねてくるのなんか、客か、あのチンチクリン以外いねぇじゃねぇか」

「キャット、友だちいないもんねぇ」

　仕事が入れば、生活はなんとでもなるのだ。早足で店に向かい、立てつけの悪い出入り口の扉を渾身《こんしん》の力で開ける。

「きゃっ!」

　と、悲鳴があがった。いきなり扉を開いたので、驚《おどろ》かせたらしい。

「あ、悪りぃ……」

　と謝罪した彼の目の前には、女がいた。

　ぼやけたような薄《うす》黄色の防寒着を身にまとった、茶の髪の、おとなしそうな女だ。どこか見覚えがある気もしたが——思い出せない。しかし、まあいいかと、とりあえず問う。

「砂糖菓子の注文か?」

　女はふるふると首を横に振《ふ》る。

「じゃあ、なんだ?」

「あ、あの……わたし……その……ヒングリーさんの……」

　女の声は先細りし、もしょもしょと口の中で何か言っているが、聞き取れない。

「声が小さくて聞こえねぇぞ。わたしが、なんだって!?」

びくっと女が竦《すく》むと、扉の陰《かげ》から声がした。

「おいおい、もうちょっと優《やさ》しく喋《しゃべ》れないのか」

聞き慣れた、しかし聞きたくもない声に、キャットの細い眉《まゆ》が吊《つ》りあがる。

「てめぇ！」

扉の陰から出てきたのは、仕立ての良い上衣《うわぎ》を身につけながらも、それに抑《おさ》え込《こ》まれないような野性味のある男。面白《おもしろ》そうに目を細めてキャットを見つめる、ふてぶてしい面構《つらがま》え。

銀砂糖子爵《ししやく》、ヒュー・マーキュリーだった。

「なんでこんなところにいやがる！　しかも、なんだこの女。知り合いか!?」

「この女とは失礼だな、キャット。自分の花嫁《はなよめ》に向かって」

「は？」

この若さで耄碌《もうろく》したのかと、キャットはヒューを睨《ね》めつけた。

「なんの寝言《ねごと》を抜かしてやがる。意味がわかんねぇ」

騒《さわ》ぎに興味をもったらしく、ちょこちょことベンジャミンが奥《おく》から出てくると、キャットの肩の上に飛び乗る。

「この人はエリス・ラドクリフ嬢《じょう》。おまえが結婚《けっこん》の約束をしたお嬢《じょう》さんだ。忘れたか？」

うつむく女――エリスの肩に手を添《そ》えて前に押《お》し出《だ》すヒューの言葉が、いまひとつ理解できなかった。

(俺が、結婚を約束？)

肩の上のベンジャミンが、「わぁ」と嬉しそうな声を出す。

「お嫁《よめ》さんが来るの？　キャット。素敵《すてき》だねぇ」

呆然《ぼうぜん》としていたのは一瞬《いっしゅん》で、ヒューの言葉の意味を飲《の》み込《こ》むと、仰天《ぎょうてん》し、焦《あせ》った。

「待て待て待て！　そんな覚えはねぇ！　何かの間違《まちが》いだ。俺はこんな女と、結婚の約束なんかした覚えはねぇぞ」

食ってかかると、ヒューは懐《ふところ》から一枚の紙を取り出す。

「じゃあ、このサインはなんだ？　これはおまえのサインじゃないのか?」

　突《つ》きつけられた紙には、間違いなく自分の筆跡《ひっせき》でアルフ・ヒングリーと署名されている。

「俺のサインだ」

「サインの上に書かれている文言、読め」

「誓約書《せいやく》……?　エリス・ラドクリフとの婚姻《こんいん》を約束いたします。署名の後、一年以内には婚姻する。誓約を違《たが》えた場合は、エリス・ラドクリフから銀砂糖子爵に訴《うった》え、砂糖菓子職人として働くことを禁ずる放逐《ほうちく》証明の発行を要求する……」

　つらつらと読んで、唖然《あぜん》とヒューを見る。

「俺は、この女と結婚しなきゃ、職人を続けられねぇってことになってんのか?」

「だな」

　と、ヒューは頷《うなず》く。

「誰《だれ》がそんな約束しやがった!」

　真っ赤になって怒鳴《どな》ったが、ヒューの長い指がキャットの鼻先に容赦《ようしゃ》なく突きつけられる。

「おまえだ。署名したろう」


　確かにそこにはキャットの署名がある。

　しかし――。

「知らねぇ。身に覚えがねぇ」

　呆然と、言うしかなかった。本当に身に覚えがないのだ。


「はぁい。お茶をどうぞ」

　愛想《あいそ》良くベンジャミンが、エリス・ラドクリフの前にカップを置く。食卓に着いてもちんまりとして、いかにも居心地《いごこち》悪《わる》そうだった彼女は、そこでようやく「ありがとう」と小さく応じてわずかに笑う。

　キャットは食卓を挟んでエリスの前に座っていたが、突《つ》っ伏《ぷ》していた。

　ヒューは「二人で、よく話し合え」と言って、彼女をキャットに押《お》しつけて帰っていったのだ。今夜いっぱいはサウスセントの宿屋にいるから、何かあれば相談に来いと言い残して――。

　ヒューが言うには数日前に、エリス・ラドクリフの父親ウィリアム・ラドクリフから銀砂糖子爵に訴えがあったというのだ。娘《むすめ》と婚約《こんやく》した銀砂糖師が、一向に約束を果たす気配がない、と。銀砂糖子爵の権限でなんとかしてくれないか、と。

本来ならば銀砂糖子爵が関わるような案件ではないが、相手がアルフ・ヒングリーと聞いて、捨て置けなかったのだと、いかにも恩着せがましくヒューは言った。とりあえず当人同士で話し合いをさせようと、エリスを連れてサウスセントに来たのだという。

ウィリアム・ラドクリフの名前には覚えがあった。ラドクリフ工房の長《おさ》であるマーカスの弟で、ヒールバーグあたりで大きめの工房を経営していると聞いたことがある。だが面識はない。

そしてその娘ともなると、キャットにはさっぱり縁《えん》がない人間だ。

突っ伏した状態から少し顔をあげ、上目遣《うわめづか》いにエリスを見やる。おとなしそうな、従順そうな、いかにもお嬢様《じょうさま》といった感じの女だ。

「俺は、あんたと面識があるのか？」

カップに手をかけていた彼女は、あわててそれを卓《たく》に置き、膝《ひざ》に両手をそろえて頷く。

「はい。今年、ラドクリフ工房で、銀砂糖精製の作業の時に会いました。わたしは職人たちの世話のために、手伝いに入っていました。その時に」

砂糖林檎《りんご》凶作《きょうさく》のあおりで、ラドクリフ工房に多くの職人が集まって銀砂糖精製作業がおこなわれた。キャットも役割を担《にな》い、そこに参加していたが——頭を抱える。

「覚えてねぇ、あんたの顔。それなのに俺は、あんたとの結婚の約束の書類にサインしたのか？」

「はい。わたしが、お願いしますと差し出したら、『いいぜ』って。その場で」

（俺は頭がどうかしちまってたのか！？）

いや、と思う。

あまりにも忙《いそが》しくて、こんな声の小さな女が、なにやらぼそぼそと声をかけてきて、ここにサインしろだのなんだのと言ったなら、面倒《めんどう》になって何も考えず、その場でサインした可能性は高い。作業に関わる何かの書類と、勘違《かんちが》いして――。

「ありえる……」

呻《うめ》いてしまう。

我ながら、迂闊《うかつ》ながら、充分《じゅうぶん》ありえる。

「それは、それとしてだ。あんた、なんで俺にそんなものにサインさせたんだ。俺と結婚したいわけじゃねぇだろう」

「いえ、結婚したいんです」

「嘘《うそ》つきやがれ。話もしたことねぇ、ってか。俺にとっちゃ、あんたはほぼ初対面だぞ」

「わたしは、あなたのことをずっと見ていました。結婚したいです」

食卓の上にいたベンジャミンが、「わぁ、物好きぃ」と呟《つぶや》く。

エリスは「結婚したいです」と言いながら、無表情だ。キャットは眉をひそめ、その瞳《ひとみ》の奥を覗《のぞ》くようにじっと見る。

（これは……義務を果たそうとする奴《やつ》の目だ）

何かある。それを直感し、キャットは立ちあがった。

「ベンジャミン。そいつ、適当にもてなしとけ。俺はあのボケなす野郎のところへ行ってくる！」

「はぁい」という気の抜けた返事を背に聞きながら、扉へ向かう。エリスはすこし驚いた顔をしていたが、特に何も言うことなくキャットを見送っていた。


「意外に、早いお出ましだな。おまえさんも少しは大人になったか？　以前なら俺のところへ来るまで、二日はかかってただろうにな」

ヒューの宿泊《しゅくはく》先は、サウスセントの港に面した三階建ての宿だった。窓を開けば港の景色と、潮風が吹《ふ》きこむ気持ちの良い部屋で、彼はキャットが来るのが当然のような顔をして迎《むか》えた。

こざっぱりしているが小さな部屋だった。ベッドが一つと、食卓と書き物机を兼用《けんよう》するような小さな丸卓が一つ。座面が削《けず》り出した木のままで、布や革《かわ》など貼《は》られていない、質素な椅子《いす》が二脚《きゃく》。

椅子の一つを窓辺に移動させ、開いた窓から外の景色を見ていたらしいヒューは、キャットが部屋に入っていくと、にやにやしていた。

　部屋の中には彼一人だ。護衛のサリムの姿がない。

「サリムは？　連れてきてねぇのか」

「となりの部屋だ。二人部屋が空いてなくて、別々だ。お忍《しの》びだからな。逆に二人部屋にこだわって騒ぐほうが、目立つ」

　ヒューは銀砂糖子爵であると同時に、マーキュリー工房の長でもある。彼がマーキュリー工房の長になる時、ちょっとしたもめ事があり、それ以来ちょくちょく彼の命を狙《ねら》う輩《やから》がいるのだ。

　そんなトラブルを抱え続けている彼だが、普段《ふだん》はそれを周囲に気取らせない。ただかなり危《あや》うい状況《じょうきょう》にもなった経験があるだろうことは、護衛の青年が、常にヒューから離れようとしない様子から、窺《うかが》えた。

「まあ、座れ」

　促《うなが》され、空いている椅子に腰《こし》かけると、丸卓越《ご》しに身を乗り出す。

「あの女、誰に命じられてあんなことしてやがる」

「察したか」

「どう考えたって、あの魂《たましい》の抜けたような女が、一人で画策することじゃねぇだろう」

　結婚したいとエリスは口にした。しかしそれは彼女の意思ではないのが、明らかだ。本気でキャットに恋《こい》して結婚を望んでいる態度ではない。さらにもし仮に、何かしらの策略でキャットとの結婚を思いついたのだとしても、彼女自身が主体であれば、もっと情熱があっても良いはずなのだ。

　それが、彼女にはない。ただ淡々《たんたん》と、命じられたから従っている。そんな気配が強いのだ。

「命じているのが誰か。おまえは誰だと思う？」

　問われて、キャットは顔をしかめる。

「ただの推測になっちまうが、考えられるのは、あの女の親父《おやじ》だろう。ウィリアム・ラドクリフだ。若い娘に、結婚しろだのするなだの命じられるのは、親くらいだ」

「俺も、そう思う」

「目的はなんだ。なんで俺なんだ」

「跡継《あとつ》ぎだ。ウィリアム・ラドクリフは、工房を存続させるための跡継ぎを欲しがってる。だから娘に命じた。派閥《はばつ》に所属していない、腕《うで》の良い銀砂糖師が、ちょうどラドクリフ工房に来ている。うまく取り入って、奴と結婚しろと」

「けっ！　くだらねぇ」

うんざりして吐《は》き捨《す》てる。

「で、あの女は、その父親の命令通りに動いたってわけか」

「そうだな」

「馬鹿か、あの女」

「馬鹿とも言い切れん」

「馬鹿じゃねぇか！　命じられて、はいそうですかと、その通りに動くんだぜ。ただの木偶《でく》じゃねぇか」

ヒューは軽く首を横に振る。

「おまえみたいな奴には、理解できないかもしれんがな。立場や、身分や、そんなしがらみが多い人間で、なおかつ周囲への配慮《はいりょ》ってやつに長《た》けた者は――嫌《いや》でも、哀《かな》しくても、命じられたことに従ってしまう可能性は高いんだ」

その声音《こわね》の憂鬱《ゆううつ》そうな、どこか哀しげな響《ひび》きに、キャットは目を見開く。

（どうした？　こいつ）

エリスについて語りながら、同時に誰かのことにも触《ふ》れているような、微妙《びみょう》な言い回し――。

窓外に広がる海が赤みを帯びた光に照らされていた。日が傾《かたむ》き始めていた。それに目をやったヒューの横顔を見て、かつて彼が、今と同じような表情をした時のことを思い出す。

あれはまだ、ヒューもキャットもマーキュリー工房本工房の職人だった頃《ころ》で、当時からヒューの腕前《うでまえ》は群を抜いていると噂《うわさ》になっていた。その彼を指名して砂糖菓子を注文する連中は多かったが、特に熱心に彼の砂糖菓子を求めたのは、キャボット伯爵《はくしゃく》だった。ヒューの砂糖菓子以外はいらないと言うほどの執心《しゅうしん》ぶりだった。

伯爵には幾《いく》人か娘がいたが、末の娘はおとなしい、気弱そうな優しげな娘だった。貴族の娘にしては気立ても良く感じがいいと、ヒューの手伝いで伯爵邸《てい》に赴《おもむ》く度《たび》にキャットは思っていた。

名は——マルグリットといった。

マルグリットは、国王エドモンド二世の妃《きさき》にと望まれ、嫁《とつ》いだ。

嫁ぐひと月前には祝いの砂糖菓子の注文が来て、当然ヒューが作った。納品するためにキャットは、ヒューとともにキャボット伯爵の城に出向いた。砂糖菓子を目にしたマルグリットは微笑《ほほえ》み、ヒューに向かって「ありがとう」と言った。

ヒューは「幸運が訪《おとず》れんことを」と、砂糖菓子職人がよく口にする定型句で返し、下がった。

たったそれだけのこと。

しかし——あの瞬間《しゅんかん》だ。

ヒューの横顔に、なんとも言えない憂鬱そうな、哀しげな色が見えた気がしたのだ。

(そして、そうだ)

あのエリスとかいう女の瞳の奥にある、義務を果たそうとする者の色。あれと同じものが、あの時のマルグリットの瞳の中にもあった気がする。

あの時のキャットはまだ十代で、人と関わることに不慣れで、他人の気持ちなどあれこれ考える癖《くせ》がなかった。だから——二人とも妙《みょう》な顔をする、としか思わなかった。

だが、今は、すこし彼らの気持ちがわかる気がした。

相変わらず人と関わるのは煩《わずら》わしく、鬱陶《うっとう》しいと思うのだが。ベンジャミンと過ごすうち、アンという頼《たよ》りない弟子もどきと関わるうち、そしてそのためにペイジ工房の連中やキースやジョナスと関わるうちに、すこしだけ連中の思いのようなものを感じるようになってきた。

なぜヒューは、わざわざエリスを連れてきたのか。

普段の彼なら、こんな雑事は取り合わない。キャットが関わっているという以外にも、もしかすると捨て置けないと思える何かがあったのだろうか。

「てめぇ、好きだったのか?」

思わず訊《き》いていた。

顔をしかめ、ヒューがふり返る。

「なんのことだ？」

「今、誰かのことを思い出してただろう。てめぇが、そんな面したのを、俺はいっぺんだけ覚えてんだ。キャボット伯爵の……」

「キャット」

静かに、しかし重くヒューが遮《さえぎ》る。

「口にするな」

威圧《いあつ》でもなく、懇願《こんがん》でもなく、ただそれは言ってはならないことなのだと諭《さと》すような声に、二の句が継《つ》げなくなった。それが彼にとってどれほど重い心の秘密であるのか、声の響きと、まっすぐな目でわかった。

きっと誰にも、気取らせなかった思いなのだろう。おそらくマルグリットにすら。

（気づかなきゃ、良かったぜ。こんなこと）

誰かの秘めた恋心《こいごころ》なんて、知ってしまえば荷が重い。それを図《はか》らずも知ってしまったからには、共有することになるのだから。

「忌々《いまいま》しいな、あのエリスって女。辛気《しんき》くせぇ。しがらみだとか、配慮だとか」

「まあ、そう言うな。彼女にも彼女の苦悩《くのう》があるんだからな。受け止めてやれ」

「受け止めて結婚でもしてやれっていうのかよ」

「それもいいんじゃないか？　おまえ、好きな女なんかいないだろう」

「いねぇからって、適当に決められるか！」

立ちあがりヒューを睨めつける。

「俺はどうすりゃいい。あの女と結婚しなきゃ、俺はおまえに放逐証明を出されちまうんだろう？」

「そうだな」

ヒューは足を組むと、悠然《ゆうぜん》と応じた。

「それが嫌なら、エリス嬢から断りを言わせろ。それで一件落着だ」

「どうやって言わせるんだよ⁉」

芝居《しばい》がかって、ヒューは肩をすくめる。

「さあな。彼女がうんざりするような、おまえのだらしなさを見せつけて、結構ですと言わせるか。はたまた、恋愛《れんあい》の機微《きび》をその単純な頭で精一杯《せいいっぱい》理解して、彼女を説得するか。せいぜい頑張《がんば》れ」

（俺に、恋愛の機微がわかるわけねぇだろう！）

むかむかしながら店に戻《もど》ると、台所にベンジャミンと一緒《いっしょ》に、エリスが立っていた。無言でずんずんと中に入ると、ベンジャミンが先に気づいてふり返り、「キャット、お帰り」と笑った。エリスは顔を強《こわ》ばらせ、小さく頭をさげる。

「なにしてやがる、てめぇ」

睨《にら》みつけると、エリスは肩をすぼめた。

「ごめんなさい。その……夕食の準備の手伝いを」

「キャットぉ。この人、僕のお手伝いしてくれたんだよ。そんな怖《こわ》い顔するもんじゃないよぉ」

ベンジャミンが取りなすが、キャットは目で、食卓の一方を指す。

「座りやがれ」

ヒューは機微だのなんだのと言ったが、そんなものはまどろっこしかった。おずおずと座ったエリスの傍《かたわ》らに立ち、見下ろす。

「てめぇは、親父に言われてこんな真似してんだろう」

「いいえ、わたしは」

「見え見えの嘘は、いらねぇよ」

遮ると、彼女は押《お》し黙《だま》る。

「俺は……あんたみたいに、我慢《がまん》して嫁いでいった女を見たことがある。それで、その女を好きだったくせに、幸せを願って見送った辛気くせぇ男も知ってる。そいつがどんな顔をしたのかも、見た。あんた、好きな奴はいるか？」

「いいえ」

と答えるが、エリスはうつむいたままだ。

「それが本当かどうかわからねぇが、俺は真実、誰も好きな奴なんかいねぇよ。でもな、なんとなく想像はつくんだ。好きな者同士が離れるとか、我慢して気持ちを抑《おさ》えるとか、あんまり幸せじゃないんだってことはな。もしかしたら、あんたには、まだ好きな奴がいないかもしれない。けどこれから、好きな奴ができちまったら、あんた幸せじゃなくなるぜ」

くつくつと、竈《かまど》にかかった鍋から音が立ちはじめた。

くつくつ、くつくつと、沈黙《ちんもく》を埋《う》めるように音が響く。

「あんた、それでいいのか？　俺だったら、冗談《じょうだん》じゃねぇと思う。あんただってそうじゃねぇか？　誰かへの配慮とか義務とかで、自分の幸せを捨てちまうのか。同じ捨てるなら、配慮や義務の方が、あんたの幸せにとってはいいんじゃねぇのかよ」

「……なんで、そんなこと言ってくれるんですか」

ぽつりと、エリスが呟く。

「さっき、言ってましたよね。ほとんど初対面なのにって、わたしと」

「知らない奴でも、初対面でも、誰かが不幸になってもいいなんて思う奴、いねぇだろうが。間違えそうな奴がいたら、おい、そりゃちょっと違うだろうって声くらいかけるだろう」

エリスが、恐《おそ》る恐《おそ》る顔をあげ、はじめてキャットの顔を見たような不思議そうな目をした。

「なんだ？　なにか言いたいことがあるのか？」

「ヒングリーさんって……こんな人だったんですね」

「悪いか」

「いえ……恥《は》ずかしくなりました」

「は？」

「怒《おこ》りっぽくて、うるさくて、人に厳しそうな、変わり者って思ってました。ラドクリフ工房で見てた時」

「あ～、それ、全然間違ってないけど」

ベンジャミンが、竈の方からほわほわと口を挟む。

エリスは首を横に振る。

「とても失礼ですね……わたしのしていること。わかっていたんですけれど、別にそれでもいいかと思ったんです。自分の役目だから。でも……恥ずかしくなりました」

その目に涙が浮《う》かぶので、ぎょっとした。

「おい、別に。俺は、あんたに怒ってるわけじゃねぇぞ」

「わかってます。だから、なんです」

不意にエリスは立ちあがった。そして深々とキャットに頭をさげた。

「帰ります。すみませんでした、ヒングリーさん……

ありがとう」

身を翻《ひるがえ》し、エリスは飛び出していった。

唖然とした。

「どうしたんだ、あいつ」

ベンジャミンが、鍋に目を向け呟く。

「今夜は三人分用意したのになぁ、無駄《むだ》になっちゃう」

しかし続けて、なぜか、ふふっと嬉しそうに笑う。

「ま、いいかなぁ」

歌うように口にする。

日が傾き、蠟燭《ろうそく》に火を灯《とも》して夕食の準備をしていると、店の出入り口の扉がきしみ開く音が聞こえた。

「なんだ？　あの女、舞《ま》い戻《もど》ってきたのか？」

スプーンを並べていたキャットが、店のほうへ行こうとすると、その前に店と台所を仕切る扉が開き、ヒューが顔を覗かせた。

「おっ、いい香りがするな。牛を煮込《にこ》んだスープか」

途端《とたん》に、嫌な気分になった。

「なにしに来やがった、てめぇ」

「それが銀砂糖子爵に対する態度か？　ちょうど夕飯か？　俺にもふるまってくれ、ベンジャミン」

「うん、いいよぉ。ちょうど三人分あるから」

「よくねぇ！　帰りやがれ！」

噛《か》みつくキャットに向かって、ヒューはにやりと笑ってみせる。

「いいのか？　追い返して。いいもの持ってきてやったのに」

そう言うと懐から、例の誓約書を取り出し、ひらひらと振ってみせる。

「それが、なんだよ」

「エリス嬢から申し出があって、これは俺の好きに処分していいそうだ」

「あの女……どういうつもりで」

キャットとベンジャミンは、思わず顔を見合わせた。

「つもりは、わかんないけど。とにかく、キャットとの結婚はやめたんじゃなぁい？」

ヒューはにやにやしながら言う。

「夕飯をふるまってくれたら、これをおまえに渡《わた》してやる。そうじゃなきゃ、さあ、どうするか。慎重《しんちょう》に吟味《ぎんみ》して、ここに署名した奴にどういった処分を下すか、考えるってのも手だ」

「てめぇは、子爵様のくせに意地きたねぇな」

「俺は子どもの頃は、飲まず食わずの悪ガキだったからな。なかなかその癖は抜けないぜ。さあ、食わせるのか、食わせないのか」

「くそっ、わかったよ！　ベンジャミン、こいつの分の夕飯も用意しろ」

「はぁ～い」

　ベンジャミンは返事をすると、ふわふわとしながらも、どこか張り切った様子で、スープを皿によそい始めた。

　食卓の中央に、蠟燭が一本。明かりはそれだけだ。キャットとベンジャミン、ヒューの前には、それぞれに牛の煮込みのスープと、数日前に買ってきた、堅《かた》いパンが二切れ。木製のカップにワインが一杯《ぱい》。

　食卓が整い席に着くと、ヒューはもったいぶって懐から誓約書を取り出し、キャットに手渡《てわた》す。

「ほらよ、好きにしろ」

　受け取ったが、その紙一枚にまつわるあれこれを思い、キャットは眉根《まゆね》を寄せた。

「あの女、こんなことして大丈夫《だいじょうぶ》なのか？　工房とか、親父とか、いろんなしがらみがあって、配慮があって、ここに送《おく》り込《こ》まれたんだろう。勝手にやめましたって帰って、大丈夫なのか？」

　ベンジャミンも少し心配そうな顔をして、キャットの手にある誓約書を見やる。

「どうしてかと、不思議だったんだが」

　ヒューが静かに口を開く。

「エリス嬢が突然《とつぜん》俺のところに舞い戻ってきて、この話はなかったことにするから、その誓約書は好きしていいと言った時、驚いた。なにがあって、あっさりと諦《あきら》める気になったのかとな。どうしてかと訊いたら、あんなことを言う人は自分の周りにはいないとだけ答えて、帰った。おまえがなにを言ったのかと思っていたが……」

「脅《おど》したりはしてねぇぞ、たぶん」

「脅されたくらいじゃ、引き下がらなかっただろうな。そのくらいは、覚悟《かくご》の上だっただろうからな」

「じゃあ、なんであの女は引いた」

食卓に頬杖をつき、ヒューはキャットを見あげるようにして答えた。

「おまえに、好意を抱《いだ》いたんだ」

「は？　好意を抱いたら、結婚したくなるんじゃねぇのかよ」

「逆だな。どうでもいい相手だったから、配慮や義務なんかで、無理矢理にでも、おまえが困ろうが嫌な顔しようが結婚しようとしてた。でも……おまえに好意を抱いた。だからおまえに嫌《きら》われたくなかった。自分の行為《こうい》を恥じ、この計画を中止した」

「なんで、あの女が俺に好意を抱くんだ」

「さあな」

笑って、ヒューは肩をすくめる。

「優しくしてやったんじゃないか？　おまえ」

「いや、泣かした。頭もなでてねぇし、労《いたわ》ってもねぇ」

「泣かした、か」

くっくと、ヒューは笑い出す。

「とにかくあの女、大丈夫なのか？」

「大丈夫だろうさ」

笑いをこらえながらヒューは言う。

「自分で決断して、計画を中止する強さがあるんだ。大丈夫だ」

悔《くや》しいが、ヒューの人を見る目はわりと確かだ。その彼が大丈夫だと言うのならば――大丈夫なのだろう。

(あの女、幸せになりゃいいな)

立ちあがると、手にした誓約書を竈にくべる。一瞬で灰になったそれをしばし見つめた。

「よし、飯だ！」

急に腹がすいてきた。目の前に料理の皿を並べられ、「待て」状態になっているのだから、当然かもしれない。

(こいつと一緒に、夕飯ってのが気に入らないが)

食卓に戻りスプーンを手にとる。

(まあ、いいか。飯は三人分あった。無駄になるのも、

よくねぇからな）
ヒューも黙々《もくもく》と、食事を始めていた。

夕食を終え、ワインをゆっくりと飲み干している頃合いにサリムが顔を出した。外に馬車を待たせてあるのでと宿に帰るように促され、ヒューは腰をあげる。

「ごちそうになったな、ベンジャミン。うまかったぞ」

「どういたしましてぇ。また、来てください」

「そうする」

と応じるヒューに、

「来るんじゃねぇ、二度と！」

とキャットが食い気味にかぶせると、わざとらしく眉尻《まゆじり》を下げて嘆息《たんそく》する。

「相変わらず、ひどい弟弟子《おとうとでし》だな」

「帰れ、帰れ、とっとと帰れ」

しっしと手で追《お》い払《はら》い、店の方へ追いやって、出入り口の前まで背中を追ってきた。ヒューが扉の取っ手に手をかけたその時、ふと気になった。

「てめぇは、大丈夫なのか？」

ヒューはふり返り、不審《ふしん》げな表情になる。

「なんのことだ」

「配慮や義務なんか果たした結果は……、大丈夫なのか？　もう、十年以上前のことかもしれねぇ。けど、大丈夫じゃねぇものってのは、何年経《た》っても大丈夫にならないことが多い」

台所から漏《も》れてくる明かりは、遠い。薄い闇《やみ》の中で見つめ合った。ふっと、ヒューが微笑む。

「昔は、気づかれやしないかと冷や冷やしていたが、おまえさんまったく気づかないから安心していたのにな。今更《いまさら》気づくとは、なんとも言えんな」

「なんか、あったのか？　あの人と」

「ないさ、なにも。あったのは……思いだけだ」

すこし疲れたような、気を許したような色がヒューの目に浮かぶ。

「誰にも言うなよ」

「言わねぇ。死んでも言わねぇ。そのくらい、俺にもわかる」

むっとして言い返すと、ヒューの表情が柔《やわ》らかくなる。

「エリス嬢が籠絡《ろうらく》されるわけだな、おまえに」

「は？」

「なんでもない」

にっと、ヒューはいつものように強気に笑う。

「大丈夫さ。俺には、おまえらがいる」

軽く手をあげると、彼は身を翻し、颯爽《さっそう》と扉をくぐった。サリムが御者《ぎょしゃ》を務める馬車に乗り込む。

ヒューを乗せた馬車が走り出す。

それを見送っていると、肩の辺りに冷たい風が吹きつけて身震《みぶる》いした。両腕《りょううで》をさすり、背を丸めて家の中に入ろうとして、足もとに、影が落ちているのに気づいた。見あげれば明るい満月だった。

「いい月だな」

白い息を吐《は》きながら、思わず呟く。

すべての人間の幸福など望めないのは知っているが、せめて、自分の視界に入る人々にだけは砂糖菓子の招く幸福があればいいと願う。


（注文を受けて、作らなきゃならねぇなぁ）

明日は客があるだろうか。あればいいと思いながら、背を丸めて家の中に駆《か》け込《こ》んだ。

あとがき

この単行本は角川ビーンズ文庫から出版された文庫本『シュガーアップル・フェアリーテイル』シリーズの、五巻と六巻を収録したものとなっております。

単行本一巻は、文庫の一巻と二巻と短編二編、収録。単行本二巻は、文庫の三巻と四巻と短編一編を収録しております。単行本一巻、二巻ともに本編の時系列にそった短編が存在していたので、このような形になりました。三巻については、短編の再録はありませんが、少し多めにおまけの短編を書きました。各巻のおまけ短編はすべて書き下ろしなのですが、本編には関係のない小話なので、「こんなこともあったのね」くらいに、軽く読んでもらえれば嬉しいです。

この単行本三巻（文庫版六巻）で、アンは銀砂糖師と名乗れるようになりました。既に王家勲章は手に入れていますが、本当の意味でアン自身が納得して銀砂糖師となれたのは、ここだろうなと。そのためか自分の中で、ここが物語の一つの大きな区切りになっています。

デビュー作の『銀砂糖師と黒の妖精』が出版されたとき、「アンが銀砂糖師になれるまで、物語を続けられたらいいな」と思いながらタイトルを眺めていたので、ここでようやく胸を張って彼女が銀砂糖師と名乗れるようになったことで、当時ほっとした記憶があります。ようやく物語が、タイトルに追いついたなと。

書きたかったと思うところまで書かせてもらえるというのは、物書きとして大変ありがたいことです。『シュガーアップル・フェアリーテイル』に関しては、書きたかったこと以上のものを存分に書かせてもらえた大変幸福な物語でした。

単行本化にあたり、今巻も素晴らしい装画を描いてくださいました、あき様。本当に、ありがとうございます。シャルと並ぶ美しさのラファルをカラーで拝見できて、とても嬉しいです。単行本化の機会がなければ拝見できなかった装画は、わたしの物書き人生で予期せぬご褒美でした。

担当様。単行本一巻からずっとですが、ご面倒をおかけしております。色々とこれからもご面倒をおかけすると思いますが、よろしくお願いいたします。

最後になりましたが、読者の皆さま。先に書きましたとおり、この幸福な物語ができあがったこと、またこうした単行本の形でお目にかかれたことは、ひとえに、アンたちを愛して頂けたからこそです。愛してくださった皆さまに、砂糖菓子の招く幸運があればいいなと心から願います。幸運を祈りつつ、最大級の感謝をささげます。

三《み》川《かわ》みり

キャラクターラフ紹介

オーランド・ラングストン
キング

ナディール

ヴァレンタイン

収録文庫一覧

角川ビーンズ文庫
『シュガーアップル・フェアリーテイル　銀砂糖師と紫の約束』
『シュガーアップル・フェアリーテイル　銀砂糖師と赤の王国』

シュガーアップル・フェアリーテイル Collector's《コレクターズ》 Edition《エディション》 3

2023年3月1日　初版発行

著　　者　三《み》川《かわ》みり
イラスト　あき
発行者　山下直久
発　　行　株式会社KADOKAWA
〒102-8177
東京都千代田区富士見2-13-3
電話／0570-002-301（ナビダイヤル）

印刷・製本　凸版印刷株式会社

●お問い合わせ
https://www.kadokawa.co.jp/（「お問い合わせ」へお進みください）
※内容によっては、お答えできない場合があります。
※サポートは日本国内のみとさせていただきます。
※Japanese text only

定価はカバーに表示してあります。

ISBN 978-4-04-113198-5　C0093